李 銘敬・小峯和明［編］

日本文学のなかの〈中国〉

勉誠出版

日本文学のなかの〈中国〉

III　東アジアの文学圏

IV　越境する文学

[序言]

中国・日本文学研究の現在に寄せて

李　銘敬・小峯和明

中国が日本の歴史文化や文学に与えた影響の大きさはこと改めて言うまでもないが、前近代の古典文学はもとより、西洋文化や文学思潮の洗礼を受けた近現代文学においても、中国の文化・文学が依然として深く根付いていた。むしろ漢字漢文文化の基盤があったからこそ西洋文化を受け入れることもできたわけで、中国の歴史文化や文学を排除した日本文学研究は考えにくい。しかし、「脱亜入欧」の名の下にアジアから離脱し、西洋化に邁進することで遂行された日本の近代化は文学研究にも及び、西洋文学の枠組みをもとに日本のナショナル・アイデンティティの一環として「国文学」が形成され、和歌や物語など仮名文芸を軸とする「和文学」路線に偏重し、漢文学路線を意識的に回避するか、もしくは仮名文芸の背景や補助的な意義しか与えない傾向が強かった。

その路線は戦後にも継承されたが、一九六〇年代からようやく是正の姿勢が見え始め、八〇年代には和漢比較文学会が創設され、和漢比較文学叢書の刊行をはじめ日本漢文学のあるべき位置付けが与えられ、和漢を等価に対比し比較考究する研究基盤が確立したといえる。研究情勢としては、中国文学を日本がどう受け入れたかという一方向的な受容論が依然として大勢を占め、双方向から見定めていく研究や朝鮮・ベトナムなどの漢字漢文文化圏まで視野に入れた東アジア研究路線の開拓はいまだ不十分であり、今後に残された課題が多い。

一九九〇年代以後、中国の対外開放政策の実施に伴い、中国人留学生の渡日と訪日学者の派遣が増大した。中国人研究者は必然的に自国の歴史文化と文学側に立った視点から日本文学や文化を見ようとするから、その研究は日本側にとって、いわば外部からの「闖入」の意味合いを帯び、意識するしないを問わず、日本の内向きの「国文学」研究の閉塞的局面を打開する方向に作用したともみられる。二十一世紀に中国は経済の高度発展期に入り、経済交流の活発化と相まって、相互の文化交流もさらに盛んに行われるようになった。日本各地の大学や研究機関に留学して大学院の博士課程に進学、学位を取得して帰国後、中国の大学に就職した研究者が益々増え、ほぼ日本文学の各時代、各ジャンルの専門分野にわたる中堅・若手の研究者陣容が次第に形成されつつある。それぞれ長年日本に滞在し、日本文化を自らの体験として会得し、日本文学の資料解読や研究方法を熟知していると同時に、中国文学の日本文学への影響関係に関心を寄せ、おのずと比較文学的な研究を課題にしているものが多い。日本で研究指導や数々の啓発を受けつつ、同時に日本の研究とは異なる自らの視座から日本文学の特徴を明らめようとしており、それが従来の一方通行的な日本文学研究を打開し、世界に拓いていく一助となると思われる。

現在、北京をはじめ中国各地の大学の第一線で日本文学に関する研究と教育を推進しながら、積極的に国際学術会議や各種の共同研究などを通して、広く日本及び世界の日本文学研究者と連携をはかり、学術交流を展開している。中国語ばかりでなく日本語による論文発表や著作出版も着実に積み上げ、その水準の高さは内外の学界での受賞例などからうかがえ、世界の日本文学研究の進展におおきく寄与している。今日の日本文学研究は、日本だけでなく、欧米はもとより台湾・韓国・ベトナム、ひいては南アジアなどに及ぶ大きな視野に立ち、共有の研究課題として多国間、多地域の研究者が横断的に連携しあう学的方位が築かれてきている。

このような認識に基づき、二〇一二年二月、中国人民大学において、「日本文学における中国的題材の研究」というテーマでシンポジウムを開催した。参会者は中国の中堅から若手の日本文学研究者を中心に、日本の著名な研究者や韓国の研究者をもまじえて盛会であった。特に分断されがちな古典文学と近現代文学との領域の差を乗り越え、共通の課題を討議しあえる環境作りをも企図し、固定的な和漢比較文学研究にとどまらず、音楽や絵画など多面的なメディアや和漢の言語認識の検証など、あらたな分野の意欲的な発表が際立ち、刺激的なシンポジウムとなった。

本特集は、この学会の成果をもとに、学会に参加できなかったメンバーをもあらたに加えて、中国における日本文学研究の現在をふまえ、さらなる未来を指向するために企画された。残念ながら近代文学関連の論考が予定通り集まらず、近世・近代が薄いかたちになったが、現時点での研究水準のおおよそは提示できたかと思われる。大方のご批正を賜れば幸いである。なお、人民大学でのシンポジウムを契機に東アジア古典研究会が発足し、ほぼ毎月のように明代の『釈氏源流』を輪読する活動が続いていることを申し添えておく。

難しい政治情勢を抱えている現在であるからこそ、以前にもまして文化交流の重要性が痛感されるのであり、今後も日本と中国にとどまらず、東アジアや世界に共有されるべき日本文学研究の意義を提唱できればと考える。

【巻頭エッセイ】

日本文学のなかの〈中国〉――人民大学の窓から

小峯和明

こみね・かずあき――中国人民大学講座教授、立教大学名誉教授。文学博士。専門は日本中世文学、東アジアの比較説話。主な著書に『中世日本の予言書――〈未来記〉を読む』（岩波新書、二〇〇七年）、『中世法会文芸論』（笠間書院、二〇〇九年）、編著に『〈予言文学〉の世界――過去と未来を繋ぐ言説』（アジア遊学一五九号、勉誠出版、二〇一二年）などがある。

一、北京の「桜花節」

今年（二〇一五年）も桜の時季を迎えたが、桜のルーツをめぐって東アジアレベルでちょっとしたネット上の議論が起きた。アメリカのワシントンのポトマック河畔は日本から贈られた桜の名所として名高く、日米友好の証しのようになっているが、この桜は日本のものではなく韓国の済州島のものだ、だからあの桜は日本ではない、という疑念が韓国側から出された。すると今度は中国側から桜はもともと中国のものだから日本と韓国の議論は意味がないという提起がなされ、三つどもえの様相を呈した。要は自然界も含めて種々の文物のおおもとが自国にあるのだ、だから自国の方が周辺の国より優位にあるのだ、というナショナリティの言説に収斂するわけで、今の東アジアの政治的な軋みの情勢を象徴するような一コマではあった。ちなみにポトマックの桜植樹の運動はすでに十九世紀から始まっており、日本で苗木の育成から研究して、一九一二年以降、継続的に千数百本が植えられたという。済州島説には日本の植民地時代の〈負〉の遺産としての記憶の呼び戻しがあるのだろう。

しかし、桜の原産をたどればヒマラヤまでいくように、ルーツをもとめてそれをアイデンティティの拠り所にしてもそれほど有効ではない。起源を問い直してそれを今現在の心の拠り所とし、共同体の紐帯にしようとする発想は、人々がいつの時代にも神話を必要としていることによく現れている。人間は起源を問わずにはいられない存在で

図1　人民大学の桜（筆者撮影）

あり、神話的な発想は本源として備わっている。そして、起源は今現在のもとめに応じていつでも作り替えられるものである。つまり今、ここにあることを説明し、了解するために過去の起源が必要とされるわけで、現実をどう見るかで起源はいくらでも加工可能なものとなる。ただ、この度の桜論争は桜の原産を問い直すことが自分たちのアイデンティティの強化につながるとは考えにくい。なぜなら中国や韓国では以後に桜文化とでも呼ぶべきものは育たなかったからだ。済州島の桜説は、むしろ日本文化にとって桜がいかに大きい存在であったかを逆証していることにもなろう。

　大事なのはルーツがどこであれ、そのものがいかなる意義をもって人々の心性にかかわり、いかなる文化創造をもたらしてきたか、にあるだろう。原産が中国にあっても、桜が十世紀の『古今集』以来、和歌（やまとうた）の基軸をなして、幾多の文芸や絵画、造形を通して日本の美意識を形作ってきたように、花といえば桜が常識となるほど日本の文化は桜に彩られている。桜が咲き始めた時の期待感、満開を迎えた絢爛たる高揚感、そして散ってゆく際の寂寥感とでもいうべき想いはそのまま人生やこの世への感慨と重なってくる。

　だが、このような桜への感懐は日本だけに限られるわけではない。桜の美意識は日本だけだと思い込むのは今やおおきな間違いであることを北京で再認識している。

　今、毎月のように通っている北京の人民大学の宿舎でこれを書いているが、キャンパス内に一本あるソメイヨシノが満開で、講義の行き帰りや散歩がてらに眺めては楽しんでいる。この桜目当てに訪れる人も少なくない。その隣には白木蓮が対の形で植えられていて、桜よりも先に盛りを迎えた。日本でも白木蓮は春先に咲き始め、春の到来を告げる花のひとつであるが、北京でも同じである。その名の通りいかにも無垢な白いおおきな花弁は仏教の象徴でもある蓮華を樹木に移し替えたような風情で、厳しい冬の終わりを知らせてくれるさとしの趣きを持っている。

人民大学のこの桜と白木蓮には由緒があり、桜と木蓮の間に置かれた記念碑にそのいわれが中国語と日本語で刻まれている。これによれば、二〇〇八年三月十五日、当時の国家主席の胡錦濤が中日青少年友好交流年の開幕式の記念として中日の青少年の代表と共に植樹したものだという。周囲の木々に囲まれて普段は気がつかないが、花の時季には木蓮とソメイヨシノの白い花の鮮やかさがひときわ人目をひく。その華やかさは格別である。桜を愛でに来る学生や一般の人々の様子を見ていると、花を愛好する人々の抱く感懐は変わらないことに気づかされる。桜を愛する人たちにとって、それが日本から来たものであろうと、ルーツがどこであろうとあまり意味をなさないだろう。今、目の前にある桜を眺めてはしばし呆然とし、ゆくりなく楽しみ、そして散りゆくのを惜しむ、という想いを人々と共有しあえることが大切だとつくづく思う。

北京の西部に玉淵潭という公園があり、ここはとりわけ桜の名所として名高く、毎年大勢の花見客でにぎわう。北京の行楽地の代表格である。中国では「桜花節」と言い、今年は第二十七回を数える。園内には「桜花八景」まである。ここの桜は一九七三年に北海道の桜を三〇〇本以上も植えたらしいが、これもまたルーツにこだわる必要はない。その桜を植えて育てて管理するのは中国の人たちであり、ワシントンのポトマックと何ら変りはないはずだ。今年は清明節の連休もかさなり、桜に桃に海棠に迎春花が咲き誇り、行き交う人々も花々の饗宴を心ゆくまで楽しんでいる風情であった。ただ、日本との大きな違いは、樹下で座り込んで酒盛りするような光景はまず見られないことだ。天と地をつなぐ樹下という空間への独特の想い、死と再生にかかわる潜在的な意識があるのだろう（死と再生で言えば、温泉好きなどとも共通する）。

そして、このような桜は日本文学にもそのまま当てはめてみることができるだろう。桜のごとく日本文学が世界にひろまり、人々が愛でる様を夢想せずにはいられない。北京日本学研究センターの張龍妹さんの示教によれば、大学生たちが「桜花詩歌邀請赛」を毎年行っていて、今年三月にすでに三十二回目になるとのこと。近代の作家、詩人、翻訳家、母親が日本人で横浜生まれの蘇曼殊（一八八四〜一九一八）に、「桜花落」の詩がある。この辺りが桜花の詩の早い例だろうとのこと。

十日樱花作意开，绕花岂惜日千回？昨宵风雨偏相厄，谁向人天诉此哀？
忍见胡沙埋艳骨，空将清泪滴深杯。多情漫作他年忆，一寸春心早已灰。

散りゆく花を惜しむ詩情は和歌のそれと変わらない。いずれは中国でも桜文芸の蓄積が周知のものとなる時代も来るだろう。

桜文化のひろがりは、逆に漢字が日本に根付いて日本語の基本を作り、中国文学が浸透して多くの日本文学を生み出したことと重なり合う。それは東アジアに共通することである。

二、東アジアの「国文学」

人民大学の桜植樹が二〇〇八年といえば、北京オリンピックの年であり、日本では源氏物語千年紀の年でもあった。個人的には研究休暇の年で、中国東北部の長春の東北師範大学に講演に呼ばれたのを契機に、遼代の塔めぐりを始めた思い出深い年でもある。まさに『源氏物語』が作られた頃に遼・契丹の木塔や煉瓦作りの塔が次々と各地に建てられたのである（拙著『東奔西走』「中国古塔千年紀」）。

源氏物語千年紀には、たぶんに京都を中心とする町起こしにも近い種々の力学も作用していたようだが、一箇の古典文学をめぐって空前の盛り上がりを見せた時期として特筆に値する。古典の日まで設けられたほどだが、しかし、それも一過性のもので千年紀の意義を精算することもなく、ただ通過してしまっただけのように傍目からは見える。いずれ、この千年紀自体が対象化され、研究対象になる時代も来るだろう。二〇一二年には、これにあやかろうと『方丈記』八〇〇年がうたわれたが、柳の下には泥鰌はいなかった。閑居や隠遁への美学は一九七〇年代の時代閉塞的な状況では着目されたものの、以後の日本文化ではそれほどインパクトを持ち得なくなった。遁世はしょせん高踏的な身の処し方にすぎず、少子高齢化をはじめ現実社会がより深刻な事態に陥ってきたからでもある。一九九五年の阪神淡路大震災、二〇一一年の東日本大震災など相次ぐ災害から、災害文学の一面も持つ『方丈記』も甦ってきたが、いち早く災害問題を学問の俎上に載せた歴史学に比べて文学研究の対応はきわめて遅く、ために『方丈記』八〇〇年は画期としての意義を持ちうる基盤がなかったと言いうる。

『源氏物語』は今や世界の各国語に翻訳され、世界の古典といえるほどになった。桜のひろがりにも匹敵するが、『源氏物語』だけに特化した研究は行き詰まり、研究自体が閉塞化している印象を与える。というより、かつてのように源氏物語研究が他の分野領域の研究をも領導していた時代は終わってしまい、源氏物語研究もローカルな一部門になったということであろう。国際化や学際化が言われて久しいが、内実ははたしてどうであろうか。近世文学専攻の友人が近世文学会は「鎖国学会」だと嘆いていたが、それは近世に限らないだろう。日本の文学研究では時代別の学会がそれぞれ最も会員が多く、和歌や説話や仏教など個別のジャンルや分野割りの学会がこれにつぐ。その時代区分も近代の始発期の西洋の文学史観を取り入れた古代・中世・近世・近代という枠組みで、これがまだ生きている。それが大学の学科専攻の教員配置にもかかわり、研究者のアイデンティティにもなっていた。文学の教養主義からの脱落や大学の相次ぐ学科再編成などにより、そのような体制は解体しつつある、今はまさに過渡期にほかならない。近代に培われた学問体系がどのように再編成されるのか、まだ行く手は不透明である。

とりわけ前近代の国学を引き継ぐ人文学では再編成の骨子を形作るのが難しい。哲学・史学・文学の三部門を解体し再編できるのであろうか。海外ではたとえば東アジア学部のように地域を特化させた領域横断型の編成がきわだっているが、個々人の専門分野はやはりそれぞれ哲・史・文を背負っているはずだ。

いずれにしても、日本の文学研究や学会はいつまで内向きの体制を続けうるのであろうか。数十年後を見越して人文学の危機感を共有し合い、その危機意識をバネに研究の活性化をはかるしか当面は手立てがないようだ。既存の学会ではその危機感を共有しあう運動体に展開し得ないところに一番の問題があるように思う。

人民大学の講義に通い出して二年目になったが、昨年から中文の院生ともつながりができて、おおいに刺激を受けている。人民大学には「国学館」という、まさに哲学・史学・文学を総合的に見直すべき人文学の総合研究機関があり、大学院生は分野を問わず自由に講義が聴講できるシステムである。ここに日文の院生が聴講に行くようになり、中文の院生と親しくなって今度は私の講義も聴きに来始めた。日文の院生が通訳しているが、講義後の彼らとの歓談が楽しみになっている。この語らいから、日本文学研究と中国文学研究、双方の「国文学」のあり方がよく似ていることが分かり、事情はおそらく韓国における「国文学」も同様であろうし、「国史」もそうであろう。それぞれの「国文学」「国史」は最もナショナリティを背負っており、ナショナルアイデンティティのいわば牙城となっている。ただ、おおきな違いは中文の院生達は海外に留学することを目指しており、英語はすでにマスターしていて、留学先は欧米か日本か迷っているとのことだ。「国学」なるがゆえに海外の留学を目指す、その指向性はおおいに見習わなくてはならないだろう。

それぞれの地域ごとの「国学」や「国文学」をつなぎ合わせ、重ね合わすことが真のトランス・アジアであろうと、これまた夢想せずにはいられない。

三、日本文学の〈中国〉から東アジアの文学圏へ

「日本文学の〈中国〉」とは、日本文学においてとりわけ古典を中心に中国文学がはたした役割や意義、影響ととらえるのが常道であろう。たしかに前近代は時代ごとに中国大陸の先進文化が日本に伝わり、圧倒的な影響力をもって日本文学・文化形成におおきく作用した。このことはどの領域においても疑いようがない。とりわけ漢字漢文の担った意義は絶大で、今日にいたるまで我々は漢字仮名交じりの文章を書き、読み続けている。漢文訓読が日本特有の行為ではなく、梵語の訓読をはじめ、東アジア全体にひろまる現象であったことが近年明らかになってきたが、漢文という外国語を外国語として学ぶのではなく、訓読行為によって日本語に読み替えてしまうというアクロバット的な離れ業が今日に至る日本文化の礎を作ったことは間違いない。それが外国語としての中国語の習得を難しくしていることは否めないし、むしろ習得できないがための苦肉の策が訓読であったのだろう。

韓国やベトナムが漢字をことごとく捨ててしまった、あるいは捨てつつあるのに反して、日本はいまだに、もしくは今もなお、漢字を使い続けていることをどう見ればよいのか。社会の転換期や混乱期、しばしば漢字廃止論が出てアルファベットに変える議論が起きたが、ほとんど影響力を持たずに一蹴された。漢字と仮名の組み合わせはそこまで日本語の思考や感性の回路に深くゆきわたっていることをよく示している。漢字と漢字から派生した仮名とを組み合わせて文章をつむいでいくことで、日本語は絶妙な表現力を発揮した。その意義を日本に特化させるのではなく、東アジアに開いて見ていくこと、漢文訓読を〈漢〉から〈和〉への流れとして、東アジア文学圏共有の課題から探求していくこと、あらたな〈学〉はそこから始まるだろう。

「日本文学の〈中国〉」は、まずは中国の古典が日本文学文化に及ぼした影響をとらえるのが第一義であり、げんに和漢比較文学研究はその路線を今も根強く踏襲し、東アジア路線にひろげてゆく方向性がみえない。現状では一方通行的な受容論を超えるものではないし、特に朝鮮半島への視角があまりにも欠落しすぎている。これは朝鮮古典が日本でほとんど一般化されていないことにおおきな要因がある。ただ、二〇一四年刊行の渡辺秀夫『和歌の詩学』『古今集』論で、礼楽思想と歌学との関連で朝鮮王朝の事例との比較に言及するような例が出てきている。

第二は、日本文学にみる〈中国〉の表象の問題としてとらえ、時代ごとの中国のイメージやかたちを追究するものである。これには異文化交流上の中国の様相がかかわり、現実の中国と幻想の中国との二重化の問題が浮上する。漢籍や漢訳仏典などの書籍、文物から蓄積された〈中国〉イメージであり、実際の歴史よりも故事来歴をはじめ、種々の逸話、エピソードからなる〈中国〉像である。「臥薪嘗胆」などの故事にもとづく漢字四字句の成語に対する日本人の親近感は今も変わることなく、漢字検定などに生きている。

いわば、〈知〉と〈学〉としての〈中国〉表象である。それが現実の中国と重なり、ズレや軋みが生ずるのが近代であった。このような幻想の〈中国〉はおそらく遣唐使時代からはぐくまれ、二〇一二年の人民大学でのシンポジウム「日本文学における中国的題材」の講演で取り上げた十七世紀初頭の袋中の『琉球神道記』などにも見いだすことができる（「袋中『琉球神道記』を読み直す——読まれざる巻一から巻三まで」『日語学習与研究』）。袋中は浄土宗の学僧で三年間、琉球に滞在後、日本に戻ってからこの本を書いたが、天竺・震旦・本朝の伝統的な三国観の構図をもとに、本朝に琉球を入れ替え、全体を「和」「私」の視座から見る立場を確立する。巻三の震旦篇では、序の地勢に始まり、天地開闢の盤古王、三皇五帝、堯舜、夏禹、殷湯から秦の始皇帝、漢の高祖、魏晋南北朝、隋唐、宋、元、当代の明までつらねる。しかし、最後の第二十一条「大明太祖事」では、「太祖以来今ニ至マデ十三主、合二百三十七年即此万暦三十三年也」とあるだけで、ほとんど歴史に即した記述がみられない。その前の元も見るべき記載がないから、当時の近現代史が欠落している。大半は古代の鴻門の会や竹林七賢等々、伝統的な故事に終始するのである。袋中は中国に渡航しようとして琉球に滞在したとされるが、どの程度、明の歴史や現状を知っていたのであろうか。

記述が最も多いのは、第八条「周武王事」や第十条「漢高祖事」で、第七条「殷湯事」も多いが、妲己、九尾狐の登場から後半は「私云」として日本の『玉藻』や殺生石、中国『碧岩録』の破竈堕和尚の話題に重心がおかれる。また、第十八条「唐高祖事」は、玄奘、楊貴妃などから武帝排仏に及び、その連想から後半は「私云」で天竺の流離太子の仏法迫害の話題になっている。「私云」という注釈のスタイルで日本や天竺の事例をつなぎ合わせる手法であり、説話の故事主体の震旦史に相乗させている。

このように『琉球神道記』震旦部は〈知〉と〈学〉の〈中国〉表象の典型例といえる。ここには、中国北方の渤海、遼、金といった国々も視野に入っておらず、元は別として漢族中心史観につらぬかれている。中国北方の国々の興亡や元・明の歴史を対象化しうる情報をはたして持ち合わせていたのであろうか。

近年、東アジアの文学圏からの視座を問いかけているが、中国では「域外文学」という用語が使われる。根強い中華史観を反映しており、国民国家観から離れた東アジア文学圏の研究方位が必要であろう。漢文文化圏の所産として、どのような対象であっても、ひとまずは一様に訓読できるのが強みである。新羅の『新羅殊異伝』（平凡社・東洋文庫）、高麗の『海東高僧伝』、ベトナムの『嶺南摭怪』、明の『釈氏源流』などを研究会で読み進めている。東アジア研究を可能にしているのはまさに訓読の芸（わざ）である。

二〇一二年二月、人民大学の学会にあわせて東アジア古典研究会が発足、毎月、北京所在の主要大学の持ち回りで、明代の〈仏伝文学〉である挿絵付刊本の『釈氏源流』を読んでいる。中堅から若手の日本古典専攻の研究者が中心だが、北京以外でも開こうということで、講演会や国際シンポジウムにあわせて二〇一四年は西安の西北大学で、二〇一五年の三月に福建のアモイ大学、十二月には広州の曁南大学で実施し、その輪が徐々に広まっている。韓国や日本からも参加者が少しづつ増えている。今後、「日本文学の〈中国〉」はたんに日中の一対一対応ではない、東アジア文学圏研究の一環として構想されるであろう。

北京では満開の桜を満喫できたが、福島県富岡町では桜の名所がありながら、放射能汚染でいまだに土地の人々が戻れず、花見さえできないという現実がある。文学研究に何が出来るか、不断の問いかけがもとめられている。

『今昔物語集』の宋代序説

荒木　浩

かつて『今昔物語集』には、宋代資料が出典として用いられていない、と謂われてきた。だが今日では、賛寧（九一九～一〇〇二）撰『大宋僧史略』と『今昔』巻六との関係が指摘されており、さらに時代の下る遼の非濁（?～一〇六三）撰『三宝感応要略録』は、『今昔』の根幹的出典である。対外交流史をめぐる研究が進展し、これら資料の伝来時期やルートについても多くの情報が提供され、状況は大きく変わりつつある。本稿では、『今昔』における、いわば宋代インパクト論の序説として、あえて本朝部の説話形象に注目し、考察を展開する。

あらき・ひろし――国際日本文化研究センター教授・総合研究大学院大学教授。専門は日本古典文学。主な著書に『説話集の構想と意匠　今昔物語集の成立と前後』（勉誠出版、二〇一二年）、『かくして『源氏物語』が誕生する　物語が流動する現場にどう立ち会うか』（笠間書院、二〇一四年）、『中世の随筆　成立・展開と文体』（編著、竹林舎、二〇一四年）、『夢見る日本文化のパラダイム』（編著、法藏館、二〇一五年）、『徒然草への途　中世びとの心とことば』（勉誠出版、二〇一六年）などがある。

一、阿倍仲麻呂帰国説と『新唐書』――『今昔物語集』配列の背景

『今昔物語集』巻二十四に、次のような説話配列の箇所がある。

土佐守紀貫之、子死読和歌語第四十三（説話本文は後掲）
安陪仲麿、於唐読和歌語第四十四
今昔、安陪仲麿ト云人有ケリ。遣唐使トシテ物ヲ令習《ならはしめ》ムガ為ニ、彼国ニ渡ケリ。数ノ年ヲ経テ、否返《えかへ》リ不来《こざり》リケルニ、亦此国ヨリ□ト云フ人、遣唐使トシテ行タリケルガ、返リ来ケルニ伴ナヒテ「返リナム」トテ、明州ト云所ノ海ノ辺ニテ、彼ノ国ノ人餞《はなむけ》シケルニ、夜ニ成テ

月ノ極《いみじ》ク明カリケルヲ見テ、墓無《はかな》キ事ニ付テモ、此ノ国ノ事思ヒ被出《いでられ》ツヽ、恋ク悲シク思ヒケレバ、此ノ国ノ方ヲ詠メテ、此ナム読ケル、

アマノハラフリサケミレバカスガナルミカサノ山ニイデシツキカモ

ト云テナム泣ケル。

此レハ、仲丸、此国ニ返テ語ケルヲ聞テ語リ伝ヘタルトヤ。

小野篁、被流隠岐国時読和歌語第四十五

今昔、小野篁ト云人有ケリ。事有テ隠岐国ニ被流《ながされ》ケル時、船ニ乗テ出立ツトテ、京ニ知タル人ノ許ニ、此ク読テ遣ケル、

ワタノハラヤソシマカケテコギ出ヌトヒトニハツゲヨアマノツリブネ

ト。明石ト云所ニ行テ、其ノ夜宿テ、九月許リノ事也ケレバ、明髴《あけぼの》ニ不被寝《ねられ》デ、詠メ居タルニ、船ノ行クガ、嶋隠レ為ルヲ見テ、哀レト思テ、此ナム読ケル、

ホノ〴〵トアカシノ浦ノアサギリニ嶋カクレ行舟ヲシゾオモフ

ト云テゾ泣ケル。

此レハ篁ガ返テ語ルヲ聞テ、語リ伝ヘタルトヤ。

直前は「朱雀院女御失給後、女房読和歌語第四十二」であり、後には「於河原院歌読共来読和歌語第四十六」が続く。この一連について、国東文麿『今昔物語集成立考　増補版』（早稲田大学出版部、一九七八年）は次のように整理する。形式を簡略にして引用する。

四十二「后（女御）の死」

「〈国司の妻の上京と主人の死〉」

四十三「〈国司（貫之）の上京と子の死〉」

「○〈任地より帰るときの回想〉」

前二話と次の両話との連関は「任地より帰る時の回想」。

四十四「仲麿、望郷の歌話」

「○〈任地より帰る時の回想〉」

四十五「篁、望郷の歌話」

「△〈篁、帰郷後、語った話〉」

四十六「相手の絶えることによって生じる悲歌（君まさで煙絶えにし云々）」

「△〈貫之、帰郷後、作った歌〉」

○や△は「前話・後話の一括契機」を示す。四十三と四十四とは「任地より帰るときの回想」と結ばれ、四十五と四十六は「帰郷後」の言語行為としてつながっている。

右は『今昔物語集』全編に「二話一類」を見いだす総体的な読解の中で提示されたものである。その要約の方針に対して、大きな異論はない。だが一点、より明示的な例が見えにくくなっているように思う。それは、四十四話の末尾「此レハ、仲丸、此国ニ返テ語ケルヲ聞テ語リ伝ヘタルトヤ」と、四十五話の「此レハ篁ガ返テ語ルヲ聞ア、語リ伝ヘタルトヤ」との符合である。仲麻呂は異国から帰国へ、そして篁はフルサトの都から配流先の異境へ。文言は完全に対応し、両話の「望郷」は、ベクトルを異にして対になる。その逆転を繫ぎ止める明確な類話性は、この二話の話末評後が指し示す、〈帰郷後、語った話〉という構造であるはずだ。しかし国東の表では、むしろそれは、次話四十六・河原院の別の説話に向けられる。

この自明を前に、国東があえて如上の理解を嫌った理由があるとすれば、それは、四十四話の仲麻呂[1]帰国説が誤記とこじつけによって成り立っており、話末評語は説話の構造分析とは別のレベルの問題にある、と考えたためではないだろうか。国東が参加した注釈書は、「仲麿は帰国せず、唐で没しているので、この記事は事実に反する。作者の無知に基づく誤記であろうが、同時に説話の真実性を強調するための結語でもある」（馬淵和夫・国東文麿・今野達校注小学館日本古典文学全集頭注）とこの部分を説明している。

たしかに阿倍仲麻呂の（一時）帰国を伝えるこの末尾表現は、出典論的にも異例である。『今昔物語集』と多くの同文的同話を共有する『古本説話集』や『世継物語』に載る類話にはこの評語がない。というより、そもそも仲麻呂が帰朝しようとしたことが描かれていない。『古本説話集』にいたっては「明州」という場所さえ記されていないのである。

今は昔、あべの仲麿をもろこしへ物ならはしにつかはしたりける、年へてえ帰りまうでこざりけり。はかなき事につけても、此国の事恋しくぞおぼえける。めいしうといふ海つらにて、月をみて、

あまの原ふりさけみれば春日なる三笠の山に出し月かも

となんよみてなきける。

（『世継物語』続群書類従）

いまはむかし、あべのなかまろがもろこしにつかひにてわたりけるに、このくにのはかなきことにつけて思いでられて、こひしくかなしくおぼゆるに、月のえもいはずあかきに、この国のかたをながめて思ひすましてよめる、

あまのはらふりさけみれはかすかなるみかさの山にいてし月かも

となむよみてなきける。

（『古本説話集』勉誠社文庫）

いずれも仲麻呂は、ただひたすら長期に及ぶ唐国滞在を嘆き、望郷の思いに沈んでいる。比較すれば明らかなように、仲麻呂が帰国して伝えた歌だというのは、『今昔物語集』が帰国の門出を語る別系の説話を採択して、その末尾に新しく付加した一節であることは明らかであろう。

しかし、別稿で論じたことだが、(2) 付加された「この記事は」、決して「事実に反する」誤解やつじつま合わせではない。むしろそれは、中国正史に記された〈史実〉と呼ぶべきものだ。『新唐書』が『旧唐書』を誤読して産み出した「新説」なのである。『旧唐書』巻一九九上・東夷伝・倭国日本には、次のように記される。仲満（朝衡）と表記されているのが仲麻呂である。

開元の始、又た使を遣わして来朝す。（中略）其の偏使朝臣仲満、中国の風を慕い、因って留りて去らず。姓名を改めて朝衡と為し、仕えて左補闕・儀王友を経たり。衡、京師に留まること五十年、書籍を好み、放ちて郷に帰らしめしも、逗留して去らず。

天宝十二年、又た使を遣わして貢す。上元中、衡を擢んでて左散騎常侍・鎮南都護と為す。(3)（下略）

仲麻呂は、長年の滞在を経て帰郷を許されるが、ついに唐土に留まって動かなかったと『旧唐書』は明記する。ところが『新唐書』巻二二〇・東夷伝・日本では、全く逆の意味に書き換えられている。対比の便宜もあるので、ここは原文で掲げよう。

…其副使朝臣仲満、慕レ華不レ肯レ去。易二姓名一曰二朝衡一。経二左補闕・儀王友一、多レ所二該識一。久乃還。聖武死、女孝明立、改元曰二天平勝宝一。

天宝十二載、朝衡復入朝。上元中、擢二左散騎常侍・安南都護一。

仲麻呂は「久しくして乃ち還る」と記す。聖武の崩じた天平勝宝元年は七四九年である。そして天宝十二載（七五三）に、仲麻呂（朝衡）は「復た入朝」したと記す。これなら、「朝衡すなわち仲麻呂は」「途中一度帰国し、のち再び入唐した」(4)と読むほかはない。

『旧唐書』には、「放帰レ郷逗留不レ去」といふから、これを文字通りに解すれば、朝衡は遂に帰国しなかつたことになる。『新唐書』では、「久乃還」とある故、これによれば、彼は勿論帰国したことになる。一は帰国しなかつたといひ、他は帰国したといふ。これが矛盾でなくて何であらうか。

（杉本直治郎『阿倍仲麻呂伝研究』(5)）

ただしその「矛盾」は「必ずしも『新唐書』が、『旧唐書』以外の史料に拠つたと考へなければならぬほどのものでもない」。これは、「次に見える天宝年間の使者を朝衡と解し」、続く上元年中の記事と短絡したために生じた、『新唐書』著者の合理化・つじつま合わせに他ならない（以上杉本前掲書）。「彼は帰国しようと乗船したまでは確かだが」、それは天宝十一載（七五二年。『旧唐書』は一年ずれている。日本では天平勝宝四年）に入唐した遣唐使の帰途に同船したもので、翌天宝十二載のこと。しかしその帰国行は「出帆後嵐のために挫折し、目的を達せられないまま一年後（?）に唐朝に復帰したとほぼ推定される。そうすると『新唐書』のその箇所は誤りとなる」(6)。今日の眼で見ればそうなるが、改訂された『新唐書』自体の文意は明確で、仲麻呂の帰国説は、新しい中国正史『新唐書』の中で確定する。『今昔』が提示する〈帰郷後、語った話〉は、新しい権威ある外来史料に裏打ちされた、確信的なものなのであった。

二、『古今和歌集』を含めた『今昔物語集』配列の前提

仲麻呂と篁の説話をつなぐもう一つの不可欠な連結要素は、『古今和歌集』である。

唐土《もろこし》にて月を見てよみける　安倍仲麿
天の原ふりさけ見れば春日なる三笠の山に出でし月かも　(406)

この歌は、昔、仲麿を唐土にものならはしにつかはしたりけるに、あまたの年を経て、え帰りまうで来ざりけるを、この国よりまた使《つかひ》まかりいたりけるに、たぐひてまうで来なむとて出で立ちけるに、明州《めいしう》といふ所の海辺にて、かの国の人餞別《むまのはなむけ》しけり。夜《よる》になりて、月のいとおもしろくさし出でたりけるを見てよめる、となむ語り伝ふる。

隠岐国《おきのくに》に流されける時に、船に乗りて出で立つとて、京なる人のもとに遣《つか》はしける　小野篁朝臣
わたの原八十島《やそ》かけて漕《こ》ぎいでぬと人には告《つ》げよ海人の釣舟　(407)

題知らず　よみ人知らず
都出でて今日みかのはら泉川川風寒し衣かせ山　(408)
ほのぼのとあかしの浦の朝霧に島隠れ行く船をしぞ思ふ　(409)（旺文社文庫）

『古今集』の左注が記す仲麻呂譚は、「天の原」の和歌が、遣唐使の帰国に合わせてようやく帰朝しようとした時に詠んだものだと書かれており、『古本説話集』や『世継物語』とは異なる。文言も『今昔』に近い。しかし『古今集』には『今昔』が描く「夜ニ成テ月ノ極ク明カリケル見テ、墓無

キ事ニ付テモ、此ノ国ノ事思ヒ被出ツ、恋ク悲シク思ヒケレバ、此ノ国ノ方ヲ詠メテ、此ナム読ケル」「ト云テナム泣ケル」という要素はない。こちらは『古本説話集』の「このくにのはかなきことにつけて思いでられて、こひしくかなしくおぼゆるに、月のえもいはずあかきに、この国のかたをながめて思ひすましてよめる」「となむよみてなきける」と同文的に合致する。どうやら『今昔』は、『古今集』と『古本説話集』などの共通出典文献（散佚「宇治大納言物語」の可能性が高い）の二つを接合して、この説話を形成しているらしい。

注目すべきは、『今昔』の篁説話に存する誤謬である。二首目に引かれる著名な人麻呂伝承歌（「ホノボノト」）が、篁の和歌として記され、隠岐へ流される説話の途上歌として扱われている。徳原茂実が指摘するように(7)、この珍しい誤伝は、『古今集』の篁歌からよみ人知らず歌へと連続する配列を抜きにしては説明できない。

このように観てくると、両話に先行する説話が『古今集』撰者で仮名序の執筆者・紀貫之の逸話であることは、仲麻呂と篁説話の連続を支えるコンテクストとして自然である。だが説話に載る和歌は『古今集』には採られていない。『土左日記』に載っている。

（十二月）廿七日。おほつよりうらどをさしてこぎいづ。かくあるうちに、京にてうまれたりしをんなご、くににてにはかにうせにしかば、このごろのいでたちいそぎをみれど、なにごともいはず。京へかへるに、をんなごのなきのみぞかなしびこふる。あるひとびともえたへず。このあひだに、あるひとのかきていだせるうた、

みやこへとおもふをもののかなしきはかへらぬひとの
あればなりけり

また、あるときには、

あるものとわすれつゝなほなきひとをいづらととふぞ
かなしかりける

といひけるあひだに、かこのさきといふところに…

（『土左日記』萩谷朴編『影印本　土佐日記（新訂版）』新典社）

今昔、紀貫之ト云歌読有ケリ。土佐守ニ成テ其国ニ下テ有ケル程ニ、任畢《をはれ》リ。年七ツ八ツ許有ケル男子ノ、形チ厳カリケレバ、極ク悲ク愛シ思ケルガ、日来煩テ墓無クシテ失セニケレバ、貫之、無限《かぎりなく》リ此ヲ歎キ泣キ迷テ、病付《やまひづく》許《ばかり》思焦《おもひこがれ》ケル程ニ、月来ニ成ニケレバ、任ハ畢《はて》ヌ、此テノミ可有《あるべ》キ事ニモ非ネバ、上ナムト云程ニ、彼児ノ此ニテ此彼《とかく》遊ビシ事ナド思ヒ被出《いでられ》テ、極《いみじ》ク悲ク思ヘケレバ、柱ニ此書付ケリ、

ミヤコヘト思フ心ノワビシキハカヘラヌ人ノアレバナリ

ケリ上《のぼり》テ後モ、其ノ悲《かなしみ》ノ心不失《うせ》デ有ケル。其ノ館ノ柱ニ書付タリケル歌ハ、生ニテ、不失デ有ケリナムト語リ伝ヘタルトヤ。

（『今昔』巻二十四第四十三）

ただしその内容は、子供の年齢や性別を始めとして、『土左日記』とはずいぶん距離がある。『今昔』の記述の前提には、ここでも『古本説話集』との共通母胎が想定される。

いまはむかし、つらゆきがとさのかみになりてくだりてありける程に、にむはてのとし、七八ばかりのこのえもいはずをかしげなるをかぎりなくかなしうしけるが、とかくわづらひてうせにければ、なきまどひてやまひつくばかり思ひこがるゝほどに、月ごろになりぬれば、かくてのみあるべきことかは。のぼりなむとおもふに、ちごのこゝにてなにとありしはやなと思ひいでられて、いみじうかなしかりければ、はしらにかきつけける、

みやこへとおもふにつけてかなしきはかへらぬひとのあればなりけり

とかきつけたりける哥なむ、いままでありける。

（『古本説話集』）

それでも『今昔』の一連の説話配列は、『土左日記』を抜きにしては考えられない。『土左日記』には、阿倍仲麻呂の帰国説話と和歌を引いて叙述した、次の一節があるからだ。

（正月）二十日の夜の月出でにけり。山の端もなくて、海の中よりぞ出で来る。かう様なるを見てや、昔、安倍の仲麿といひける人は、唐土《もろこし》に渡りて、帰り来ける時に、舟に乗るべき所にて、かの国の人、馬《むま》のはなむけし別れ惜しみて、かしこの漢詩《からうた》作りなどしける。あかずやありけん、二十日の夜の月出づるまでぞありける。その月は海よりぞ出でける。これを見てぞ、仲麿の主《ぬし》、わが国にかかる歌をなむ、神世より神も詠んたび、今は上中下《かみなかしも》の人も、かう様に別れ惜しみ、喜びもあり、悲しびもある時には詠むとて、詠めりける歌、

あをうなばらふりさけみればかすがなるみかさのやまにいでしつきかも

とぞ詠めりける。かの国人聞き知るまじく思ほえたれども、言《こと》のこゝろを男文字に様を書き出だして、ここの言葉伝へたる人に言ひ知らせければ、心をや聞きえたりけむ、いと思ひの外《ほか》になん、愛《め》でける。唐土《もろこし》とこの国とは、言《こと》異なるものなれど、月の影は同じことなるべければ、人の心も同じことにやあらん。

（講談社文庫）

さらに近世初期の『百人一首』注釈では、『新唐書』の理解を踏まえて、『古今集』と『土左日記』とが、文字通り阿

倍仲麻呂帰朝説の明示的例証として引用されている。

…此ノ仲丸久シクシテ帰朝ノ時、唐人共餞別ノ詩ヲ作リシ時ノ事也。此人ハ、元正天皇ノ御末、熒惑星ノ分身也。利根無双ノ人ニテ、帰朝センコトヲ惜テ、殺サントシタル也。サレドモ奇瑞有テ帰朝セシ也。

（『後水尾天皇百人一首抄　百人一首注釈叢刊6』和泉書院、一九九四年）

御抄云。此仲麿、久しく在唐して、帰朝の時、利根無双の人にて、帰朝をせん事をおしみて殺さんとしたり。されども、奇瑞ありて帰朝せしなり云云。（中略）愚案、此説々のごとくならば、仲麿、一度帰朝して、亦入唐の後、唐にて卒する事あきらか也。『古今』『土佐日記』等にも帰朝せしよし侍り。或説云、聖武の朝に帰朝して、孝謙の天平勝宝五年、遣唐使にて入唐す云云。…

（『百人一首拾穂抄　百人一首注釈叢刊9』和泉書院、一九九五年）

波線部は「聖武死、女孝明立、改元曰二天平勝宝一。天宝十二載、朝衡復入朝」という『新唐書』記述の反映だろう。『古今集』や『土左日記』の仲麻呂譚は、『新唐書』から発展した伝説的帰朝説を前提にしても矛盾なく、むしろ傍証として読めるテクストであったらしい。

『古本説話集』や『世継物語』の説話では「このくにのはかなきことにつけて思いでられて、こひしくかなしくおぼゆるに、月のえもいはずあかきに、この国のかたをながめて思ひすましてよめる」「…となむよみてなきける」（『古本説話集』）、「…年へてえ帰りまうてこざりけり。はかなき事につけても此国の事恋しくぞおぼえける。めいしうといふ海つらにて月をみて」「となんよみてなきける」（『世継物語』）など、帰国のきっかけすら見出せず、望郷の思いに、ただ涙する仲麻呂を描いていた。

『新唐書』の情報を知ってこうした説話と対比すれば、たしかに『古今』や『土左』の記述は、帰朝説の傍証とも見えてくる。その結果か、かつての『土左日記』最重要伝本であった青谿書屋本には、先引の傍線部が「もろこしにわたりてかへりきにけるとき」と記される。[8] いわゆる完了の助動詞「ぬ」の連用形「に」が付加されることで「にけり」という連語となり、「物事の完了し、それが存続することを詠嘆的に回想することを表わす」[9]。まさに仲麻呂一時帰朝説と直結する時間表現が現出しているのである。[10]

中世の『古今集』注釈書には、仲麻呂帰国説が広まり、「たとえば『弘安十年古今歌注』では、仲麿は帰国の後に出家し、多武峰に籠って法名を尊蓮と言ったとまで記す」[11]。一九八九年刊の萩谷朴編『影印本　土左日記（新訂版）』の頭注によれば、大阪青山歴史博物館蔵の為家本にも「きにける」の本文があるように解されるが、同本は「きける」であり、どうやらそれは誤認らしい[12]。ともあれ「かへりきにける」という本文は、『新唐書』の理解[13]を踏まえたテクスト解釈が、どこかの段階で本文書写を浸食したものである。その意味では、青谿書屋本の成り立ちについても示唆的な例である。

　このように『今昔物語集』の歌話連続は、『新唐書』を歴史的・必然的前提として、散佚「宇治大納言物語」と『古今集』を融合し、さらにコンテクストとして『土左日記』を織り込んで、重層的な配列を形成しているのである。

三、『今昔物語集』が受容した宋代

　右は、阿倍仲麻呂という、きわめて著名な人物に関することであり、例外的な要素はあるだろう。だが『今昔物語集』の本朝部の構成が『新唐書』という宋代資料によって機制されていることは確実で、見逃してはならないことである[14]。『新唐書』は、一〇六〇年の成立である（『旧唐書』は九四五年）。しかし宮崎市定がはやく注意するように、北宋には強い「書禁」[15]の制度があった。『古本説話集』や『世継物語』に共通する出典と目される散佚「宇治大納言物語」の作者源隆国は、一〇七七年に没している。『新唐書』の反映がないのはむしろ当然だ。北宋が滅びて南宋になり、書禁にも緩みが生じたか（宮崎前掲論文）、『新唐書』の日本での受容は、藤原頼長（一一二〇～五六）の読書によって確認できる[16]。あたかも『今昔』生成の時代である。

　『新唐書』が提供した情報の影響は、如上、説話配列と密接に関わっていたが、それは、単なる資料増補に留まらない。本朝部巻二十四の歌話という、一見『新唐書』や宋とは無関係な場所での配列要素となっていたからである。こうした事情は、あらためて『今昔物語集』における宋代資料の利用や、宋代の現実への認識との関わりの根深さを思わせる。

　こうして、いわば『今昔』における宋代インパクトに着目する時、もっと単純な観点からすぐに見つかる記述がある。仏法部巻十一で、「入唐」の大師たちについて述べる表題が、当代の「宋」に変わっていることである。

　弘法大師、渡宋伝真言教帰来語第九

　伝教大師、亘宋伝天台宗帰来語第十

「慈覚大師、亘宋」（欠文。新大系は底本の朱書入によって補）帰来語第十一

智證大師、亘宋伝顕蜜法帰来語第十二[17]

表題に対して、説話本文は原則「唐」と記述するから、所謂編纂行為と資料との間に、明確にずれが生じている。第十一話は表題に欠文が存するが、同話に登場する慈覚大師円仁については、同巻の「慈覚大師、始建楞厳院語第二十七」という比較的短い説話の中で、その問題が顕在する。同話では、大師の唐での事蹟について叙述するのに、最初は「亦、宋ヨリ多ノ仏舎利ヲ持渡レリ」として「宋」と書く。しかし後出の阿弥陀の引声については、「引声ト云フ、是也。大師唐ヨリ移シ伝ヘテ、永ク此ノ山ニ伝ヘ置ク」と「唐」を描くのである。

こうした齟齬について、日本古典文学全集の説話解説は次のように断じている。

> 表題の「弘法大師、渡宋……」の「宋」は、正しくは「唐」とあるべきところ。『今昔物語集』成立時が中国の宋代に当たり、しかも作者に厳密な時代意識が欠けていたことからの誤り。類例は集中に散見する。なお、本文中に「唐」とするのは、典拠の表記を踏襲したものであろう。（巻十一第九話）

早く『日本書紀』にも、小野妹子の遣隋を「大唐」と記した、類似の例がある。

> 巻二十二、推古天皇十五年（六〇七）秋七月庚戌（三日）の条に、「大礼（冠位十二階の第五番目）の小野臣妹子を大唐（隋）に遣わす。鞍作福利を以て通事（通訳）とす」とある。『日本書紀』の編者には、隋朝と、唐朝との明確な区別もできなかった。（布目潮渢・栗原益男『隋唐帝国』[18]）

しかしこれらを「時代意識」の欠落や誤認とのみ捉えては誤るだろう。小峯和明が示唆するように、当代の現実的な対外意識の潜在を、ただしく読み取るべきである。

> 『今昔物語集』には、宋と高麗への意識の深さをしのばせるものがある。巻十一の仏法伝来をはじめ、先の新羅征討をめぐる利仁の話でも、その時代の国号や中国呼称の一般の「唐」ではなく、同時代の「宋」が使われる。また、朝鮮に関しても、新羅、百済など古代の呼称だけではなく、同時代の「高麗」の名称もみられる。これは『今昔物語集』の認識していた時代呼称の投影とみてよいだろう。（中略）「宋」の明示には、通常の「唐」の呼称ではすまされない対外への鋭敏な感覚をうかがわせるものがある。[19]

新羅征討をめぐる利仁の説話とは、巻十四「依調伏法験、利仁将軍死語第四十五」のことである。同話の『打聞集』十一「不空三蔵験事」や『古事談』三・十五では、利仁が鎮守府将軍になった時代ということで、宇多朝であることを明示するが、[20]『今昔』はそれを「文徳天皇ノ御代ニ、新羅国ニ仰セ遣《つかは》ス事ヲ不用《もちゐ》ザリケレバ」とする。説話に出てくる智証大師の入唐（八五三〜八）に合わせて文徳朝（在位八五〇〜八）に時代設定を変えているのである。いずれにせよ唐代の出来事であるが、『今昔』の説話本文には「入宋国ニ在《まし》マス法全阿闍梨」（巻十一第十二話では「法詮」）、「其ノ時ニ、三井寺ノ智証大師ハ若クシテ宋ニ渡テ、此ノ阿闍梨ヲ師トシテ真言習テ御《おはし》ケルガ」と書く一方で、「其ノ後、智証大師、唐ヨリ此朝ニ返リ給テ、新羅ニ渡タリシ事ヲ語給ケル…」と混在して記すことを指す。

同文的な『打聞集』には「モロコシニ有不空阿闍梨ヲ請イテ調伏法ヲ行ス。三井寺ノ智証大師伴僧ニオハシケリ。……結願シテ本ノ唐《モロコシ》ニ帰ニケリ」「智証大師ノ唐ヨリ帰テ語ヲ」（『打聞集本文と研究』）とある。短文の『古事談』も「智証大師御入唐之時」（新日本古典文学大系）と正しく記述しており、従来の注釈書では、「「宋」は、正しくは「唐」とあるべきところ。以下の「宋」も同じ。作者の無知または本集成立時が宋代に当っていたことに引かれた誤記」（新編全集頭注）などと説明されてきたところである。問題意識の所在の違いは明確であろう。

このように見てくると、智証大師円珍の入唐の目的が、先に一瞥した巻十一・第十二話の本文では「我レ宋ニ渡テ、天台山ニ登テ聖跡ヲ礼拝シ、五台山ニ詣テ文殊ニ値遇セム」と描かれていたことが重要である。この叙述について、「史実は「唐」。これを「宋」と記した例が本書に多いのは、本書成立時、中国は宋の時代であったためと、唐・宋両王朝の交代（宋の建国は九六〇年）に関する正確な知識に欠けたために、わが国平安期の中国イコール宋と見る意識が撰者にあったからであろう」（新日本古典文学大系脚注）などと誤認や無知を問題とするだけでは十分ではない。

問題は「宋」や「唐」の文字の異同に留まらない。『智証大師伝』では円珍の入唐を「入唐求法之志」「求法」「入唐之志」と繰り返し表現するが、[21]『今昔』ではそうではない。「天台山ニ登テ聖跡ヲ礼拝シ、五台山ニ詣テ」と誌し、まるで天台山や五台山という聖跡を礼拝し、巡礼に赴くことが、円珍「入宋」の目的のように記している。ここには、遣唐使の時代が終わり、宋代に入って、渡航する僧侶達の目的があたかも〈入唐求法僧〉から〈入宋巡礼僧〉へと意味を変換していった時代相[22]を反映するような表現になっていることに注意が必要なのである。それこそが『今昔物語集』の同時代性であった。

遣唐使途絶後、大陸の現状を伝えたのがまさしくこの「入宋僧」たちであった。宮崎市定は、北宋の「書禁」をめぐって起こる文化格差について、「一体史書はその一代前の記録であるのに、その新刊が日本に渡らなかったとすると日本人はいつも近代中国の歴史を知らぬことになる。仏教の教理や儒教の学説は、いつも日本では中国から最新の知識を得ているのに反し、中国の現状に対する研究は極めて不十分であった」と述べたことがある。[23] 入宋の僧侶達が開いた情報の窓の拡がりは、こうした時代であるからこそ大きい。唐末五代から北宋へ、「十世紀における求法僧の往来によって、日本の仏教と大陸の仏教とのズレが認識され始める」[24]。当代の人々は、「入宋」する彼らを、かつての入唐僧とイメージをダブらせて理解し、或いは投影し、時にかつての入唐僧が訪れた、唐という国名まで、現代の宋に重ねてしまう。

　奝然の帰国は寛和二年（九八六）である。彼の将来経典を前提に、その後の新訳や新入蔵の経典を求めた成尋の入宋は、一世紀近く後の延久四年（一〇七二）のことであった。その五年後に隆国が没する。『今昔』の成立はさらにその後のことであるが、成尋に倣って渡航した『渡宋記』の戒覚らの入宋は、永保二年（一〇八二）で、『三宝感応要略録』を伝来したとも推定される明範が遼と交易して還ってきたのは寛治六年（一〇九二）のことである。そこから重源や栄西が渡宋する十二世紀後半まで、入宋僧は確認できず、大きな断絶が存在する。[25] 限られた入宋僧の中で、奝然と成尋という二人の「入宋」は、一切経を軸とする巨大な情報と書籍をもたらして文化状況を変革した。この「ズレ」とインパクトのいささか粗相な表出が「入唐僧」を「入宋僧」とレッテル替えをした『今昔』の編纂行為であり、それこそが彼らにとっての当代である「宋」という現実なのである。

　ズレばかりではない。その逆に、次の説話は、むしろきめ細かい書き換えがなされているとおぼしい。

　今昔、丹後前司高階俊平朝臣ト云者有リキ。後ニハ法師ニ成テ丹後入道トテ有シ。其弟ニ官モ無クテ、只有ル者有ケリ、名ヲバ（欠文）其ガ閑院ノ実成《さねなり》ノ帥ノ共ニ鎮西ニ下テ有ケル程ニ、近ク渡タリケル唐人ノ身ノ才賢キ有ケリ。其唐人ニ会テ□「算置ク事ヲ習ハム」ト云ケレバ、初ハ心ニモ不入デ、更ニ不教《をしへざ》リケルヲ、片端少シ算ヲ置セテ、唐人此ヲ見テ、「汝ハ極《いみじ》ク算置ツベキ者也ケリ。日本ニ有テハ何ニカハセムト為ル。日本ハ算ノ道不賢《かしこからざ》ル所ナメリ。然レバ、『我レニ具シテ宋ニ渡ラム』ト云バ、速ニ教ヘム」ト云ケレバ、□「吉ク教ヘテ其道ニ賢クダニ可成《なるべ》クハ、云ニコソハ随ハメ。宋ニ渡テモ被用《もちゐられ》テ可有《あるべ》クハ、日本ニ有テモ何《いか》ニカハセム。云ハムニ随テ具シ渡ナム」ト、事吉ク云ケレバ、唐人其言ニ靡《なびき》テ、算ヲ心ニ入レテ教ヘケルニ、一事ヲ聞テ十事ヲ悟ル様也ケレバ、唐人モ「我国ニ算置者多カリト云ヘドモ、汝許此道ニ心得タル者無シ。然レバ必ズ我ニ具シテ宋ニ渡レ」ト云ケレバ、□モ「然也。云ハムニ随ハム」トゾ云ケル。

「此算ノ術ニハ、病人ヲ置テ癒《やむ》ル術モ有リ。亦病ヲ不為《せぬ》人也ト云ヘドモ、妬シ、噁《にく》シト思フ者ヲバ、忽ニ置キ失ナウ術モ有リ。事トシテ此算ノ術ニ離レタル事無シ。然レバ更ニ如此《かくのごと》キノ事共ヲ惜ミ不隠《かくさず》シテ、皆汝ニ伝ヘテム」ト、「其レニ、尚『我レニ具シテ宋ニ渡ラム』ト誓言ヲ立ヨ」ト云ケレバ、□実ニハ不思ドモ、此ヲ習ヒ取ラムト思フ心ニテ、少許ハ立テケリ。然レドモ、尚「人ヲ置テ殺ス術ヲバ、宋ニ渡ラム時ニ船ニシテ伝ヘム」ト云テ、異事共ヲバ吉ク教テケリ。

而ル間、帥、安楽寺ノ愁ニ依テ、俄ニ事有テ、京ニ上ケルニ、其ノ共ニ上ケルヲ、唐人強ク留メレドモ、「何デカ年来ノ君ノ此事有テ、俄ニ上リ給ハムニ、不送《おくらず》シテ、留ラム。其事ヲ受テ不違《たがはじ》ト思フモ、主ノ此騒テ上リ給フ送セムト云ニテコソ我ガ事否違《えたがふ》マジキ也ケリトハ思ヒ知ラメ」ト□ケレバ、唐人「現《げ》ニ」ト思テ、「然、必ズ返リ来レ。今明ニテモ宋ニ渡ナムト思フニ、汝ガ来ラムヲ待テ、具シテ渡ラム」ト云ケレバ、深ク其契ヲ成シテ、□帥ノ共ニ京ニ上ニケリ。

世ノ中冷《すさまじ》キ時ニハ、「和ラ宋ニ渡《わたり》ナマシ」ト思ケレドモ、京ニ上ニケレバ、知タル人々ナドニ云ヒ被止《とどめられ》、兄ノ俊平入道モ聞テ強《あながち》ニ制シケレバ、鎮西ヘダニモ不行カ成ケリ。彼ノ唐人ハ暫クハ待ケル程ニ、音モ無レバ、態《わざ》ト使ヲ以テ文ヲ遣テ、恨ミ云ケレドモ、「年老タル祖ノ有ルガ、今明トモ不知《しら》ネバ、其レガ成ラム様見畢《はて》テ行ム」ト云ヒ返シテ、不行《ゆか》デ止ニケリ。唐人暫コソ待ケレドモ、不来《きたらざ》リケレバ、「謀ツル也ケリ」ト思テ、吉ク咀《のろひ》テナム宋ニ返リ渡ニケル。（下略）

（『今昔物語集』巻二十四「俊平入道弟、習算術語第二十二」）

藤原実成が大宰権帥に任ぜられたのは長元六年（一〇三三）十二月三十日のことだから、説話は、北宋の時代である。日本古典文学全集頭注は、最初の「宋」に頭注を付し、宇治拾遺「唐」。以下も同じ。同原拠とみられる宇治拾遺対応本文の「唐」が本話で一様に「宋」と改まっているのは、中国がすでに唐から宋へと移り、日宋交通が当時急速に拡大化しつつあった現実的認識の上に立った改変であろう。出典の唐を宋と改めた類例は巻十一第九〜

一二話の表現にも所見。

と注するが、[26]補うべき点がある。国名だけに注意すると見過ごすが、丁寧に追いかけると『今昔』では、中国人という意味では『宇治拾遺』と同じく「唐人」で一貫し、実際の国名についてのみ「宋」と改変して統一する。しかもそれは、最後の例以外はすべて会話文の中に出てくる。すなわち唐人自らが「宋」と語っているのである。出典の曖昧さを排して、むしろ歴史的現在である「宋」が、正確に描き分けられているというべきであろう。

おわりに

以上、本朝部における、断片的な宋代インパクトの反映を見てきた。断片であるが故にその影響の深さが推し量られると考えるが、[27]もちろん本来の論点は、もっと直接的に、震旦や天竺を描く時、文献的にそれがどのように果たされたかということである。たとえば問題は、先に少し触れたように、入宋僧がもたらした情報、就中、成尋をめぐる舶来経典や典籍類のこと、『安養集』に表出された思想と遺宋の周辺、さらにまた『大宋僧史略』の受容（巻六・一、巻六・九）や遼の非濁撰『三宝感応要略録』との関わりなど、宋代資料の影響についてさまざまな要素が考えられる。これらについて、改めて考察する必要があるが、紙数も尽きた。以下は印刷中の別稿で論じたい。

注

（1）『今昔』の当該話では仲麻呂の表記が「仲麿」「仲丸」と揺れながら異なる。ここでは「仲麻呂」に統一して以下論じる。

（2）以下の論述は、拙稿「かへりきにける阿倍仲麻呂——『土左日記』と『新唐書』」（倉本一宏編『日記・古記録の世界』思文閣出版、二〇一五年）、また本稿執筆の後に本稿を前提に書かれた「編纂動機と逸話配列——紀貫之の亡児哀傷をめぐって」（『日本文学』二〇一五年七月号）での論述と一部重なるところがある。

（3）以下、石原道博編訳『新訂旧唐書倭国日本伝・宋史日本伝・元史日本伝——中国正史日本伝（2）』（岩波文庫、一九八六年）の訓読と本文を参照した。

（4）氣賀澤保規『阿倍仲麻呂伝研究——朝衡伝考』と杉本直治郎博士」（杉本直治郎『阿倍仲麻呂伝研究　手沢補訂本』（勉誠出版、二〇〇六年）所収。

（5）前掲手沢補訂本による。初出は一九四〇年。

（6）前掲氣賀澤保規「『阿倍仲麻呂伝研究——朝衡伝考』と杉本直治郎博士」。同稿は後継する杉本論を受けて、「ただはじめて入唐したときの肩書きが、『旧唐書』では「偏使」、『新唐書』では「副」として表現に微妙なずれがあり、『新唐書』にも別に何らかの拠りどころがあったという理解も成り立つ」と付言する。

（7）徳原茂実「小野篁の船出——「わたの原八十島かけて」考」（『武庫川国文』七四号、二〇一〇年十一月）。

（8）萩谷朴編『影印本 土左日記（新訂版）』（新典社、一九八九年）の頭注では、「青為以外の他本すべて「かへりきける」。」と注するが、為家本も「かへりきける」とある（後述）。この部分の青谿書屋本の独自性については、池田亀鑑『古典の批判的処置に関する研究』第一部第四章一八五頁（岩波書店、昭和十六年、一九四一年）参照。

（9）松村明編『日本文法大辞典』（明治書院、一九七一年）。

（10）このあたりの問題については前掲拙稿「かへりきにける阿倍仲麻呂――『土左日記』と『新唐書』」に詳述したが、後述するように一部補訂が必要である。

（11）『日本古典集成 今昔物語集一』「説話的世界のひろがり」。

（12）文化庁での国宝指定時に調査にあたった藤本孝一氏の御示教による。注（2）所掲の拙稿「かへりきにける阿倍仲麻呂」では、萩谷朴の調査（注（8）参照）を承けた論述として為家本に敷衍したが、本稿を以て訂正したい。

（13）なお定家・為家の『新唐書』受容は明確ではないが、当然保持していた知識であろう。『明月記』嘉禄元年四月二十一日条（国書刊行会本・中巻・四二五頁）に「新唐書曰、大宗以寛仁治天下」という一節がある。ただしこれは、嘉禄に改元する時の候補の一つ「仁治」に対して引かれた勘文の一部で、定家の所引ではない。

（14）『今昔物語集』の出典研究に宋代資料が絶対的に欠落していることの意味を自覚的に論じたのは今野達である（今野達「心性罪福因縁集と説話文学――今昔巻四の第九・十の原拠など」『文学』第五十五巻第一号、一九八七年）。このことについては、今日的な視点で再考すべき重要な問題を含むので、別稿を用意している。

（15）宮崎市定「書禁と禁書」（宮崎市定著『東西交渉史論』礪波護編、中公文庫、一九九八年所収、初出一九四〇年）参照。

（16）頼長は永治元年（一一四一）に『新唐書』「帝紀」を読み（『台記』康治二年九月二十九日条）、仁平元年（一一五一）には「宋国商客劉文冲」から「五代史記十帖」「唐書九帖」などを贈られている（『宇槐記抄』同年九月二十四日条）。なお杉本直治郎は「『扶桑略記』（巻六）元正天皇の霊亀二年八月の条に、「「大伴山守為遣唐大使。多治比県守・安倍仲麿為副使。（下略）」とあつて、仲麻呂（即ち仲満）副使説を取つてゐる。これまさに『新唐書』の副使仲満説を支持するものであらねばならぬ」と指摘している（『阿倍仲麻呂伝研究』）。『扶桑略記』成立の上限となる最後の記述は、寛治八年（一〇九四）の条である。

（17）引用は新日本古典文学大系。なお旧日本古典文学大系ではすべて「唐」に校訂されており、こうした問題自体が顕在しにくい。注意が必要である。

（18）講談社学術文庫版五三頁。ちなみに『朝野群載』巻二十所収の成尋宛源隆国書状（承保四年三月）は、新訂増補国史大系本の目録では「大納言遣宋石蔵阿闍梨書状」と題されるが、本文では「…遣唐…」とある。『朝野群載』の編集意識と本文と双方からの検討が必要な例かも知れない。

（19）小峯和明編『今昔物語集を読む』II「今昔物語集の世界観」二「異文化交流」の2の「宋と高麗」（小峯和明執筆、吉川弘文館「歴史と古典」、二〇〇八年）。

（20）正確には宇多法皇の時代。新編日本古典文学全集頭注など参照。『打聞集』は法全を不空と誤認して説話を進めるが、『今昔』はそれを訂して叙述する。

（21）金剛寺『円珍和尚伝』（後藤昭雄『平安朝漢文文献の研究』吉川弘文館、一九九三年）など諸本あるが、この部分の本文は

同じ。佐伯有清『智証大師伝の研究』（吉川弘文館、一九八九年）参照。

(22) 石井正敏「入宋巡礼僧」（荒野泰典・村井章介・石井正敏編『アジアのなかの日本史V　自意識と相互理解』東京大学出版会、一九九三年）、上川通夫「入唐求法僧と入宋巡礼僧」（荒野泰典、石井正敏、村井章介編『日本の対外関係3　通交・通商圏の拡大』吉川弘文館、二〇一〇年）参照。なお慈覚大師は、『今昔』の前話において「伝教大師失給ヒヌレバ、心ニ思ハク、「我レ、唐ニ渡テ顕蜜ノ法ヲ習ヒ極メム」ト思テ、承和二年ト云フ年、唐ニ渡ヌ。天台山ニ登リ五台山ニ参リ、所々ニ遊行シテ聖跡ヲ礼シ、仏法流布ノ所ニ行テハ是ヲ習フ間、恵正《エシヤウ》天子ト云フ天皇ノ代ニ…」と位置づけられ、対照的に求法を前提とした入唐と礼拝・巡礼であることが明示される。同話の『宇治拾遺物語』一七〇でも当該部（説話冒頭）は「慈覚大師、仏法をならひ伝へんとて、唐《もろこし》へ渡給ひておはしける程に、会昌年中に…」（新日本古典文学大系）と求法のコンテクストが示される。

(23) 前掲「書禁と禁書」。

(24) 横内裕人「自己認識としての顕密体制と「東アジア」」（『日本中世の仏教と東アジア』塙書房、二〇〇八年所収）。

(25) 横内裕人前掲論文参照。

(26) 新編日本古典文学全集の頭注もほぼ同文。

(27) こうした本稿発想の基盤の一つに、現在進行中の科研・挑戦的萌芽研究（平成二十六～二十七年度）「超越的文化バイアス論としての古典文学研究の可能性」（研究代表者荒木浩、課題番号26580049）がある。

※原文の引用に際して、句読点や濁音を付し、またルビを省略したり漢字を仮名に開いたりと、表記に一部変改を加えたところがある。

かいまみの文学史——平安物語と唐代伝奇のあいだ

李 宇玲

り・うれい——中国同済大学教授。専門は日本古典文学・日中比較文学。主な著書・論文に『古代宮廷文学論——中日文化交流史の視点から』（勉誠出版、二〇一一年）、「唐代伝奇と平安文学」（日向一雅編『源氏物語と唐代伝奇』青簡舎、二〇一二年）、「『源氏物語』と対外交流——交流が作る日本文化」（『新時代への源氏学6 虚構と歴史のはざまで』竹林舎、二〇一四年）などがある。

平安物語には、恋の発端となる「かいまみ」が数多く見受けられる。唐代伝奇の『遊仙窟』からの影響だと指摘されてきたが、同書にじっさいかいまみが描かれていないことを確認し、平安物語と唐代伝奇の受容関係について再検討してみる。さらに、唐代伝奇における男女の出会いのかたちや「かいまみ」の描き方を総体的に捉えたうえで、禁忌の恋という視点から両国の恋愛文学の本質を問いなおす。

はじめに

唐代伝奇とは、唐代に入ってから、とりわけ中唐において盛んにつくられ、多彩なテーマとモチーフによって構成される数々の虚構の物語である。(1) なかでも『鶯鶯伝』や『遊仙窟』など、男女の情愛を主題とする作品が重要な意味をもち、中国文学史のなかではじめて散文のかたちで恋を叙述する文学作品となり、恋愛小説の流れをひらいた。なお、山上憶良が老病の哀しみをつづった「沈痾自哀文」（『万葉集』巻五、天平五年〈七三三〉夏）に、「遊仙窟曰、九泉下人、一銭不値」とあり、同書は当時すでに日本に伝来されていたことがわかる。

いっぽう、平安文学との関係からいうと、初期の物語の生成が、唐代伝奇によって触発されたところがあったのだろうという仮説がこれまで説かれてきた。「伝承的フィクションをいくら積み重ねても、フィクションの創作にはならない」と益田勝美氏がいみじくものべたように、(2) 古伝承からいきなり平安物語が直接誕生したことは、およそ考えられない。

では、平安物語はどういう知的土台から生まれてきたのか、そのゆたかな想像力と虚構の力をいかにして培ったのだろうか。おおかたの見取り図として、中国六朝の志怪小説や唐代伝奇に啓発されて、平安朝の男性知識人たちの手によって漢文伝がつくられるようになり、そういうものと隣接して物語が生まれたのではないかと考えられている。また、近年の研究により、翻案・典拠から、表現・語彙の摂取にいたるまで、平安文学における唐代伝奇のさまざまな影響が精緻に究明されている。具体的な受容例として、『伊勢物語』初段や『源氏物語』若紫巻・橋姫巻の異郷訪問とかいまみが『遊仙窟』の枠組と類似することや、[3]『伊勢物語』第六九段（伊勢斎宮章段）が「鶯鶯伝」をふまえたことや、[4]『源氏物語』の夕顔の人物造型に、狐に化けた白衣の美女との数奇のめぐりあいを描いた「任氏伝」が深くかかわっているだろうとの説などがあげられる。[5]

一連の研究から、唐代伝奇との出会いを通じて、平安びとの想像力が大きくはぐくまれたことは明確にみてとれるわけだが、それと同時に、A（平安物語）とB（唐代伝奇）がどれだけ類似しているかという議論は、ときには主観的判断にゆだねられることが多く、認定基準が恣意性に流れやすいことにも留意したい。むろん、これはひとり唐代伝奇の受容だけの問題ではない。和漢比較研究全体についても、同じことがいえよう。かかる視点から、本稿では、唐代伝奇から影響を受けたとされる平安物語の「かいまみ」の問題にあらためて注目し、唐代伝奇における男女の出会いの全体像をおさえたうえで再検討を試みたい。

一、かいまみの平安物語

平安文学では、男女の出会いの典型的なかたちとして「かいまみ」の場面がふんだんにとりいれられている。貴公子が垣根や几帳、御簾のすきまから女君の様子をうかがったり、透き影や横顔をのぞきみしたりして懸想する例は、物語に多く散見される。たとえば、つぎの名高い一節である。

> むかし、男、初冠して、奈良の京、春日の里に、しるよしして、狩にいにけり。その里に、いとなまめいたる女はらから住みけり。この男、かいま見てけり。おもほえず、ふる里に、いとはしたなくてありければ、心地まどひにけり。（『伊勢物語』初段、石田譲二訳注・角川文庫）

元服したばかりの昔男が、旧都である奈良の春日の里に狩に出かけ、そこで思いがけず美しい姉妹をかいまみてすっかり魅了されたという。古来、人口に膾炙した章段であり、旅先で期せずして麗人をかいまみて心をみだすという物語の設定は、『源氏物語』若紫巻の紫上の初登場の場面に色濃く影を落としていると考えられている。春の日長の夕暮時、病気の治療に北山をおとずれた光源氏が小柴垣のもとに立ち寄り、かわいらしい少女を見いだしたところから、両者の出逢いがはじまったのである。

　平安文学にこのような恋の発端となった「かいまみ」の例はおびただしく、さらに舞台は日本にとどまらず、平安中期の『浜松中納言物語』では、遣唐使として唐にわたった中納言が、河陽県の宮殿で帝が寵愛する唐后をかいまみて恋する展開となっている。もはや「かいまみ」をぬきに、恋愛を主題とする平安物語を語れないといっても過言ではなかろうが、異郷・異界の地に赴き、そこでゆくりなく美人をかいまみ、その女性に求愛するという筋書きは、『伊勢物語』初段も、『源氏物語』若紫巻も、唐代伝奇のひとつである『遊仙窟』から影響を受けたものとはやくから指摘されている。(6)

　では、いわゆる『遊仙窟』の「かいまみ」とはどのようなものであろうか。先学にみちびかれつつ、「かいまみ」と考えられた『遊仙窟』の本文について再検討をくわえてみた。(7)「余《われ》詩を読み訖《お》えて、頭《こうべ》を門中に挙《あ》ぐるに、忽《こつ》として十娘の半面を見る」という一文が、それに該当する場面とされたのだが、しかし、この文はあくまで「わたし〈張文成〉は十娘からの返詩を詠みおえて、頭をあげたら、ふと視線の向こうに十娘の横顔がチラッと見えた」という意味であり、じっさい「かいまみ」が描かれていないとわかる。

　ここは『遊仙窟』の冒頭に近いところで、山奥の仙境をおとずれた張文成が、桃の花が咲きみだれる水辺で洗濯する若い女性を見かけ、一夜宿を貸してほしいと頼む。すると、ある屋敷の前に案内され、絶世の美女である崔十娘の家だと知るや、張文成はすぐさま詩を詠み、侍女にとりつぎを依頼する。しばらくすると返詩がきて、それを読み終わったときにふと十娘の横顔が見えた場面である。張文成のごくさりげないしぐさは、なぜ古代日本において、わざと首をさしのべてかいまみをしようとしたというふうに捉えられたのか。そして、いつごろからそのような読みとりが生まれたのだろうか。

『遊仙窟』の古訓や旧訓をたどっていくと、現存するもっとも古い金剛寺本や醍醐寺本ないし江戸時代の無刊記本は、いずれも「かいまみ」と解釈する。金剛寺本も醍醐寺本も、鎌倉から室町の初期にかけて書写されたものだが、平安時代の古訓をかなり踏襲していると考えられている。とすると、『遊仙窟』の当該場面は日本に伝来された当初から「かいまみ」と理解されたのだろうか。本稿冒頭でふれたように、『万葉集』に同書の引用があり、山上憶良ら遣唐使一行によって日本にもたらされたものと目される。だがしかし、「ミニ遊仙窟の世界」といわれ、魚釣り少女らとの邂逅を、神女との交歓さながら風に描いた大伴旅人の「松浦河に遊ぶ序」(『万葉集』巻五)をはじめ、『万葉集』から「かいまみ」の例がほとんど検出されない。ここに、上代びとが『遊仙窟』のここの場面を「かいまみ」ととらない可能性が出てくる。とすれば、「かいまみ」と新たに捉えなおされたのは平安朝に入ってからであり、背景には、平安びとが王朝の文化的風土や生活風俗のイメージを借りて、『遊仙窟』の世界にあてはめながら、作品を理解・享受しようとしたことが想定される。ちなみに、韓国に『遊仙窟』をまねて書かれた「崔致遠」(『新羅殊異伝』、十世紀前後)という漢文小説がのこっており、こちらにもかいまみのシーンがなく、男女が詩の贈答をへて直接対面をはたした構成となっている。

以上、『遊仙窟』の訓読史・受容史から、「かいまみ」の読みが編みだされたいきさつについて概観したが、のみならず、当該場面を「かいまみ」ととらないさらなるもうひとつの理由は、唐代伝奇における男女の出逢いの描き方にある。平安文学では、恋の発端としての「かいまみ」は物語の常套的手法のひとつといえるが、唐代伝奇に圧倒的に多いのは、「一目ぼれ」のパターンである。もっとも、「かいまみ」が「一目ぼれ」に直結する例もしばしばみられる。しかし、唐代伝奇の「一目ぼれ」はやや様子が異なるようである。以下、恋愛をテーマとする唐代伝奇を中心に、両者の違いについてながめてみたい。

二、「一目ぼれ」の唐代伝奇

多岐にわたる題材をもつ唐代伝奇のなかで、ひときわ精彩をはなつのは「遊仙窟」や「鶯鶯伝」など、男女間の愛情を主題とする作品である。才子佳人の纏綿たる恋愛模様を描いたこれらの作品に、生身の人間の情感と愛執という、従来の中国文学にみられない叙情の世界が現出されている。はじめて叙述文学の枠組において未婚の男女の恋を語る唐代伝奇では、主人公たちのなれそめはどのように描かれたのか、いいかえれば才子と佳人はいつもどのように邂逅したのだろうか。主人公たちの出逢いのシーンを切り出してみると、およそつぎのとおりである(ⒶとⒷはそれぞれ男性と女性の反応をさす)。(8)

① (鄭六)偶《たま》たま三婦人の道中《どうちゅう》を行《ゆ》くに値《あ》う。中に白衣の者(任氏)有りて、容色姝麗《ようしょくしゅれい》なり。Ⓐ鄭子は之《これ》を見て驚《きょう》悦《えつ》し、其の驢《ろ》に策《むちう》ち、忽ち之に先んじ、忽ち之に後《おく》れ、将《まさ》に挑《いど》まんとして未《いま》だ敢《あ》えてせず。Ⓑ白衣は時々盼睞《はんらい》し、意

を受《う》くる所有り。

（沈既済〈中唐〉「任氏伝」）

② 一扉を闔《と》じ、娃（李娃）有り、方に一双鬟の青衣に凭《よ》りて立ち、妖姿要妙《ようしようみよう》、絶代未だ有らず。Ⓐ生忽ち之を見て、覚えず驂《さん》を停《とど》むること之《これ》を久しくし、徘徊して去る能《あた》わず。乃ち詐《いつわ》りて鞭を地に墜《おと》し、其の従者を候《ま》ち、勅《ちよく》して之を取らしむ。累《しき》りに娃を眄《み》るに、Ⓑ娃は眸《ひとみ》を回らし睇《てい》を凝らし、情《じよう》甚だ相慕《あいした》う。

（白行簡〈七七六〜八二六〉「李娃伝」）

③ （鶯鶯）之を久しくして、乃ち至る。常服睟容《じようふくすいよう》、新飾を加えず。垂鬟 黛《まゆずみ》に接し、双臉紅《そうけんこう》を銷《け》すのみ。顔色豔異《えんい》、光輝人を動かす。Ⓐ張驚いて之に礼を為す。（中略）Ⓑ凝睇怨絶《ぎようていえんぜつ》、其の体に勝《た》えざる者の若《ごと》し。（中略）Ⓐ張は是《これ》自《よ》り之に惑い、其の情を致《いた》さんことを願うも、得るに由《よし》無きなり。

（元稹〈七七九〜八三一〉「鶯鶯伝」）

④ （浄持・霍小玉の母）遂《つい》に酒饌《しゆせん》を命じ、即《すなわ》ち小玉（霍小玉）をして堂の東閤子《とうこうし》中自《ちゆうよ》りて出《い》でしむ。Ⓐ生（李益）即ち拝迎し、但《た》だ一室の中、瓊林玉樹《けいりんぎよくじゆ》の若《ごと》く、互いに相照曜《あいしようやく》し、転盼《てんはん》すれば精彩人を射るを覚ゆるのみ。（中略）Ⓑ玉乃ち鬟《かん》を低《た》れて微笑し、細語《さいご》して曰く、面《おもて》を見るは名を聞くに如《し》かず、才子豈《あ》に能《よ》く貌《かたち》無《な》からんや、と。

（蔣防〈中唐〉「霍小玉伝」）

紙幅の関係で上記の四作しかあげられないが、いずれも唐代伝奇の屈指の名作である。①は狐妖と人間の悲恋を語る「任氏伝」から。長安の喧騒の大路で、道ゆく白衣の美人を一目見るなり、たちまち心を奪われた鄭六は、そのまま女たちのあとについていった。白衣の女のほうもまた、絶えず彼に流し目を送ったという。②は白居易の弟である白行簡が書いた「李娃伝」である。科挙の受験のために上京してきた貴公子が、長安の名妓である李娃にほれこみ、艱難辛苦の末にめでたく団円を迎えた話だが、二人の出逢いは、とある邸の前を通りかかった某生が、門前に立つ美女に目をひかれ、その絶世の美貌にぼうぜんとし、うろうろしたり鞭を落としたりして、一生懸命相手の気をひこうとするところからはじまる。美女もまた彼のほうを伏し目がちに見つめ、かなり慕わしげな様子であった。

③は『伊勢物語』第六九段の粉本となった「鶯鶯伝」。崔夫人が災難から助けてもらったお礼に張生を宴に招待し、その席に娘の鶯鶯を呼び出したところ、張生は彼女のあでやかな容色に見とれて、すっかり心を動かされた。ただし、①②と異なるのは、鶯鶯は初対面の張生に対し、深窓の麗人らしくつれなくふるまっていた。しかし、その後の展開をみると、いったん張生の求愛をしりぞけた鶯鶯が、やがてみずから男の寝所に出向いて情をかわしたことから、この最初の出逢い

において鶯鶯が張生に反感を抱いたことはまず考えられない。むしろその立派な風采（「性温茂にして、風容美し い」）に心ひそかに好意を寄せていたからこそ、のちのような急転直下がありえたと考えたほうが自然であろう。

そして、最後の④は「霍小玉伝」の例で、男主人公の李益がはじめて霍小玉の家をたずねた際の光景である。小玉が現れたとたん、部屋中がぱっと光りかがやき、李益はもはや彼女から目が離れなくなった。いっぽう、小玉もほほえみながら、「才子という評判の高い方には不細工な人はいませんわ」と、いかにもご満悦なようであった。

上記四例のほかに、男女がお互いに一目ぼれするところから相思相愛の仲にいたる類型的な場面は、唐代伝奇のなかから数多く検出される。そこに浮かび上がってくるのは、みずからの意志と眼識によって恋愛の相手を選び、一途な想いをつらぬき、驚くべき決断と行動力をもつという、かつての中国文学にみられない新しい女性像である。それに対し、恋の発端となる平安物語の「かいまみ」は、ほとんど男性が女性をのぞきみるという一方的な行為に限定されており、女性はあくまで「みられる」側で、受動的な存在として位置づけられているのである。

三、唐代伝奇の「かいまみ」

では、唐代伝奇に「かいまみ」からはじまる恋がまったく存在しないのだろうか。調査の結果、数は少ないながら、恋愛と関連するものを四例見つけることができた。いまかりにA「男性が女性をかいまみる」、B「女性が男性をかいまみる」、C「双方が互いにかいまみる」の三つに分類し、ひとまず平安物語に多いAパターンからみてみよう。

A　男性→女性

イ、（王仙客《おうせんきゃく》）亦窓隙《そうげき》の間においてⒶ無双《むそう》を窺い見るに、姿《し》質明艶《しつめいえん》にして、神仙中の人の若《ごと》し。仙客狂《きょう》を発し、唯だ姻《いん》の事の諧《かな》わざるを恐る。

（薛調〈八三〇～八七二〉「無双伝」）

ロ、博陵の崔慎思《さいしんし》、貞元中進士の挙《きょ》に応ず。京中《けいちゅう》に第宅《ていたく》無く、常《かつ》て人に隙院《げきいん》（空家）を賃《か》りて居止《きょし》す。而《しか》して主人は別の一院《いちいん》に在りて、都《すべ》て丈夫《じょうふ》（男子）無く、少婦の年三十余りなるもの有るのみ。Ⓐ之を窺うに亦た容色有り、唯だ二女奴《にじょど》有るのみ。慎思は遂《つい》に意《い》を通《つう》ぜしめ、納《い》れて妻と為さんことを求む。

（皇甫氏〈晩唐〉「崔慎思」）

イの「無双伝」では、王仙客がいとこの劉無双と許婚《いいなずけ》だったが、高官に昇任した無双の父が、結婚の申し込みに来た仙客に色よい返事をくれない。ある日、窓のすきまから天女と見まがうほどみめ麗しく成人した無双を目にして、仙客は縁談が実現できないのではないかとひどく気に悩んだ。やがて兵乱のため、ふたりは離散し、のちに義侠の士の尽力で再会をはたした。この「かいまみ」を通して仙客は無双への思いが昂じ、結婚をいっそう切願したわけだが、ほんらい婚約の仲であり、かつ同じ屋敷内に住む者同士であることから、恋愛のきっかけとなった「かいまみ」とはおのずと事情が異なる。なお、この例から、唐代の貴族官僚の家庭では、たとえいとこ同士でも、未婚の男女が互いに顔を合わせることはめったにないとうかがわれる。

　つぎのロは、「無双伝」とほぼ同じ時期に書かれた作品で、やはり科挙受験のため長安にやってきた崔慎思が、空家を借りて住むことにした。隣に家主が住んでいるが、男の人の気配がなく、ある日崔はのぞいてみると、三十歳あまりの美しい婦人を見かけ、人を介して彼女に求婚したという。男性が容姿端麗な女性をかいまみて求愛するという筋立ては平安物語の場合と類似するが、ここで注意しておきたいのは、崔慎思がかいまみをしたのは、隣の家に男性がいないことがきっかけで、あくまで日常生活の延長線上に発生した行為という点である。日常からはなれた旅の途次や異郷で思いがけず美しい女性をかいまみて恋へと展開する平安物語の場合とは、大きな隔たりがあろう。

　このように、イとロは日常空間においてなされた隣人同士の「かいまみ」だが、じっさい、つぎのBとCも同様である。唐代伝奇にみずからの愛をひたむきに追いもとめ、果敢に行動する女性像が多く登場するが、その主体的な姿勢はひそかに思いを寄せている男性をかいまみるところにもあらわれている。

B　女性↓男性

ハ　李生という者有りて、翃《こう》（韓翃）と友とし善《よ》し。家は千金を累《かさ》ね、気を負い才を愛す。其の幸姫《こうき》を柳氏と曰い、艶なること一時《いちじ》に絶《ぜつ》す。談謔《だんぎゃく》を喜び、謳詠《おうえい》を善くす。李生は之を別第《べってい》に居《お》き、翃と宴歌するの地と為す。而して翃を其の側《かたわら》に館せしむ。翃は素《もと》より名を知られ、其の候問《こうもん》する所は、皆常時の彦《げん》なり。Ⓑ柳氏は門より之（訪問客の様子）を窺い、其の侍者に謂《い》いて曰く、韓夫子は豈《あに》長く貧賤なる者ならんや、と。遂に意を属《しょく》す。（許尭佐〈中唐〉「柳氏伝」）

C　男性⇔女性

ニ　其（趙氏）の子を象《しょう》と曰い、端秀にして文有り、纔《わず》かに弱冠なり。時に方《まさ》に喪礼に居る。Ⓐ忽ち一日、南垣《なんえん》の隙中に於いて飛煙を窺い見て、神気倶に喪《うしな》い、食を廃して寐《び》を忘る。（中略）煙（歩飛煙が趙象の詩を）読み畢《お》わりて、吁嗟《くさ》すること良久《やや》しくして、媼《おうな》に謂いて曰く、Ⓑ我も亦た嘗て趙郎を窺い見る。大いに才貌好し。此の生薄福にして、之に当るを得《え》ず。

（皇甫枚〈晩唐〉「歩飛煙」）

ハの「柳氏伝」は、李生という人が詩人韓翃《かんこう》の才能を見込み、しばしば妾の柳氏が住む別宅に彼を招き、やがてそのそばの家に住ませることにし、さらに柳氏を韓に譲った話である。柳氏はときどき門から韓翃を訪ねてくる客人の様子をうかがい、みな立派な人物であることから、韓はきっと出世するだろうと信じ、しだいに彼に心を傾けるようになったという。柳氏と韓翃はもとより顔見知りで、かいまみの目的はもっぱら訪問客の品定めにあり、いわゆる「出逢いのかいまみ」の範疇に入らない。

そして、ニの「歩飛煙」は唐末から五代にかけて書かれた作品で、趙象という名門の子息がある日、垣根のすきから隣人の愛妾である歩飛煙をかいまみ、恋わずらいに陥ってしまった。隣家の門番を通じて、思いのたけを託した詩を歩飛煙に届けてもらい、それを目にした歩飛煙は「自分も趙象をかいまみたことがあり、その才能と容貌がすばらしく、これまであんな方にはめぐり会えなかった」と悲嘆したという。男女が互いにかいまみを通じて相手にほれ込み、逢瀬を重ねるようになった例である。

上記の恋愛と関連する四例のかいまみに共通してみられるのは、主人公たちはみな隣人同士という点である。つまり、平安物語のごとく、異郷や禁断の領域に立ち入ってかいまみをするのではなく、恋のきっかけとなった唐代伝奇の「かいまみ」は、あくまで自宅という日常生活空間のなかで、偶然に隣の家をのぞいたという設定になっている。そして、女性が男性をかいまみる二例は、ともに既婚者でかつ身分が低く、妾のひとりであった。

総じていうと、唐代伝奇では「かいまみ」が恋の発端となる例はごく少なく、しかもそのほとんどが自宅を舞台とし、異郷あるいは禁忌の場所に足をふみいれてのぞきみをするという非日常性を前面におしだす趣向がみとめられない。なお、傍点をふったように、唐代伝奇のどのかいまみもはっきり「窺」か「窺見」と表記されており、『遊仙窟』にあるような「頭を挙ぐる」という表現でかいまみをあらわそうとする例は見当たらない。

四、禁忌の物語の系譜

以上、『遊仙窟』の「かいまみ」を手がかりに、唐代伝奇における男女の出逢いのかたちと「かいまみ」の位相の両面から、平安文学と唐代伝奇の関係について問い直してみた。『遊仙窟』が日本の文学におよぼした影響について、これまで訓点資料をふまえた研究がひじょうに精緻になされてきた。今後、さらにその独特な訓読が成立した文化的背景にも目配りしながら、原作にない日本独自の読みがふくまれていないか、より細かく吟味する研究がもとめられよう。

しかしひるがえってみると、「かいまみ」をふくめて、平安文学に禁忌の主題を扱った作品は、じつに枚挙にいとまがない。古代の王朝社会の恋愛において、最大の禁忌はなんといっても帝の妻を犯す、すなわち妃と臣下の密通事件だといえよう。よく知られるように、平安物語の作者たちはじつにこの題材を好んでとりあげている。

たとえば、『伊勢物語』の「二条后」章段と「狩の使」章段は、それぞれ后と斎宮との恋愛を描いているが、なかでも第六九段が「鶯鶯伝」を下敷きにしていたことは、ほぼ定説となっている。だが、鶯鶯の場合、張生が求婚さえすれば、結婚が実現する相手である。また、鶯鶯の母も娘の密通を知っていてどうしようもないと言っている。これに対し、斎宮は神に仕える身として、男性との結婚がけっして許されない女性である。

同様の傾向は『うつほ物語』においてもみられる。臣下と后の密通こそ明確に語られていないが、「内侍のかみ」巻では、相撲節会の当日に仁寿殿女御と藤原兼雅、承香殿女御と兵部卿宮の恋が、ほかでもなく朱雀帝じしんのまなざしをとおして情趣ゆたかに描出されている。[9] また、その直後に仲忠が入内後の東宮妃藤壺に激しい恋慕の情を訴えるシーンもおかれている。そして、『源氏物語』における光源氏と藤壺、柏木と女三宮の密通事件と不義の子の出産。さらに、『浜松中納言物語』では、中納言は唐土の帝最愛の唐后をかいまみたうえ密通をはたし、子供まで生まれた顛末である。

こうした王権への侵犯、禁忌の恋に対する平安文学の積極的な姿勢に比べ、中国文学史のなかではじめて虚構の世界において恋愛を発見したといわれる唐代伝奇の場合は、どうであろうか。まず、唐代伝奇から密通の物語をひろってみると、**左記の表**のようなものがある。

一瞥してわかるように、いずれも女主人公の身分が低く、悲惨な死を遂げる結末も多い。④と⑤は高官に仕える大勢の家妓のひとりにすぎず、その話型も唐代伝奇の剣豪侠客伝の部類に属し、それぞれ空を飛ぶ超能力をもつ下僕の助けを得て女性を盗み出したり、女性がみずから男装して出奔し、逃避行の途中に異人に会ったりする展開をとっている。

このように、架空の世界とはいえ、唐代伝奇に帝の妻と臣下の密通を描いた話はまずみられない。また、妃が登場する作品というと、わずか玄宗と楊貴妃の愛情を描いた「長恨歌伝」と「周秦行記」の二作しか見出せない。「長恨歌伝」の執筆の経緯は、ほかの唐代伝奇とやや異なり、白居易の「長恨歌」にあわせて書かれたと記されている。楊貴妃はもと寿王（玄宗の息子）の妃であったが、玄宗に見初められて入内した。しかし、「長恨歌」では彼女のことを「養われて深閨に在り、いまだ人知らず」と美化し、「長恨歌伝」もまた「弘農の楊玄琰が女を寿邸に得たり」と、寿王の屋敷に楊家の娘がいるのを見つけ出したとぼかしている。つまり、詩にしても、伝奇にしても、玄宗と楊貴妃の恋のもっとも禁忌的な部分、タブーの核心にせまることはないのである。

いっぽう、「周秦行記」の主人公牛僧孺《ぎゅうそうじゅ》は、白居易とほぼ同時代の人物で、話のあらましはつぎのとおりである。牛僧孺が科挙の試験に落第し、故郷へ帰る途中、日が暮れて道に迷い、大きな邸宅に泊めてもらう。その家の主は薄太后（漢の文帝の母）で、牛はそこで歓待を受け、楊貴妃・戚夫人・王昭君・潘淑妃・緑珠など、歴代の妃や美女たちと宴飲談笑し、さらに王昭君と契りをむすび、明け方に別れを告げる。近くの町まで来て、昨夜の話をすると、二里ばかりのところに薄太后の廟があることを知ったという。

異郷に迷い込み、絶世の美女たちと出会い、詩の応酬をしたり、歌舞を楽しんだりして一夜の歓を尽くした筋書きは、『遊仙窟』とそっくりである。ところが、一見異郷でのたわいない一夜の交歓の物語にすぎないこの「周秦行記」は、牛僧孺の政治的なライバルである李徳裕によって槍玉にあげられ、帝の妃と冥遇したことは、その身が臣下でないことを証明しようとするもので、唐に取って代わろうとする謀反の心があると訴えられた。背景には、当時唐の朝廷では、牛僧孺をはじめとする科挙出身の新興官僚集団と李徳裕ら旧来の貴族勢力が、熾烈な権力争い（「牛李の党争」）をくりひろげていることがあげられる。晩年の白居易が中央から

表　唐代伝奇と密通

	作品名	作者	女性主人公	結末
①	「李章武伝」	李景亮（?~?・中唐）	間借りした家の嫁	離別の悲しみで病死
②	「馮燕伝」	沈亜之（?~八三一）	同僚の下級武将の妻	馮燕に殺された
③	「歩飛煙」	皇甫枚（九一〇年か）	隣家の小役人の愛妾	鞭打ち殺された
④	「崑崙奴《こんろんど》」	裴鉶《はいけい》（八六七年前後の人）	高官の家妓	駆け落ち
⑤	「虬髯客伝《きゅうぜんきゃくでん》」	杜光庭（八五〇~九三三）	高官の家妓	駆け落ち

洛陽に退隠したのも、この党争から身を守るためであったが、「周秦行記」はいわば、政敵を中傷するかっこうな材料に利用されたのである。

さいわい、ときの文宗皇帝は、荒唐無稽な話だと真っ向から否定したため、事なきをえたが、このように、後宮の高貴な身分の女性と密通する禁忌の題材はおろか、妃が登場する――王昭君の場合は漢代の一宮女にすぎないが――物語を書くことすら、ときには作者一族の命を落としかねない危険な行為だったのである。これは、後宮を舞台に展開される貴族文学としての平安物語とは、きわめて大きな違いだといえよう。

唐代伝奇の作者はほぼ白居易や「周秦行記」の牛僧孺のような、科挙の受験者（挫折者）あるいは及第者の新興官僚であり、たいてい中小地主階級からの出身者である。安史の乱後、唐王朝が衰弱した統治力を回復すべく、積極的に科挙出身の人材を抜擢して再興をはかろうとした。こうした政治的機運は文学の創作活動にも新風をもたらし、中唐では科挙出身の文人官僚による古文活動（韓愈・柳宗元ら）と新楽府運動（白居易・元稹ら）が起こり、六朝文学の形式美を批判し、文学の現実的な批判能力の回復を提唱した。そして、それによりそうようなかたちで、自己の体験や感情にもとづく恋情文学（恋愛詩・唐代伝奇）が制作されるようになったのである。

しかし、安史の乱により、儒教的倫理規範が相対的に弱まりをみせたとはいえ、「鶯鶯伝」の末尾にとってつけたような張生の「忍情説」や、唐代伝奇のヒロインの大半が妓妾や仙女（異類）であるように、儒教社会のなかで士大夫が親や家の意向を無視して恋愛することも、家庭内のことについて語ることも依然としてタブー視されており、妓女との愛情や異類譚・冥婚譚をとおしてようやく恋愛の世界を表現できたのである。一目ぼれの恋愛小説はいわば、唐代の文人たちにとって、虚構の世界における儒教倫理に立ち向かう最大の抗いだったのかもしれない。

これに対し、当人同士の意向があえば、恋愛が成立する平安朝では、男女間にかような儒教倫理の壁はもとより存在しない。にもかかわらず、平安文学における恋の様相を細かくみていくと、目前にない者への無限の思慕に対する志向性がひじょうに強い。玄宗と楊貴妃の悲恋をうたう白居易「長恨歌」がことさら愛好されたのも、そうした恋の美意識が原点になっているからであろう。秋山虔氏は「源氏物語は恋愛の不可能を極限的に追求した恋愛文学」[10]と指摘しているが、深浅の差こそあれ、許されぬ恋、失われた愛への希求は、平安物語を底流する基本的な主題のひとつとなっている。相思の人への離別の恨みと永遠の思慕を恋愛の本質と定位する平安文学がゆきついたのは、高貴な身分の女性との禁忌の恋の世界である。『遊仙窟』の「かいまみ」も、このような禁忌への侵犯を基軸にすえて究極の恋愛の形を描き出そうとする、平安朝独自の文学伝統の所産にほかなるまい。

注

（1）　唐代に入ってからつくられた虚構の物語にはじめて「唐代伝奇」の呼び名をあてたのは、魯迅（『中国小説史略』北新書局、初出一九二五年）である。「伝奇」ということばにさまざまな意味合いがふくまれていることから、近年、唐代小説あるいは唐代文言小説という呼称をもちいることが多いが、本稿では、論述の便宜上、唐代伝奇を唐代小説の全称とする。

（2）　益田勝美「説話におけるフィクションとフィクションの物語」（『国語と国文学』一九九三年四月）。

（3）　丸山キヨ子「源氏物語・伊勢物語・遊仙窟」（『源氏物語と白氏文集』東京女子大学学会、一九六四年）、渡辺秀夫「伊勢物語と漢詩文」（『平安朝文学と漢文世界』勉誠社、一九九一年）など。

（4）　田邊爵「伊勢物語に於ける伝奇小説の影響」（『国学院雑誌』一九三四年十二月）、目加田さくを『物語作家圏の研究』（武蔵野書院、一九六四年）、田中徳定「伊勢物語第六十九段をめぐって」（『駒沢国文』一九八五年二月）、上野理「伊勢物語『狩の使』考」（『国文学研究』一九六九年十二月）など。

（5）　新間一美「もう一人の夕顔――帚木三帖と任氏の物語」（『源氏物語と白居易の文学』和泉書院、二〇〇三年）など。

（6）　同前掲注3。

（7）　『遊仙窟』の「かいまみ」について、拙稿『源氏物語』と対外交流――交流が作る日本文化」（『新時代への源氏学6　虚構と歴史のはざまで』竹林舎、二〇一四年）を参照されたい。

（8）　唐代伝奇のテキストについて、『唐代伝奇』（新釈漢文大系、内田賢之助・乾一夫訳注、明治書院、一九七一年）、『中国古典小説選第5巻　枕中記・李娃伝・鶯鶯伝他〈唐代Ⅱ〉』（黒田真美子著、明治書院、二〇〇六年）、『中国古典小説選第6巻　広異記・玄怪録・宣室志〈唐代Ⅲ〉』（溝部良恵著、明治書院、二〇〇六年）、『全唐五代小説』（李時人編校、陝西人民出版社、一九九八年）をあわせて参照した。

（9）　松野彩「『うつほ物語』「内侍のかみ」巻についての考察――繰り広げられる恋愛模様を中心に」（『国語と国文学』二〇〇五年一月）は、「賄ひの女御」という史実にない設定から、このような特異な恋愛模様について分析している。

（10）　秋山虔「恋愛文学としての源氏物語」（『日本の美学』一九八七年十一月）。

付記　本論文は住友財団二〇一二年度「アジア諸国における日本関連研究助成」による研究成果の一部である。

『浜松中納言物語』における「唐土」

——知識(knowledge)と想像(imagine)のあいだ

丁 莉

『浜松中納言物語』は日本人の主人公を異国唐土に渡らせ、唐土でのさまざまな体験を想像して綴った、最初の異国物語である。千年も前の一女性が実際に見聞したこともない異国の世界の描写に果敢にも挑戦した。どのような知識に基づき、どのように想像力を働かせ、その挑戦を実現させたのかを考察してみたい。

はじめに

古代日本人の異国旅行記といえば、九世紀中葉の入唐僧円仁（七九四～八六四）の『入唐求法巡礼行記』や、十一世紀末の入宋僧成尋（一〇一一～一〇八一）の『参天台五台山記』がその代表的なものとして挙げられる。円仁は承和五年（八三八）の最後の遣唐使とともに唐に渡り、十年も滞在した。成尋は一〇七二年に渡宋し、一〇八一年に宋の地でなくなるまでついに帰国することはなかった。

一方、作者自身が異国の地を踏んだことがないにもかかわらず、日本人の主人公を異国唐土に渡らせ、唐土でのさまざまな体験を想像して綴った、虚構の異国物語もある。成尋とほぼ同時代を生きる菅原孝標女（一〇〇八～？）を作者と伝える『浜松中納言物語』と、約一世紀後の藤原定家（一一六二～一二四一）の制作と見られる『松浦宮物語』などがそうである。

特に『浜松中納言物語』（以下『浜松』）の場合、実際に見聞したこともない異国の世界を物語の舞台としたこと、日本

てい・り——北京大学外国語学院日本言語文化学部副教授。専門は平安物語文学。主な著書・論文に『伊勢物語とその周縁——ジェンダーの視点から』（風間書房、二〇〇六年）、「平安時代の物語にみる「唐土意識」と「日本意識」」（平野由紀子編『平安文学新論』風間書房、二〇一〇年）、「『源氏物語』における唐土、高麗と大和」（張哲俊、河野貴美子編『東アジア世界と中国文化』勉誠出版、二〇一二年）などがある。

と唐土との現実的に越えがたい距離を越える手段として転生というモチーフを用いたこと、あるいは日本と唐土の人間同士の男女愛、家族愛（現代風に言うと国際恋愛、国際結婚）の話を描いたことなど、物語史的な観点から見ても斬新な試みが多く、非常に意義深い作品である。後に成立した『松浦宮物語』にも大きな影響を与えたことはいうまでもない。

では、作者菅原孝標女（大方の説に従い、菅原孝標女作者説を前提に置く）は、行ったこともない異国唐土をどのように描いたのだろうか。恐らくは文字や絵などから得た知識を踏まえながら、唐土のありさまや、自然および人々の様子などを脳裏に描き、想像をめぐらし、知識と想像で唐土の世界を織りまぜたのだろう。

そこで、知識（knowledge）と想像（imagine）という視点から、千年も前の一女性がどんな知識に基づき、またどのように想像力を働かせ、まだ見ぬ異国の地理、人物、風習などを描写しえているのか、その方法を考察してみたい。

一、地理——漢詩文による知識と想像

訪れたこともない異国を描くのは至難の業である。今ならインターネットで簡単に情報を調べられるが、千年も前の時代ではたとえ書物で地名や場所に関する一応の情報を入手できても、位置関係や距離を把握するのは容易なことではない。実際、この作品の唐描写はいろいろと破綻を見せており、かつて「唐の一字に拘泥して、無要の説を述べたるものなり、実にかの国の様を見聞せるものならば、何ぞ描写のかくの如く浅薄ならんや」と酷評されたほどである。(1)その後、その実証として、例えば唐の地理描写の不正確さや遣唐使の渡航時期や道順、地理上の事実との相違などがいろいろと指摘されてきたが、(2)道順が正当だと主張する説(3)や、物語の航路は遣唐使中期の南島路を参考にし、渡航や帰航時期も実際の遣唐使の渡航、帰航時期と一致しているとする説(4)など、一方では反対の立場からの論も行われてきた。

物語の作者が渡唐の経験を持たず、一女性として漢籍の知識も限られていることがはっきりしているので、物語の描写と唐の実際を比較し、事実かどうかを追究するのは限界があるように思う。それより、たとえ不正確であっても、作者が異国の地理をどんな知識に拠って、またどのように想像力を発揮させ、描いたか、千年前の一女性による異国物語の創作方法を考えてみたいのである。

河陽県

例えば、物語に「河陽県」という重要な地名があるが、理想の女性とされる唐后が住んでいた場所である。そこは「内

裏のほとり近く」[5]にあるという設定であり、中納言が都から河陽県にいとも簡単に出向き、また、唐后と一緒に住んでいる三皇子も河陽県から二三日間ずつ内裏に通っているという。「河陽」は黄河の北にある場所で、『文選』「秋興賦」などで名が知られる晋の文人潘岳が河陽県の県令になり、桃花をいっぱい植えさせ、県中を埋め尽くしたという名高い故事がある。『浜松』の中でも「河陽県に住みけむ潘岳こそは」とあるので、河陽県の潘岳の故事を踏まえていると思われる。

北周庾信「枯樹賦」にみえる「即是河陽一県花」や、「春賦」の「河陽一県併是花」などは潘岳の故事をさすが、『庾信集』は奈良朝に既に日本に伝わった。『晋書』「列伝第二十五」の潘岳伝にもこの話が見える。『浜松』の場合は、幼学書とされる『蒙求』四四の「岳湛連璧」や、『遊仙窟』の一節に由来する『和漢朗詠集』雑・妓女の記述「容貌のかほばぜは舅《をぢ》に似たり、潘安仁が外甥《ははかたのめひ》なれば」などに基づいているのではないかと指摘される。[6]

『浜松』の研究史、あるいは注釈史を通じて、唐土の帝がいる内裏とは、長安の都をさしていると考えられてきた。洛陽ならともかく、長安であれば河南省、黄河の北岸にある河陽とはあまりにも離れているので、決して二三日おきで通える距離ではない。

これに関して、池田利夫氏は嵯峨天皇が淀川の北、山崎の地に創設した河陽離宮との関連を指摘した。[7]平安時代初頭、唐の文化をこよなく愛した嵯峨天皇が創設した河陽離宮には多くの漢詩人が集まり、「河陽」に関する多数の漢詩文を作った。例えば、『文華秀麗集』に「河陽十詠」が収載されているが、その第一首に「河陽花」を設けている。「三春二月河陽縣。河陽從來富於花。花落能紅復能白。山嵐頻下萬條斜。」[8]という嵯峨天皇の歌は潘岳の故事を踏まえながら、山崎の河陽離宮を唐土の河陽に見立てて詠んだものである。

これに和した藤原冬嗣の「河陽風土饒春色。一縣千家無不花。吹入江中如濯錦。亂飛機上奪文紗。」も、唐土の河陽の地のイメージに乗せて、河陽離宮の花が咲き乱れる春の景観を詠んでいる。

河陽は山崎あたりの別名としてそれ以降の時代も使われ続けた。『本朝無題詩』に孝標女と同時代の藤原明衡とその息子藤原敦基は「夏日遊河陽別業」と題する詩を残しているが、「晨辞東洛更南轅　適至河陽漸及昏」(巻六・四一八)、「暫到河陽辞洛下　終朝乗輿及黄昏」[9](巻六・四一九)と詠まれるところから見れば、朝方、都の東から南へ進み、夕暮れには河陽の地(山崎)には着いている。

このような距離感覚は『浜松』における内裏と河陽県との

距離感とはほぼ一致している。『浜松』の作者は漢詩文に頻繁に詠まれる、平安京の近郊にある河陽を脳裏に浮かべながら、その距離感覚で唐后が住む河陽県を書いたのではないか。

洞庭

洞庭についても同じことが言える。物語には「洞庭」は「紅葉のさかりすぐれたる」場所で、「内裏の西に」あるという。こちらも内裏から近く、日帰りのような行幸が行われた。中納言が帝の行幸にお供をした翌日にはもう「河陽県」に行っていた。この「洞庭」が中国湖南省北部、揚子江の南にある洞庭湖をさすのなら、それが長安の遥か南に位置し、翌日に河陽県に出向くなんて到底無理な話である。

「洞庭」は屈原『九歌・湘夫人』や『楚辞』の名句「洞庭波兮木葉下」以来、日本でも親しまれ、漢詩文には洞庭の秋葉・落葉を詠む詩句は枚挙に遑ない。例えば『文華秀麗集』嵯峨天皇御製の「神泉苑九日落葉篇」には「商飈掩亂吹洞庭。墜葉翩翻動寒聲。寒聲起。洞庭波。」とあり、秋の疾風に吹かれ、落葉が波に浮かび流れていく神泉苑の風景を中国の洞庭に仮構し詠んでいる。続く巨勢識人の同じ題の詩にある「洞庭隨波色泛映。合浦因風影飄揚。」や、『経国集』巻一「重陽節神泉苑賦秋可哀応制」の「葉思呉江之楓。波憶洞庭之水。」[10]など、いずれも神泉苑そのものを詠むのではなく、唐土の洞庭やその他の名所に喩えて詠んでいる。

神泉苑は平安内裏の南東に隣接して作られた、池を中心とした庭園である。禁苑として天皇の遊幸の地となり、また遊猟も行われていた。『日本後紀』弘仁三年（八一二）二月十二日の条に「幸神泉苑。覽花樹。命文人賦詩。賜綿有差。花宴之節始於此矣」[11]とあるのは、嵯峨天皇が神泉苑にて「花宴の節」を催した記事で、これが記録に残る花見の初出と考えられている。また、『宇津保物語』には神泉苑で紅葉賀が催され、帝や院の帝が行幸され、そこで詩文や管弦の御遊びが行われた記事がある（「吹上下」）。

『浜松』の「洞庭」も紅葉がほかの名所より美しく、帝が行幸され、詩文や管弦の御遊びが行われた場所として描かれている。

「見立て」の手法

日本の漢詩人たちは山崎や神泉苑など日本の風景を、「河陽」や「洞庭」など唐土の名所になぞらえて詠んでいる。その作詩の方法を片桐洋一氏は次のように分析する。

> 描かれている世界はまさしく唐土の世界であり、描かれている景物はまさしく唐土の景物である。詩の作者は、絵を見ながら画中に心を遊ばせるように、眼前の景を、さらに美しく仮構されたかの地の景に見立て、心を遊ば

せつつ作詩するのであって、そこに我が風土の景物を介入させることはあり得ないのである。[12]

即ち、日本の漢詩文の詠み方は、眼前の日本の景物をそのまま詠むのではなく唐土の名所に見立てて詠む方法である。漢詩文を作る名家に生まれ育った作者菅原孝標女は、このような「見立て」の作詩方法を異国物語の創作に利用したのではないか。平安内裏周辺の「河陽離宮」や、行幸の多くあった神泉苑など平安京周辺の地を唐土の河陽県や洞庭に見立て、心を遊ばせつつ物語を書いたのではないかと思うのである。

二、女性美――絵画による知識と想像

未知の異国を描くには、文字による知識だけでなく、絵も重要な知識源、情報源の一つである。『浜松』の作者にとって特にそうであり、物語の中で作者が「えにしるしたると同じ事なり」、「上手の書きたりし唐絵にたがはず」などとはっきり明言しているほどである。

物語の冒頭、中納言一行が無事到着し、函谷関で都から来たお迎えと対面したという場面があるが、主人公が初めて足を踏み入れた外国の地で、新鮮と驚きを持って目にした異国の風物について、作者は「唐国といふ物語に絵にしるしたる同じことなり」といって、唐国という物語の絵にその描写を譲っている。

「唐国」は浜松に先行する異国物語として、当時は絵物語にされていたほど流布していたらしい。しかし、散逸して今に伝わらないので、唐の描写に関しては、何の手がかりも得られない。

「唐国」のような絵物語は当時多く制作されていたのであろう。『更級日記』の「長恨歌といふふみを、物語に書きてある[13]」の記述によって、『長恨歌の物語』という翻案の物語が制作され、読まれていたことが知られる。また、『源氏物語』「絵合」の「長恨歌、王昭君などやうの絵は、面白くあはれなれど、事の忌みあるは、こたびは奉らじ[14]」という記述により、長恨歌や王昭君など中国だねの絵が平安貴族の間で鑑賞され、日常的に親しまれていたことがわかる。

一方、『浜松』の唐土における故事の人名に関して、王子猷、李夫人、西王母、東方朔、楊貴妃、上陽人、王昭君、潘岳などすべてが、鎌倉期の成立といわれる『唐物語』の中に見つけられるのである。『唐物語』は『浜松』より百年以降の成立であり、『唐物語』そのものから影響を受けることは考えられないが、これらの故事はまず絵詞のような形で行われ、後に成立した『唐物語』は既に世に流布された故事の、典籍に当っての翻訳物語集であったと考えることができる。[15]

物語好きな孝標女もそうした中国だねの物語絵をよく見ていたのであろう。

唐絵と「髪上げうるはしき」

このことは人物の描写によく反映されている。唐土の女性を描く際に、作者は唐絵から得た知識をもとにし、「簪して」、「髪上げうるはしき」といった類型的、パターン化した表現を多用している。「簪」、「髪上げ」は唐絵に描かれる唐土の女性の典型的な髪型であった。ほかに、「鬟づら結ひたる童の、団扇持ちたる」というのもいかにも絵に描かれる童の姿である。

「うるはし」という語は例えば『源氏物語』では、楊貴妃の唐風の美を形容し、日本的な美である「なつかし」とは対照的な言葉である。「桐壺」巻で、桐壺帝は亡くなった更衣を偲び、「長恨歌の絵」を明け暮れ見ていたが、「太液の芙蓉、未央の柳も、げに、かよひたりし容貌を、唐めいたるよそひはうるはしうこそありけめ、なつかしうらうたげなりしを思し出づるに、花鳥の色にも音にもよそふ方ぞなき」というように、楊貴妃の美貌と唐風の装いは「うるはし」いものではあるが、帝はやはり桐壺更衣の「なつかしうらうたげなりし」様子を思い出さずにはいられないという。

本居宣長が『源氏物語玉の小櫛』で「うるはし」を「物語などにいへるは、ただ美麗の意にはあらで、俗言に、きつとしてかたいといふ意、みだれず正しき意にいへり(16)」と解釈しているように、「うるはし」は「なつかし」のような親しみやすい、柔らかい美の反対にある、きちんとして堅い、整った美しさという意味である。

『浜松』には「うるはし」は全部で十六例ある。すべて唐の人物や、唐や唐風のものなどに使われており、唐や唐風は皆「うるはし」という認識が際立っている。

また、「后の御方の妻戸押しあけて、簪うるはしく、例の絵に書きたるやうなる人々、さし出でて見送るに」、「おもしろき池の上、紅葉の影にて、いとうるはしくしやうぞき、髪上げてゐたる、月かげともいづれともなく、絵に描きたるやうなり。」などの例のように、逆に女性の「髪上げ(簪)うるはしき」姿を、「(唐)絵に描きたるやう」と形容したりもする。

女性の「髪上げうるはしき」姿を「唐絵」として形容し、「髪上げうるはしき」さまに唐絵を思わせる感覚は、『紫式部日記』、『栄華物語』、『夜の寝覚』など同時代の作品にも見られる。『紫式部日記』に「女房のゐたる、南の柱のもとより、すだれをすこしひき上げて、内侍二人出づ。その日の髪上げうるはしき姿、唐絵をかしげにかきたるやうなり(17)」とあるが、十月十六日土御門の行幸のため、美しく「髪上げ」した女房たちの姿を唐絵に描いたようだと形容している。ほかに『栄花物語』巻八の「髪あげ、うるはしき姿ども、たゞ唐繪か、もしは天人の天降りたるかと見えたり。」(18)、『夜の寝覚』巻一の「いとめでたくきよらに、髪あげうるはしき、唐繪のさましたる人、」(19)なども、同じような感覚である。

要するに、「髪上げ（簪）」は、当時の日本人から見た、唐絵に描かれる唐土の女性の典型的な姿であった。孝標女や同時代の日本人は、直に中国人女性を見る機会などなく、ただ絵の中でだけ見ていた。したがって、唐土の女性の美しさについては、唐絵から得た、「うるはしき」という固定観念、「髪上げ（簪）うるはしき」という類型的な表現と結びつけて考えられるようになった。逆に、日本人女性の「髪上げ（簪）うるはしき」姿からも唐絵を連想するというのは、「髪上げうるはしき」＝唐絵に描かれる女性、という当時の人々が共有する通念的理解の現われであろう。

「菊の花の夕べ」

しかし、「髪上げ（簪）うるはしき」のような類型的表現だけでは読者はそれこそ唐絵を連想するくらいで、個性的な美は思い浮かんでこないはずである。物語の理想的な女主人公唐后を描くのに、作者は異国の光景を思わせるような、菊や琴などの小道具を利用し、特定なイメージを唐后に賦与したのである。

中納言が河陽県を訪れ、初めて唐后を見たのは、風が吹き荒れ、時雨が降りかかる夕暮れ時であった。琴の音に誘われ、「いろいろうつろひわたれる菊の花」が美しく咲く邸宅で、唐后が「髪上げうるはしき御さまにて」、「のどかにながめ出でつつ琴を弾き給ふ」という光景を目にした。その後、中納言が唐后のことを思うたびに、「菊見給ひし夕」、「菊の花の夕べ」、または「菊の夕の御琴」、「琴弾き」といった表現が、唐后を象徴するものとして繰り返し用いられた。

このような象徴的な方法により、「作者は唐后を登場させるたびに不慣れな表現方法を用いることから逃れることができる」(20)と指摘されている。確かに、中納言が初めて唐后を垣間見た場面で、作者が直接唐后の容貌を描いたあたりを見ると、「御顔のやうたい、細くもあらず、ふくらにもあらず、よきほどなるが、中すこし盛りたる心地して、御色の白さは、はりせらむといふとも、これにはまさらざりけむとおぼゆるに、あいぎゃう、いみじくにほひかをりて、眉ものよりけだかく見なし給ふに、くちびるは丹といふもの塗りたるやうに、いささかもねぢけたるところなく、あたりまでにほひて、髪上げうるはしき御さまにて」とあるが、顔は細くも丸くもなく、ちょうどいい。中ほどが少し盛り上がっている感じがする。眉は気高く、唇は紅を塗っているように鮮やかだ。これはどう見ても決して上手な描写とはいえない。

それに比べ、「菊の花の夕べ」、「琴の音」などの表現を使うことによって、中納言が初めて唐后を見たとき目に焼きついた光景、唐后の美しさに心打たれる感動が常に喚起され、読者の心にも印象深く残るのである。

「月の光」

唐后の美はまた「むら雲の中より、望月のさし出でたる光を見つけたらむやうなるほど」、雲から顔を出す望月の光にも見立てられ、唯一絶対の美貌として表現される。「月の光」はかぐや姫に繋がる天上の属性で、作者はそれを唐土の女性に賦与して、異国性を印象付けたものだと指摘されている。(21)

このような、女性の美を描く際に、容姿や、服装、髪など外見を直接描くより、ある象徴的イメージを定着させて描くという方法は定家の『松浦宮物語』にも継承され、さらに徹底しているようである。『松浦宮物語』は神奈備皇女、華陽公主と皇后の三人の女性にそれぞれ白菊、秋の月、梅の花のイメージを賦与し、女性の美を象徴的に描いている。また、華陽公主と皇后の、唐土の女性の美貌は「秋の月」、「月の光」、「月の影」などと、やはり月に喩えられている。

菊の花が一面に咲く夕べ、琴を弾く「髪上げ（簪）うるはしき」姿、雲から出る望月の光のような美貌、それらに印象付けられた唐后の美に、読者にとっても大いに想像を膨らませるものがあろう。それは作者が唐絵によるイメージを踏まえつつ、見ぬ異国の美女に想像をめぐらし、描写を工夫した結果である。

三、風習、事象、人物
——日唐対照と日唐融合

『源氏物語』「絵合」巻で、藤壺の御前で物語絵合が行われるが、右方が出した宇津保の俊蔭の絵巻は、「絵のさまも唐土と日本とをとり並べ」たもので、それが「おもしろきことどもなほ並びなし」と称揚されるのである。

俊蔭の絵巻は「唐土」の異国風景と「日本」という身近な風景が一つの作品内に並存する状況であるが、『浜松』も唐土と日本の両方を舞台とする、いわば「唐土と日本とをとり並べ」たという作品形態を持っている。

異国渡航譚という点で『浜松』は『宇津保物語』を継承していると思われるが、『宇津保物語』の俊蔭は唐土を目指して旅立ったものの、波斯国に漂着し、唐土に到着したという描写が見当らない。俊蔭漂流譚の後、物語の中で俊蔭が唐土に渡ったという設定になっているが、唐土については一切描かれていない。

風習、事象――日唐対照

それに対して、『浜松』の作者は初めて異国の風習や事象を描くことに挑戦した。その際、よく日本のものと対照させながら描写するという特徴がある。

例えば、中納言が河陽県を訪問し、唐后が住む邸宅を目にした場面で、「おはしますところは、京の檜皮の色もせず、紺青を塗りかへしたるやうに、ただおほかたの調度は赤きに、朱塗りたるさまにて、」というふうに、日本の京で見るような檜皮色のものと比べ、唐土の建物は紺青を繰り返し塗ってあるようなものだという。

また、女性の髪型を見ても日本のと比較している。「日本の人は、ただうち垂れ、額髪も縒りかけなどしたるこそ、わがかたざまに、なつかしくなまめきたることなれ、と思ひ出づるに、うるはしくて、簪して髪上げられたるも」、日本の女性は髪がそのまま下に垂れて、額髪も縒って前にかけ垂らしているのと違って、唐土の女性は簪して髪上げをしているという。

ほかに、唐土の地名や建物を描写する時も、連想する日本のものを挙げながら説明している。例えば、「杭州といふところに泊り給ふ。その泊り、入江のみづうみにて、いと面白きにも、石山のおりの近江の海思ひ出でられて」、「内裏より南に、大きなる川流れたり、その川の名を長河といふ。（中略）住み馴れし国の大堰川、宇治川などやうに、早く大きなる川なり。」、「未央宮といふ所は、日本にとりては、冷泉院などいふ所のやうなり、池十三有て、めでたくおもしろき事たぐひなきに、」などがそうである。

杭州の「入江のみづうみ」を説明するのに、「近江の海」（琵琶湖）を挙げている。内裏の南にある「長河」については日本の「大堰川、宇治川」、そして、「未央宮」に関しては日本の「冷泉院」が引き当てられている。

このような比較は早くから足りない中国の知識を既知の日本の知識によって間に合わせてしまう意図によるものだと指摘された[22]。それもごもっともなご指摘だが、異国のものを描くに当たって、まず自国の該当するものを連想し、比較を試みるのはごく自然の発想だともいえる。

例えば、実際に唐土（当時は宋）に渡った入宋僧成尋の渡宋記録で、世界史上有数の旅行記と評されている『参天台五台山記』にも同じような日唐比較が見られる。杭州湊口を「大橋亘河、如日本宇治橋」[23]（巻一煕寧五年四月十三日条）と描写し、杭州府の都督門や越州府の迎恩門を見て、「見都督門如日本朱門」、「迎恩門如日本朱雀門」（同四月十四日条、五月七日条）とし、首都開封についても「今日廻皇城四面、大略八町許、如日本皇城」（巻四熙寧五年十月二十四日条）という。また、法会の作法の説明については、「午後講、五人并坐高座、次第説經、各讀一巻文字、全異日本作法」（巻七熙寧六年三月二十四日条）などと、日本と異なることを強調する。このように、宋の諸事象を「如日本〇〇」「全異日本〇〇」と記して、日本の該当事象をあげながら説明している。

『参天台五台山記』の場合、日唐比較は中国の情報や見聞を日本の読者にわかり易い形で伝え、または日本との相違を説明するために行われたものと思われる。一方、虚構の物語である『浜松』の場合、作者は翻訳説話や唐絵、あるいは漢詩文などによる知識を踏まえ、あくまでも日本に足場を据えて、身近の日本の事象を用いて異国唐土の事象を想像したがゆえの日唐対照であろう。いわば成尋とは逆の思考回路である。

人物——日唐融合

このような日唐対照の手法とは対照的に、物語の主人公を描く際に、作者は寧ろ日本と唐土との差異を解消し、日唐融合を図っているようにも見える。

まず、理想的な女主人公唐后は唐太宗の子孫にあたる秦の親王と、日本の上野宮の娘である吉野尼君との間の混血児である。唐后は中国風の「うるはし」の美を備えている一方、その人がらや体つきについて、日本的な「なつかし」の美もしきりに強調される。つまり、理想の女性として唐の「うるはし」の美と、和の「なつかし」の美を併せ持っているという。また、経歴から見ると、唐后は日本で生まれたが、五歳のときに父親に連れられ唐土にもどった。さらに、後に中納言の夢に現れ、吉野姫君の娘として転生することを告げたところを見ると、唐后は日本に生まれ、唐で育ち、死んだあとはまた日本へ転生するということになろう。

一方、中納言自身は混血児ではないが、唐土で結ばれた唐后との間に生まれた若君は日唐の混血児（クォーター）になる。若君は唐に生まれたが、後に中納言により日本に連れ去られ、唐生まれの日本育ちとなる。

唐土と日本との間の国際結婚の話や、混血児の存在は遣唐使の時代ではまぎれもない歴史的事実であった。例えば入唐僧弁正と唐の女性の間に生まれた秦朝慶、秦朝元兄弟、阿倍仲麻呂の傔従として入唐した羽栗吉麻呂の子の翼と翔、あるいは第十二次遣唐大使藤原清河が唐でもうけた喜娘という女の子などが歴史にその名が残る混血児たちである。[24] 喜娘が遣唐使の船に乗り、唐土から日本を目指した途中で、風難に遭い、肥後天草国に漂流したことは『続日本紀』（宝亀九年十一月十三日）にも記録が残っている。『浜松』の作者もそうした歴史的事実を踏まえ、混血児の存在を書いたのだと思われる。

転生――日唐「交流」

それだけでなく、作者は転生という超現実的なモチーフを用いて、日本と唐土の間のさまざまな「交流」を描いている。転生することにより、主人公たちが日本と唐土を自由に行き来する方法を得た。物語全体は日唐間を結ぶ二つの転生によって枠取られており、即ち、中納言の父故式部卿の宮の唐の皇子への転生と、唐后が日本に吉野姫君の娘として転生する予言である。

転生といえば、『今昔物語集』巻第十七「律師清範知文殊化身語」というのも日本人の清範が唐の皇子に転生する話である。ほかにも、聖徳太子の前世が衡山で修行した僧だったが、日本の衆生済度のために用明帝の皇子に転生した話（各種聖徳太子伝）や、文殊の化身である行基が五台山から日本に転生した話（『今昔物語集』巻十一・婆羅門僧正為値行基従天竺来朝語第七）など、唐土・日本間を転生する僧の説話は少なくない。これらはあくまでも僧侶を中心とし、仏教的イデオロギーを体現したものである。

説話の転生譚とは違い、『浜松』の転生は唐土と日本の「交流」、即ち超えがたい距離的空間を乗り越え、国籍や血縁上、ないし世代間の差異を乗り越えた、究極な「交流」を実現する手段として構想される。式部卿の宮が唐の皇子へ転生することで、唐土には、日本人の心をもった唐の皇子がいる。また、混血児の唐后が吉野姫君と式部卿の宮の間の姫君に転生することで、日本には、唐土の心を持った日本人の姫君が生まれてくることになる。果てしない想像力の世界が広がっていく。

中世の物語評論書『無名草子』は『浜松』の欠点を「あまりに唐土と日本と一つに乱れ合ひたるほど、まことしからず」[25]と評したが、日唐混血児の存在や転生による日唐間の「交流」を描いたこの物語にとって、「唐土と日本とを一つに」というのはむしろ重要な趣向ではないだろうか。

おわりに

『浜松』の作者は、たとえ実体験が伴わなくとも、知識と想像で唐土を舞台とする物語を作り上げた。千年前の一女性として、未知の異国の地を描く際のハンディは想像に難くない。例えば地理に関して、知識として地名の情報が得られても、距離を想像するのは難しい。中国大陸の距離感覚は平安京の常識よりは、遥かに程度を超えたものである。また、異国の女性、女性美に関して、たとえ絵などを通して一定の知識があっても、その服装、外見などを想像し、詳細に描くのが難しい。

しかし、作者はそうしたハンディを克服して、初めての異国物語に果敢にも挑戦した。源氏物語の巨大な影響下にあっても、源氏物語にはない新しい趣向、新鮮な魅力を求めようとしたのだろう。

その挑戦が当時の読者にとってどれほど新鮮で興味深かったのか、『無名草子』が「何事もめづらしく、あはれにもいみじくも、すべて物語を作るとならば、かくこそ思ひ寄るべけれ」（何事も珍しく、情趣深くも感銘深くもあって、すべて物語を作るのだったら、こんなふうに想をこらすべきだ、と思われるほどのものです）と絶賛するあたりから見ても、自明のことであろう。

注

（1）藤岡作太郎（秋山虔校注）『国文学全史　平安朝篇二』（平凡社、一九七四年）一八四頁。

（2）松尾聡「浜松中納言物語の唐の描写について」（『文学』第一巻第七号、一九三三年十月）、山川常次郎「『御津の浜松』における日支関係」（『古典研究』六―六、一九四一年六月）など。

（3）須田哲夫「浜松中納言物語に於ける作者の唐知識」（『文学・語学』五、一九五七年九月）。

（4）広瀬昌子「浜松中納言・松浦宮物語の地名表現について」（『甲南国文』三九、一九九二年三月）。

（5）本文は『小学館新編日本古典文学全集』より。以下同じ。

（6）三角洋一「第七章　唐土にただずむ貴公子たち」（斎藤希史編『日本を意識する』講談社選書メチエ、二〇〇五年）一五七頁。

（7）池田利夫「浜松中納言物語における唐土の背景――特に日本漢文学と関わる一、二の問題」（池田利夫編『野鶴群芳　古代中世国文学論集』笠間書院、二〇〇二年）。

（8）本文は『岩波書店日本古典文学大系』より。以下同じ。

（9）本間洋一注釈『本朝無題詩全注釈』（新典社、一九九四年）より。

（10）本文は『経国集』（群書類従第八輯、塙保己一編、続群書類従完成会、一九八〇年）より。

（11）『日本後紀・続日本後紀・日本文徳天皇実録』（国史大系第三巻、黒板勝美・国史大系編修会編、吉川弘文館、一九六六年）より。

（12）片桐洋一「漢詩の世界　和歌の世界――勅撰三詩集と『古今集』をめぐっての断章」（『文学』五三―一二、一九八五年十二月）一九六頁。

（13）本文は『岩波書店日本古典文学大系』より。

（14）本文は『小学館新編日本古典文学全集』より。以下同じ。

（15）池田利夫「浜松中納言物語に於ける唐土の問題」（『更級日記　浜松中納言物語攷』武蔵野書院、一九九八年）三七五頁。

（16）『本居宣長全集　第四巻』（筑摩書房、一九七六年）より。

（17）本文は『小学館日本古典文学全集』より。

（18）本文は『岩波書店日本古典文学大系』より。

（19）本文は『岩波書店日本古典文学大系』より。

（20）塩田公子「浜松中納言物語と松浦宮物語――『唐国らしさ』をめぐって」（糸井通浩・高橋亨『物語の方法――語りの意味論』世界思想社、一九九二年）一二〇頁。

（21）神尾暢子「松浦宮の唐土女性――月光と女性美」（『学大国文』四五、二〇〇二年三月）。

（22）前掲注2松尾論文一〇七頁。

（23）本文は『改定史籍集覧』第二十六冊新加別記類第八十三より。

（24）東野治之『遣唐使』（岩波新書、二〇一一年）、王勇『唐から見た遣唐使　混血児たちの大唐帝国』（講談社、一九九八年）などを参照。

（25）本文は『小学館新編日本古典文学全集』より。以下同じ。

樹上法師像の系譜——鳥窠禅師伝から『徒然草』へ

陸　晩霞

りく・ばんか——上海外国語大学副教授。専門は日本古典文学、和漢比較文学。主な著書・論文に「『徒然草』与老荘思想的影響」（『外国文学評論』二〇一〇年第三号）、『日本遁世文学的研究——中世知識人的思想与文章表現』（人民文学出版社、二〇一三年）、「中国文学と『方丈記』——表現・思想・文体の視点から」（『中世の随筆——成立・展開と文体』竹林社、二〇一四年）などがある。

中国の高僧鳥窠禅師は、その行状が『宋高僧伝』や『景徳伝灯録』などに詳しく見られ、日本でも鳥巣和尚の名で知られている。一方、『徒然草』第四十一段に木の上で見物する法師が登場し、『明恵上人縄床樹坐禅像』のような作品もあるように、樹上の法師というのは、一つの文芸的モチーフとなっている。このモチーフは鳥窠禅師伝の影響下に形成したと想定し、僧伝の受容を探る手がかりとして考察を試みる。

一、『徒然草』からの問題提起

事の始めは『徒然草』第四十一段の考察にある。五月五日の賀茂の競馬を一目見ようとする人ごみの中、木の上に登って見物する法師がいる。しかし、木の上にいながら、しきりに居眠りするため、何度も落ちそうになった。それを見たほかの見物客が、危ない樹上に安心して眠ろうとするバカな法師だと嘲笑すると、兼好らしき人は、死期のすぐ来るのを忘れてのん気に見物している我らこそ愚かだと発言する。その気の利いた一言で周りを感じ入らせたというのが第四十一段のあらすじである。

王朝時代の初夏の伝統行事を背景に描かれたこの一段は、『徒然草』の基調とも言われる無常観の説示がなされているほか、兼好自身の姿が見えるという点から、よく研究者の関心を呼ぶのだが、しかしまだ十三歳前後の少年兼好が教理めいた言葉で周囲の見物衆をやり込めたことに不自然さがある

図1　『徒然草』第四十一段（『なぐさみ草』挿絵）
吉澤貞人『徒然草古注釈集成』（勉誠社、1996年）

とも指摘されており、(1)同段の実録性について疑問を挟む余地が残る。もし、この段が兼好の完全な体験談ではないとしたら、兼好はどのような経緯で賀茂の競馬を法師が木の上に上って見物する場面を構想し、人間の賢愚をめぐってあれだけ洒落た会話を作ることができたか、さらに問題が涌き上がってくる。

『徒然草』第四十一段の構成について、これまでは確乎とした論断がないものの、「兼好の実体験なのだろうが、仏教に詳しい読者は「鳥窠和尚」の故事を想起せずにはおかない」(2)と言ったような、示唆に富んだ見解も現れている。「鳥《ちょう》窠《か》和尚」は『景徳伝灯録《けいとくでんとうろく》』(3)などに伝記掲載の「鳥窠禅師」のことであって、別称「鳥巣《ちょうそう》和尚」「鵲巣《じゃくそう》和尚」である。この禅師は松の木の上に止住し修行したことで「鳥窠」の名を得たのだが、果たして『徒然草』に見られるような樹上の法師像の形成の発端となった存在なのかどうか、本稿では日本古代の文芸に現れた、樹上法師像と呼ぶべき具体例を通して検証してみたい。

二、『徒然草』における樹上の法師

多くの研究が第四十一段を兼好の自慢話と捉えるように、兼好らしき人物の言動が同段の中心となって注目されている。反対に、木の上にのぼった法師は単なる背景に成り下がっていて、印象が必ずしも強くない。ここで、改めて『徒然草』の樹上法師像を考えるために、第四十一段から該当部分を次に掲げる（**図1**を併せて参照）。なお、比較考察の便を考えてA・B・C・Dの記号と傍線を付けておく。

Aかゝる折に、向ひなる楝の木に、法師の、登りて、木の股についゐて、物見るあり。取りつきながら、いたう睡りて、落ちぬべき時に目を醒ます事、度々なり。Bこれを見る人、あざけりあさみて、「世のしれ物かな。かく危き枝の上にて、安き心ありて睡るらんよ」と言ふに、C我が心にふと思ひしまゝに、「我等が生死の到来、たゞ今にもやあらん。それを忘れて、物見て日を暮らす、愚かなる事はなほまさりたるものを」と言ひたれば、前なる人ども、「まことにさにこそ候ひけれ。尤も愚かに候」と言ひて、皆、後を見返りて、「こゝへ入らせ給へ」とて、所を去りて、呼び入れ侍りにき。

Dかほどの理、誰かは思ひよらざらんなれども、折からの、思ひかけぬ心地して、胸に当たりけるにや。人、木石にあらねば、時にとりて、物に感ずる事なきにあらず。

（『徒然草全注釈・上』一九八—二〇〇頁。傍線・記号は引用者）

一方、鳥窠禅師伝は『景徳伝灯録』（以下『伝灯録』と略す）巻第四に記載されている内容に基づき、関連箇所を抜粋して次に挙げる。

杭州鳥窠道林禅師は、本郡富陽の人なり。姓は潘氏にして母は朱氏なり。日光口に入るを夢み、因って娠むこと有り。誕するに及び、異香、室に満つ。遂に香光と名づく。九歳にして出家し、二十一にして荊州果願寺に於いて受戒す。後、長安西明寺の復礼法師に詣でて、華厳経、起信論を学ぶ。復礼、示すに真妄の頌を以てし、禅那を修せしむ。（中略）a後に秦望山を見るに、長松の枝葉、繁茂し盤屈して蓋の如き有りて。遂に其の上に棲止す。故に時の人、之を鳥窠禅師と謂へり。復た鵲有り、其の側に巣くひ、自然に馴れ狎る。人、亦た目づけて鵲巣和尚と為す。（中略）b元和中、白居易、出でて茲の郡に守たり。因みに山に入り、礼謁して乃ち師に問ふて曰く、禅師の住処、甚だ危険なりと。c師曰く、太守の危険、尤も甚しと。曰く、弟子の位、江山を鎮む。何の険か之有らんと。師曰く、薪火、相交し、識性、停まらず。険に非ざるを得んやと。d又問ふ、如何なるか是れ仏法の大意と。師曰く、諸悪は作す莫かれ、衆善は奉行せよと。白曰く、三歳の孩兒も也た恁麼に道ふを解すと。師曰く、三歳の孩兒も道得すと雖も、八十の老人すら行ひ得ずと。白、遂に礼を作す。

（原漢文。『大正新脩大蔵経』五一巻二三〇頁中。句読及び傍線記号は引用者）

右二つの引用を見比べると、まず次のような異同に気付くだろう。Aとaは、同じく樹上にいる出家者という人物情報を伝えている。Bとbは、樹下の人によって樹上にいることの危険性が指摘されることで一致する。Cとcはまた危険性を指摘した人こそその足場が危うぃとする類似の論理で反駁を行う。Dとdは、「道理なら誰しも承知しているが、しかし……」という文意及び逆接の文脈において同類といえよう。

むろん、右記ＡＢＣＤとａｂｃｄとの相違点も少なくない。Ａの法師はただ競馬を見るために、一時的に樹上に登って、たまたま眠気に襲われてしばしば落下しそうな危ない様子を見せているのに対して、ａの鳥窠道林禅師は坐禅修行のために、「枝葉繁茂し盤屈して蓋の如き」長松の上に止住している。覚醒していること明らかである。いま一つ大きな相違点はＢＣとｂｃで示す、樹上・樹下の危険性をめぐる議論の場に居合わせた人数の違いである。鳥窠禅師伝では、登場人物と議論の参加者が一致して、白楽天と鳥窠禅師の二人だけであるが、『徒然草』では、木の上で居眠りする法師とその愚かさを嘲笑する樹下の見物衆のほかに、第三の傍観者としての兼好も立ち会っている。しかも、危険性の議論の応酬をしたのは見物衆と兼好である。見物衆に笑われた法師は終始無言であった。また、Ｄの作者評は意味的にｄとほとんど変わらないが、評論の話題対象が異なっている。『伝灯録』における白楽天と鳥窠禅師の問答は、樹上生活の危険性をめぐる問答と、仏法の大意についてとの二つからなっている。こんなことは三歳の幼児でも知っているよという白楽天の不満げな言葉は、危険性問答に対してではなく、仏法大意の答えに対して発せられたのである。一方の『徒然草』では、「かほどの理、誰かは思ひよらざらん」との評語が、樹上も樹下も同じく危険な人間の生であるという議論を直接受けるものである。

しかし、これらの相違点があるからといって、『徒然草』の樹上法師と鳥窠禅師伝の関連性が断ち切れると考えるのも早計であろう。樹上の人を嘲笑した者がかえってやり込められるという筋立ての類似はさることながら、ここで嘲笑された人（またはその代弁者、兼好）の反論の内容を見てみよう。『徒然草』では、「我等が生死の到来、たゞ今にもやあらん。それを忘れて、物見て日を暮らす、愚かなる事はなほまさりたるものを」とあって、木の上で居眠りするのが危険で法師が愚かだと言うのなら、死がすぐ身辺に迫っていることを忘れてのんびり競馬を見物する大勢の者がさらに愚かだという。一方の『伝灯録』では、樹上生活を送る鳥窠禅師に対して、太守の白居易が「禅師の住処甚だ危険なり」と声をかけたところ、禅師はすかさず「太守の危険尤も甚し」と切り返した。そのわけについて、太守の身を置く世間が「薪火相交し識性停まらず。険に非ざるを得んや」と説いて、『徒然草』と同じように存命の危うさを諭すのである。ちなみに、「薪火相交し識性停まらず」については、無住『沙石集』でも「薪火相交り、識性とどまらずとは、薪は六境に似たり。火は六根の如し。根境相対し、念々相応して有に似たれども、刹那刹那に落謝して、火と薪と共に消えて、且くも止まらざるが如し。身心の危き事を知らぬ事を示すにぞ。浅き小乗に無常の理を示すなり」（新編日本古典文学全集、二三五頁）という解釈がなされているように、中世人の死生観を示す通念であろう。

　このように見てくると、『徒然草』では樹上の法師は一言も発していないが、兼好というすぐれた解説者を得たため、その存在に鳥窠禅師とほぼ同等の重みが生じたといえる。法師の無言は眠気のまだ醒めていない人間としては、むしろ自然な設定である。木の上に居眠りさせるという書き方も、樹上の危険性を一層強調するためであろう。『伝灯録』においては、その危険性が「長松（高い松）」で表されている。

　こうして、『徒然草』に登場した樹上の法師と鳥窠禅師との類似性を認めるならば、第四十一段をそのまま兼好の体験談とする理解には多少の修正が必要になってくる。『徒然草』の虚構性について、「兼好は、自己の体験を必ずしも事実にそって描写せず、相当な虚構をまじえてゆく手法を駆使していた」[4]と指摘されているように、第四十一段も兼好が自らの経験を再組織して、それに多分の創作を加えて出来上がった話と考えられる。特に、樹上の法師像を形作る過程には鳥窠禅師伝が深く関わっていると言っても過言ではなかろう。

三、もう一人の樹上法師とその肖像

　右では『徒然草』第四十一段の樹上法師像について見てきたが、実は同書に登場した樹上の法師がもう一人いる。第一四四段で信心深さの逸話を紹介された明恵上人である。

　明恵上人（一一七三～一二三二）は兼好より一世紀も早い遁世者で、高山寺蔵「明恵上人縄床樹《じょうしょうじゅ》坐《ざ》禅像《ぜんぞう》」[5]（恵日房成忍筆、**図2**）で知られるように、樹上の法師とも目してよかろう。『徒然草』の樹上法師像には『景徳伝灯録』などの禅籍記載の鳥窠禅師伝が投影しているようだが、華厳宗中興の祖師と崇められる明恵上人の、この樹上坐禅像の形成は禅仏教と無関係なのであろうか。

　「縄床樹坐禅像」は明恵の生前に制作された絵で、基本的に上人の修行の実態を模写したものと考えられる。上人が縄床樹に坐禅したことは、その直弟子の義林房喜海撰『高山寺明恵上人行状（仮名行状）』（一二三二～一二五〇の間成立）に「委クコレヲシラス、縄床樹定心石等ノ遺跡ノ記別記ニアリ」[6]と見えるほか、上人の歌集にも「元仁二年正月十三日浄定院法印行寛、縄床樹ノ詠トモニ御返マウサレタリケルニヤソノ返報ニツケテ」[7]云々とあることから、事実と判断される。

　ただし、明恵の坐禅は鎌倉時代に隆盛した禅宗のそれと意

図2　明恵上人縄床樹坐禅像（高山寺蔵・一部）
龜田孜　日本絵巻物全集7『華厳縁起』（角川書店、1959年）

味を異にすることや、またその思想に禅宗の影響が稀薄であるとする説が大方にあるようである。[8] とくに達磨宗（禅宗）に対する明恵の態度が批判的であることを示すには、同人の『却癈忘記上』より「又達磨宗ナンドイフ事、在家人等ノタメニ、コトニカナフマジキ事也」という条が引き合いに出される。この一文をもって明恵の禅宗認識のすべてとすれば、明恵と臨済宗の宗祖栄西との交際関係についても自ずと否定的な意見が出てくる。『栂尾明恵上人伝』には、明恵上人がある時、建仁寺を訪れる途中、ちょうど華やかな装備で宮中から退出してきた栄西に出くわしてすぐさま帰ろうとしたが、引き止められて面会したという逸話をはじめ、印可衣鉢授受、茶種の贈与など、両上人の交渉に纏わる説話が多く記されているのにもかかわらず、これらは喜海の『仮名行状』や栄西側の文献に見えないことを理由に、一般的に事実としては認められていない。田中久夫氏によると、明恵栄西の交際話の多くが夢窓派下の五山の禅僧によって作られた説話らしいというが、ただ、両人が相見した可能性はあるという意見が一方では少なからずある。[9]

　では、明恵は禅仏教と一体どう関わっているのだろうか。田中久夫氏は「宋朝風の禅宗についての知識は、明恵も当然持っていたであろう」（『鎌倉旧仏教』四三四頁）とするが、おそらく明恵が「宋朝風」の禅宗知識のみならず、唐宋の禅仏教について広く渉猟したのではないかと考えたいのである。

『高山寺明恵上人行状（仮名行状）』などによると、建保三年（一二一五）の夏、上人が栂尾の西峰の上に練若台と号する庵室をこしらえ、参向してきた学生に宗密圭峰の『円覚経略疏』四巻を講じたと伝える。宗密は、唐の華厳宗第五祖とされると同時に、南宗禅大鑑慧能の法孫（荷沢宗）として『伝灯録』第十三巻「曹谿別出第五世」に名を連ねる人物でもある。これはまず明恵には唐代の禅仏教界に接する通路があったことを示す。さらに、圭峰周辺の文人居士、裴休《はいきゅう》の編著した『勧発菩提心文』をも披閲したことも記録されている。[10] 裴休は唐代仏教界に存在感のある人物であって、断際禅師黄檗希運の語録を『黄檗伝心法要』に編んだ。上人が裴休とこのような接点を持ったことから考えると、伝明恵作「邪正問答抄」に『黄檗伝心法要』が引かれて「禅語臭」が強すぎるという疑問[11]も解答が付くのではなかろうか。

また、明恵の交遊関係に目を転じると、そこにも禅仏教の情報を受信し、禅について心得る機会が多くあったことに気付く。明恵より十八歳上の解脱房貞慶（一一五五～一二一三）、また十六歳下の証月房慶政（一一八九～一二六八）との深い交渉が挙げられる。貞慶は南都仏教唯識教学の集大成者であり、その教学には密教・禅・念仏などの融合的性格があるといわれる。明恵はたびたび笠置寺を訪ねて貞慶に見参し、貞慶も明恵が自分と同じく空観を修していることを聞いて感涙を流したという（『明恵上人資料第一・栂尾明恵上人伝』三七九頁）。一方の慶政は建保五年（一二一七）に入宋し翌年帰国した。その後も、明恵との交際が続いており、在宋中に見聞した中国仏教界の様子をいろいろ話して聞かせたことも想像に難くない。ちなみに、慶政自身と禅の関係については、彼の手になる仏教説話集『閑居友』上巻第八話の末尾に「広く禅宗の書に見へたり」とある一文からその熟知のほどが窺われよう。要するに、明恵の禅仏教についての知識はこのような様々な機縁があって得られたのであろう。それは、その弟子で後に還俗した証定が『禅宗綱目』を著していることを考え合わせても、合点の行くことではなかろうか。

このように、明恵が禅仏教に触れ、禅の知識を十分に身につけていたことを想定した上で、再びその樹上坐禅を考えてみよう。明恵が禅定を好み、禅法に拘っていた。彼の坐禅について、先学が禅宗の打座と違ってむしろ観法を伴った実修であると指摘しているように、明恵の樹上坐禅は「樹下坐《じゅげざ》」という頭陀行の一種と捉えることもできる。明恵が坐禅の行に励む様子を「樹下石上に坐す」と称したことは『栂尾明恵上人伝』に記録されている。これは彼の釈迦思慕にも繋がっていると思う。例えば、東晋の『高僧法顕伝』には「仏は一大樹下の石上に於て、東向して坐し糜を食す。樹石今悉く在り」（原漢文。『大正新脩大蔵経』五一巻八六三頁上）とあるように、樹下石上に座る作法は仏陀の修行成道に遡る。がしかし、縄床樹の場合、大まかには樹下石上と同様に考えられなくもないが、畢竟、木の上という点で位置が違う。

実際、明恵上人の樹上坐禅像について、美術史研究では羅漢図との類似が読み取られているし、[12] 思想研究の角度からは、胡幽貞編纂『華厳経感応伝』に書かれた「遇一尼師在巖石間

図3　八高僧図巻・第三図（南宋・梁楷筆　上海博物館蔵）
東京国立博物館編『上海博物館展』（中日新聞社、1993年）

松樹下縄床上」（儀鳳年中の記事）に示唆を受けたと指摘されている。[13] ただ、いずれの論考も樹下坐の考察に止まり、なぜ樹上なのかについては明確な答えを出していない。そこで本稿では、試みに樹上に坐禅する明恵上人像に、長松の上に止住する鳥窠禅師の影を重ねてみる。

図3は十三世紀の南宋院体画家梁楷《りょうかい》による図巻『八高僧図《はちこうそうず》巻』の第三図である。通常、「白居易拱謁、鳥窠指説」という文句で画面の内容を概括するこの一幅は、左横の詞書が示すとおり、『景徳伝灯録』の鳥窠禅師伝に基づいて描かれたのである。

ここで、**図2**と**図3**の二幅を較べると、僧が松の上に止まり、鳥たちに親しまれるという構図は酷似する。むろん、鳥窠禅師が鳥たちと親しく戯れることは画面上に反映されていないが、『伝灯録』の文章から読み取れる。明恵の場合、縄床樹の近くに小鳥や栗鼠などの小動物がいる様子が「明恵上人縄床樹坐禅像」の全図から確認できる。とはいえ、この二つの絵に直接の影響関係があることはあまり見通せない。梁楷作品の日本伝来は十四世紀の室町初期を待たなければならなかったし、『八高僧図巻』が中国にのみ残っているからである。[14] だから、明恵の樹上坐禅像は絵画作品の『八高僧図巻』と直結するのではなく、むしろ鳥窠禅師伝の記述との関連を視野に入れて考えるべきことであろう。

現に明恵が『景徳伝灯録』を読んだことを示す資料は残念ながら未見だが、その可能性は時代背景からして皆無とは考えられない。例えば、弟子喜海撰『華厳祖師伝』二巻の下巻収録の唐圭峯草堂寺宗密伝に『宋高僧伝』と共に『景徳伝灯録』が引かれていることが大きな手がかりとなる。そして、鳥窠禅師の故事となれば、明恵も確実に接し得た模様である。それは必ずしも『伝灯録』経由ではなく、『宋高僧伝』を読んで知った可能性のほうが大きい。

北宋の賛寧の撰による『宋高僧伝』は一部分が平安末期の

写本として現存することから、早くも平安末期に日本に伝来していたといわれる。明恵の時代にそれが流布していたことは、法然『浄土初学抄』（漢語灯録巻十）の最後に唐宋の高僧伝についての記述があることによっても知られる。明恵が確実に『宋高僧伝』を読んだことは、『華厳宗祖師絵伝』の研究で既に明らかにされている。[15] すなわち、『宋高僧伝』巻四の「唐新羅国義湘伝」と「唐新羅国黄龍寺元暁伝」に基づいて『華厳宗祖師絵伝』の詞書を作成したのは明恵本人である。ところで、『宋高僧伝』に登場する鳥窠禅師は巻十一に伝記収録の禅僧釈圓脩を指す。この鳥窠禅師は『伝灯録』所伝の鳥窠道林禅師と一部の来歴と行実が極めて類似しているものの、別人であると考証されている。[16] ただ、禅僧が木の上に止住する様子の描かれ方は両書でほぼ一致している。まさに、こうした鳥窠禅師のイメージに明恵上人が感銘を受けて、自らの樹上坐禅の実践に至ったのであろう。

四、僧伝の受容

鳥窠禅師、日本では鳥巣和尚という名で親しまれている人物像の形成が言うまでもなく『宋高僧伝』や『景徳伝灯録』などの僧伝に遡る。本稿では、木の上にいる僧侶というイメージの共通点から出発して、『徒然草』の樹上法師と明恵上人の樹上坐禅と鳥窠禅師伝との関連性を探ってみたのである。これによって、もし鳥窠禅師に発端する樹上法師像を系譜づけることができるならば、僧伝の受容という課題についてもう少し立ち入って考えなければなるまい。

鳥窠禅師伝を僧伝の一つの具体例として見る場合、その後世における受容の結果は、文字テキストと図像テキストとの二形式に分かれて現れ、享受されてきたといえよう。中国では、鳥窠禅師の故事がバリエーションを変えて違う書物に存在し、また『八高僧図巻』のような絵画作品にもなっている。後者はなお頂相図の一脈と結び付けて捉えることもできる。さらには、彫刻となって寺院建築の装飾にも見られる。[17] これもももちろん僧伝の図像化と見てよかろうし、より多くの人々の目に触れて、広い流布の結果をもたらすことになる。このような二種類の形式による受容はそのまま日本でも行われている。多くの僧伝制作に類型化した記述が見られるのは文字テキストの受容であり、『明恵上人縄床樹坐禅像』のような頂相図の存在は僧伝の図像化した受容にほかなるまい。

日本では仏教文学が発達したためであろうか、僧伝の影響は後に僧伝記録の分野を越えて創作文学の領域にも徐々に滲透していったということはたいへん興味深い。本稿で考察した『徒然草』の樹上法師像は鳥窠禅師伝を巧みに吸収した文学作品の一例に過ぎず、ほかには、例えば夏目漱石の文学にも見られる。

漱石が明治三十二年正月、宇佐神宮から耶馬渓まで旅した際、詠んだ一句「雛僧の只風呂吹と答へけり」の前書きには、「巌端に廊あり、蕈を積むこと丈餘。雛僧一人、其端に坐して、凩の吹くたびに、千丈の崖下に落ちんとす。其居の危きを告ぐるに、平然として曰く、いのちは一つぢや、あきらめて居りまする、と。勿然鳥巣和尚の故事を憶起して」[18]とある。この文章は、漱石がいかに鳥巣和尚を印象に深く留め、禅に心を傾けていたかを示すとともに、樹上法師像の系譜が近代日本文学においても途絶えることなく続いていることの証拠となるだろう。

注

（1）安良岡康作『徒然草全注釈・上』（角川書店、一九七六年）の同段解説では、兼好時代の「十三歳の人間は現在よりかなり成熟していたと考えられる」として、むしろそれが不自然ではないことを力説しているが、従来の不自然説を強く意識したことは明らかである。

（2）島内景二『文豪の古典力』（文春新書、二〇〇二年）五一頁。

（3）早くは十世紀中葉の『祖堂集』に既に鳥窠和尚と白居易の問答が見られるが、太田次男『旧鈔本を中心とする白氏文集本文の研究（下）』（勉誠社、一九九七年）所収の「白居易と道林禅師との問答について」によると、鳥窠禅師の事蹟、とくに白居易との問答の後世への影響は、主として『景徳伝灯録』（一〇〇四年）巻第四の「杭州鳥窠道林禅師」伝がその源流であり、以後の『五灯会元』、『仏祖統紀』はこれに基づいて編集されたという。

（4）稲田利徳「『徒然草』の虚構性」（『国語と国文学』五三巻六号、一九七六年六月）。

（5）白石大二「明恵・兼好交渉論覚書き」（早稲田大学『学術研究』二〇号、一九七一年十二月）は、第四十一段の法師について「明恵をさすというのも一つの考えるべきものである」と示唆している。

（6）『明恵上人資料第一（高山寺資料叢書第一冊）』（東京大学出版会、一九七一年）五八頁。

（7）久保田淳・山口明穂校注『明恵上人集』（岩波文庫、一九八一年）二三七頁。

（8）従来、明恵の華厳教学を中心とする思想体系においては、法然の念仏思想への批判、圭峰宗密に対する受容、強い釈迦信仰及び華厳・密教の融合が認められ重視される。末木文美士『鎌倉仏教形成論』（法蔵館、一九九八年）二二二頁、田中久夫『明恵』（吉川弘文館、一九六一年）及び『日本思想大系15鎌倉旧仏教』（岩波書店、一九七一年）所収「却癈忘記」の補注などを参照。

（9）『日本思想大系15鎌倉旧仏教』四三四頁、船岡誠『日本禅宗の成立』（吉川弘文館、一九八七年）、町田宗鳳『法然対明恵』（講談社選書メチエ、一九九九年第二刷）など参照。

（10）田中久夫『明恵』一〇二頁。

（11）田中久夫『明恵』は「邪正問答抄」は明恵の作にしては「禅語臭」が強すぎるとして、その事実性に懐疑的な態度を示している。二〇七—八頁参照。

(12) 中島博「明恵上人樹上坐禅像の主題」(東京国立博物館『ミューゼウム』三二九号、一九七八年八月)。

(13) 柴崎照和『明恵上人思想の研究』(大蔵出版、二〇〇三年)第二章「明恵と『華厳経伝記』」。

(14) 東京国立文化財研究所編『梁楷』(京都便利堂、一九五七年)所収の田中一松「梁楷の芸術」、島田修二郎「梁楷資料」を参照。

(15) 竹内順一「『華厳宗祖師絵伝』詞書の書風について」(日本絵巻大成17『華厳宗祖師絵伝(華厳縁起)』、中央公論社、一九七八年)に拠る。

(16) 宇井伯寿『第二禅宗史研究』(岩波書店、一九六六年)などでは両者が別人であることが述べられている。これを踏まえた太田次男氏は前掲論文で、両人の伝が混同した背後に『伝灯録』作者の作為があるとする。

(17) 江蘇省鎮江市にある金山寺の仏殿の壁に、白楽天が鳥窠禅師に拝謁する場面の彫刻が飾られている。

(18) 夏目漱石『漱石全集』(岩波書店、一九六七年)六三〇頁、句読点は引用者。

『杜家立成』における俗字の世界とその影響

馬　駿

ま・しゅん――中国対外経済貿易大学教授。専門は上代文学。著書に『万葉集「和習」問題研究』（知識産権出版社、二〇〇四年）、『日本上代文学「和習」問題研究』（国家哲学社会科学成果文庫、北京大学出版社、二〇一二年）他、日本語教育関連の編著などがある。

光明皇后の手による『杜家立成』に関する従来の研究は頗る示唆に富んだ積み重ねがあるが、十分に議論し尽くされていない問題も残されている。随所にちりばめられている当書の俗字の世界への認識がそれである。本稿は、正字対俗字という書写の意識に焦点を絞って、俗字識別、「見本」意識と俗書流動の三点から問題の解明を試みたい。

一、目的と方法

皇太后藤原光明子が太上天皇聖武の冥福を祈念して上皇の品物を正倉院の東大寺の本尊盧舎那仏に献じた納品目録に『杜家立成』一巻」と記している。『杜家立成』は三十六件七十二通の往復書簡からなっており、初めは行書で中ほどから独草体の書風を交えて書写されている。『杜家立成』は中国で散逸し、日本にのみ残る孤本だが、その成立は太宗の貞観十五年（六四一）前後で、慶雲年間（七〇四～七〇七）の遣唐使が帰国の時に持ち帰ったもので、山上憶良あたりが、『杜家立成』の将来に一役買ったとするのが大方の見方のようだ、という。[1]『杜家立成』に関する従来の研究は、光明皇后の臨写や正倉院の宝蔵のこともあって、遥か前から漢文学と国文学の両方から脚光を浴びてきている。『杜家立成』の性格や著者に先鞭を付けたのは内藤湖南である。小島憲之は『上代日本文学と中国文学中』で『杜家立成』と『万葉集』の表現の出典関係をきめ細かに示した。その後の研究成果として日中文化交流史研究会が上梓した「注釈と研究」を挙げることができる。一方、中国国内では最近海外に散逸する漢籍の整理の目的から『杜家立成』のような作品の価値が発見、認識されるようになりつつあり、王暁平氏の「『杜家立成雑書要略』箋注稿」[2]などが注目されるであろう。「注釈と研究説」は『杜家立成』の研究の基礎を作り上げた書物で、「王暁平説」は表現の特徴や用語の意味を掘り下げたものであって、いずれも優れた必読文献として高く評価されよう。ところが、従来の研究では十分には認識されていない問題が一つあるかと思う。つまり、『杜家立成』の性格を写本学の立場から見た場合、驚くべきほどの俗語・俗字が書簡の随所にちりばめられている、という世界とその意義についての認識の欠如である。そこで、本稿は敦煌とトルファンなどの俗字や古辞書の記載を拠り所に、写本における未判明の数少なからずの俗字を識別することによって、当該書物の俗字の世界を体系的に捉え、上代文献の用例を通してその影響を具体的に追求し、そして光明皇后がなぜ当該書の臨写をせねばならなかったかの問題も含めて考えてみたい。

二、先行研究（俗字を中心に）

『杜家立成』における俗語・俗字の研究は「注釈と研究説」と「王暁平説」で丹念に展開されている。まず、「注釈と研究説」の俗字指摘の結果を整理すると、次のように俗語・俗字を二十二個得る。

（一）「注釈と研究説」

(1)【杯／盃】（P二四五―十行）：「盃杯、上通下正（干禄字書）。」（P一七）[3]

(2)【瓜／苽】（P二七四―九行）：「苽瓜、上俗下正（干禄字書）。」（P一八三）

(3)【睾／皐】（P二七二―一行）：「睾皐：上俗中通下正（干禄字書）。」（P一六七）

(4)【官／】（P二七六―四行）：「官、上俗下正（干禄字書）。」（P一八一）

(5)【京／京】（P二五二―十行）：「京京、上通下正（干禄字書）。」（P六二）

(6)【尅／剋】（P二四八―五行）：「［尅は］剋の俗字。」（P三二）

(7)【苦／】（P二五三―九行）：「俗苦字（名義抄）」（P六五）

(8)【款／】（P二五二―二行）：「欵款、上俗下正（干禄字書）。」（P五六）

(9)【牢／】（P二六六―二行）：「窂牢、上俗下正（干禄字書）。」（P一三二）

⑽【獵／獦】（P二四八―二行）：『獦は、獵の俗字（干禄字書）。』（P三〇）

⑾【兔／菟】（P二七四―九行）：「菟兔、上通下正（干禄字書）。」（P一八三）

⑿【舞／儛】（P二五二行）：「儛は舞の俗字（干禄字書）」（P五八）

⒀【暫／蹔】（P二四六―四行）：「蹔暫、上通下正（干禄字書）。」（P二一）

⒁【寫／冩】（P二四六―四行）：「［冩は］寫の俗字。（干禄字書）」（P二二）又：「冩寫、上俗下正、ノゾク、ウツス。（名義抄）」（P四〇）

⒂【珍／珎】（P二四九―五行）：「珎珍、上通下正（干禄字書）。」（P三七）

⒃【況／况】（P二五〇―四行）：「［况は］況の俗字（玉篇）。」（P四三）按：『干禄字書』に「况況、上俗下正。」

⒄【疢／疢】（P二四九―三行）：「疢疢，上通下正（干禄字書）。」（P三六）按：『玉篇・疒部』に「疢、俗疢字。」

⒅【悤／怱】（P二五九―三行）：「怱は悤の俗字（正字通）。」（P九四）按：『字彙・心部』に「怱、与悤同。」『説文・心部』に「悤、多遽悤悤也。」『正字通・心部』に「悤、隶作怱。」『敦煌変文集・降魔変文』に：「六師怱遽、匍行大歩、奔走龍庭、撃其怨鼓。」

⒆【怪／恠】（P二六七―五行）：「恠怪，上俗下正（干禄字書）。」（P一四一）按：『大広益会玉篇・心部』に「怪、古坏切異也非常也。恠、同上俗。」

⒇【愆／僁】（P二四六―五行）：「僁は愆の俗字。『僁愆、上俗下正。』（干禄字書）あやまち。とが。『顧野王云、凡物有過、皆謂之愆也。』（慧琳・一切経音義）」（P二一）按：『龍龕手鏡・心部』に「僁、俗。愆、正。」

(21)【逃／迯】（P二六八―三行）：「迯、俗逃字（正字通）。」（P一四五）按：『字彙・辵部』に「迯、俗逃字。」『随函録・巻三〇』『広弘明集・三〇』に「方迯、音外。又音逃、非。」

(22)【輒／輙】（P二四七―六行）：「輙輒、上通下正（干禄字書）。」（P二六）按：『正字通』に「輙、俗輒字。」

上、「注釈と研究説」を一、二に分けてまとめているが、⒃番から(22)番までの用例の注釈にはみな「按」がついている。これは筆者が関連する古辞書などの用例を付け加えた形で、「注釈と研究説」の補強となろう。なお、本稿では俗語・俗字を認定する場合は、『干禄字書』、『名義抄』、『玉篇』、『正字通』、『一切経音義』など、中日双方の内典・外典両方の古辞書に基づくことを付言しておく。

　続いて、「王暁平説」の整理。これは「注釈と研究説」と重なった部分や異体字、誤写を除いたもので、二十一個もの俗語・俗字を新しく示された。上例に倣って、筆者の調査結果を「按」の形で併せて示しておく。

(1)【單／単】（P二六九—七行）
(2)【惡／悪】（P二六四—七行）
(3)【罰／罸】（P二七三—一行）
(4)【寬／寛】（P二五四—七行）
(5)【厚／厚】（P二五五—三行）
(6)【喚／㬇】（P二七五—六行）
(7)【歷／歴】（P二四六—七行）
(8)【鏕／鏕】（P二四八—六行）
(9)【滅／减】（P二六〇—八行）
(10)【明／朙】（P二五〇—十行）
(11)【輱／䛨】（P二六三—八行）
(12)【虛／虗】（P二六九—六行）
(13)【揚／揚】（P二七三—一行）
(14)【昜／昜】（P二五三—十行）
(15)【顚／顛】（P二四九—四行）
(16)【旨／旨】（P二四五—八行）
(17)【馮／馮】（P二四六—四行）「馮、託也（龍龕字鏡）。」
(18)【第／第】（P二五九—七行）按：「苐第、次苐字、上俗下正。」（『干禄字書』）
(19)【策／筞】（P二四七—三行）按：『顔氏家訓・書証篇』に「簡策字、竹下施朿、末代隷書、似杞・宋之宋。」[4]
(20)【寡／寡／寡】（P二四九—九行／P二五〇—六行）按：「寡」の俗字は「寡」（『干禄字書』）。
(21)【揔／捴】（P二六六—四行）按：『龍龕手鏡』に「揔、捴、俗。捴、古。捴、今。音惣、普也、皆也、衆也。」

　俗字の指摘に関して、「王暁平説」は『龍龕字鏡』の使用で上に掲げている「注釈と研究説」にない古辞書であって注目されるべきだろう。それから、⑲番の【策／筞】について、早くも『顔氏家訓・書証篇』では字の下の部分が宋代の「宋」になっていることも示しておくといい。これと同じケースは『杜家立成』の【鼓／皷】（P二七六—八行）や【席／席】（P二六九—九行）と【悪／悪】についても、『顔氏家訓・書証篇』でそれぞれ「『鼓』外設『皮』」、「『席』中加『帯』」、「『悪』上安『西』」との指摘が見られる。

　『杜家立成』における俗語・俗字の意義に関して、「王暁平説」は「『杜家立成』では文字学の資料が数多く残されているから、論じるに値しよう。…同じ時期の文献と比べれば、光明皇后の書写は、字体や字形の上で中国伝来の原本に忠実であって、『干禄字書』などのためにその時代前後の例証を豊かに残してくれるものだと」と述べている。(5)

三、特質の論証（正俗意識を焦点に）

以上、『杜家立成』における俗語・俗字を中心に、先行研究として「注釈と研究説」と「王暁平説」の概観を行なってみた。これによって、『杜家立成』は俗語・俗字が如何に多い書物であったかの特徴が明らかになったかと思う。以下、『杜家立成』における俗語・俗字の特質をめぐって、書者の正字対俗字という意識に焦点を当てて、俗字鑑別、「見本」意識と俗書流動の三点から本稿独自の考察に移りたい。

まず、俗字鑑別の問題に関して、次の「（一）辞書記載」で挙げているのは、筆者が新しく識別を試みた俗字で、合計二十八個を数える。

（一）辞書記載

(1)【鼓／】（P二七六―八行）：「『鼓』外设『皮』」（『顔氏家訓・書証篇』）(6)「皷鼓、上俗下正。」（『干禄字書』）

(2)【席／】（P二六九―九行）：「『席』中加『帯』」（『顔氏家訓・書証篇』）(7)

(3)【麤／】（P二六六―八行）：「麤、俗作麁。」（『集韵・模韵』）

(4)【竝／】（P二四七―九行）：「並竝、上通下正。亦音蒲猛反。」（『干禄字書』）

(5)【等／】（P二六七―九行）：「䓁等、上通下正。」（『干禄字書』）

(6)【涷／】（P二七〇―八行）：「涷涷、上俗下正。」（『干禄字書』）

(7)【對／】（P二五九―五行）：「對對、上俗下正。」（『干禄字書』）

(8)【凡／凢／】（P二七〇―一行）：「凢凡、上俗下正。」（『干禄字書』）

(9)【肥／】（P二六八―七行）：「肥肥、上通下正。」（『干禄字書』）

(10)【逢／】（P二五七―五行）：「逢逢、上俗下正。諸同声者并准此、唯降字等从夅。」（『干禄字書』）

(11)【功／】（P二七三―二行）：「功㓛、上俗下正。」（『干禄字書』）

(12)【歸／】（P二七五―八行）：「歸歸、上通下正。」（『干禄字書』）

(13)【或／或】（P二七五—十行）：「或或、上通下正。」（『干禄字書』）

(14)【節／節】（P二七三—二行）：「莭節、上俗下正。」（『干禄字書』）

(15)【景／景】（P二五三—九行）：「景景、上通下正。」（『干禄字書』）

(16)【苦／苦】（P二四六—二行）：「苦苦、上通下正。」（『干禄字書』）

(17)【裏／裏】（P二六四—五行）：「裏裏、上俗下正。」（『干禄字書』）

(18)【留／留】（P二五六—八行）：「畄留、上通下正。」（『干禄字書』）

(19)【蒙／蒙】（P二四五—八行）：「蒙蒙、上通下正。」（『干禄字書』）

(20)【驅／駈】（P二四八—八行）：「駈驅、上通下正。」（『干禄字書』）

(21)【若／若】（P二四七—五行）：「若若、上通下正。」（『干禄字書』）

(22)【原／原】（P二四八—八行）：「原原、上俗下正。」（『干禄字書』）

(23)【茲／茲】（P二七二—六行）【茲】（P二七七—四）：「茲茲茲、上俗中通下正。」（『干禄字書』）

(24)【坐／坐】（P二七四—六行）：「坐坐㘴、上俗中下正。」（『干禄字書』）

(25)【希／希】（P二六九—一行）：「希、希、二俗、音希。」（『龍龕手鏡』）

(26)【炎／炎】（P二六〇—一行）：「炎、俗。燄、通。焰、今省。爓、正。」（『龍龕手鏡』）

(27)【美／美】（P二七三—九行）：「美、『説文』从羊从大、経从父作、非也。」（慧琳『一切経音義』）

(28)【稽／稽／稽】（P二六八—五行／P二七四—四行）：「稽」は『龍龕手鏡』に「稽」、『干禄字書』に俗体の「稽」とある。

上の用字の俗的性格を認定する基準は前述の通り従来の古辞書にある。これによって確認できるのは、『杜家立成』の書者にとって俗字が如何に大事なのかであろう。逆に言えば、これらの用字は従来俗字として認識されていない中で、通説に言う書法の書としての『杜家立成』の価値が半減されてしまう恐れさえあると危惧する。この点については、次の用例に注目しよう。

（二）俗体固執

2—1 「一俗」

(1)【能／能】（P二五二―四行）【罷／罷】（P二七二―一行）
(2)【曹／曹】（P二六九―五行）【遭／遭】（P二五九―六行）
(3)【冀／異／冀】（P二四五―十行）【驥／驥】（P二七五―九行）
(4)【留／留】（P二五六―八行）【騮／騮】（P二四七―九行）
(5)【悉／悉】（P二六三―四行）【播／播】（P二七三―九行）
(6)【照／照】（P二五一―七行）【邵／邵】（P二七五―二行）
(7)【承／承】（P二五八―九行）【逆／逆】（P二五九―二行）
【解／解】（P二六〇―七行）（「注釈と研究説」指摘）
(8)【眉／眉】（P二五七―五行）【厭／厭】（P二七六―三行）
【恐／恐】（P二六三―十行）【損／損】（P二六五―五行）
(9)【葉／葉】（P二六六―三行）
(10)【本／本】（P二五八―四行）【乘／乘】（P二四七―五行）
【從／從】（P二五三―一行）
【垂／垂】（P二七五―六行）
【劫／刧／劫】（P二六一―三行）
【看／看】（P二四六―二行）
【鬼／鬼】（P二六一―三行）【潛／潛】（P二五一―八行）

以上の「俗体固執」の「一俗」は、一字に一つの俗形があるのに拘る形を指して言う。(1)番の「能」の俗書は斜めの縦線の後の「能」で、字の右側が正字と異なった書き方をしている。「能」という俗書は他の偏旁と文字を成す場合、同様の俗化が起こってくるようになっている。これは個別の現象ではない点が注目される。例えば、(2)の「曹」という名前の俗形「曹」は「遭遇」の俗形「遭」を生み出す。用例(3)から(7)までの用例はいずれも同じ構造を持っている。したがって、書者が執拗に拘っている俗字の書法は、それなりの生成のプロセスがここに認められるのである。俗字のそうした動的な書写は『杜家立成』の俗書の特徴を示すものであって、俗語識別の一つの方法としても押えておくべきではあるまいか。また、これらの俗字は、用字意識の問題に関わって、『文選』や『芸文類聚』といったまともな正字に対して、今現在、唐の時代に生きている庶民の俗字の書き方はもちろんのこと、その生成のプロセスさえ身に付けようとする、書者の精神的なゆとりと前向きな姿勢が鮮明に映り出されているのではあるまいか。(9)番の「葉」は俗書で字の真ん中を「世」でなく、「云」とする。これは唐の太宗皇帝の忌みを避けるために「世」を「云」に改めたもの。敦煌変文などでしばしば登場する俗字である。ちなみにこの「葉」の俗書は紫紙金字『金光明最勝王経』に「葉」、藍紙本『万葉集・巻九』に「葉」や田中本『日本書紀・巻十』に「葉」と見られる。

2—2　「二俗」

(1)【備／偹】（P二六五—四行）【偹】（P二五六—八行）

(2)【参／条】（P二七一—八行）【条】（P二四八—八行）

(3)【兹／兹】（P二七二—六行）【兹】（P二七七—四行）

(4)【杯／桮】（P二六八—九行）【盃／盃】（P二四五—十行）【坏／坏】（P二六九—一行）

「二俗」とは一つの文字に二つ以上の俗形があることを指す。『杜家立成』では上の四組を拾うことができる。これは単なる異体字だといえば、話はそれまでだが、特に強調したいのは、正字と俗字の形の違いを識別する必要があること。これが一点目。二点目は、『杜家立成』の俗字使用の調査結果を踏まえ、同一書者の異なった俗字の選択に加えて言えば、この「二俗」はまさに正字と俗字の対立があることを書者が意図的に示している以外の何物でもない。

2—3　「経俗」

【標／⿰扌⿱票寸】

「(三十三)呼知故游学書」：「牧豕躬書、栄⿰扌⿱票寸万古。」（P二七三—九行）

「注釈と研究説」に「表に同じ（集韻）。」（P一七八）按：『随函録』巻十五『摩訶僧祇律』巻十一に「⿰票寸相、上必袂反、正作⿰扌票、⿰票寸乃二形。[8]」

【短／⿰扌豆】

(1)「(二十五)知故相嗔作書并責」：「両竟長⿰扌豆、不足応見。」（P二六七—一行）

(2)「同」：「各覓己長、咸皆諱⿰扌豆。」（P二六八—一行）

(3)「(三十六)同学従徴不得執別与書」：「舞弄長戈、棄投⿰扌豆筆。」（P二七六—八行）

「注釈と研究説」は「⿰扌豆」について「短、或从手（集韻）。」とする。（P一三九）按：『随函録』巻十八『毘尼母経』巻八に「極⿰王豆、都管反、不長也、正作短、⿰扌豆。[9]」

【悪／悪】（王曉平説）指摘

(1)「(二十一)辱名客就知故貸鶏鵝書」：「略表不空、勿嫌少𢙣。」（P二六四—七行）

(2)「(三十四)餉知故瓜書」：「所乞領之、莫嫌少𢙣。」（P二七五—一行）

『悪』上安『西』（『顔氏家訓・書証篇』）[10]『随函録』巻二『小品般若経』巻七に「悪賎、上烏故反。」

「経俗」とは仏典に出てくる俗字だと思われるものを言う。用例を二、三示してみよう。「(三十三)呼知故游学書」：「牧豕躬書、栄⿰扌⿱票寸万古。」（P二七三—九行）。当面の「⿰扌⿱票寸」は字面がはっきりしないが、「手」扁に「票」に「寸」の構成。「注釈と研究説」に「表に同じ（集韻）。」[11]とある。但し、実例が示されていない。『随函録・巻十五』（摩訶僧祇律・巻十一）に「⿰票寸相、上必袂反、正作摽、⿰票寸乃二形。」とある。よくよく見ると、この解釈は俗字の「⿲扌票寸」を作り出す用件がすべて揃っていることに気付かされる。つまり、『正作摽、⿰票寸乃二形』という二つの正字を組み直して、手扁を後ろの「⿰票寸」に付ければ、新しい俗字が生まれる。「(三)就人借馬書」に「先無下⿱安革、欲往鮦陽」と見え、「⿱安革」の字は旁の「安」が左にあるのが一般的だが、当該例では「革」の上に持ってくる。一種の言葉遊びだけれど、古写本に習見する。例えば、藍紙本『万葉集・巻九』に【霧／霿】（一六六六番歌）、【携／攜】（一七四〇番歌）、【蘇／蘓】（一七三〇番歌）などが同じ例である。

【短／⿰扌豆】の三例について、「注釈と研究説」は「短、或从手（集韻）」とする。[12]『随函録・巻十八』『毘尼母経・巻八』に正字として「短」の字と共に掲げている。[13]「⿰扌豆」は仏経に出自を持つ俗字であることを知る。

続いて、正俗意識に関連して、『杜家立成』の書者の「見本」意識を、書簡文中の対比、往復書簡の対比と書簡内部の正俗の対比という三点から浮き彫りにしたい。まず、注目したいのは書簡文中の対比である。

1 「(二)就知故借伝書」に「旧是田家、先應少閑遅。暫借学耳。…輙借写之、随了即送。」（P二四六―三〜四行）

2 「(二十六)歳日喚知故飲酒」に「日号芳年、杯名長命。…冀近伝杯。遣此無運。」（P二六八―九〜二六九―一行）

3 「(二十三)賀知故患損書」に「承弟、風塵暫動、…尋望咨承、此不多述。」（P二六五―五〜七行）

意味が同じである場合、違う用字を当てる用例は、この書簡文中の対比の三例で、いずれも書簡の初めと終わりにそれぞれ異なった正字または俗字を選んで使い分けているのが特徴である。単なる偶然だとは言えまい。次に、往復の書簡に正・俗字を選ぶのも偶然の可能性があることを排除する証拠を挙げよう。

(1) 【杯／盃】

「(一)雪寒喚知故飲書」（往信）に「入店持杯、望其遺悶。」（P二四五―四行）。「同」（回答）に「冀近伝盃。還此無述。」（P二四五―一〇行）

(2) 【備／備】

「(二十五)知故相嗔作書并責」（往信）に「備與公等交遊在昔。」（P二六七―五行）。「同」（回答）に「謹備清酌十瓶。」（P二六八―七行）

(3)【群／群】

「(十八)問知故逐賊書」(往信)に「無情群少、不解固窮。」(P二六〇—七行)。「同」(回答)に「致使群兇得来打劫。」(P二六一—二行)。以上、(1)の「杯」は往信では正字、回答では俗字、(2)の「備」も正・俗字の同じ配置。(3)の「群」は逆で俗・正字の順序となっている。書簡文中の対比にしろ、往復の書簡の対比にしろ、つまるところ、次に挙げている「正・俗の対比」の意識を表わすものとして押えることができるだろう。

(1)【杯】(P二四五—四)【盃】(P二四五—十行)【坏】(P二六九—一行)
(2)【乘／乗】(P二四七—九行)【乗】(P二四七—五行)
(3)【短／短】(P二六二—九)【短】(P二六七—二行)
(4)【惡／悪】(P二六〇—七行)【悪】(P二七五—一行)
(5)【恩／恩】(P二四七—七行)【恩】(P二七五—四行)
(6)【發／發】(P二六七—十行)【発】(P二七六—七行)
(7)【凡／凡】(P二七二—三行)【几／凡】(P二七〇—一行)
(8)【厚／厚】(P二五五—八行)【厚】(P二五五—三行)
(9)【謹／謹】(P二四八—十行)【謹】(P二四五—九行)
(10)【就／就】(P二四七—二行)【就】(P二四六—一行)
(11)【看／看】(P二四七—六行)【看】(P二四六—二行)
(12)【苦／苦】(P二五三—十行)【苦】(P二四六—二行)
(13)【流／流】(P二六一—六行)【流】(P二六〇—二行)
(14)【寐／寐】(P二五一—六行)【寐】(P二六五—二行)
(15)【輕／軽】(P二七四—十行)【軽】(P二六三—二行)
(16)【群／群】(P二六一—二行)【君】(P二六〇—七行)
(17)【善／善】(P二七二—六行)【善】(P二五八—三行)
(18)【商／商】(P二六四—八行)【商／商】(P二七六—二行)
(19)【深／深】(P二五四—二行)【深】(P二四八—九行)
(20)【數／數】(P二五五—九行)【數】(P二五〇—十行)
(21)【希／希】(P二四五—五行)【希】(P二六九—一行)
(22)【席／席】(P二七三—六行)【席】(P二六九—九行)
(23)【笑／笑】(P二六六—五行)【笑】(P二七六—三行)
(24)【幸／幸】(P二六七—六行)【幸】(P二四六—五行)
(25)【脩／脩】(P二五五—十行)【脩】(P二五一—八行)
(26)【寐／寐】(P二五一—六行)【寐】(P二六五—二行)
(27)【厚／厚】(P二五五—八行)【厚】(P二五五—三行)

それから、「俗書流動」の問題だが、「俗書流動」とは、以上検討してきた俗字または俗書が平安時代の写本に流れ込んでいることを示す。ここでは便宜上、田中本『日本書紀』を引き合いにその流動ぶりを覗いてみたい。

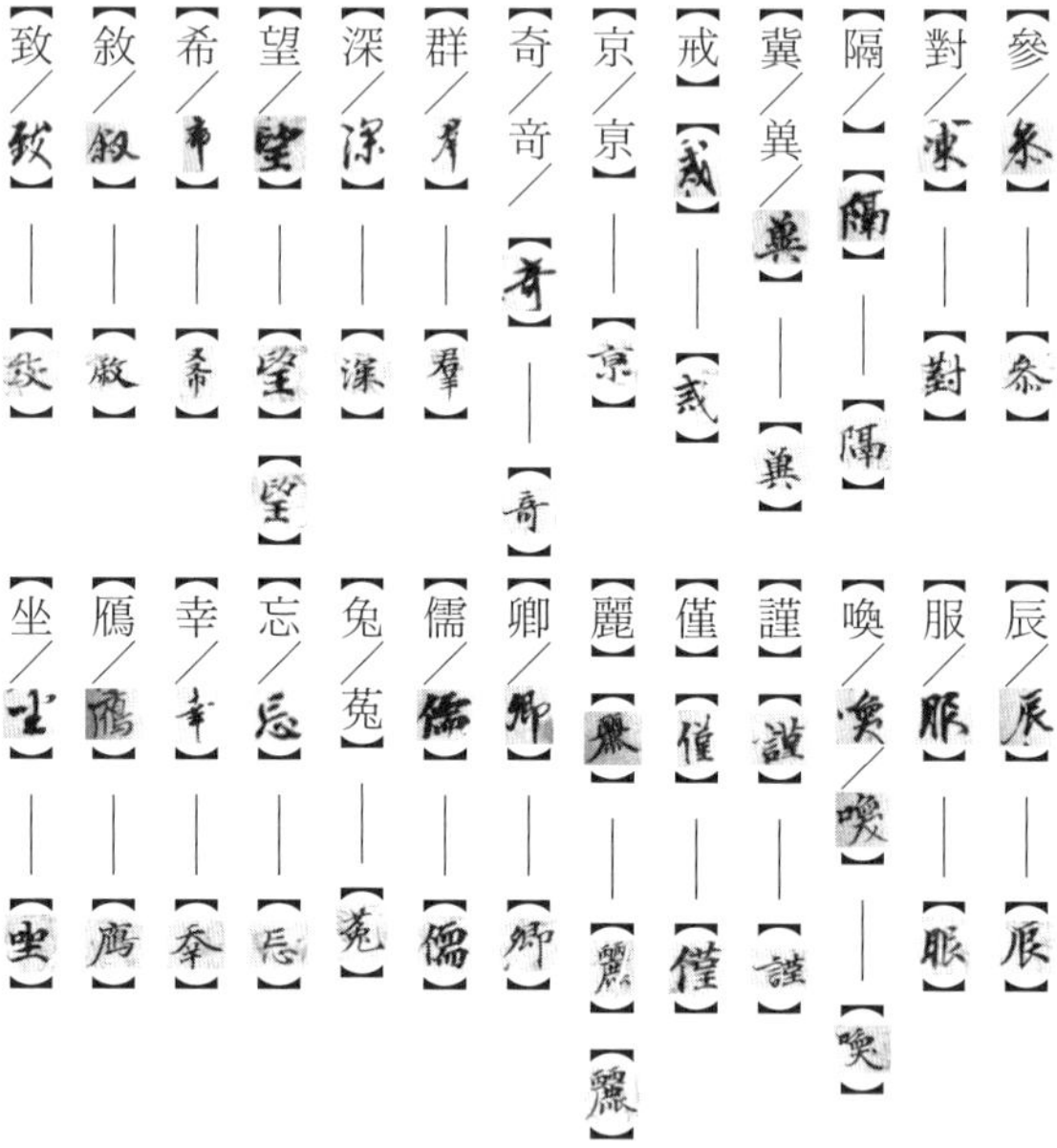

以上、『杜家立成』の俗字は田中本『日本書紀』と一致しているもの。比較して分かるように、二者の字様と字形で近似していると言えよう。では、光明皇后がなぜこのような俗書満載の『杜家立成』を書写したかの問題を考えてみたい。「注釈と研究説」は、「光明皇后がなぜ杜家立成を書写したのかについては、関係する資料もなく、不明という他はないのであるが、推論だけを記すと、その一は、おそらく唐土将来原本の初唐書風の習得と、この書風の後世への伝達を目的とするものであったのだろうと考えられる。それは、現存する光明皇后筆の正倉院本が、まことに闊達雄渾な書風範例集としてよりもむしろ習書の手本として用いられていたのではないか、と思わせられる点からの推定である。おそらく行・草体の一字一字は、かなり忠実に原本の風韻を伝えていると見てよいであろう」と説いている。(14) さらに思い出されるのは王曉平氏の次の発言。「『雜集』などのような、日本に伝えられた写本は六朝・初唐の俗字のテキストとして、中日両国の漢字における交流の教材としても使える」という。(15)

四、今後の課題（『最勝王経』を手掛かりに）

光明皇后の『杜家立成』は聖武天皇の『雜集』と共に、ある意味では両方とも俗字による行・草体の習書だと言ってよかろう。最後に些か結論を急ぎすぎる嫌いがあり、お詫びをしたいが、今後の見取り図を示せば、次のようになる。

習書（行・草体）
聖武天皇・光明皇后↓ ｛『雜集』『杜家立成』｝
手本は『金光明最勝王経』（?）　習字（俗字）

上代俗字の世界に関して、俗字の字様や草書の字形及び草書の簡略化の画数増減の趨勢などの問題に着眼しつつ、『金光明最勝王経』の宗教としての権威性と、書道としての模範性を古写本で検証することによって、その真相と体系を明らかにするのを今後の課題にしたい。

注

(1) 日中文化交流史研究会『杜家立成雑書要略　注釈と研究』(翰林書房、一九九四年)二〇一頁、二三八頁。以下、「注釈と研究」と略す。

(2) 王曉平『『杜家立成雑書要略』箋注稿」(『域外漢籍研究集刊』二輯、中華書局、二〇〇六年)。以下、「王曉平説」と略す。

(3) P二四五—十行は「注釈と研究説」の影印の頁数と行数、P一七は『干禄字書』の頁数を示す。以下、同じ。

(4) 王利器撰『顔氏家訓集解』(中華書局、一九九三年)四四五頁。

(5) 前掲注2王曉平論文、二九四—二九五頁。

(6) 前掲注4王利器撰書、五一五頁。

(7) 前掲注6。

(8) 鄭賢章『(新集藏経音義随函録)研究』(湖南師範大学、二〇〇七年)一二五頁。

(9) 前掲注8鄭書、一七六頁。

(10) 前掲注6。

(11) 前掲注1日中文化交流史研究会編書、一七八頁。

(12) 前掲注1日中文化交流史研究会編書、一三九頁。

(13) 前掲注8鄭書、一七六頁。

(14) 前掲注1日中文化交流史研究会編書、二四頁。

(15) 王曉平『『鏡中釈霊宝集注解』商補」(『域外漢籍研究集刊』五輯、中華書局、二〇〇九年)。

対策文における儒教的な宇宙観
——桓武天皇の治世との関わりから

尤 海燕

ゆう・かいえん——中国華東師範大学（上海）助教授。専門は日本古典文学、中日比較文学。主な著書・論文に『日本の詩歌』（大岡信著、訳書、安徽大学出版社、二〇一〇年）、『茶の本』（岡倉天心著、訳書、北京出版社、二〇一〇年）、「『古今和歌集』の尚古主義」（『外国文学評論』二〇一二—四、二〇一二年十一月）、『古今和歌集と礼楽思想——勅撰和歌集の編纂原理』（勉誠出版、二〇一三年）、「10世紀以前の日本礼楽思想史」（『文史哲』二〇一四—四、二〇一四年七月）などがある。

本論文では、『経国集』巻二十に収録された桓武朝延暦二十年（八〇一）二月監試の「調和五行」対策を取り上げ、典拠（『漢書』「公孫弘伝」、同「五行志」）との関係を確認しつつ、その儒教的な宇宙観を明らかにする。時務策である側面を浮き彫りにすると同時に、桓武天皇の治世との関わりをも追究する。

『経国集』巻二十は、そのほとんどが治国修身の道を論じる「時務策」(1)であり、それぞれの時代が直面した現実問題を反映している。官吏採用のための試験であるだけに、官僚としての実務能力を問わなければならない。そのために策問の選定は、当面の政治情勢に応じて、治国の原理や方策を探ろうとしてなされるものであり、対策は儒教的な思考をもってそれにこたえることが要求される。

巻二十対策文二十六首の中、桓武朝延暦二十年（八〇一）二月監試において二日間連続で四首（菅原清公策問、栗原年足対「天地始終」「宗廟禘祫」二首、二月二十五日。菅原清公策問、道守宮継対「調和五行」「治平民富」二首、二月二十六日）を行ったのは、ほかに例をみない。その内容を見ても、天地、五行など儒教的な宇宙観を確認し、祖先祭祀を極め、統治原理の根源を求める対策として、他朝の対策とは一味違い、注目に値する。以下「調和五行」を中心に考察を加えることにする。

一、「五行調和」対策とその典拠

まず「五行調和」対策（菅原清公問・道守宮継対。1）を、典拠とされる公孫弘の対策（「孫弘之對」、「漢帝興レ言、窮二精微於丞相一」、『漢書』巻五十八、公孫弘伝。2）と『漢書』五行志（「班固之書」。3）と対照しつつ読み、典拠との共通性を指摘する。

1　調和五行　延暦二十年二月二十六日監試

大學少允従六位下兼越前大目菅原朝臣清公

問、二儀剖判、五行生成。揚四序而遞旋、望七政以無謬。若使聖哲居世、風霜順節、號令失時、金木變性。然則八眉握鏡、滔天之災未休、四肘臨圖、燋地之眚猶厲。豈爲天地之應、終可無徴、將謂殷唐之治、時有所缺。孫弘之對必可有源、班固之書何所祖述。子呑鳥之藻、無慙於羅生、吐鳳之辭、不謝於楊氏。詳稽往古之義。令可行於當今。

（問ふ。二儀剖判し、五行生成す。四序を揚げて遞《たが》ひに旋り、七政を望みて以て謬《あやま》つこと無し。若し聖哲をして世に居らしめば、風霜節に順ひ、號令をして時を失はしめば、金木性を變へむ。然らば則ち八眉（尭）鏡を握るも、滔天の災未だ休まず、四肘（湯）圖に臨むも、燋地の眚《わざ》はひ猶ほ厲し。豈し天地の應《むくひ》と爲さば、終に徴《しるし》無かるべけんや、將た殷唐の治、時に缺くる所有りと謂はんや。孫弘が對、必ず源有るべし、班固の書、何の祖述する所ぞ。子、呑鳥の藻《あや》、羅生に慙《は》づること無く、吐鳳の辭《あや》、楊氏に謝《は》ぢず。詳に往古の義を稽《かむが》へて、當今に行ふべからしめよ）

＊八眉―尭のこと。四肘―殷の湯王。

文章生大初位下道守朝臣宮継上

對、竊以、亹々圓象、懸日月以垂文、悠々方儀、列山川而分理。於是、四時更謝、寒暑往來、五德遞遷、王相運轉。爾乃、皇雄畫卦、天人之道爰明、高密錫疇、帝王之法既立。汨陳其性、則帝有不畀、能寶其眞、則天有逈叙。是以、周王虚己、訪奥秘於父師、漢帝興言、窮精微於丞相、至唐堯受録、洪水滔天、殷湯膺圖、亢旱燋土、運距陽九、時會百六。天地非無其徴、唐殷非缺其治。是知、乘運之譴、哲后不能除、膺期之災、聖君不能救。故以孫弘之對、方看其源、班固之書、遂述其旨。伏惟聖朝、儀天演粹、道備於禮經、揚德韜英、義光於易象。猶能欲明四時之理、窮五行之要。實治國之通規、爲政之茂範。夫以、木火虧政、風蝗所以興災、金水乖方、霜雹由其告譴。若乃、三驅有制、則曲直成其功（木）、四佞離朝、則炎上得其性（火）。抗威禁暴、遂從革之能（金）、發號柔神、申潤下之德（水）。卑儉宮室、稼穡所成、儀形寡妻、草木惟茂（土）。禮敷義暢、龜驎所以獻祥、仁洽智周、龍鳳於焉効祉。既而弘之以徳、長無一變之災、救之以道、安有五時之失。然則巍々之化、挙目應瞻、蕩々之風、企足可待。謹對。

（對ふ。竊かに以《おもひ》みれば、亹々たる圓象、日月を懸けて以て文を垂る、悠々たる方儀、山川を列ねて理を分つ。是に於いて、四時更《たがひ》に謝《さ》り、寒暑往來す、五德遞《たがひ》に遷《うつ》り、王相運轉す。爾乃《すなは》ち、皇雄卦を畫きて、天人の道爰に明らかなり、高密疇を錫《たま》はりて、帝王の法既に立つ。汨《みだ》して其の性を陳べれば、則ち帝畀《あた》へぬこと有り、能く其の眞を寶とすれば、則ち天迥叙有り。是を以て、周王已を虚しうして、奥秘を父師に訪らひ、漢帝言を興して、精微を丞相に窮む。唐堯錄を受け、洪水天に滔《ひた》け、殷湯圖に膺《あた》りて、亢旱土を焦《や》くに至りては、運陽九を距《ふせ》ぎ、時百六に會ふ。天地其の徵《しるし》無きに非ず、唐殷其の治を缺くるに非ず。是に知りぬ、乗運の譴《せめ》は、哲后も除くこと能はず、膺期の災《わざはひ》は、聖君も救ふこと能はず。故に以て孫弘が對、方に其の源を看、班固が書、遂に其の旨を述ぶ。伏して惟みれば聖朝、天に儀《のっと》り粹《の》を演べて、道は禮經に備はる、德を揚げ英を韜《つつ》みて、義は易象に光れり。猶ほ能く四時の理を明らかにし、五行の要を窮めむと欲す。實に治國の通規、爲政の茂範なり。夫れ以みれば、木火政を虧けば、風蝗所以に災いを興し、金水方に乖《そむ》かば、霜雹其に由りて譴《せめ》を告ぐ。若し乃ち、三驅制有れば、則ち曲直其の功を成し、四佞朝を離れば、則ち炎上其の性を得。威を抗げ暴を禁ずれば、從革の能を遂ぐ、號を發し神を柔らぐれば、潤下の德を申ぶ。宮室を卑儉すれば、稼穡成る所、寡妻に儀形すれば、草木惟れ茂る。禮敷き義暢ぶ、龜驎所以《ゆゑ》に祥《さち》を獻る、仁洽《あまね》く智周《あまね》くあれば、龍鳳焉に祉《さち》を効《いた》す。既にして之を弘むるに德を以てし、長く一變の災も無く、之を救ふに道を以てすれば、安んぞ五時の失有らんや。然らば則ち巍々の化、目を挙げて應に瞻るべし、蕩々の風、足を企《そばだ》てて待つべし。謹みて對ふ）[2]

＊迥叙―大きな秩序・原則。

2

『漢書』巻五十八・公孫弘伝、公孫弘対策

制曰、蓋聞上古至治、畫衣冠、異章服、而民不犯。陰陽和、五穀登、六畜蕃、甘露降、風雨時、嘉禾興、朱草生、山不童、澤不涸。麟鳳在郊藪、龜龍游於沼、河洛出圖書。（中略）〔敢〕問子大夫：天人之道、何所本始？吉凶之效、安所期焉？禹湯水旱、厥咎何由？

（天人の道、いづこを本に始まらんや。吉凶の効《しるし》、いづくに期せらるるや。禹湯の水旱、厥《そ》の咎何に由るか）仁義禮知四者之宜、當安設施。屬統垂業、物鬼變化、天命之符、廢興何如（天命の符《しるし》、廃興何如《いかん》）。天文地理人事之紀、子大夫習焉。其悉意正議、詳具其對、著之于篇、朕將親覽焉、靡有所隱。[3]

公孫弘対策の策問では、漢の武帝は上古聖帝の治世に憧れ、時勢に鑑みて、天人の道は何に基づいて始まるのか、吉凶の効験はどこに期することができるのか、禹と湯のとき洪水と旱魃は、いかなる咎によるものか、天が王者に符命を下すのは、いかにして興ったり廃れたりするのかと問う。

本対策策問の関心は、公孫弘対策の策問とほぼ一致する。出題のきっかけは、(後に詳述するが)当時(桓武天皇治世)の水旱災害などの天候不順だったので、公孫弘対策策問の「禹湯水旱」を特に取り上げたのだろう。また逆に、公孫対策で示された「禹湯水旱」に関する疑問に関心を誘われたからこそ、公孫対策を踏まえることにしたとも考えられる。いずれにしても、両者が共有するのは、為政者が「天地の応」(「天人の道」「吉凶の效」「天命の符」、王者の徳・不徳に対する天地の感応、天命のしるし、瑞祥災異の類)に関心をもち、統治の基本的な根拠を天に求めるという問題意識である。一方、本対策策問では「二儀」(天地)・「四序」(四時)・「五行」・「七政」の表現を用い、対策では「木火金水土」の順で『漢書』五行志の「説」を引いたため、(対句表現上の要素を除けば)基本的に『漢書』五行志を代表とした漢代一般の五行説を踏まえているといえる。やや長いが、『漢書』五行志を以下に引用する。

3　『漢書』巻二十七上・五行志上(下線部は対策文が踏まえた文言)

經曰:「初一曰五行。五行、一曰水、二曰火、三曰木、四曰金、五曰土。水曰潤下、火曰炎上、木曰曲直、金曰從革、土爰稼穡。」

経。第一に五行。五行とは、一に水、二に火、三に木、四に金、五に土。水の本性は潤下(物を潤して低いところに流れること)、火の本性は炎上(燃えて上に上ること)、木の本性は曲直(曲がったりまっすぐになったりする)、金の本性は従革(自由に変形すること)、土の本性は稼穡(そこに種を撒き、収穫すること)である。(4)

傳曰:「田獵不宿、飲食不享、出入不節、奪民農時、及有姦謀、則木不曲直。」

伝。狩猟するのに時期を考えない、酒食を礼法どおりに勧めない、宮殿の出入に節度がない、民の農時を奪い、そして悪事をたくらむ。このような場合には、「木」の曲直の性質を失う。

說曰:木、東方也。……其於王事、威儀容貌亦可觀者也。故行步有佩玉之度、登車有和鸞之節、田狩有三驅之制、飲食有享獻之禮……

說。「木」は(五行の配当で)東方である。……王者にこれを当てはめるならば、その立居振舞と容貌が仰ぎ観るほど立派であること。だから王者が歩むときには腰に佩びた玉で歩調をとり、馬車に乗るときには金でつくった鸞鳥の鈴でリズムをとる。狩をするには三駆のさだめがあり、飲食にはそれを勧める礼法がある。……

（中略）

傳曰：「棄法律、逐功臣、殺太子、以妾為妻、則火不炎上。」

伝。法律を無視し、功臣を放逐し、太子を殺し、側室を正室にするならば、「火」は炎上の性質を失う。

説曰：火、南方、揚光輝為明者也。其於王者、南面鄉明而治。……故堯舜舉羣賢而命之朝、遠四佞而放諸壄。……

説。「火」は（五行の配当で）南方であり、光をあげて明るく輝くものである。王者にあてはまるなら、南面して明るい方向に向かって治めること。……だから、尭舜は多くの賢人たちを推挙して官吏に任命し、四人の悪人どもを遠ざけて野に放逐したのである。

傳曰：「治宮室、飾臺榭、內淫亂、犯親戚、侮父兄、則稼穡不成。」

伝。宮殿を造営し、台閣を飾り立て、ふしだらな女性をむかえ、親戚をそこない、年長者をあなどれば、農作の成果があがらない。

説曰：土、中央、生萬物者也。其於王者、為內事。宮室、夫婦、親屬、亦相生者也。古者天子諸侯、宮廟大小高卑有制、后夫人媵妾多少進退有度、九族親疏長幼有序。……故禹卑宮室、文王刑于寡妻。……

説。「土」は（五行の配当で）中央であり、万物を生み出すものである。王者にあてはめるならば、内輪のことにあたる。宮殿、夫婦、親戚なども、「土」から生み出されるものである。古の天子や諸侯は、宮殿や廟の大小高下にきまりがあり、皇后、夫人、側室の多少や作法ふるまいに節度があり、九族内の親疏長幼の関係に序列があった。……それ故、禹は宮殿を低く造り、文王は礼儀をもってその正妻に接したのである。……

（中略）

傳曰：「好戰攻、輕百姓、飾城郭、侵邊境、則金不從革。」

伝。戦争を好み、民衆を軽視し、城郭を飾り立て、辺境を侵犯すれば、「金」は自由に変形しなくなる。

説曰：金、西方、萬物既成、殺氣之始也。……其於王事、出軍行師、把旄杖鉞、誓士衆、抗威武、所以征畔逆止暴亂也……

說。「金」は（五行の配当で）西方である。万物は成熟し、粛殺の気の生ずる始めである。……王事にあてはめるならば、軍事行動をおこし、旄《はたぼこ》を手に持ち、鉞《まさかり》を杖つき、兵卒たちに誓って威武を盛んにすることである。これは反逆者を征伐し、暴動を制圧する手立てである。……

（中略）

傳曰：「簡宗廟、不禱祠、廢祭祀、逆天時、則水不潤下。」

伝。宗廟をおろそかに扱い、神々に祈らず、祭祀を取りやめ、天の時に逆らえば、「水」は物を潤して低い所に流れなくなる。

說曰：水、北方、終臧萬物者也。其於人道、命終而形臧、精神放越、聖人為之宗廟以收魂氣、春秋祭祀、以終孝道。王者即位、必郊祀天地、禱祈神祇、望秩山川、懷柔百神、亡不宗事。……至發號施令、亦奉天時。……

說。「水」は（五行の配当で）北方であり、万物に終止符をうって収蔵するものである。人間のありようにあてはめるならば、生命に終止符がうたれて肉体が収蔵され、霊魂が自由に飛び回るようになると、聖人は宗廟を作ってこの魂気を収め、春と秋に祭を行って孝道を全うするのである。王者は即位すると、必ず天と地とを都の郊外で祭って天神地祇に祈り、山川を遠望して順序どおりに祭り、八百よろずの神々を招きなだめ、尊び仕えないことはない。……号令を発し、政令を施行するさいにも、やはり天の時に従う。……

経は『尚書』「洪範」のことであり、「水火木金土」は自然の万物を構成する基本的な五つの物質（元素）、及びそれぞれの自然的な属性（師古曰「皆水火自然之性也」）を意味する。伝は前漢・伏生（勝）の撰とされ、自然の五行を人事・政事と結びつけた。説は前漢の欧阳（和伯）、大小夏侯（夏侯胜、夏侯建）の『尚書』三博士の説で、伝をさらに敷衍したもの。伝以下における「五行」は、「原初の五つの物性」の意味を超えて、鄒衍、『呂氏春秋』と『淮南子』など雑家の陰陽五行説を儒教的に発展させたものであり、その最大の特徴は、五行を人事、特に帝王の政治に結びつけ、天人相関的な考えを示し、国家統治を根拠付けたところにある。董仲舒はさらに、こうした陰陽を調え、四時に順い、五行を序し、政令を月令に配する思想に、古来の自然現象を政治的に解釈する考えを加味し、天譴説（災異説）、讖緯説へと発展させ、儒教的な天人相関理論を完成した。この天人相関理論は、つまり、儒教の天人貫通の宇宙観であり、政治哲学でもある。こうした思想から生まれた公孫弘対策と董仲舒の天人三策（「賢良対策」とも）が本対策の直接的な典拠と間接的な参考になったことは想像に難くない。

本対策では、「二儀剖判、五行生成。揚㆓四序㆒而遞旋、望㆓七政㆒以無㆑謬」、「四時更謝、五徳遞遷」、「明㆓四時之理㆒、窮㆓五行之要㆒」など、「天地」「四時」「五行」（「七政」は日月二星と、「木火土金水」五星の組み合わせ）の表現を用いた上、尭の水害と湯の旱魃の原因を追究する姿勢に徹したため、以上の天人思想を吸収したと考えられる。さらに、対策の「若し乃ち、三驅制有れば、則ち曲直其の功を成し、四佞朝を離れば、則ち炎上其の性を得。威を抗げ暴を禁ずれば、従革の能を遂ぐ、號を發し神を柔らぐれば、潤下の徳を申ぶ。宮室を卑倹すれば、稼穡成る所、寡妻に儀形すれば、草木惟れ茂る」は、基本的に『漢書』五行志「説」の、「王者／王事」を述べる文言（下線部）を選び取って、援用している。つまり、五行それぞれ正しい状態の指針である「三駆有㆑制」などが実現されれば、災異が降りることはなく、五行の道も調和し、天皇の高い広い徳化も期待できるということである。本対策における五行に関する解釈は、単に『漢書』五行志の言説を引用するにとどまっているのではない。それ以上に、時務策としての更なる思考を展開させている。

二、策問の必要性――時務策としての意味

それでは、本対策の時務策としての意味を探ろう。まず、対策成立の背景（出題側）から考える。桓武帝は、造都と征夷を強行した果敢専制の帝王であった反面、一生怨霊に悩まされつづけていた。[5] 即位前には井上内親王と他戸親王の廃立に心を煩わしたが、即位後には早良親王の亡霊に怯えた。早良親王が憤死した後、延暦七年五月に夫人藤原旅子が死に、翌八年十二月に皇太后の高野新笠、翌九年閏三月に皇后の藤原乙牟漏が相次いで崩じ、その秋から冬にかけて疫病が流行し、人民が飢えに苦しみ、皇太子の安殿親王も病気に臥し、年を越えても癒えず、長く早良親王の怨霊に苦しめられていた。平安京への遷都（延暦十三年（七九四）十月二十二日）は、その怨霊の祟りからの脱出も原因の一つと考えられる。しかし、平安京に移った後でも、怨霊の祟りがまだ続き、水旱災害などが絶えず、民が飢え苦しみ、天下が憂慮すべき状況にあった。[6] 天災や近親者の不幸・祟りに悩まされ続ける桓武帝は、世間の不穏の原因を「陰陽が和せず」（『続日本紀』巻三六天応元年（七八一）七月五日「詔曰、朕以㆓不徳㆒、陰陽未和、普天之下、炎旱経㆑月」、『日本後紀』巻八延暦十八年（七九九）六月五日「時雍未㆑洽。陰陽失㆑和。去年不㆑登。稼穡

被レ害」）、「五行が乱れる」（『日本後紀』巻五延暦十五年（七九六）七月二十二日「詔曰、朕以二眇身一、忝承二司牧一、日旰忘レ食。惘二一物之向隅一レ。昧□求レ衣。懼二五行之紊一レ序」）とする。つまり、桓武帝の悩みに応えようとして行われたのは、「調和五行」対策のやりとりであり、中で尭・湯の水旱災害を取り立てて議論するのも、世の中の関心を反映していると考えられる。

　次に、対策の内容（回答側）から見てみよう。本対策で意識的に『漢書』五行志の「説」の表現を選び取ったのは、それを借りて一種のメタファー効果（六義の「風」）を図ろうとしたのではないかと思われる。まず対策文で最初に取り上げた「木」から考える。「木」の本性は「曲直」（自在に曲がる、伸びる）で、成長や伸展を意味する。王事と対応する「三驅有レ制」は田狩の制度をさす。師古注に「謂二田獵三驅一也。三驅之禮、一為二乾豆一、二為二賓客一、三為二充君之庖一也」（『藝文類聚』巻六十六「産業部下・田獵」に「禮記曰、天子諸侯、無レ事則歳三田。一曰二乾豆一……」）とある。「乾豆」は祭器のことで、「三驅の禮」とは、天子諸侯は特に事がなければ一年に狩猟できるのが三回のみで、一回は祭祀のため、一回はお客をもてなすため、一回は天子の厨を充たすため、つまり、狩猟に節度があるというきまりである。桓武天皇の場合はいかがだろうか。よく知られたように、桓武は尚武の天皇である。その一生にわたり狩猟の回数は一二八回、ピークは延暦十一年〜十六、十七年（七九二〜七九七、七九八）までで、ちょうど「長岡京を廃し、平安京にうつる造営事業の重大な時期であり、また一方蝦夷外征においては、前回の失敗を回復すべき大遠征が企図・実行されるときに当たっている」、しかも（放鷹により）「すべての原野、いたるところの野がそのまま独占的な猟場たりえたのであった」、「民要を妨げ、民産を損傷するという問題は顕在化」し、「仏教的な放生思想とか民生的な公私共存の考えは影をひそめ、専制君主の気侭な奢侈的趣向がそこにあったのである」[7]。むやみな狩猟が「木」の本性を失わせるという五行説を照らし合わせてみれば、ここの「三驅有レ制」は桓武帝の過度な狩猟への戒めと読み取れる。

　そして、「抗レ威禁レ暴」（金）を見てみる。「金」の本性は「従革」（従う、変革）で、剛柔の性を持ち合わせ、変革、殺気を意味するが、王事と対応する「抗レ威禁レ暴」は武力で敵の叛乱を鎮める兵事をさす。これも度を過ぎてはいけない。「好二戰攻一、輕二百姓一」（『漢書』五行志「伝」）になると、「金」はその本性を失い、五行が乱れてしまうのである。これは桓武天皇にあてはめると、その一生にわたる大がかりの蝦夷征伐事業になる。「土」は「稼穡」（栽培と収穫）で、万物を生育、収納する大地の意であるが、王事になれば、内事、つまり宮殿、後宮などをさす。対策文で取り上げた「卑㆓倹宮室㆒」は宮殿を低く簡素に作るべきとの意味であるが、これも桓武帝の「都城造営」を思わせる。軍事と造作は周知のとおり、桓武朝の二大事業である。国家財政と人民生活に莫大な負担をかけたものと、晩年の桓武帝は反省しており、延暦二十四年（八〇五）十二月七日に参議の藤原緒嗣と菅野真道に有名な「徳政相論」をさせたのである。

　ところで、「水」は「潤下」（潤う、下に流れる）を本性にしており、対応した人事は「郊㆓祀天地㆒」「懐㆓柔百神㆒」（対策文では「發㆑號柔㆑神」）で、つまり、天地と祖先への祭祀、皇帝の正統性と深く関わることである。桓武は日本史上初めて郊祀を実行する天皇で、延暦四年（長岡京遷都後最初の冬至日）と六年に、二度も交野で郊祀を行った。祖先祭祀のほうでは、延暦十年（七九一）三月二十三日に「国忌省除令」を発布し、天武系祖先を国忌対象から除き、天武系から天智系への皇統交替を図り、天智系新皇統の正統性を獲得しようとしたが、井上内親王怨霊を慰撫するため、その父親にあたる聖武天皇と皇后の光明子を国忌対象に留めた。そして、延暦十九年七月に井上内親王を皇后に復し、早良親王を崇道天皇に追称し、二人のお墓を山陵にしたが、やはり問題点が残されているので、本対策文と同じ清公策問の「宗廟禘祫」（前日で行われた）で取り上げられたのだと考えられる。[8]

　「土」については、先に見た「卑㆓倹宮室㆒、稼穡所㆑成」の次に「儀㆓形寡妻㆒、草木惟茂」と、ほかの「四行」より一句多い形で述べられている。「木・火」―「金・水」の対句を作るためにも、また「中央土」（『呂氏春秋』六月紀）の重要性を強調するためにも、「土」にことに重きを置いただろうと考えられる。ここの「儀㆓形寡妻㆒」は後宮の問題をさす。『漢書』師古注に「寡妻、謂㆓正嫡㆒也」、毛伝に「寡妻、適（嫡）妻也」（『大雅・思斉』「刑㆓于寡妻㆒、至㆓于兄弟㆒、以御㆓于家邦㆒」）とあるので、具体的には正妻（皇后）に接する礼儀を言う。桓武帝の場合、延暦九年三月皇后藤原乙牟漏が亡くなった以来、新たに皇后を立てず、その代わりに女御制度を創設したが、これは後宮の紊乱を引き起こし、薬子の変の遠因ともされた。皇后の空位による礼儀制度上の欠如をほのめかすのではと考えられる。

　ちなみに、「四佞離㆑朝」は「三驅有㆑制」と対をなすため用いられたもので、必ずしもそれに合致するような事柄があるわけではない。ただ、「火」の「其於㆓王者㆒、南面鄉㆑明而治」の意味解釈から、「四佞離㆑朝」を広く「官僚の選別、任官、賢良を選抜する」と理解することができるので、桓武の官僚改革が連想される。

以上のように、対策文の「五行説」は、それぞれ桓武帝治世の問題点を遠まわしに指摘していると読み取れる。現実と微妙に距離を保っているのは、治政の得失を直接示す政論文章や諫言でない上、文章美も兼ねなければならない策問・対策のあり方に関係しているからである。文章に帝徳賛美、自己謙遜の常套表現のほか、文飾の部分も多いが、漢籍の故事と表現を散りばめながら、自国のことを言うので、全体的に一種のメタファー、または『漢書』五行志を通しての「風」（六義の一つ、何かにつけて遠まわしに言い聞かせる、悟らせる）とみてよい。この点は、対策文中の「〜はよくない、してはいけない」という否定的な構文ではなく、「ならば〜なる」（「若し乃ち、三驅制有れば……」）という肯定的な仮定構文からも伺える。

では、なぜこの対策は「五行」を題に選んだのか。「五行」は『尚書』「洪範・九疇」の一番目である。「洪範・九疇」は夏の禹が天帝から授けられたという天地の大法で、君主が五行にもとづいて行動し、天下を治めることを説いている。『漢書』五行志の五行説は政治を行う上で重要な事項を含みこみ、治世の根本的根拠を提供する一方、災異の出現は五行の乱れ（政が五行にのっとっていない）と解釈し、さらに実際の災異を具体的な人事に結びつけ、政治の得失を指摘するので、理論性と実践性を両方持ち合わせた政治指南である。よって、本対策では「實に治國の通規、爲政の茂範なり」と賛嘆したわけである。ちなみに、『漢書』五行志の災異説で、「旱魃」「蟲害」災異説は、対応する「人為」として、民衆に負担を強いる「外征」「土木事業」が主に挙げられており、一方、「水害」災異説では、「改廟問題」或いは「特定の個人」が挙げられている」。[9] 以上から見ると、桓武朝の政治全般にあわせた策問の出題となれば、「五行」は最もふさわしい題であろう。

三、桓武における儒教的宇宙観の意味

「天地」「五行」は国家のあり方と深く関わる儒教的宇宙観で、具体的には「天地—陰陽—四時—五行（自然、宇宙）⇕人間の日常的営為⇕治国の要道」という具合に、五行を媒介として、宇宙から人間の日常的な営み、そして政事までまるごと一つの体系をなす天人一貫の哲学である。陰陽五行の思想は古くから日本に受容され、陰陽寮・陰陽師が設けられ、瑞祥災異観が形成するなど、「五行」自体は新鮮な概念ではないが、[10]『漢書』五行志の説を活用するのは、本対策が最初である。また、本対策の前日に行われた「天地始終」対

策で「儒教の天地」に軍配があがったのは、（儒教の天地は）「有始無終」、つまり、天地（宇宙）から治世の法則と秩序を授かった王者の統治が永続すると考えられたためである。

では、桓武朝になぜ儒教的な宇宙観が必要だったのか。漢学の素養が深く（大学頭、侍従の職に任ぜられたことがある）、初めて踰年改元（即位した翌年に改元）を実行し、父光仁に続き漢風年号をつけ、史上最初の郊祀を行い、国忌制度を改め、二度の遷都を敢行した桓武は、中国の政治思想と革命（天命）思想を深く受容した「異色の天皇」とされてきた。(11) 観念上ではなく、非常に具体的な形で中国政治思想を実践したのは、父光仁より始まる新たな皇統の確立にこうした儒教的政治思想が現実的役割を果たしたためである。儒教的イデオロギーは、いわゆる新皇統・新王朝のガイドラインのようなものである。

「龍鳳別紀、五帝不相淞樂、金水遞旋、三王不相襲禮」（龍鳳は別けて紀し、五帝は楽を相淞《よ》せず、金水は遞《たが》ひに旋《めぐ》り、三王は礼を相襲《よ》せず）（本対策前日の「宗廟禘祫」対策）と、新王朝において礼楽（祭祀）制度を新たに定めなければならない理由が中国の典籍に示されたように、新皇統は治世の根拠を改めて儒家典籍から探り出し、確認しなければならない。その中、最も原初的、根源的なのは「天地―五行」という宇宙観である。

さらに、主体性と専制性を特徴とする桓武帝の政治は、漢の武帝の政治と類似性が認められるのではないか。まず、両帝はともに諡号が「武」（蔡邕『独断』帝諡「克二定禍乱一曰レ武」）であり、尚武の皇帝とされる。漢の武帝は匈奴平定、桓武帝は蝦夷征伐、それぞれ偉大な戦功を挙げており、同時に遊猟をも好んでいた（桓武の場合は前述したが、漢の武帝の場合、司馬相如の「上林賦」「子虚賦」「諫猟疏」と東方朔の諫言が有名）。(12) 次に、両帝とも奢侈華美を好む傾向があり、長岡・平安京建都や上林苑造営（揚雄「羽獵賦」は武帝の上林苑修築を批判する名作である）(13) など過度な造作に耽っている。内では宮室を奢り、外では外族をはらうというのは、両帝に共通した評価である。(14) そして、祭祀に非常な熱意をもつのも両帝に共通する点である。漢の武帝は漢の時代初めて泰山封禅をした皇帝で、その天地・宗廟祭祀、封禅、巡行の記事は『史記』「孝武本紀」と「封禅書」をひもとけば枚挙に暇ない。同じように、桓武帝は日本史上最初に郊祀を行った天皇で、祖先の祭祀に並々ならぬ関心を抱いていた。それから元号（年号）について。漢の武帝は元号の創始者であり、桓武帝は父光仁に引継ぎ漢風年号を用い、漢風元号の伝統を確立したともいえる。祭祀の実行と漢風元号の使用には、いずれも新時代の創始者としての自覚、新王朝確立の意識が働いている。見てきたように、両帝には諡号、軍事、狩猟、造作、祭祀、元号などの面で類似性が見られるが、これらは単なる偶然ではなく、桓武帝が武帝に対する尊敬と模倣意識を有しているためと考えられる。[15] こうして、二者ともに災異に関心をもち、その発生の根源を追求すべく策問を行うに至ったのも不思議ではない。[16] 儒教に統治的位置を与えられ、国家政治思想（イデオロギー）の根拠である儒教的宇宙観が形成しつつあったのは、漢の武帝の時代である。武帝が新たな統治根拠を必要としたのと同じように、桓武天皇もそれを求めたのであり、さらに対策の形で積極的に確認したのである。

注

（1） 小島憲之『国風暗黒時代の文学』上（塙書房、一九六九年、一九九一年三刷）一八七・一九六頁。『上代日本文学と中国文学』下（塙書房、一九六六年）一四三七―一四三八頁。後書では、小島は道守宮継「治平民富」対策（桓武朝）を典型的な時務策とし、主金蘭「文と質の優劣」対策をも「時務策的な対策」とした（「欲レ使下非レ古非レ今、…行レ文行レ質、以平二野史之義一。五福長保、無為継二於百王一。六極永継、有道傳中於千帝上」）。東野治之は、『経国集』巻二十対策文と、「魏徴時務策」との類似性を指摘し、特に道守宮継「調和五行」対策の「然則巍々之化、挙レ目應レ瞻、蕩々之風、企レ足可レ待」を、「魏徴時務策」の「蕩々之化可レ期、魏々之風斯在」を踏まえたとする。上代の時務策への傾斜に対して、平安時代の対策文は「方略策」（『本朝文粋』対冊に収載されたもの、「神仙」「漏刻」の類）が多く、実用性が後退し、文章美が重んじられるようになったという。久木幸男『日本古代学校の研究』（玉川大学出版部、一九九〇年）一七一頁・一七七―一七八頁、二〇四頁。山田尚子「対策の変容――故事と論述」（『和漢比較文学』三七、二〇〇六年）。

（2） 底本は基本的に『群書類従』巻一二五『経国集』（続群書類従完成会、一九六〇年）によるが、ほかの諸本や小島憲之『国風暗黒時代の文学』中（上）（塙書房、一九七三年）一一一四―一一二三頁を参酌し適宜改めた。訓読みは右に掲げた小島書（『国風暗黒時代の文学』中（上））を参考にした。

（3） 中華書局標点本『漢書』（一九七五年）による。以下同。

（4） 現代語訳は基本的に東洋文庫460『漢書五行志』（冨谷至・吉川忠夫訳注、平凡社、二〇〇八年）によるが、私に改めたところがある。

（5） 林陸朗「桓武朝論」（『国学院短期大学紀要』一一、一九九三年）。

（6） 延暦十三年十月平安京遷都から対策の行われた延暦二十二月までの災異統計（『続日本紀』『日本後紀』による）は、雨（水）：九　旱：二　風：四　雹：二　地震：四　飢（不登）：二十（もっとも、水　旱によるものがほとんど。原因が水旱災害と記されても、「雨」「旱」と数えていない）　日食：三　怪異：六　富士山噴火：一合計九項目、五十一回。付録の表を参照。

（7） 林陸朗「桓武天皇と遊猟」（『栃木史学』一、一九八八年）。

（8） 国忌省除令で「太政官奏言。謹案二礼記一曰。天子七廟、三昭三穆、与二太祖之廟一而七。又曰。舎レ故而諱レ新。注曰。舎二

親盡之祖一而諱二新死者一。今國忌稍多、親世亦盡。一日万機、行レ事多滯。請親盡之忌。一従二省除一。奏可之」（『続日本紀』延暦十年三月二十三日条）とあり、礼記の「天子七廟」制を引用している。この点について、林陸朗は桓武帝が決めた「七忌」は「七廟」によるとする（「桓武天皇の政治思想」、山中裕編『平安時代の歴史と文学・歴史篇』、吉川弘文館、一九八一年）。「宗廟禘祫」対策は、まさしくこの「七廟」を問題にし、桓武朝の祭祀問題に多大な関心を示した。

（9）釜田啓市「『漢書』「五行志」災異理論の再検討」（『中国研究集刊』寒十八、一九九六年）。

（10）吉野裕子諸論を参考。

（11）滝川政次郎「長岡遷都と革命思想」（瀧川著、法制史論叢二『京制並に都城制の研究』、角川書店、一九六七年）、林陸朗「桓武天皇の政治思想」（山中裕編『平安時代の歴史と文学・歴史篇』吉川弘文館、一九八一年）、同『桓武朝論』（雄山閣出版、古代史選書七、一九九四年）、同「元号「天応」「延暦」について」（『國學院短期大学紀要』二〇、二〇〇三年）。

（12）「上林賦」「子虚賦」（二者合わせて「天子遊猟賦」ともいう。『文選』巻七、八）、「猟を諫める疏」（『漢書』巻五十七下・司馬相如伝、『文選』巻三十九は「上書諫猟」、『藝文類聚』巻二十四は「上書諫武帝」と作る）。東方朔「武帝狩猟への諫言」は『漢書』巻六十五「東方朔伝」に見える。

（13）『文選』巻八。序に「非二堯、舜、成湯、文王三驅之意一也」とあり、武帝の上林苑におけるむやみな狩猟を風刺している。

（14）『日本後紀』巻十三大同元年（八〇六）四月七日条・桓武薨伝「天皇性至孝。及二天宗天皇崩一、殆不レ勝レ喪、雖レ踰二歳時一、不レ肯レ釋レ服。天皇徳度高峙、天姿嶷然、不レ好二文華一、遠照二威徳一。自レ登二宸極一、勵二心政治一。内事二興作一、外攘二夷狄一。雖二當年費一。後世頼焉」」、司馬光『資治通鑒』「臣光曰。孝武窮レ奢極レ欲、繁レ刑重レ斂、内侈二宮室一、外事二四夷一」。

（15）『続日本紀』巻三十七延暦元年（七八二）八月十九日に「詔曰。殷周以前、未レ有二年号一。至二于漢武、始稱二建元一。自レ茲厥後、歴代因循。是以、繼體之君、受禪之主、莫レ不二登レ祚開レ元、錫レ瑞改レ号」とあり、『日本後紀』巻十一逸文（『類聚国史』）延暦二十二年（八〇三）十一月朔（『類聚国史』七四冬至八六赦宥一六五星）に「朔旦冬至、是日、百官詣レ闕、上表曰。臣聞、惟徳動レ天、則霊祇表レ瑞。乃神司レ契、則懸象呈レ祥。伏惟、天皇陛下、則レ哲承レ基、窮レ神闡レ化、功被二有截一、徳輝二無方一。伏検二今年暦一、十一月戊寅、朔旦冬至。又有司奏稱、老人星見。臣等謹案、元命苞曰、老人星者、瑞星也、見則治平主レ寿。史記曰、漢武帝得二辛巳朔旦冬至一。孫卿曰、黄帝得二宝鼎神策一。是歳己酉朔旦冬至、得二天之紀一、終而復始。今与二黄帝時一等。於レ是、天子悦之、如レ郊拝二泰一一」とあり、改元や郊祀では明らかに漢の武帝を規範としている。

（16）武帝はみずから「賢良の詔」を出し、董仲舒対「天人三策」（賢良対策）・公孫弘対策の策問にあたった。

	雨（水）	旱	風	雹	地震	飢（不登）	日食	怪異	富士山噴火	
延暦十四年			七・一一台風（一）				四・一日蝕（一）	九・二八太白昼見（一）		三
延暦十五年	五・一二大雨洪水八・六大和国山崩水溢。東大寺墻垣倒頽。八・七淫雨不晴（三）	七・二二大宰府神靈池。今無故涸減二十餘丈（一）		四・一五雹（一）		七・一九尾张国飢・一〇・一六志摩国飢（二）	八・一日蝕（一）	四・九大学寮怪鳥（一）		九
延暦十六年	五・一九―二二東西京内洪水氾濫六・二八大和国平群郡、河内国高安郡、去年遭霖、山阜頽壊（二）		八・一四暴風（一）		八・一四地震（一）	正月二三壹伎嶋飢三・二七甲斐、下総兩国飢三・二九武藏、土左所飢（三）		五・一三有雉、集禁中正殿八・一六掖庭溝中獲魚。長尺六寸、形異常魚。一〇・八啄木鳥、入前殿一〇・二八雉止兵衛陣、入禁中諱房（四）		一二
延暦十七年	七・二五祈霽（一）	閏五・二五祈雨（一）	八・九大風（一）		四・一〇地震（一）	九・二三阿波国飢一二・七民食乏（二）				六
延暦十八年	四・九澇水經日一一・一四淡路国澇（二）		九・七暴風（一）		三・一震民部省廩一一・一一地震（二）	二・二八大和国飢三・二近江紀伊二国飢三・一〇伯耆、阿波、讃岐等国飢四・一河内国飢五・二淡路国飢五・二八讃岐国飢六・五去年不登。稼穡被害六・二〇去年不稔六・二五越中国飢七・一七丹後国飢七・二三越中国飢・免備中国去年租（風旱灾害）。一一・八免淡路国今年調庸（風水灾害）（一二）				一七
延暦十九年	八・一四祈晴（一）			四・二三和泉国雨雹。大如桃李（一）		一一・二其今年不登。言上之国、宜免田租（一）	六・一日蝕（一）		六・六富士山巓自焼（一）	五
合計	九	二	四	二	四	二〇	三	六	一	五一

※「不登」は「水旱災害」「風旱災害」によるものがほとんどだが、いずれも「水」「旱」「風」として数えない。災害記録のない延暦十三年と二十年は省略しておく。

七夕歌の発生——人麻呂歌集七夕歌の再考

何　衛紅

か・えいこう——北京外国語大学日本語学部准教授。専門は日本古典文学、比較文学。主な論文に「梅花歌三十二首考」（『松蔭女子学院大学研究紀要』第四十七号、二〇〇六年三月）、「中国文化語境下的大伴旅人『讃酒歌』研究」（『日語学習与研究』二〇〇九年第二期、二〇〇九年四月）、「論『梧桐日本琴』対嵆康『琴賦』的化用」（『日語学習与研究』二〇一二年第六期、二〇一二年十二月）などがある。

本稿は七夕歌の生まれた背景を究明することを人麻呂歌集七夕歌の実像を的確に捉える前提として考え、まず七夕歌が生まれる以前の関係文献を考察し、それを踏まえて人麻呂歌集七夕歌を再考したものである。七世紀末以前の七夕詩文という文献的背景を参照に人麻呂歌集七夕歌の区分けを試みた。

はじめに

『万葉集』巻十「秋雑歌」の冒頭に七夕の歌（一九九六〜二〇九三）九八首が見られ、その内三八首は「柿本朝臣人麻呂之歌集出」（一九九六〜二〇三三）、六〇首は出典未詳（二〇三四〜二〇九三）である。巻十の作品配列は年代不明であるが、同じく「春雑歌・春相聞・夏雑歌・夏相聞・秋雑歌・秋相聞・冬雑歌・冬相聞」という構成を持つ巻八の作品配列は各部、年代順となっているため、巻十「秋雑歌」の作品配列も年代順となっていると考えられている。換言すればつまり、「秋雑歌」の冒頭にあげられている人麻呂歌集七夕歌は最古の七夕歌とされているのである。そういう意味では、人麻呂歌集七夕歌の発生への考察は当然のこと七夕歌の発生に関する考察になる。

三八首の歌が連続して収められているため、人麻呂歌集七夕歌について特に歌群の配列と構成の観点から数多くの研究成果が積み重ねられている。まず倉林正次は「七夕歌とその儀礼的背景」という文で歌群が歌物語を構成していることを最初に指摘した。(1) その後、大久保正は「人麻呂歌集七夕歌の位相」の中で歌群の区分けを行った。(2) また、井出至は月人壮子に着眼し、それまでの配列論を書き換えた。(3) その後、渡瀬昌忠は逐次的配列の視点を提起し、配列論を再編した。(4) 渡瀬説をベースにして、西条勉は渡瀬説を補修する形で歌群の構成を検討した。(5) 拙稿では僭越ながら諸先学の研究と異なる視点から人麻呂歌集七夕歌三八首の配列と構成を考察してみたい。七夕歌の生まれた背景を究明することを人麻呂歌集七夕歌の実像を的確に捉える前提として考え、まず七夕歌が生まれる以前の関係文献を考察しておき、それを踏まえて人麻呂歌集七夕歌を再考するというアプローチなのである。

なお、本稿における文献的考察は七世紀末までの文献とする。人麻呂歌集七夕歌の結末一首二〇三三番歌の左注に「此歌一首庚辰年作之」とあり、「庚辰の年」は天武天皇九年(六八〇)とされているため、人麻呂歌集七夕歌は六八〇年以前に創作されたものだと考えられるからである。

一、牽牛・織女の星

人麻呂歌集七夕歌では彦星が男主人公となっているが、その前身は牽牛星であるため、まず牽牛・織女の星について文献的考察をしておく。

牽牛・織女に関する記述は既存の文献では『詩経』の「小雅・大東」が初出とされている。

維天有漢、監亦有光。跂彼織女、終日七襄。
雖則七襄、不成報章。睆彼牽牛、不以服箱。

天の川に織女・牽牛がいても織女には織物ができず、牽牛の牛には車を牽かせるわけにもいかないと歌い、周王朝の政治に苦しむ東方の人の嘆きを託したものとされている。牽牛・織女はただの星だったのである。

この二星については、『史記・天官書』に以下のような叙述が見られる。

南斗為廟、其北建星。建星者、旗也。牽牛為犠牲。其北河鼓。河鼓大星、上将。左右、左右将。婺女、其北織女。織女、天女孫也。

(南斗は廟なり、その北は建星。建星は、旗なり。牽牛は犠牲なり、その北は河鼓。河鼓大星は上将なり。左右は左右将なり。婺女、その北は織女。織女は天女の孫なり。)

後代の文献になると牽牛と河鼓は同じ星を指すものであるようになるが、この段階では河鼓は牽牛の北の方にあると考えられており、織女は天女の孫であり、牽牛とは無関係の存在だったのである。

牽牛・織女をペアとする記載は、班固(三二〜九二)『西都賦』（蕭統（五〇一～五三一）『文選』所収）が既存文献として初出である。

　集乎豫章之宇、臨乎昆明之池。左牽牛而右織女、似雲漢之無涯。

「左牽牛而右織女」に関して李善（六三〇～六八九）の注には『漢宮闕疏』曰、昆明池有二石人、牽牛織女象。」と記されている。二星の石像が昆明池を隔てて立てられていて、「無涯」の「雲漢」を見立てると考えさせる記述である。

同じく『文選』に収められている「古詩十九首」には牽牛と織女を詠む一首が入っている。

　迢迢牽牛星、皎皎河漢女。繊繊擢素手、軋軋弄機杼。終日不成章、泣涕零如雨。河漢清且浅、相去復幾許。盈盈一水間、脉脉不得語。

後漢末期の詩作とされる「古詩十九首」の中のこの一首は、牽牛・織女の恋愛伝説の初出とされている。また、ほぼ同じ時期の作品、例えば阮瑀（約一六五～二一二）「止欲賦」には「傷匏瓜之無偶、悲織女之独勤。」、魏文帝（一八七～二二六）「燕歌行」には「明月皎皎照我床、星漢西流夜未央。牽牛織女遥相望、尓独何辜限河梁。」、曹植（一九二～二三二）「洛神賦」には「嘆匏瓜之無匹兮、咏牽牛之独処。」とあり、牽牛・織女の悲恋が少なからずに詠まれている。しかし、二星会合および七月七日との関わりはまだ明らかではない。

二、二星神の七夕会合

二星神の会合

牽牛・織女の二星会合および七月七日との関わりに関する記載の初出は、傅玄（二一七～二七八）『擬天問』にみられる「七月七日、牽牛織女会天河。」という一句だとされている。

また、周処（二三八～二九九）『風土記』では七月七日の節句について次のように記している。

　七月七日、其夜洒掃於庭、露施几筵、設酒脯時果、散香粉於河鼓、織女。言此二星神当会、守夜者咸懐私愿。或云：見天漢中有奕奕正白気、有下耀五色、以此为徴応、見者便拝而願、乞富乞寿、無子乞子、唯得乞一、不得兼求、三年乃得言之。頗有受其祚者。

七月七日の夜に牽牛と織女が会合すると信じられ、果物や香粉など二星神への捧げ物を清掃後の庭に並べて、「富裕」「長寿」「子宝」などの「私願」を祈るという風俗が記されている。会合する二星神を祭って手芸・芸能の上達を祈願する「乞巧奠」は七月七日に行われる行事として知られているが、最初の晋の時代では「富裕」「長寿」「子宝」が二星神に捧げる祈りだったのである。牽牛・織女の二星は神として信仰されていたが、特定の神格を崇められていなかったことが分かる。

また、ほぼ同時期の書物である張華（二三二〜三〇〇）『博物志・雑説下』には以下のような記述が見られる。

旧説云、天河与海通、近世有人居海渚者、年年八月、有浮槎去来不失期。人有奇志、立飛閣於槎上、多赍糧、乘槎而去。十余日中、猶観星月日辰、自後芒芒忽忽、亦不覚昼夜。去十余日、奄至一処、有城郭状、屋舍甚厳。遥望宮中多織婦、見一丈夫牽牛渚次飲之。牽牛人乃驚問曰、「何由至此。」此人具説来意、並問此是何処。答曰、「君還至蜀都、訪厳君平、則知之。」竟不上岸、因還如期。後至蜀、問君平、曰、「某年月日、有客星犯牽牛宿。」計年月、正是此人到天河時也。

ある奇士が天の河に通ずる海を船で十数日間遡っていくと城郭の中の荘重な宮中に牽牛と織女が同棲していたという内容の話である。二星神の間柄を示唆するような記述が見られるが、七月七日の会合との関わりは分からない。

七月七日と神仙

牽牛・織女の二星神はなぜ七月七日に会合することとなったのか、さらに関係文献を調べてみると七月七日は実に特別な日であることが分かってきた。

王子喬者、周霊王太子晋也。好吹笙、作鳳鳴。游伊洛之間。道士浮丘公接以上嵩高山。三十余年後、求之於山上、見桓良曰、「告我家、七月七日待我於緱氏山巓。」至時、果乘白鶴駐山頭。望之不得到、挙手謝時人。数日而去。後立祠於緱氏山下、及嵩高首焉。

周霊王の太子である晋が七月七日に緱氏山の山頂で白鶴に乗って天上に登っていき、仙人の王子喬になったという内容の話で、中国で最も古い仙人説話集とされる『列仙伝』の巻上に載せられている。『列仙伝』は成立時間が明らかではないが、曹植（一九二〜二三二）「洛神賦」にその引用が見られるため、前掲の『風土記』や『博物志』よりも古い時期のものと思われる。

また、同書の巻下には次のような話も記されている。

陶安公者、六安鋳冶師也。数行火、火一旦散、上紫色冲天。安公伏冶下求哀。須臾、朱雀止冶上曰、「安公安公、冶与天通。七月七日、迎汝以赤龍。」至期、赤龍到、大雨、而安公騎之東南上。一城邑数万人衆共送視之、皆与辞決云。

六安地方の鍛冶師が七月七日に赤龍に乗って登仙していき、仙人の陶安公になったという粗筋の仙人説話である。

この二話から、七月七日は羽化登仙の日であり、神の世界に関わりがあることが分かる。また、『博物志』の巻八に載せられている次の話も七月七日の神秘を語っていると考えられる。

漢武帝好仙道、祭祀名山大沢以求神仙之道。時西王母遣使乗白鹿告帝当来、乃供帳九華殿以待之。七月七日夜漏七刻、王母乘紫雲車而至于殿西、南面東向、頭上太華髻、青気郁郁如雲。有三青鳥如烏大、立侍母旁。

女神の西王母が七月七日の夜に紫雲の車に乗り、仙道を好んで登仙の修行法を求めている漢武帝の九華殿に天下りしたと記されている。

以上に挙げた文献が示すように、七月七日は当時において羽化登仙の日または神の天下りの日とされ、神仙に関わり深い特別な日と思われていた。このような考え方が一般化した以後、牽牛・織女の二星神が七月七日に会合すると思われるようになったのだと言ってもよいだろう。

二星神の七夕会合

約二〇〇年後の梁の時代、呉均(四六九～五二〇)『続斉諧記』には七月七日に織女が天の河を渡り牽牛に会合することが仙道ある成武丁の口を借りて明記されている。

桂陽成武丁、有仙道、常在人間。忽謂其弟曰、「七月七日、織女当渡河、諸仙悉還宮。吾向已被召、不得停、与尓別矣。」弟問曰、「織女何事渡河、去当何還。」答曰、「織女暫詣牽牛、吾復三年当還。」明日失武丁。至今云、織女嫁牽牛。

一方、節句としての七月七日は牽牛と織女が面会する夜だと明記するのは宗懍(約五〇一～五六五)の『荊楚歳時記』である。

七月七日、為牽牛織女聚会之夜。

同書には隋・杜公瞻によって「按」の形で詳しい注釈が付けられている。その「按」ではまず、

戴徳『夏小正』云、「是日織女東向。」蓋言星也。『春秋斗運枢』云、「牽牛神名略。」『石氏星経』云、「牽牛名天関。」『佐助期』云、「織女神名収陰。」『史記・天官書』云、「是天帝外孫。」

と出典を明記して、牽牛・織女は星のことを言い、神名であると指摘している。また、

傅玄『擬天問』云、「七月七日、牽牛織女会天河。」此則其事也。

と二星神の七月七日における会合の初出を指摘している。さらに、多少異なっているが前掲の『博物志・雑説下』に載せられている二星神の天宮同棲の話を引用したうえ、次のようなことを付記している。

牽牛星、荊州呼為河鼓、主関梁。織女則主瓜果。嘗見道書云、「牽牛娶織女、借天帝二万銭下礼、久不還、被駆在営室中。」河鼓・黄姑、牽牛也、皆語之転。

道教書には二星神が天の河に隔てられる原因として、牽牛は織女を娶るために天帝から結納金を二万銭も借りたがなかなか返さないことが書かれているという。

ここまでの論証から分かるように、『詩経』の中では各自の名称から無用物の象徴として扱われた牽牛・織女の二星はその間に天の河が隔たっているため、後漢・三国の時代には悲恋を詠む詩文の題材となった。六朝時代の文献になると、七月七日は神仙に関わり深い特別な日だという認識が一般化し、神として崇められる牽牛・織女の二星神は七月七日に天の河を渡って会合すると思われるようになった。

三、七夕詩文

牽牛・織女に関する文献のレビューは七夕歌の発生を究明するための土台的な仕事ではあるが、より直接的な関係を持つと思われる七夕詩文を整理することも言うまでもなく大切である。

七夕詩文

七夕詩文は『文選』、徐陵（五〇七～五八三）『玉台新詠』にも多少ながら見られるが、唐代の類書『初学記』『文芸類聚』に集中的に収められているため、この二書を中心に調べてみた。また、『初学記』に収められた七夕詩文がすべて『文芸類聚』に見られるゆえ、『文芸類聚』に焦点を絞って七夕詩文の特徴を考察しておきたい。

一首目は前掲の「古詩十九首」の「迢迢牽牛星」であり、詩題がない。残りの詩二十七首、賦二篇はすべて題名がついており、その題名から見れば大体十種類に分けられる。（1）七月七日詩（三首）、（2）七月七日詠織女詩（一首）、（3）七夕詩（一〇首）・賦（二篇）、（4）七夕詠牛女詩（四首）、（5）七夕月下詩（一首）、（6）（為）織女贈牽牛詩（二首）、（7）代牽牛答織女詩（一首）、（8）七夕穿針詩（四首）、（9）望織女詩（一首）、（10）詠織女詩（一首）。

創作の時代を見れば、晋代の詩三首はすべて「七月七日」が題名に使われており、一首目はその題名「七月七日侍皇太子宴玄圃園詩」が示すように牽牛・織女と関係ない主題のものである。また、北斉・隋の詩五首・賦一篇はすべて「七夕詩・賦」の題名である。つまり、残りの七種類はすべて南朝のものなのである。

南朝の七夕詩文

残りの七種類は手芸が主題となる「七夕穿針詩」（四首）

の他に、すべて牽牛・織女の恋愛伝説を詠むものであるが、それぞれ異なる立場で詠まれたものだと言える。（1）第三者の立場、（2）織女のために牽牛に贈る立場、（3）牽牛の代わりに織女に答える立場、（4）織女になりきって述懐する立場、と四種類に分けることができる。

中では、第三者の立場、つまり牽牛・織女の会合を観る立場で詠まれた詩が最も多く、「七夕詩」、「七夕詠牛女詩」、「七夕月下詩」などが挙げられる。例えば、

宋孝武七夕詩曰：白日傾晩照、弦月昇初光。炫炫葉露満、粛粛庭風揚。瞻言媚天漢、幽期済河梁。服箱従奔軺、紈綺闕成章。解帯遽回軫、誰云秋夜長。愛聚双情款、念离両心傷。

前半では空の様子や庭の風景を描き、後半では会合した際の歓喜や別れる前の哀傷を詠んでいる。ほぼ同じような構成は次に挙げる「七夕詠牛女詩」、「七夕月下詩」にも見られる。

宋南平王刘鑠七夕咏牛女詩曰：秋動清風扇、火移炎気歇。広檐含夜陰、高軒通夕月。安歩巡芳林、傾望極雲闕。組幕縈漢陳，龍駕凌霄発。沉情未申写、飛光已飄忽。来対眇難期、今歓自茲没。

宋王僧达七夕月下詩曰：遠山斂氛祲、広庭揚月波。気往風集隙、秋還露泫柯。節気既已孱、中宵振綺羅。来歓詎終夕、収涙泣分河。

一方、二星神の会合を観る傍観者としての身分を忘れ、当事者になりきって牽牛や織女の心持ちを詠むものもある。まず、次の三首は牽牛・織女の代わりに相手に贈る・答える代詠贈答詩である。

宋顔延之為織女贈牽牛詩曰：婺女儷経星、姮娥栖飛月。慚無二媛霊、託身侍天闕。閶闔殊未暉、咸池豈沐発。漢陰不夕張、長河為誰越。雖有促宴期、方須涼風発。

梁沈約織女贈牽牛詩曰：紅粧与明鏡、二物本相親。用持施点画、不照离居人。往秋雖一照、一照還復塵。塵生不復払、蓬首対河津。冬夜寒如是、宁遽道阳春。初商忽雲至、暫得奉衣巾。施衿誠已故、毎聚忽如新。

梁王筠代牽牛答織女詩曰：新知与生別、由来儻相値。如何寸心中、一霄懐両事。歓娯未繾綣、倏忽成離異。終日遥相望、秖益生愁思。猶憶今春悲、尚有故年涙。忽遇長河転，独喜涼飈至。奔情翊鳳軫、精阿警龍轡。

織女のために牽牛に贈る二首を見ると、前者は「雖有促宴期、方須涼風発」から牽牛に会いたくて秋風が待ち遠しいという会合する前の気持ちを詠むものだと分かるが、後者は「初商忽雲至、暫得奉衣巾。施衿誠已故、毎聚忽如新。」から牽牛に会合した悦びを詠むものだと言える。一方、牽牛のか

わりに織女に答える一首は「如何寸心中、一霄懐両事。歓娯未繾綣、倏忽成離異。」と、再会の歓びから別れる悲しみへの逆転に焦点を絞り、また「猶憶今春悲、尚有故年涙。忽遇長河転、独喜涼颸至。」と、昨秋の別離を悲しむ気持ちから秋の訪れを喜ぶ心持ちへの逆転に焦点を絞っている。

次に挙げる二首は織女になりきってその嘆きを詠む七夕詩である。

梁範雲望織女詩曰：盈盈一水辺、夜夜空自怜。不辞精衛苦、河流未可塡。寸情百重結、一心万処懸。原作双青鳥、共舒明鏡前。

梁劉孝威咏職女詩曰：金鈿已照耀、白日未蹉跎。欲待黄昏至、含嬌渡浅河。

前者では「原作双青鳥、共舒明鏡前。」と、牽牛と比翼の鳥になりたいという思いを詠じ、後者では「欲待黄昏至、含嬌渡浅河。」と、天の河を渡りたくて夜の訪れが待ち遠しいという心持ちを詠んでいる。

結び

ここまでの考察をまとめてみると、初期の七夕詩文の特徴は次のような点にあると整理できる。（1）南北朝時代以前の七夕詩文は「七夕」ではなく「七月七日」が題名に使われている。（2）南朝の七夕詩文は最も種類が豊かで、「七夕穿針詩」の他に、牽牛・織女になりきって恋の嘆きを詠むものや、牽牛・織女の代わりに相手に自分の気持ちを伝える代詠贈答詩も特有のものである。（3）北朝、隋の時代の七夕詩文には第三者の立場で詠む「七夕」が題名の詩・賦しか見られない。

四、人麻呂歌集七夕歌の再考

前節までは牽牛・織女の星、二星神の会合、七夕詩文をめぐって文献的考察を行ってきた。このように文献的考察により究明されたことはもちろん七夕歌と関係が薄い部分もあるが、全体として七夕歌の生まれた背景を構築したようなものだと言える。このような背景を参照にして人麻呂歌集七夕歌の再考を試みる。

誰の立場で詠むものかを一々みると、人麻呂歌集七夕歌は南朝の七夕詩文と同じ傾向に見えて、種類がかなり多く、（1）第三者の立場、（2）織女のために彦星に贈る・答える立場、（3）彦星の代わりに織女に贈る・答える立場、（4）彦星・織女になりきって述懐する立場など、南朝の七夕詩文に敵うほどさまざまである。

第三者の立場

中には、例えば、

天漢 水底左閇而 照舟 竟舟人 妹等所見寸哉 （一九九六）
天の川水底さへに照らす舟泊てし舟人妹に見えきや

孫星 嘆須孋 事谷毛 告尓叙来鶴 見者苦弥 （二〇〇六）
彦星は嘆かす妻に言だにも告げにぞ来つる見れば苦しみ

汝戀 妹命者 飽足尓 袖振所見都 及雲隠 （二〇〇九）
汝が恋ふる妹の命は飽き足らに袖振る見えつ雲隠るまて

夕星毛 往来天道 及何時鹿 仰而将待 月人壮 （二〇一〇）
夕星も通ふ天道を何時までか仰ぎて待たむ月人壮子

天漢 梶音聞 孫星 与織女 今夕相霜 （二〇二九）
天の川楫の音聞ゆ彦星と織女と今夕逢ふらしも

歌の表現から第三者の立場、つまり彦星・織女の会合を観る立場のものだとはっきり断言できるものが少なからずある。

代詠贈答歌

一方、織女のために彦星に贈る・答える立場のもの、あるいは彦星の代わりに織女に贈る・答える立場のもの、つまり代詠贈答歌が大多数を占めている。興味深いことに、六朝の代詠贈答詩と同じ発想を持つものもある。

前掲の「宋顔延之為織女贈牽牛詩」には「雖有促宴期、方須涼風発。」とあり、また「梁王筠代牽牛答織女詩」には「忽遇長河転，独喜涼飈至。」とあるがごとく、七夕詩文では涼風の「発」「至」は秋の訪れとみなされたようである。人麻呂歌集七夕歌にも同じような発想の歌がみられる。

天漢 水陰草 金風 靡見者 時来之 （二〇一三）
天の川水蔭草の秋風になびかふ見れば時は来にけり

吾等待之 白芽子開奴 今谷毛 尓寶比尓徃奈 越方人迩 （二〇一四）
わが待ちし秋萩咲きぬ今だにもにほひに行かな彼方人に

吾世子尓 裏戀居者 天漢 夜船滂動 梶音所聞 （二〇一五）
わが背子にうら恋ひ居れば天の川夜船漕ぐなる楫の音聞ゆ

真氣長 戀心自 白風 妹音所聴 紐解徃名 （二〇一六）
ま日長く恋ふる心ゆ秋風に妹が音聞こゆ紐解き行かな

二〇一三番・二〇一六番に秋風が詠み込まれているが、それぞれ「金風」と「白風」の文字が使われている。文字遣いへの人麻呂の執着が窺える一例である。二〇一四番には秋風が詠み込まれていないが、秋萩の「にほひに行かな」という表現は秋風を暗示すると考えられる。また、内容からみれば、二〇一三番と二〇一四番、二〇一五番と二〇一六番は贈答歌である。さらに、次の歌は、

戀敷者 氣長物乎 今谷 乏之牟可哉 可相夜谷 （二〇一七）

恋しくは日長きものを今だにも乏しむべしや逢ふべき夜だに

となり、二〇一六番への答えになると思われる。

他に、前後関係から見て贈答歌だとほぼ断言できるものは、例えば、

天漢 去歳渡代 遷閇者 河瀬於踏 夜深去来 （二〇一八）

天の川去年の渡りで移ろへば河瀬を踏むに夜ぞ更けにける

自古 擧而之服 不顧 天河津尓 年序經去来 （二〇一九）

古ゆ挙げてし服も顧みず天の川津に年ぞ経にける

相見久 猒雖不足 稲目 明去来理 舟出為牟孋 （二〇二二）

相見らく飽き足らねどもいなのめの明けさりにけり船出せむ妻

左尼始而 何太毛不在者 白栲 帶可乞哉 戀毛不過者 （二〇二三）

さ寝そめて幾許もあらねば白妙の帯乞ふべしや恋も過ぎねば

万世 携手居而 相見鞆 念可過 戀尓有莫國 （二〇二四）

万代に携はり居て相見とも思ひ過ぐべき恋にあらなくに

万世 可照月毛 雲隠 苦者叙 将相登雖念 （二〇二五）

万代に照るべき月も雲隠り苦しきものぞ逢はむと思へど

為我登 織女之 其屋戸尓 織白布 織弖兼鴨 （二〇二七）

わがためと織女のその屋戸に織る白栲は織りてけむかも

君不相 久時 織服 白栲衣 垢附麻弖尓 （二〇二八）

君に逢はず久しき時ゆ織る服の白栲衣垢づくまでに

などがあげられる。

彦星の述懐

織女になりきって恋の嘆きを詠むものが見られる南朝の七夕詩文と異なり、人麻呂歌集七夕歌には彦星の述懐と見られるものの方が多少ながらある。例えば、

黒玉 宵霧隠 遠鞆 妹傳 速告与 （二〇〇八）

ぬはたまの夜霧隠りて遠けども妹が伝は早く告げこそ

白雲 五百遍隠 雖遠 夜不去将見 妹當者　（二〇二六）

白雲の五百重隠りて遠けども夜去らず見む妹が辺は

二首とも「妹」が詠み込まれ、明らかに彦星の思いを詠むものである。

結び

ここまでの考察についてさらに分析すると、次のようなことが言えると思われる。

まず、彦星・織女の代わりに相手に贈る・答えるという代詠贈答歌のようなものはそれ以前の七夕詩文に一般的に見られる。ただ、人麻呂歌集七夕歌は贈答歌がかなり大きな割合を占める。

次に、第三者の立場、つまり牽牛・織女の会合を観る立場で詠まれる「七夕」が題名の詩文も人麻呂歌集七夕歌に投影され、つまり第三者の立場で彦星・織女のことを詠むものである。ここの第三者は当事者ではない傍観者のことで、つまり牽牛・織女の会合を傍観する作者のことである。

それから、七夕詩文にはあまり見られない彦星の述懐を詠むものは人麻呂歌集七夕歌に少なからず存する。興味深い現象ではあるが、後日究明するのを待つしかない。

注

（1）倉林正次「七夕歌とその儀礼的背景」（倉林正次『饗宴の研究』桜楓社、一九六九年）。

（2）大久保正「人麻呂歌集七夕歌の位相」（大久保正『万葉集の諸相』明治書院、一九八〇年「初出は一九七五年」）二〇七―二四四頁。

（3）井出至「万葉集七夕歌の配列と構造」（『万葉』一一一、一九八二年九月）一―三〇頁。

（4）渡瀬昌忠「人麻呂歌集七夕歌群の構造――その第三十一首まで」（『万葉』一六九、一九九九年）三〇―四二頁。

（5）西条勉「人麻呂歌集七夕歌の生態」（橋本達男編『柿本人麻呂全』笠間書院、二〇〇〇年）二五八―二七一頁。

『源氏物語』松風巻の明石君と七夕伝説再考

於 国瑛

本稿では松風巻の贈答歌を検討し、「浮木」を「槎」と関連させた上で読み解いた。〈大堰山荘〉が明石浦に通じる語りや、明石一族の奇妙な夢と志向も描かれた。しかも紫の上の嫉みの語りによって、〈大堰山荘〉が「爛柯」であるような仙境を語った。明石君は「浮槎」に乗ったように〈大堰山荘〉の「屋舎」に漕ぎついた。そこで光源氏が〈織女〉明石君との短い会合を長い誓いにすりかえ、また誓いから契りへと変わったと論じた。

はじめに

松風巻は短編であり、その前半部分では明石君の物語を主に語っている。松風巻において明石君は娘のために上京し、大堰山荘をへて、その後源氏の六条院に迎えられた。明石の姫君は、明石君の上京後まもなく源氏に引き取られ、二条院の紫上に預けられ、教育される。大堰山荘という場に残されたのは明石尼君と明石君だけである。彼女らはこの山荘で四年間も過ごした。どうして大堰山荘を経てから光源氏が構築した六条院に入ったのだろうか。この点については多くの先行研究がある。

松風巻の前半部分に明石尼君が住みなれた明石を離れ、再び発ったところから描き出されている。その時感無量で明石尼君と明石君が歌を交わした。歌の読解についてはすでに数多くの研究成果が積み重ねられている。その本文は次の通りである。

お・こくえい――北京林業大学外国語学院助教授、中国日本文学研究会常任理事。主な著書・論文に「須磨・明石巻における光源氏と明石君の物語――『山がつ』をてがかりに」（北京日本学研究中心『日本学研究』第一六期、二〇〇六年）、「『源氏物語』の終焉とトポロジー――『長恨歌』・七夕・浦島伝説との関わりから」（アジア遊学別冊三『日本・中国交流の諸相』二〇〇六年）、「平安朝文学における紫藤のイメージ考」（譚晶華編『歴史足跡と学術現状 日本文学研究会三十周年記念文集』（訳林出版社、二〇一〇年）、『異彩紛呈的物語世界』（知的所有権出版社、二〇一三年）、『中国古代舞楽域外図書舞楽図』（訳書、文化芸術出版社、二〇一四年）などがある。

昔人もあはれと言ひける浦の朝霧隔たりゆくままにいと悲しくて、入道は、心澄みはつまじくあくがれながめゐたり。ここら年を経て、いまさらに帰るも、なほ思ひ尽きせず、尼君は泣きたまふ。

かの岸に心よりにしあま舟のそむきしかたにこぎかへるかな

御方、

いくかへりゆきかふ秋をすぐしつつうき木にのりてわれかへるらん　（松風④一九頁）[1]

明石尼君の俗世間に帰る不安を詠んだのに対して、明石君の歌で捉えられた「浮き木」は即ち「浮き槎《いかだ》」である。「帰り」をおもに強調している『河海抄』という古注釈は、張騫が天の川を訪れたことに言及。[2]後藤祥子氏は中国から伝わっていった天漢訪問譚と采女説話が日本で受容され、『源氏物語』にも踏まえられていると論じた。[3]また、今井上、[4]及び河野貴美子氏[5]などは本文から論じられている。特に最近、新間一美氏は『博物志』の影響によったかと言及し、「明石の地は仙界と規定されたわけであるが、それは、海人仙査説話を背景とした、海の仙界と対になって、源氏物語の主要な構想の一部をなしているのである」と検討し、松風巻の明石君と母親尼君との歌の贈答で海人仙査説話に基づき、幅広い文脈で読み解いた。とても示唆的である。[6]

だが、松風巻でどうしてこのように語るか、この和歌の贈答については必然性を探る余地がまだ残る。本稿では、明石一族の物語、及び光源氏、紫上の三つの面から内質的な生成がどうなのかを改めて考察することにする。本文に密着する上での読み解きも許されるだろう。

一、松風巻における贈答歌の検討

明石君らが明石を発ったのは「秋のころほひなれば、もののあはれとり重ねたる心地して」（松風一九頁）とあるから、大堰山荘に到着したのも秋の季節だと推定できる。

その不安な気持を「浮木」に喩えていた。『孟津抄』は「舟の心也うきたる心也」、「うき木は只舟と同心也舟によりは猶うきたる心からひきたる歌也」と解釈している。また『河海抄』には、

漢武帝の使として筏に乗て天漢の源ヲ究しに、孟津にいたりて牛女にあひて帰りし事なとを思て詠ずる歟。文選には十年とあり。三十歳を待て帰ける也。

とあって、河野貴美子氏は「川に隔てられ稀な逢瀬のみを許された七夕の伝説と絡みつつ、明石の君の物語に底流する」[7]と説明したが、明石君が織女のイメージに重ね合わせられる

部分は首肯されよう。
だが、『源氏物語』には、ただ漢詩文の美辞麗句を引用したに止まることなく、物語のモチーフにも参入しつつ摂取したあり方をもっと論じられている。「松風」巻でもテーマに絡みつつ検討する必要があるかと思う。
『博物志』にあるこの浮槎説話を引いてみると、

旧説云：天河与海通、近世有人居海渚者、年年八月有浮槎来、往還不失期。人有奇志、立飛閣於査上、多齎糧、乗槎而去。十余日中、猶観星月日辰、自後茫茫忽忽、亦不覚昼夜。去十余日、奄至一処、有城郭状、屋舎甚厳。遙望宮中見多織婦、見一丈夫牽牛、渚次飲之。牽牛人乃驚問曰：〝何由至此？〟此人具説來意、並問此是何處、答曰：〝君還至蜀郡、訪嚴君平則知之。〟竟不上岸、因還如期。後至蜀、問君平、曰：某年月日、有客星犯牽牛宿。計年月、正是此人到天河時也。

（張華『博物志』(8) 第十巻　雑説）

（旧説に云ふ、天の河は海と通ずと。近世、人の海渚に居する者あり。年々は八月に浮槎の来る有り、往還して期を失せず。人奇志有りて、査上に飛閣を立て、糧を多く齎し、槎に乗りて去る。十余日中、猶ほ星月日辰を観る。後より茫茫忽忽として、亦昼夜を覚えず。去ること十余日にして奄ち一処に至る。城郭の状有り、屋舎は甚だ厳なり。遙かに宮中を望むに、織婦多し。一丈夫の牛を牽くを見る。渚次之を飲ましむ。牛を牽く人乃ち驚き問ひて曰く「何に由りて此に至る」と。此の人具に來意を說き、並びに此は是れ何処なるかを問ふ。答へて曰はく「君還りて蜀郡に至り、嚴君平を訪ぬれば則ち之を知らん」と。竟に岸に上らず、因りて還るに期するが如し。後蜀に至り、君平に問ふ。曰はく「某年月日、客星有りて牛宿を犯す」と。年月を計るに、正に是れ、此の人天の河に至る時なり。）

とある。上記は天河と海上が相通し、海辺に住む人が毎年「浮槎」に乗り、「筏」によって行ったり還ったりしたのである。ある日、天の川のほとりの「城郭」、即ち仙宮のような地を訪れ、そこで牽牛と織女に会った。織女は何人かいた。牛を牽いて水を飲ませる男がいた。このような浮槎の話はどのような狙いでこのようにつかわれたのか、文脈の中で検討したい。明石君が明石を発つ前になぜ〈大堰山荘〉を遠回りしたのか、そしてそれは明石君の人物造型にどう関わるのかを、考察したいと思う。

二、「浮木」と「浮槎」について

「いくかへりゆきかふ秋をすぐしつつうき木にのりてわれ

かへるらん」とある歌に、後藤祥子氏は中世の「源氏学」に引用された「張騫訪問」譚との関連を指摘した。本文及び古注釈に基づき、「支機石」の由来に突き詰めた。「浮槎」は織女の帰路の道具であり、明石尼君と明石君が明石を発つ前に詠んだ歌が「采女」と関わる。これらの注釈も中世の男性注釈者たちの教養によるものだと述べられている。(9)

新間一美氏は人が「いかだ」によって「天の川」と海辺を行き来する「海人仙査説話」に賛成した。しかし、「天漢」を訪れたのは「星客」か「張騫」か、織女に会った後、「支機石」を受け取ったかどうか、いまだ定まった説がないのが現状である。だれが「天漢」を訪れたにしても、『源氏物語』に七夕伝説の要素が底流に深く深く潜ませたのは事実であろう。それは、源氏と明石君の関係を探るのに大いに役立つのだと思われる。

「浮槎」は中国の詩文には早くからあった。

臨乎昆明之池、左牽牛而右織女、似雲漢之無崖　（班固《両都賦》）

九曲黄河万里沙、浪淘風簸自天涯。如今直上銀河去、同到牽牛織女家。（劉禹錫〈雑曲歌辞　浪淘沙〉）

これらの詩歌は「滔々たる大きい川を眺めると、はてもない。しかも天の川のほとりまで船を漕いで牽牛織姫を見た。或いは天の川を辿ると、牽牛織姫の家を訪れた」という。

「浮槎」が天川に漕ぎ出でた情景は日本の最も古い漢詩集『懐風藻』(10)と『文華秀麗集』にも四首ある。『懐風藻』には、

(1) 霊仙駕鶴去、星客乗査逡
（霊仙鶴を駕して去り、星客査に乗りて逡る）
――五言　遊吉野　二首　藤原朝臣史　32

(2) 仙槎泛栄光、鳳笙帯祥煙
（仙槎栄光を泛べ、鳳笙祥煙を帯ぶ）
――五言　従駕　応詔　一首　伊与部馬養　36

(3) 即此乗槎客、倶欣天上情
（即ち此れ槎に乗る客、倶に欣ぶ天上の情）
――五言　侍讌　一首　箭集宿祢虫麻呂　81

とあり、日本の詩歌には、客が天上の天の川を巡ったりたどり着いたりする。

(4) 幸頼陪天覧、還同星渚査
（幸頼に天覧に陪り、還星渚の査に同じ）
――「奉和春日江亭閑望　一首」仲雄王　5　『文華秀麗集』(11)巻上

(5) 一道長江通千里、漫々流水漾行船。風帆遠没虚無裡、疑是仙査欲上天。
（一道の長江千里に通ひ、漫々たる流水行船を漾はす。風帆

遠く没る虚無の裡、疑ふらくは是れ仙査の天に上らむとするかと）

——江上船　御製　巻下97

漢詩には、二つの系統の七夕伝説が並存している。特に当時の人々は大きい川に向かうとき、天上と繋がるのだという認識を持っていた。

和歌には、

天の河通ふ浮き木のとしをへていくぞ帰りの秋をしるらむ　（実方集325）

ただちにだれかふみみむ天の河浮き木に乗れる世はかはるとも　（実方集93）

たまさかに浮き木寄りける天の河亀のすみかを告げずやあるべき　（赤染衛門集13）

などという例が見られる。

漢詩には、「仙槎」「仙査」に乗っていく訪問客がいると詠んでいる。和歌には「浮木」と詠んで、確かにその故事を踏まえている。「八月槎」の故事は散文であり、物語も散文である。ゆえにその受容は一首の詩や歌には止まらない。明石は浦、即ち海辺にあるが、「大堰山荘」に来たのはさらに深い意義があると考えられる。

三、明石浦に通じる語り

明石君が源氏の上京に際して、彼と歌を交わす次のような場面がある。

立ちたまふ暁は、夜深く出でたまひて、御迎への人々も騒がしければ、心も空なれど、人間をはからひて、

源氏　うちすててたつも悲しき浦波のなごりいかにと思ひやるかな

御返り、

明石君　年へつる苫屋も荒れてうき波のかへるかたにや身をたぐへまし

とうち思ひけるままなるを見たまふに、忍びたまへど、ほろほろとこぼれぬ。……良清などは、おろかならず思すなむめりかしと憎くぞ思ふ。　（明石③九四頁）

帰京した源氏は長大な行列を従えて、住吉詣に出かけ、その折明石君の行列にであったのである。明石君は、

このごろのほどに迎へむことをぞのたまへる、「いと頼もしげに数まへのたまふめれど、いさや、また、島漕ぎ離れ、中空に心細きことやあらむ」と思ひわづらふ。　（澪標③一二六頁）

「島漕ぎ離れ」は「ほのぼのと明石の浦の朝霧に島隠れ行

く舟をしぞ思ふ」（古今集 羇旅409）という古歌を踏まえた表現である。古歌に詠まれた明石の浦を離れる心情と重ねあわせているように、明石君が明石を立ち去ろうとすることを暗示している。

明石は播磨国の歌枕で、早くも『日本書紀』から名を知られて、都から離れ、ひなびたところだというイメージをつけられた。例えば、

（1）灯火の明石大門に入る日にか漕ぎ別れなむ家のあたり見ず　（万葉集245）

（2）あかしのうらのほとりを、舟にのりてまかりけるに、

世とともにあかしの浦の松原は浪をのみこそよるとしるらめ　（古今集 羇旅464源為憲）

（3）おもひくれなげきあかしの浜によるみるめもすくなくなりぬべらなり　（古今六帖第三1918貫之）

とある。明石の浦を「海づら」に設定し、「渚」に格式の高い邸宅を構えた。海に近いから、船が着く時に泊めやすいのであろう。

古くから「今日還同犯斗牛、乗槎共逐海湖帰（今日還りて斗牛を同じく犯し、槎に乗りて共に逐ふ海湖の帰）」（李邕「奉和初春幸太平公主南荘応製」『全唐詩』巻115）、「一道長江通千里、漫々流水漾行船。風帆遠没虚無裡、疑是仙査欲上天」（「江上船」御製『文華秀麗集』巻下97）とある例で示されていたように、海と湖や、河と海が通じるのである。「仙槎」（舟）によったからこそ実現することができた。散文でも、紀貫之の歌に、

土左より、任果てて上り侍けるに、

照る月の流るる見れば天の河いづるみなとは海に有りける　（『土佐日記』一月八日の条）

『博物誌』には、ある客が出発後、「また後より茫茫忽忽として亦昼夜を覚えず。宮中有織婦（宮中に機を織る婦人がいる）」とあり、そこに彦星一人と「織女」が一人か多数いるのかという本文の異同があるが、いずれにせよ、「織婦」がいることは確かであった。『源氏物語』においては、明石浦が船で行き来できる場所として位置づけられた。明石の浦とのつながりは、明石君を明石の浦に据える必要性があったからであろう。

あたりをかしうて、海づらに通ひたる所のさまになむはべりけると聞こゆれば、よしなからずはありぬべし、と思す。（松風一四頁）

と描かれ、「大堰山荘」に住みつく「イメージ」は「明石の浦」に通じて不自然ではない。ついで、

かかる渚に月日を過ぐしたまはむもいとかたじけなう、契りことにおぼえたまえば、みたてまつらざらむ心まどひはしづめがたけれど、（松風 一八頁）

とあり、「自後茫茫忽忽」とあるイメージにぴったりである。

家のさまもおもしろうて、年ごろ経つる海づらにおぼえたれば、所かへたる心地もせず。（松風 一四頁）

とあり、大堰の邸の構えも風情があり、長年過ごしてきた明石の海辺にもかなり相似していると述べられている。構えた住まいは天河のほとりにあるかどうか、そこを訪れた光源氏が「某客」或いは彦星との重合度が高いのかなどを、次に検討したいと思う。

三、明石君の住まいの一つ――〈大堰山荘〉

明石君は娘を連れて入京した。「大堰山荘」という住まいは明石に似通い、独特な仙境に準えた。また、牽牛と織婦がいる立派な「城郭」と厳かな「屋舎」であろうか。

（1）昔、母君の御祖父、中務宮と聞こえけるが領じたまひける所、大堰川のわたりにありけるを、その御後はかばかしう相継ぐ人もなくて、年ごろ荒れまどふを思ひ出でて、かの時より伝はりて宿守のやうにてある人を呼びとりて語らふ。（松風 一二頁）

（2）かのわたりなむ、いとけ騒がしうなりにてはべる。いかめしき御堂ども建てて、（松風 一三頁）

（3）これは川づらに、えもいはぬ松蔭に、何のいたはりもなく、建てたる寝殿のことそぎたるさまも、おのづから山里のあはれを見せたり。（松風 一四頁）

とある。上記に挙げられた例（1）は、明石君の住まいが大堰川に面して建てられたことを示す。ほかの例を見ても、「中務宮」の邸や桂の「御堂」のような住処であった。「…わたり」について、植田恭代氏が「全体に七夕的雰囲気」と認め、「巻全体に漂う七夕の気配を見事に受けとめて照応する」[12]と論じたものの、「雰囲気」や「気配」に止まった。明石君と光源氏を織女と彦星に喩え、彦星と織姫の七夕の年に一度会った場に準えられた。その下りは、

渡りたまふことといとかたし。嵯峨野の御堂の念仏なども待ち出でて、月に二度ばかりの御契りなめり。年の渡りにはたちまさりぬべかめるを、（松風 三二頁）

と描かれている。それは物語そのものの性質によって決まるのである。また光源氏との結婚に託した一族の悲願と栄華に密接に関わった。

四、明石一族の奇妙な夢と志向

昔物語や『博物志』には、

人有奇志、立飛閣於査上、多齎糧、乗槎而去。

（人奇志有りて、槎上に飛閣を立て、多く齎糧し、槎に乗りて去る。）

とあるが、明石君が登場して以来、父親明石入道の高い志及び自身の謙遜の口調など、正反対のような振る舞いであった。明石入道は娘に普通の人より高い志を持つようにと戒めた。たとえば、

もし我に後れて、その心ざし遂げず、この思ひおきつる宿世違はば、海に入りね』と、常に遺言しおきてはべるなる」と聞こゆれば…「心高さ苦しや」とて笑ふ。（若紫① 一六七頁）

この人ひとりにこそあれ。思ふさまことなり。（若紫① 一六七頁）

え知りたまはじ。思ふ心ことなり。さる心をしたまへ。（須磨③ 七七頁）

これは生まれし時より頼むところなんはべる。いかにして都の貴き人に奉らんと思ふ心深きにより…（須磨 七七頁）

とあるように、娘として、高い志を持つべきだ。その心ざしが成し遂げられなければ、自殺せよと娘に決意させた。この娘はわが一族の願いを叶わせるだろうと信じている。また、将来確かに栄華が実るようとひたすら願っている。万が一志が実らなくても挫けない。

親たちも、かかる御迎へにて上る幸ひは、年ごろ寝ても覚めても願ひわたりし心ざしのかなふといとうれしけれど、（松風 一四頁）

とある語りで、「志向が実現される」ことに注目していた。「年ごろ寝ても覚めても」は、『伊勢物語』に見られる歌語である。「君やこし我や行きけんおもほえず夢か現かねてかさめてか」、つまり「君が来たり、我は行ったりして、夢か現実か知らない」という。明石入道が娘に託したのは、「偏屈な志向」であり、源氏と行き来したりして、「自後茫茫忽忽、亦不覚昼夜」とは、その後ぼんやりして、昼夜とも覚えずという状態であり、結局夢がかなった。

五、紫上の側からの照射

光源氏と明石君が最初に結ばれた時、明石君への思いが深まる中、源氏はよく紫上を思い起こしていた。その後、明石の姫君が生まれた。光源氏は明石の母娘を都へ迎えようとし

た。明石君は身分を配慮し、折衷して結局大堰山荘に移ることにした。「大堰」は後明石君が都に入る〈中継地〉となった。光源氏が〈大堰山荘〉での逗留、名義上〈桂の院〉が修繕完成後の祝い行事の一環として遊宴を口実に訪れたが、実際その隣にある明石君の住まい――〈大堰山荘〉を訪れた。

源氏「桂に見るべきことはべるを、いさや、心にもあらでほど経にけり。とぶらはむと言ひし人さへ、かのわたり近く来ゐて待つなれば、心苦しくてなむ。…

紫の上「斧の柄さへあらためたまはむほどや、待ち遠に」

（松風二〇―二一頁）

とあり、待つ身が気の毒である。斧が朽ちるほどだという。光源氏が桂を訪れない何日か経った。その近くに立ち寄らないのも気持ちがよくない。口実をつけてその大堰山荘に行くのは紫上から見ると、特別な意義に捉えられた(13)。光源氏の「嵯峨の御堂」の向こう側に明石君の山荘がある。神話的な文脈の中で読まれている。それに相当するのに早くから、「天高槎路遠、河廻桃源深（天高くして槎路遠く、河廻りて桃源深し）」（『懐風藻』遊吉野川　藤原宇合）とある神仙境の対照があった。人物的な対照も『万葉集』にさかのぼることができる。「児等漁夫之舎児、草庵之微者。無郷無家、（児等は漁夫の舎の児、草の庵の微しき者なり。郷もなく家も無し）」（『万葉集』巻五「遊松浦河序」）とあるように、常に対照の存在を意識して使われてきた。

大堰川を隔てた桂の院での逗留を仙境に擬えて、描くわけである。

け近うち静まりたる御物語すこしうち乱れて、千年も見聞かまほしき御ありさまなれば、斧の柄も朽ちぬべけれど、今日さへは急ぎ帰りたまふ。（松風二〇―二一頁）

と、その再会は彦星と織姫の年に一夜の会合にも似る。源氏はまた自分の桂院を改めて修繕し、明石君の住まい〈大堰山荘〉と向かい合っている。仙境になぞらえられたのは、もちろん物語の構想上の要請であろうが、コンテクストに潜ませた明石君の織姫的な一面を紫上からの照射も必要だろう。

六、光源氏と明石君の絶えぬ「契り」

光源氏が栄光を極めた後、妻妾たちを一同に住まわせるために、広い住宅の営造が最初に行ったことだった。「行く末かけて契り頼めたまひし人々集ひ住むべきさまに、…」とあるように、「人々」は集まって住むべきだという。述べられたその広い邸宅は六条院である。ところが、明石君は直接的に都の「契り頼めたまひし人々集ひ住むべきさま」に戻らず、大堰山荘を〈中継地〉として、曲がりなりにも七夕伝説の彦星と織姫が通うわたりに移ったのは一体何だろうか。
松風巻において、明石君は不安げに〈大堰山荘〉に着いた。
源氏が大堰山荘を訪れたのは、

月に二度ばかりの御契りなめり。年の渡りにはたちまさりぬべかめるを、
（松風 三二頁）

とあり、源氏が月に二回で大堰を訪れ、「契り頼め」るところから、月に二度の「契り」の場に渡るのである。『源氏物語』には、「契り」が合わせて一三七例ある。親子、夫婦、男女の縁を指す。明石君と光源氏の契りをめぐって、明石物語に関わる「契り」の内訳は次の通りである。名詞「契り」は若紫三例、明石五例、澪標一例、松風二例となる。「御契り」は須磨巻に一例、松風に二例となる。ほかに動詞「契る」は明石一例である。「契る」の連用形「契り」は須磨一例、明石二例、松風三例となる。具体的に「契りし」二例、「ちぎりかはす」一例、及び「契りたのむ」一例である。

明石君と光源氏の婚姻は若紫巻にさかのぼる。「今宵の御物語に聞きあはすれば、げに浅からぬ前の世の契りにこそはとあはれになむ」と語り、若紫巻において山辺道の余談の後、源氏は「海の底」に思い及んだ時より、明石入道の決意にさらに深い理解を示していると言えよう。また、須磨巻に、「よろづに恨みかつはあはれに契らせたまふ」の段があり、光源氏が須磨に流離し、住吉大神や霊験的なものに助けられて明石へ到着した。

その下りは、

源氏「ここにも、いと里離れて、渡らむことも難きを、」
…夜一夜、よろづに契り語らひ明かしたまふ。
（松風 二二頁）

とある。「ここから大変ひなびた山里、そこに行くのもあまりたやすくないが」という。

契りしに変らぬことのしらべにて絶えぬ心のほどは知りきや
変らじと契りしことを頼みにて松の響きに音をそへしかな
（松風 二四頁）

結果的に、明石君と源氏の結婚は末長く続いた。「二条院とて造り磨き、六条院の春の殿とて世にののしりし玉の台も、ただ一人の末のためなりけりと見えて、明石の御方は、あまたの宮たちの御後見をしつつ、あつかひきこえたまへり」（匂宮 一三頁）という語りがある。七夕との関連の語りを見てみると、帚木巻に、「その、たなばたの裁ち縫ふ方をのどめて、長き契りにぞあえまし」（箒木巻 六二頁）、つまり「そのたなばた姫の仕立物のほうは二の次にして、彦星との夫婦仲の末ながい縁にあやかったら、よかった」とある。このよう

な契りは、一体何を説明しようとしたのか、紫式部自身の歌を参照するとそれが理解できるのである。「天の川逢ふ瀬はよその雲居にて絶えぬ契りし世々にあせずは」とある歌に、私たちの永い縁こそいつまでもおとろえないで、あってほしいという願いが詠まれている。明石君に「織女」像が重ねられたのもこうした願いを託したかったのではないかと思われる。

終わりに

以上述べてきたように、七夕伝説が明石物語と周到緻密に文脈に絡められている。明石は島国日本の海辺の地である。独特な地理的位置で、船で行ったり来たりして、明石浦に着くのも当たり前であろう。浮槎が天上界から織女のいる「屋舎」（家屋）に漕ぎつくと想像しても差し支えない。その上、〈大堰山荘〉が明石浦に通じるイメージをつけた。且つまた、紫の上の嫉みの語りによって、〈大堰山荘〉が「爛柯」であるような仙境を語った。行き来し、帰りをいつまでも期を失さない。短い会合を長い誓いにすりかえたのである。

また誓いから契りへと移り変わったのである。そこには源氏が彦星、明石君は織女にすりかえる準備が周到にはり巡らされている。そのような行き来ができるからこそ、明石から「大堰山荘」へ、また六条院へ明石君の「舟」が漕ぎ入れるのである。明石君と光源氏の神仙性は六条院の場にも相応しいのではないかと思う。なお、「契り」と「願い」「誓い」の関連は紙幅の都合上、今回割愛させていただきたい。特に「長恨歌」や「長恨歌伝」の「七月七日長生殿、夜半無人私語時。在天願作比翼鳥、在地願為連理枝」との関わり及び深い寓意は次回検討することにしたい。

注

（1）阿部秋生・秋山虔・今井源衛・鈴木日出男校注『源氏物語』完訳の古典（小学館、一九八九年）。
（2）玉上琢弥編『紫明抄　河海抄』（角川書店、一九六八年）。
（3）後藤祥子「浮木にのって天の河にゆく話――『松風』『手習』の歌語」（『源氏物語の史的空間』東京大学出版社、一九八六年二月）一六四―一八頁。
（4）今井上「源氏物語「松風」巻論――光源氏論の起点として」（『日本文学』二〇〇三年九月）。
（5）河野貴美子「浮き木」（田中隆昭編　国文学「解釈と鑑賞」別冊『源氏物語の鑑賞と基礎知識』20「絵合・松風」、至文堂、二〇〇二年）。
（6）新間一美「源氏物語松風巻と仙査説話」（森一郎・岩佐美代子・坂本共展編『源氏物語展望』第一輯三弥井書店、二〇〇七年）。
（7）前注5に同じ。
（8）陳建勤ら選注『民間文学』（広東人民出版社、二〇〇三年）。稿者が略字を繁体字に改めた。

（9）前注3に同じ。
（10）小島憲之校注　日本古典文学大系69『懐風藻　文華秀麗集　本朝文粋』（岩波書店、一九六四年）。
（11）前注10に同じ。
（12）植田恭代「松風巻末の明石御方――「川づら」から「山里」へ」（後藤祥子・鈴木秀雄・田中隆昭・増田繁夫編『論集　平安文学4　源氏物語詩論集』勉誠社、一九九七年九月）。
（13）岡田ひろみ「『源氏物語』松風巻〈大堰川のわたり〉考」（『源氏物語』第二七号、二〇〇二年）。

参考文献

矢作武（一九七八）「『天の河うき木に乗れる』類歌と張騫乗査説話について」（『相模国文』第5号）
吉川栄治（一九八六）「平安朝七夕再説――詩と歌のあいだ」（『和漢比較文学叢書　3　中古文学と漢文学』I　汲古書院）
吉川栄治（一九九二）「平安朝七夕考説――『古今集』俳諧歌を起点として」（『和漢比較文学叢書11　古今集と漢文学』汲古書院）
吉井美弥子（一九八九）「浮舟物語における七夕伝説」（『源氏物語と平安文学』第1集、早稲田大学出版部、五五―七四頁
拙稿（二〇〇四）「夢の浮橋――『長恨歌』の蓬莱仙山の上に架けられているのか」（田中隆昭編著『日本古代文学と東アジア』勉誠社）
拙論（二〇〇五）『源氏物語探求――物語のトポロジーとヒロインたちの栄華』（東京外国語大学地域文化研究科博士学位論文）
拙稿（二〇〇六）「物語の終焉とトポロジー――「長恨歌」・七夕・浦島伝説との関わりから」（早稲田大学比較文化・比較文学研究所編著『アジア遊学　別冊3　日本・中国交流の諸相』勉誠社）

『源氏物語』写本の伝承と「列帖装」
――書誌学の視点から考える

唐　暁可

日本での本の装訂法は殆ど中国から伝来したものだったが、日中において、製本法の発展ルートは大きく異なる。その例として、源氏物語写本は装訂が殆ど「列帖装」として伝わっているが、中国ではこれと似た装訂法が早くに歴史から姿が消えた。本論では、源氏物語本文の伝承と「列帖装」の関係について考えてみた。

とう・ぎょうか――首都師範大学外国語学院日本語学部講師。専門は日本古典文学。主な著書に「大正大学附属図書館蔵『源氏物語』攷（一）――玉鬘巻における本文の重出」（『研究と資料』五十七輯、二〇〇七年）、「大正大学附属図書館蔵『源氏物語』攷（二）――錯簡と中書本の関係について」（『研究と資料』五十八輯、二〇〇七年）、「大正大学附属図書館蔵『源氏物語』攷（三）――古筆鑑定についての再検討」（『研究と資料』五十九輯、二〇〇八年）などがある。

はじめに

日本の古典文学を代表する作品である『源氏物語』は紫式部によって書かれ、平安貴族の生活を描く長編物語として、一〇〇〇年が経ったいまも読み継がれている。だが、江戸初期までは「印刷」されたことはなく、写本のみで伝わってきた。しかも、伝わってきた『源氏物語』写本類の装訂の殆どは複雑だとされる「列帖装」である。

日本の書籍の基本的な要素である文字・紙・筆・墨などは、すべて中国文化を基につくられている。本の装訂法である巻子本・折本・旋風葉・粘葉装は、いずれも中国より渡来したものである。しかし、中国では早くも姿が消え、敦煌文献でしか見られない「縫繢」（日本の列帖装と似た装訂法）が、日本で書籍の装訂にこれと似た装訂法の列帖装を長く使用されたことに注目したい。更に、鎌倉時代の古写本以下、現存する『源氏物語』の写本類のほとんどがこの装訂であり、また勅撰集・歌書などをはじめ、室町期以前の物語・日記類の古写本も、大部分がこの製本法で現存している。

列帖装が写本の製本に多く使われたわけを、本文で書誌学と『源氏物語』写本の伝承両方から考えてみたい。

一、中国における製本の歴史

中国における最古の文字は甲骨文とされ、いわゆる甲骨に刻まれたものである。そして、紙が発明される前に、木簡や竹簡、絹が文字を書き記す素材として使われていた。

(一) 巻子

三世紀中に、紙は文字を書く素材として竹簡や絹に代わった。その当時の製本形態は水平方向に巻かれた巻子の形態であった。料紙を一定の大きさに切り揃え、巻末から糊で繋ぎ合わせて長い紙にしたものを、まさに絹を巻くような方法で扱う。巻子は南北朝(四二〇~五八九)、隋(五八九~六一八)、唐(六一八~九〇七)を通し、文字を記録して残すための主な方法であった。

(二) 折本

巻子は長くなればなるほど、その内容を見るのに不便となってくる。この問題は七、八世紀に生まれた折本の考案によって解決された。折本では紙を巻かず、横に長く継いだ紙を折りたたみ、両端に厚紙を糊付けして表紙とする。折本は八、九世紀に最も広く使われたが、仏教との密接な繋がりから「梵夾装」としてよく知られている。

折本は巻子よりはるかに便利であるが、折り目が裂けやすい。八世紀になって印刷が本の生産の主要な手段になり、紙はかなりの大きさまで水平方向に繋げても、版木には限界があるので、折本は印刷には適応しなくなった。そのため、冊子形態の本が現れたと思われる。最初に作られたのは唐代の十世紀初頭で、蝴蝶装の形態だったが、それは後に包背装や線装へと発展していくことになる。

(三) 蝴蝶装

冊子本の最初の装訂が蝴蝶装で、日本では粘葉装という。蝴蝶装は印刷あるいは書写された料紙を文字面を内にして二つ折りし、その折り目で書葉を糊付けして硬い表紙をつけた製本形態のことである。したがって本を開くと文字面と裏面が相互に出てくる。

蝴蝶装の長所は冊子の小口が損傷を受けても、テキストには被害はないところである。また、版心が書口ではなく糊綴じ側の書脳にあり、傷まないことも特長である。また、本を開いた時に印刷された書葉の半面ではなく、全面が一目で見られる。一方で特に紙が薄い場合は、本を開くと書葉が内側に丸まった状態になり、書葉の裏面が見えることがあるのが短所と言える。そのため、この方法で綴じられた本は扱いにくく、読むのに手間がかかることもある。

（四）包背装

蝴蝶装の問題点は、綴じの構造を単純に反対にすることで解決した。つまり、テキスト面を内側にして折った書葉を版心で糊付けするのではなく、テキスト面を外側にして折り、書脳に紙縒りを通して結ぶことで綴じられた。この製本形態はオモテ表紙とウラ表紙を一枚の紙から作り、書脳を包むようにして糊付けを行うことから「包背装」（日本では「くるみ表紙」という）という名で知られている。

包背装は元代から使われるようになり、明代初めには蝴蝶装に代わってほとんどの製本に使われた。

（五）線装

明代初めに線装が製本形態として現れるようになった。線装の基本的な製本構造は包背装と全く同じである。しかし、紙縒りで書葉を綴じる点は同じだが、いわゆる背を包むのではなく、表紙を作って書脳の位置で糸綴じしたものである。線装は中国における伝統的な冊子形態の進化の最終段階に現れ、万暦においては包背装よりも一般的になった。この製本形態にはそれまでのものよりも多くの長所があり、十九世紀末から二十世紀初期にかけて西洋の印刷技術や製本技術が導入されるまでは、ほとんど全ての目的に適した製本形態であった。

二、日本における製本の歴史

奈良朝以前製本の起源は、中国から伝承した「巻子本」が、日本で始めての書物と言われている。奈良朝時代は、ほとんど巻子本様式のものであったとされている。次には「折本」が使われるようになった。

平安時代の初め、僧空海が中国から持ち帰った「三十帖策子」は、粘葉装である。これは、中国では蝴蝶装と呼ばれているが、日本では、糸でかがらないことから粘葉装と呼ばれていた。これを発展させたのが「大和綴」で、糊を用いず糸でかがって、表紙の二ヶ所をひもで結ぶ形式であった。更に、「列帖装」へと発展した。中国の宋から明の時代にかけて用いられた、「袋綴」という形式の明朝綴じが鎌倉時代に伝わった。

江戸時代に入って、それまでの公家や武士はもとより一般にも教養としての読書が広がった。その結果多くの人々が本を求め、書籍が商品として大量に作られた。書籍は以前に比べれば一般庶民にも身近なものとなったのである。木版印刷による出版ブームが起こって様々な綴じ方も生み出された。

三、日本の「列帖装」と中国の「縫繢」

現在は列帖装（綴葉装）と呼ばれる装訂法が主となっている。数枚の紙を重ねて、それを縦に二つ折りにし、一括となる。それを数括重ね、背の上下それぞれ二箇所に綴穴を穿ち、糸でかがっていって、更に前後に表紙を付け綴じた装訂法である。この装訂は、日本独自の製本方法だとする説もあるが、中国の敦煌文献にはこの装訂と似た装訂が存在するところから、中国から日本に伝わった装訂法とする説もあるが、現在のところ結論は出ていない。

中国では、これと似た装訂を縫繢という。製本の歴史上、ごく僅かな時期にのみ存在しており、装訂法として宋の時代以後、使われなくなったようだ。敦煌文献の発見に伴い、この製本法は初めて研究者の視野に入った。しかし、中国宋の張邦基は既に『墨庄漫録』にこの装訂法の弱点について述べていた。

作書冊粘葉為上、久脱爛、苟不逸去、尋其次第足可抄録。屢得逸書、以此獲全。若縫繢、歳久断絶、即難次序。初得董氏『繁露』数冊、錯乱顛倒。伏読歳余、尋绎綴次、方稍完復、乃縫繢之弊也。

その意味は「装訂には粘葉のほうがよい、時間が経ち、糊の粘着力がなくなって本がばらばらになっても、紙さえよければ復元できる、何度も散逸された古籍が手に入ったが、粘葉装訂のおかげで全うできた。もし、縫繢だったら、時間が経つと、一旦線が切れて、元のページ順番が分からなくなってしまう。前は董仲舒の『春秋繁露』が数冊手に入ったが、ページの順番が乱れて、一年間もかかって整理し、やっとページの順番が分かり、復元できた。これは縫繢の欠点となる」と理解できる。早くもその欠点が指摘された。そして、中国でこの装訂法が消えた原因について、杜偉生氏は次のように述べた。

一、宋以降、書籍が多く出版され、版本の流行に伴い〝縫繢〟の複雑な技術は時代遅れになってしまった。

二、製本法が複雑なことに対して製本スピードは遅いのが、競争力を失った原因となる。

三、紙両面に字が書かれるので、やや厚めの紙が求められる。宋以降、製本コスト削減のため、薄い紙が使われるようになった。

〝縫繢〟装は中国の唐と宋の時代に一時的に流行っていたが、文献にはあまり記されていないため、その後、暫くの間知られなかったのである。

「縫繢」は中国では早くも消えてしまった装訂法である。

しかし、日本では「列帖装」が長く存在した。更に、現存する『源氏物語』の写本類のほとんどがこの装訂である。その原因について、源氏物語の写本の伝承から考えたいと思う。

四、『源氏物語』本文の伝承

(一)『源氏物語』の成立

『源氏物語』は紫式部によって書かれ、平安貴族の生活を描く長編物語として、一〇〇〇年が経ったいまも読み継がれてきている。そもそも『源氏物語』は何のために作られ、作者は誰であろうか。それは、『紫式部日記』寛弘五年(一〇〇八)十一月十日の記事によってうかがうことができる。

入らせたまふべきことも近うなりぬれど、人々はうちづきつつ心のどかならぬに、御前には、御冊子つくりいとなませたまふとて、明けたてば、まづむかひさぶらひて、いろいろの紙選りととのへて、物語の本どもそへつつ、ところどころにふみ書きくばる。かつは綴ぢあつめしたたむるを役にて、明かし暮らす。…局に、物語の本どもとりにやりて隠しおきたるを、御前にあるほどに、やをらおはしまいて、あさらせたまひて、みな内侍の督の殿に、奉りたまひてけり。よろしう書きかへたりしは、みなひきうしなひて、心もとなき名をぞとりはべりけむかし(日本古典文学全集『和泉式部日記・紫式部日記・更級日記・讃岐典侍日記』小学館)

紫式部が仕えた彰子中宮が、藤原道長邸で出産した後、五十の祝いも終えて宮中に還啓と決定されるところである。御準備の一環として、紫式部を中心に物語の清書が進められている。ところが、道長は紫式部が彰子の前に伺候している隙に局から草稿本を持ち出し、彰子の妹である内侍督妍子に渡してしまったのである。

原作者の手に関わる二種類の『源氏物語』が、彰子と妍子という、最も高貴な地位にいる女性のもとに存在したということになる。階級社会に生じる貴族文化は、頂点から下へ拡散していくのが通例であるため、『源氏物語』は最初から少なくとも二種類の伝本をもとに伝わってきたと考えることができる。所謂、草稿本と清書本である。

(二)『源氏物語』本文の伝承

現在では活字印刷による出版で本を大量に印刷することができるが、『源氏物語』が成立した当時、個人が一文字ずつ筆で写すことで流布するしかなかった。書写は、個人による書き癖も違い、書き誤り、行や丁を飛ばす場合もある。前述した草稿本と清書本は、『源氏物語』が生まれてから二〇〇年経った鎌倉時代前期に入ると、さらに多くの『源氏物語』

本文を生じさせる原因となったと考えられ、おそらくその本文は書き写されるたびに、乱れていったとみられる。

（三）『源氏物語』写本の系統分類

上のような状況のなか、二つの本文系統、すなわち「青表紙本」「河内本」が作られることになった。源光行（一一六三〜一二四一）と子の親行（生没年未詳）は、伝えられていた二十余種の『源氏物語』の写本を比較対照する校訂作業を行った。光行が河内守に任命された時期もあり、この系統の本を「河内本」と呼んでいる。光行と同時代人の勅撰撰者藤原定家（一一六二〜一二四一）は、伝来していた『源氏物語』の中で善い本を選択して写した。後に表紙に青色の料紙を用いたといわれるので「青表紙本」と呼ばれている。

他に異本もあるが、この青表紙本と河内本の二つの系統の写本が流布して、『源氏物語』が読まれてきたという。池田亀鑑によって提唱された「青表紙本・河内本・別本」という分類は、鎌倉時代に藤原定家が写した定家本と、ほぼ同時期に親子とも河内守であった源光行・親行が校訂した河内本、それ以外一括して別本と呼ぶものである。

（四）源氏物語本文にある問題点

『源氏物語』の写本は数え切れないほど多く伝わってきたが、各写本において、多少差異が認められるものの、物語の内容が揺らぐほどの異文は見られない。これはなぜなのだろうか。ここで、改めて考えたいことである。過失による誤写以外にも、『源氏物語』本文の乱れの原因として、平安時代の人々の物語書写に際しての姿勢・態度があげられる。文学の正統である和歌を記載した歌書、それを書写するときの意識と異なり、子女の消閑の具としかみなされなかった物語を書写する際は、それを忠実に正確に書写しようとする意識はなかったようで、全体の形を変えない限り、恣意的に表現を変えることが少なくなかった。これは、意識的に写本を変えようとする行為とされよう。他に考えられるのは、書写者が本を写す時、仮名、漢字が読み取れず、前後の文により想像して書き加えたこと、書写者の学識不足で、旁記などを間違って本文の中に入れたりすることであろう。膨大な量の写本を作成するには、どうしても疲労が溜まってきて、集中力が落ち、誤写の発生も避けられないことである。

そもそも『源氏物語』成立当初に、少なくとも二種類の原本が存在したことが、本文の乱れのきっかけとなるが、その後に定家、光行・親行の編集により、系統の分かれる写本が伝わってきた。平安時代末期から、『源氏物語』の解釈・注釈作業を行うにあたり、善本を探し求める原典再建の営みが始まったが、解明できないまま、現在に至っている。

五、写本の装訂法から本文の伝承に与える影響

前文で述べたように、写本の製本過程において極めて物理的な、脱落・錯簡に由来する古典作品の本文の誤りが、混乱の原因になることもある。製本ミスによる本文の混乱のほか、親本における脱落・錯簡による混乱も考えられる。本節で、大正大学蔵『源氏物語』を例にして、写本の装訂法から本文の伝承に与える影響について考えたい。

（一）大正大学本にある問題点

現在、大正大学附属図書館のウェブサイトにて公開されている『源氏物語』の写本は、同大学が平成九年（一九九七）に岐阜飛騨の旧家より購入したものである。以下に上野英子氏の調査結果を引く。

> 二重箱入り（黒漆塗り四段箪笥を、新たに誂えた木箱に収納）。箪笥の蓋に金泥で「源氏物語」の題字、引き出し各段に同じく金泥で収納冊の巻名入り。極めによればこれらは角倉素庵（寛永九年没）の筆という
>
> 写本五四冊。艶出紫色無地原装表紙（縦約26.0×横約17.5糎）。押八双なし。表紙中央に朱色地に金銀泥彩画題簽（縦約12.5×横約3.3糎）を貼付。題字は全冊一筆で、極めによれば、青蓮院宮尊鎮法親王という。前後見返しとも白紙。列帖装（四孔・白糸・後綴本なし）。本文料紙鳥の子。寄合書だが、前遊紙一丁をおいて二丁オより起筆し、片面九行、行二〇字内外、和歌は改行二字下げ二行書き（二行目の字下げ無し）、地の文をそのまま後続する書式で統一しようとしたらしい。この原則に反するのは、一オに加証識語を書いて三オから起筆した桐壺、二ウより起筆した蓬生、一ウより起筆した絵合、和歌の二行目も字下げした藤裏葉の四冊のみ。（「大正大学蔵『源氏物語』について」『源氏研究』七、二〇〇二年）

又、上野は装訂・本文料紙・書式の一致などから、該書は延徳二年（一四九〇）から明応二年（一四九三）にかけて書写されたものと判断した。大正大学附属図書館は、古筆学研究所の鑑定から、一般流布されていた青表紙本の中でも最善本とされる大島本や三条西家本よりも古い、新発見の最善本の可能性がある、と発表している。しかし、書写者・書写環境についてまだ明らかになっていない所が多く残っているので、筆者はまず書誌的な検討を充分に行い、その上で本文系統の議論に移るべきだと考える。

筆者は大正大学蔵『源氏物語』について書誌的考査を詳しく行ったが、その調査結果に列帖装とかかわった「錯簡」を

ここで紹介したい。

（二）玉鬘巻における錯簡

錯簡といえば『更級日記』が有名であるが、錯簡が生じる原因は様々であり、本の装訂によって、錯簡の形も違う。例えば、袋綴本であれば、紙の脱落により、再装訂する作業を行わなければならない。しかし、本文の内容にあまり詳しくない場合、本来脱落した場所とは違う場所に綴じ込むこともある。そのため、丁ずれによる錯簡が生ずる。列帖装の場合、綴糸が切れたりすることによって、一括内の並び順が狂い、そこから複雑な錯簡となって、例えば次に書写されたとき、不可解な本文を生じさせる原因となることもある。

装訂のミスによる錯簡が生じた典型のケースとして『更級日記』が挙げられる。列帖装の糸ぎれにより、改めて装訂する場合、紙の並び順を間違え、やや複雑な錯簡の結果になってしまい、更に、後の写本に伝わった。このことから、分かるように、親本のミスは次の写本に伝わることが多い。または、列帖装の装訂のミスによる錯簡は、必ず紙一枚単位の錯簡になる。つまり、錯簡になる紙に書かれた文と前後の丁にある文は繋がらない。最小でも、二丁のずれができると言ってもいい。

玉鬘巻には奥書はないが、前見表紙返しに貼られている極札には「種玉庵宗祇法師　奥二枚宗長」とある。つまり、この巻において、奥二枚は宗祇の弟子、宗長が書写しているということになる。

奥二枚の筆跡とそれ以前の筆跡とを比較すると、書風には明らかに差異が認められるため、異なる筆者によって書写されたと見てよい。

一方、小論の筆者が本文を対校している過程で、墨付三十六丁裏と三十七丁表の文がつながらなく、三十六丁裏と三十八丁表の文がつながることに気付いた。つまり、三十七丁表と三十七丁裏の文は別の本文が混入したと考えられる。更に、対校を進めると、この出所の不明な一丁表の本文が末尾二枚の文、即ち、宗長筆とされる部分の本文と同じであることが分かった。つまり、本来ならば巻尾にあるべき一丁分の本文が、三十六丁と三十八丁の間にも割り込んでしまったということになる。

なぜ同じ文が、違う筆者によって二回も書かれ、更に、違う場所にあるのか、この本文の重出について原因を考えてみたい。

まず考えられるのは、装訂のミスにより、錯簡が生まれることであろう。

大正大学本の装訂は列帖装である。玉鬘巻の装訂について、括り数と一括りの料紙の枚数は画像からでは確定できないが、画像を熟視すると、三十七丁裏と三十八丁表の中に、明らかに太い線が入っている。これを製本する時、裏表紙をつける際、括りと括りの間に少し折り込むようにして生れた折り目と考えられる。つまり、三十七丁表と三十七丁裏の部分は、宗長が書写した奥裏二枚とは違なる別の括りということになる。

例の文の重出について、最初は宗祇によって全文が書かれたが、後の製本過程において、括り内で混乱を生じ、持ち主は文章が終わらないことを発見した後、別の人に頼んで改めて書いたと想定することが可能なのではないだろうか。宗祇が書いた奥二枚と同じ文は最後の括りにあるはずである。つまり、装訂のミスによって、混乱が生じたと言っても、同一の括り内で、可能であるが、括りと括りの間に発生する可能性は考えにくい。宗祇が書いた文と宗長が書いた文は別の括りにあることについて、ただの装訂のミスが、文の重出の原因だとは考えられない。

次に三十六丁裏から三十七丁表に渡って、一行の文字数は明らかに変化し、更に三十七丁裏と三十八丁表またも違うことについて考えたい。

一丁表から三十六丁裏までに、行ごとの文字数は和歌が続くための改行と字下げの状況を除いて、十六〜二十一文字がある傾向が見られるが、三十七丁表から急に文字数が増えて、二十五〜二十九文字になっている。更に、三十八丁表から、また行ごとに十五〜十九文字に戻った。つまり、三十七丁表と三十七丁裏において、字詰めは隣同士のページと比べてみると、詰めてきたように見える。三十七丁裏が三十七丁表に引き続いて書写したものとも考えられるが、三十六丁裏と三十七丁表、三十七丁裏と三十八丁表に関して、連続して書写したものとは考えにくい。

次は、全文からみる字詰の変化はこのようになっている。五十一丁裏までは、行に十七〜二十一文字であったが、五十二丁表から二十〜二十六文字数に変わった。字詰めは急に変化することに気付いた（資料編に収録する字数の変化を示すグラフを参照）。

最後に、宗長が書写した五十六丁表から五十七丁表に渡って、文字数は十七〜二十四文字になっている。

以上のデータによって玉鬘巻において、行ごとに文字数の変化について考察してみたが、全体的には、三十六丁裏から三十七丁表まで、五十一丁裏から五十二丁表まで、五十五丁裏から五十六丁表まで、急に変化する傾向が見られる。五十五丁裏から五十六丁表までは書写者が違うことによって、文字数が変わることが考えられるとしても、五十一丁裏から五十二丁表までは同じ書写者によって書かれたのに、紙の枚数によって緩やかに字が詰めてくるのは当然であるが、急に詰めてくるのは、あるいは、底本の影響とも考えられるだろう。

大正大学本玉鬘巻の本文にある問題点について考えてみた。まとめると、次の三点になる。

一、製本する過程において、錯簡が生じる可能性が考えられるが、列帖装の製本なので、違う括りにあるため、ミスによって、ページがずれたことについて、説明し難い。

二、全体に渡って、字詰めを考察してみたが、字詰めの変化がページによって激しいことを発見した。これを、大正大学本を書写する際、書写者はすでに装訂済みになった、本にある紙の枚数に合わせるため、字詰めが変わったか、或いは、使われた親本のペースに合わせるため、字詰めを変えたか、と二種類の見解があった。

三、大正大学本の識語・奥書の解読によって、使われた親本は藤基綱が自分で編集した中書本である可能性はある。更に、二人によって書写された重出した文を比べてみたが、違う底本によって書いた可能性もあるだろう。

まとめ

中国では、粘葉装からすぐに袋綴が考案されたが、日本では粘葉装から列帖装に発展し、そして、製本法として長く続けられた。その原因について、まず、料紙が厚様で紙の両面に書けることが可能であることを基本にしなければならないが、本文では、更に『源氏物語』本文の伝承から考察してみた。

日本では「書かれた本」である写本の比重は高く、旺盛な出版文化の花が開いた江戸時代後期になっても、まだ写本が数多くつくられていた。中国では宋代を境に印刷が盛んになると写本は激減していく。とくに明代の末期に印刷本がかなり盛んになったとき、事実上、写本（中国では抄本という）は流布しなくなる。

しかし、それに対して、日本では写本の作成には公家から地方の権力者まで盛んになる一方である。特に、室町時代中期以降には地方の権力者が『源氏物語』の写本を持つことを欲し、没落したり財政的に困窮した京都の公家から貴重な古写本を譲り受けたり、地方の権力者の注文に応じて写本が作成されるといった事例も生じるようになる。

そして、『源氏物語』を自分のコレクションにしたい貴族や権力者たちが、自分で写したり、当時の書道の分野で名高い人物に頼んで写したりする。写本には書写方法によって双鉤填墨・影写・臨写・見取書に分けられる。『源氏物語』の作成にはおそらく臨写が多いだろう。臨写とは模写とも言い、親本を見ながら書体・字配り・行数などまでを忠実に模すものである。本論で室町時代に作成された大正大学蔵『源氏物語』写本にある問題点と錯簡との関係についての分析から、これを検証できた。

つまり、写本を写す際、事前に料紙の用意をすることと、更に写す時、原本の字詰めなどを合わせて考える必要がある。むろん、装訂法も原本に従えたほうが便利なのが言うまでもない。『源氏物語』写本の装訂は殆ど「列帖装」であったのは、本文の伝承に深くかかわるだろう。

参考文献

櫛笥節男『書庫渉猟』（おうふう、二〇〇六年）
橋本不美男『原典をめざして』（笠間書院、二〇〇六年）
杜偉生『中国古籍修復與装裱技術図解』（中華書局、二〇一三年）
李致忠『古書版本鑑定』（国家図書館出版社、二〇〇七年）
李致忠『中国古代書籍史話』（商務印書館、二〇〇八年）
厳佐之『古籍版本学概論』（華東師範大学出版社、二〇〇八年）
「玉鬘巻における錯簡」は「大正大学附属図書館蔵『源氏物語』攷（一）——玉鬘巻における本文の重出」（『研究と資料』五十七輯、二〇〇七年）による。

『蒙求和歌』の増補について

趙 力偉

ちょう・りきい——対外経済貿易大学外国語学院助教授。専門は日本中世文学、和歌文学、和漢比較文学。主な論文に「俊成の植物比喩表現とその方法——歌ことば「藤袴」と「蘭」とを中心に——」（『国語と国文学』八一巻、八、二〇〇四年）、「『為忠家初度百首』の俊成歌について——漢詩文摂取を中心に——」（『国語と国文学』八二巻、九、二〇〇五年）、「『古来風躰抄』における万葉抄出歌の本文異同について——「たるみ」と「たるひ」を中心に」（『東京大学国文学論集』一、二〇〇六年）などがある。

古注系『蒙求』と比較すると、『蒙求和歌』の説話文には多くの増補が見られる。これらの増補は何時、誰が、どのような理由や目的で行われたかについて、増補を四分類した上で、それぞれの具体例に即して分析を試みた。本稿は『蒙求和歌』の説話文に見られる増補を手がかりとして、標題と部立との関係性、そして説話文と和歌表現との対応性などに関する考察を通じて、作品の構成や創作方法、ひいては平・片仮名本の関係等の問題を見通そうとするものである。

一、『蒙求和歌』とは

『蒙求和歌』は鎌倉初期の歌人・学者である源光行が詠んだ句題和歌集である。光行が詠んだ和歌のうち、最も注目に値する作品群は、おそらく元久元年（一二〇四）前後に創作された句題和歌「三部作」であろう。即ち、李瀚の『蒙求』を題とする『蒙求和歌』十四巻、李嶠の『百詠』を題とする『百詠和歌』十二巻と白居易の『新楽府』を和した『楽府和歌』五巻（散逸）である。この「三部作」のうち、『蒙求和歌』はその名の通り、『蒙求』の故事を和歌に詠み替えたものである。

『蒙求和歌』は基本的に『蒙求』の本文から取った「標題」、『蒙求』の古注を訓み下した「説話文」、また標題の故事を詠み込んだ和歌の三つの部分によって構成されている。ただし、春夏秋冬の四季部では標題の下にさらに「立春」「子日」といったような歌題が設けられ、「標題―歌題―説話文―和歌」というような四部構成を取っている。

現存する『蒙求和歌』の伝本系統については、川瀬一馬・池田利夫諸氏によって調査・整理されていた。今その存在が知られている二十余本の写本は、おおかた平仮名交じり文の第一類本（略して平仮名本という）と片仮名交じり文の第二類本（略して片仮名本という）と両者の混合本として平仮名交じり本の第三類本（略して混合本という）との三種類に大別できる。(1)

片仮名本の冒頭には真名序と仮名序がついており、それぞれ「寄其詞於花月、歌詠二百五十。分其題於春秋、巻成一十有四」（真名序）「歌二百五十ヲツラネテ、巻一十有四ヲナセリ」(2)（仮名序）と見えるので、作者のもともとの構想としては、この歌集を十四巻二百五十首という規模の作品に仕立てるつもりだったと推測できよう。現にいずれの伝本系統でも、十四巻からなるという点で一致している。しかし、伝本によって、標題数・説話数・歌数はかなりのばらつきがあり、しかも同じ標題のもとに詠まれた歌でも平仮名本と片仮名本との異同はたいへん大きい。また、一つの伝本の中でも、標題だけあって、説話文と歌がともに欠けている場合もあれば、標題と説話文があって、歌だけ欠けている場合もある。総じて言えば、平仮名本より片仮名本の方が標題数や歌数が多く、作者の構想に近い形を呈しているが、直ちに平仮名本は草稿本的性格を持った初撰本で、片仮名本は再撰本或いは精撰本であるという結論に直結するのはやはり早合点だと思う。

前述した通り、『蒙求和歌』の説話文は『蒙求』の古注をもとにして漢文訓み下し文で書かれたもので、基本的には古注をそのまま和訳したようなものであるが、古注以外の資料による増補と見られる部分も少なくない。そもそも『蒙求和歌』の序文には「仮二男女於此文之中一、訪二言行於他書之外一」（真名序。傍線は筆者）、「カシコクオロカナルタメシヲ、アマタノフミノソコヨリウカガヒイデタリ」（仮名序。傍線は筆者）という文言が見られるから、光行自身によって補入された可能性が一応考えられる。では、これらの増補はいったい何時、誰が、どのような理由や目的で、どのような資料を利用して行われたものなのか、これが解明されれば、『蒙求和歌』という作品の成立や伝本関係の究明などにつながるだろう。本稿は『蒙求和歌』の説話文に見られる増補を手がかりとして、標題と部立との関係性、そして説話文と和歌表現との対応性などに関する考察を通じて、作品の構成や創作方法、ひいては平・片仮名本の関係等の問題を見通そうとするものである。

二、増補の分類

ひとことで増補と言っても、実はさまざまな次元のものがあり、その性質や伝本間の違いもいろいろな様相を呈している。ここでいう「増補」は、基本的に『蒙求』古注に対して言っているが、増補の内容や性質により大まかに分類すれば、『蒙求』古注に見られない別個の話をほかの資料により補入する、いわゆる説話次元の増補と、説話そのものは古注に見えるが、それを和訳する段階で古注或いは他本に見られない文句を付け加える、いわゆる語句次元の増補に分けられる。また、伝本間の違いにより大別すれば、片仮名本や平仮名本の片方だけが持っている独自増補と両方の伝本がともに持っている共通増補に分けることができる。**表1**はそれぞれの分類に属する用例の標題をまとめたものである。

表1　増補の分類

	説話次元	語句次元
共通増補	女媧補天、蔡邕倒屣等	梁鴻五噫、君平売卜等
独自増補	管仲随馬、斉后破環等	屈原沢畔、漁父江浜等

次は、上記の分類によって、具体的な用例に即して分析を試みてみよう。

三、説話次元の共通増補

まず、説話次元の共通増補の例として、「女媧補天」[3]と「蔡邕倒屣」を上げることができる。この二つの標題はともに巻第十二の管弦部に見られる。

管弦部には標題が全部で十あり、「女媧補天」と「蔡邕倒屣」以外の標題には「簫」「笛」「琴」などの楽器名や「清耳」「音律」など音楽にまつわる言葉が見られるので、巻名の「管弦」との関連性が認められるが、この二題だけは、一見すれば「管弦」とは何のつながりも持っていないように見える。

では、二題の増補説話はいったいどのような内容を有するものであるのか、それぞれ見てみよう。この二話に限っていえば、平仮名本の本文は片仮名本とほぼ同文なので、紙幅の関係で、ここでは片仮名本だけを引用する。

女媧、ハジメテ琴箏簫笙ヲツクリ給ヘリケリ。琴ヲツクリテハジメテヒクトキ、白雲トビテマヘニキタレリ。簫ヲツクリテフクトキ、六月ニシモクダレリ。ヒトタビ曲調ヲナスニ、天下大ニ振フ。笙ヲツクリテフク時、ウグヒスキタリナク、ト云ヘリ。

蔡邕、柯亭ノ館ニイタリテ、竹椽ヲミテ「良竹ナリ」ト云ヒテ、トリテフエニヱリ。コヱヨニスグレタリ。又大山ニ桐ノ木ヲタキテ、飯ヲカシクモノアリ。ヤケハタメクコヱヲキキテ、良木ナリトサトリテ、琴ニツクルニハナハダ美声アリ。ヤケメヲツクリノコセリ、「焦尾琴」トナヅケテ宝物タリ。

女媧は中国の古代神話に登場する女神で、土をこねて人間を造り、五色の石で天を補修したと言われているだけでなく、笙簧を作った（『世本』による）ともされているから、決して音楽とは無縁な存在ではない。ただ増補説話では、女媧を琴箏簫笙の発明者としているが、それはどんな資料によるのか、不明と言わざるを得ない。

一方、蔡邕は後漢末年の文学者で、また音楽通として知られている。増補説話前半の笛を製する話は晋・干宝撰『捜神記』に見られ、後半の琴を作る話は『捜神記』だけでなく、『後漢書』にも見える。いずれも有名なエピソードで、蔡邕の管弦への精通ぶりを物語っている。

四、二話一対の構成

以上見てきたように、「女媧補天」「蔡邕倒屣」といった標題は「管弦」とまったく無関係であっても、女媧と蔡邕はもともと音楽に縁の深い人物である。二人の音楽をめぐる逸話を補入することによって、「管弦」と関係づけようとする作者の狙いは明らかである。また、琴箏簫笙の発明者とされている女媧が管弦部の巻頭を飾るのに相応しい人物であることは論を俟たない。

さらに、管弦部の他の標題と合わせてみると、説話の配列には作者の行き届いた配慮が見えてくる。第二話「簫史鳳台」の主人公である簫史は第一話の女媧と同様、神話上の人物とされている。女媧は簫を造り、簫史は簫を吹くことを秦穆公の愛嬢である弄玉に教える。この二話はまた簫という共通の主題でつながっていると言えよう。

第四話に位置する「蔡邕倒屣」は、すでに分析したように、その増補説話の前半が笛にまつわる話で、第三話「向子聞笛」と「笛」という主題を共有している。そして増補説話の後半は琴にまつわる話で、第五話「蔡琰弁琴」へとつないでいく。また、蔡邕は蔡琰の父親であることも看過すべきではないと思う。

第六話「巫馬戴星・密賤《ママ》弾琴」は、もともと『蒙求』でも一対の話として一緒に語られている。第五話とは「琴」という共通点を持っている。

続いて第七話「師曠清耳」と第八話「荀勗音律」は「鐘」や「鐸」という打楽器にまつわる話である。最後に、知音を失って琴の弦を切ってしまった第九話「伯牙絶絃」と、権力者のお召しを断るため琴を打ち壊した第十話「戴逵破琴」は一対を成し、楽器を破壊する話を以って一巻の掉尾を飾る。楽器を造る話で始まり、楽器を壊す話で終わる、一巻は見事に首尾呼応している。これは決して偶然ではなく、作者の意図的な構成だということは明らかであろう。

以上見てきたように、何らかの関係性や共通性を持った話が二話ずつ連続して一対を成す、いわゆる二話一対の構成は、実は管弦部だけでなく、『蒙求和歌』の全巻にわたって確認できよう。きちんと整っていない、変則的な部分も多々あるとはいえ、基本的には二話一対の構成を貫こうという作者の意図がうかがえる。そもそも、このような構成意識は『蒙求』という対句仕立ての原作から受け継がれたものだと指摘しておきたい。

五、語句次元の共通増補

説話の大筋は『蒙求』古注によるものの、時折古注に見えない文言を盛り込むなど、いわゆる語句次元の増補は、主として注釈的、説明的なものであるが、中には次のようなちょっと特殊な例も見られる。

梁鴻、①後漢ノ代ノ扶風ノ人也。②才学ヨニスグレタレドモ、オホヤケモモチヰ給ハネバ、ヨヲウキモノニ思ヒトリテ、イツツノナゲキノ歌ヲ作リテ、③覇陵山ニカキコモリニケリ。孟光ト云フ心カシコキメヲミニソヘテ、アケクレハ書誦シ、琴ヲヒキテゾ心ヲナグサメケル。④五噫事。一、登彼北邙兮噫。二、顧視帝京兮噫。三、寥之未央兮噫。四、宮室崔嵬兮噫。五、人之劬労兮噫。遂於越中也。

ナゲキコシ山ノイツヘノオクノイロハミノウキ雲ゾトザシナリケル　（一二六）

これは巻第十「述懐部」の巻頭に置かれた標題「梁鴻五噫」の説話文である。『蒙求』の原文では、「後漢。梁鴻、字伯鸞、扶風人。過京師、作五噫之歌焉。」[4]との一文だけであるのに対し、片仮名本はかなりの増補を行ったと言えよう。点線部の①と④は片仮名本の独自増補なので、本節の考察対象外となるが、いずれも注記的な増補であるということだけ指摘しておこう。

では、両本が共通する傍線部②と③については、ともに古注に見えない文言であることから、作者による増補であると認められよう。「才学ヨニスグレタレドモ、オホヤケモモチヰ給ハ」ずということは、いわゆる「不遇」である。和歌における述懐歌の伝統を考えると、このような不遇な人物を述懐部の巻頭に据えるのが好ましいことである。そして、「ヨヲウキモノニ思ヒトリテ」という一文は、歌に見える「ミノウキ雲ゾ」という表現と対応している。また、孟光と覇陵山に隠遁する話を補ったのも、歌にある「山ノイツヘノオクノ」や「トザシ」などの表現と統合性を持たせるためだと思われる。

このような増補はこの一話だけではなく、同じ述懐部の「君平売卜」にも見られる。「厳君平ハ蜀郡人也。オホヤケシキリニメセドモ、ヨヲウキモノニ思ヒトリテツカヘズ」という増補には、やはり主人公を遁世者に造形しようという目的が見え隠れすると言えよう。

要するに、これらの増補は、ただ文章の流れをよくするために用いられたつなぎ的な文句ではなく、説話の主題を部類に合わせたり、和歌の表現と関連付けたりするために、作者が意図的に行ったものだと思われる。

六、説話次元の独自増補

前述したように、『蒙求和歌』における伝本間の本文異同が非常に大きい。特に平仮名本に比べ、片仮名本の方は多くの独自増補を有するが、前節で見たような、注記的なものがほとんどである。ただし、わずかではあるが、注記ではない独自増補も見られる。例えば、片仮名本の「管仲随馬」には、『蒙求』古注の話を和訳した上で、次のような独自増補が見られる。

管仲、公子糺《ママ》ガ将トシテ、タタカヒニオモムキテ、桓公ヲオヒセムルニ、アヤフクミエケルヲ、帯ノウヘヲイテ、イツハリタスケテケリ。桓公ノチニ管仲ヲムカヘテ、マツリゴトヲマカセリ。

マヨハマシ雪ニイヘヂヲユクコマノシルベヲシレル人ナカリセバ　（一〇一）

かつて管仲が桓公と君位争いをする公子糾側に仕え、危うく桓公を射殺しかけたこともあるにもかかわらず、桓公は管仲を宰相として起用し、国政全般を預けた。その結果、管仲の力添えのもとで桓公は春秋時代最初の覇者となった。以上の話は『史記・斉太公世家』に見えるが、ただこの独自増補の直接の出典だとは考えがたい。なぜなら、管仲が暗に桓公を助けたという増補説話（仮に「管仲救主」とする）の内容は『史記』に見えないからである。

後節でも述べるが、片仮名本の独自増補には間違いや勘違いが多い。この「管仲救主」もおそらくその一例に数えられよう。ただここで、問題にしたいのは、どのような資料によったかということより、むしろなぜこの話を増補しなければならないかということである。

この質問に答えるには、説話文と和歌との関わりを考察する必要がある。片仮名本の和歌は「反実仮想」を表す助動詞「まし」を初句に据え、「迷ってしまうであろう」という仮想の結果を先に出して、いわゆる倒置法を用いて、「管仲随馬」の故事を表現している。発想としてはなかなか巧みではあるが、ただ表現面においては、漢文の故事に拘りすぎたせいか、「雪ニイヘヂヲ」「シルベヲシレル人」といった、歌言葉にしてはやや硬直でぎこちない表現が目立ってしまう。

一方、平仮名本では、歌は次のような一首となっている。

是もなほ人の心のしるべかな駒の跡とふ雪のふる道　（八八）

この歌も明らかに「管仲随馬」の故事に即して詠まれたものではあるが、「あととふ」など新古今時代に流行を見せ始めた表現を鋭敏に取り入れつつ、掛詞（「ふる」は「古」と「降る」とをかける）など伝統的修辞法をも駆使し、バランスの取れた一首となる。片・平仮名本の歌がともに用いた「しるべ」という言葉に「道案内」の意味があることは「管仲随馬」の故事から容易に連想できるであろう。ただし、平仮名本和歌に見られる「心のしるべ」という表現には、「心の手引き」というような意味も含まれている。つまり、平仮名本の歌から、老馬の智を借りて間違った道から桓公を連れ戻したと同じように、管仲の知恵はやはり人（桓公）の精神的な導きとなるのだという二重の意味が読み取れると思われる。

これに対して、片仮名本の和歌については、増補説話を読まない限り、単に和歌そのものからこのような含みを読み取ることは難しいであろう。「管仲救主」の話を念頭に置いて初めてこの「シルベヲシレル」とは、国政の導きをしてくれるというふうに解釈できる。つまり、結果としてこの増補説話によって、和歌に多様な解釈の可能性を持たせたことになる。

「管仲救主」の話は『蒙求』古注に見えず、『史記』とも内容面に食い違いが認められるから、とうていもともとあったものとは考えがたい。やはり、和歌を改作する際、歌の表現力を引き立たせるために補入されたものだと見て間違いないであろう。

七、語句次元の独自増補

最後に、両系統本におけるほぼ同文的な説話に見られる本文異同、いわゆる「語句次元の独自増補」について考察してみたい。

前述したように、片仮名本においては、このような語句次元の独自増補が圧倒的に多い。そして、そのほとんどは人物の字《あざな》や出身地に関する注記、或いは標題や説話文に見られる難解な言葉の語釈など、注釈的なものである。これらの増補は作者自身によるものであるかどうかは定かではないが、伝本によって標題の下に書き入れられたり、或いは改行や二字下げで書写されたりする場合が多いことから判断すれば、後に補入されたものであることは明らかである。(5)

例えば、述懐部における「屈原沢畔・漁父江浜」という標題の下に、次のような説話が見える。

懐王、秦ニイタラムトスルヲ、「秦ハトラオホカミノ如シ。キミユキテカヘルコトヲエジ」ト屈原イサムレドモ、キカズシテ、秦ニムカヒテ、項羽ガタメニホロボサレヌ。

これを始めとする一連の説話は、片仮名本系統に属する国会図書館蔵本では改行に、平仮名本系統に属する内閣文庫蔵本では二字下げ片仮名書きとなって、『蒙求』本文の内容と意識的に区別して記されているから、やはり共通増補と看做すべきであろう。懐王の入秦を諫めたこの話は屈原の思慮深さを物語り、「我独り醒めたり」という言葉を裏付ける格好の事例だと作者が考え、補入したのであろう。

ここで注目していただきたいのは、傍線部の一文である。つまり「項羽ガタメニホロボサレヌ」という部分は、平仮名本ではただ単に「死ぬ」と作るから、これを片仮名本における独自増補と看做すべきであろう。この話の出典とされる『史記・屈原賈生列伝』では平仮名本と同じ、「(懐王)竟死於秦而帰葬」とだけ記されており、項羽によって殺された説はどこにも見当たらない。それも当然なことである。屈原の諫めを聞き入れず、秦に入り抑留された懐王が亡くなったのは紀元前二九六年であるが、項羽が生まれたのはその六十余年後の紀元前二三二年であるから、この懐王が項羽によって殺されることはまずありえない。

では、この独自増補はいかにして生まれたのか。その答えにつながるヒントは『蒙求和歌』という作品の内部から得られる。つまり、『蒙求和歌』春部の巻首を飾った「漢主竜顔」という標題の下に、作者本人によると見られる大幅な増補が行われた。(6)その中に、次のような一節が見える。

楚懐王、此事ヲ聞キテ、項羽ヲ大将トシ、高祖ヲ次将トシテ、秦ノ国ヲ打チニ遣ハス。(中略)懐王ヲ仰ギテ皇帝トスベキ処ニ、項羽、地ヲ得テ懐王ニシラセズシテ、オノレガ諸将ニ分ケテ与ヘテ、ハテニハ懐王ヲ打殺シツ。

「項羽ガタメニホロボサレヌ」という独自増補は、おそらく上記引用部分の最後に見える「ハテニハ懐王ヲ打殺シツ」という一文に拠っていると思われる。ただ、項羽に殺された楚懐王は、秦に拘留されて客死した楚懐王とは、諡こそ同じではあるが、まったくの別人である。つまり、この間違った増補は、二人の懐王を混同したところから生じたものである。

実は、片仮名本における独自増補の中、同姓同名の人物を間違える例はこれだけではない。春部「子日」題として詠まれた「丁固生松」という故事の主人公は、三国時代の呉に仕える「丁固」であるが、片仮名本に「楚漢代人、為項羽将」という独自増補が見られ、劉邦に殺された「丁固」と間違えたわけである。

以上のような独自増補は平仮名本に見えないだけでなく、また歌意との対応や和歌表現とのつながりもまったく確認できないことから、作者自身による増補であるかどうかは非常に疑わしい。おそらく後人によるさかしらな増補であるという可能性が高いのではなかろうか。

以上、『蒙求和歌』の説話文における増補を四分類した上で、それぞれの具体例に即して分析してみた。その主な傾向として、共通する増補は、説話次元のものにせよ、語句次元のものにせよ、基本的には巻の主題や歌題、さらには歌の表現と関係付けるために行われたものであると指摘しておきたい。これらの増補は、巻の構成や歌の発想などと深く関わっているから、おそらく作者自身によって補入された可能性が高いであろう。一方、独自増補の場合、情況はやや複雑である。歌意との対応や歌の表現との直接的なつながりが確認できず、しかも解説的・注釈的な増補に関しては、後世の人によって行われた可能性が十分考えられるが、歌の改作と何らかの関わりが示唆される説話次元の独自増補に関しては、改作者による補入の可能性が大きいといえよう。ただ、その改作者は作者自身であるかどうかというと、現時点では、判断材料が極めて少ないため、不明と言わざるを得ない。

注

(1) 川瀬一馬『日本書誌学之研究』(講談社、一九四三年)「第一篇　写本の部」と池田利夫『日中比較文学の基礎研究　翻訳説話とその典拠』補訂版(笠間書院、一九八八年)「第五章　蒙求和歌の伝本系統と諸本」を参照。

(2) 『蒙求和歌』の本文は、片仮名本も平仮名本も『新編国歌大観』(第十巻)に依る。ただ引用に際し、句読、清濁は私意により、適宜漢字を当てた。

(3) 「女媧」、『蒙求和歌』片仮名本、平仮名本ともに「女蝸」と作るが、ここで『蒙求』により改めた。

(4) 『蒙求』原文の引用は、台北故宮博物院蔵上巻古鈔本と名古屋真福寺宝生院蔵下巻古鈔本(池田利夫編『蒙求古注集成』上巻(汲古書院、一九八八年)に依る。以下は同じ。

(5) 詳しくは池田利夫「蒙求和歌の成立と伝流―その諸伝本をめぐって」(『芸文研究』二七、一九六九年)五八―六〇頁を参照。

(6) 詳しくは拙稿「作为注释的训读――以《蒙求和歌》的训读为中心」(『日语学习与研究』二、二〇一二年)を参照。

◎コラム◎

嫡母《ちゃくぼ》と継母《けいぼ》——日本の「まま子」譚を考えるために

張　龍妹

ちょう・りゅうまい——北京日本学研究センター教授。専門は『源氏物語』を中心とする平安仮名文学。主な著書に『源氏物語の救済』（風間書房、二〇〇〇年）、『日本文学　古典篇』（高等教育出版社、二〇〇八年）、『今昔物語集　本朝部』（翻訳、人民文学出版社、二〇〇八年）、『東西方文学交流研究』（知識産権出版社、二〇一三年）などがある。

はじめに

中国古代では産みの母「親母」を除いて「八母」といって、「嫡母」「庶母」「継母」「出母」「慈母」「養母」「嫁母」「乳母」と、「母」の立場にいる女性を細分化していた。「まま子」譚と関係のあるのは次のような概念である。妾の子が正妻を「嫡母」と呼び、正妻の子が父親の妾を「庶母」といい、正妻が早世し、父の再婚した後妻を「継母」といい、さらに産みの母を亡くした妾の子が父の指定した他の母代わりの妾を「慈母」という(1)。中国の孝子説話ないしグリムのシンデレラ物語では、「継母」が亡くなった正妻の子「継子《けいし》」を苛める話であるが、日本の平安時代の「まま子」譚を読んでいると、「継母」にあたるのは往々にして嫡母であり、「継子」にあたるのは庶子女であることに気がつく。そのことは、日本における孝子説話などにみえる「継子」譚の受容、日本の「まま子」譚の特徴を考えるに、見逃してはいけない現象であると考える。したがって、以下は日本における「嫡〜」「庶〜」「継〜」「異〜」の用語の受容を考察した上で、平安時代における「まま子」譚の特徴を指摘したい。

一、記紀における「嫡」「庶」「異」の用法

『古事記』には「継母」「継子」の用例は見当たらず、「嫡后」「嫡妻」「庶母」「庶兄」「庶兄弟」「庶妹」の用例のみが見出される。「畏其適妻須世理毘賣」(2)（大国主神）、「其庶兄當藝志美美命。娶其嫡后伊須氣余理比賣」（神武記）、「又娶庶母伊迦賀色許賣命」（開化記）などにみるように、「嫡后」「嫡妻」「庶母」「庶兄」の用法に中国的な「嫡」「庶」の理解と一致するが、「庶兄弟」「庶妹」の用例には以下のように「異母兄弟」「異母妹」

にあたる用例が見出される。

（1）其汝所持之生大刀。生弓矢以而。汝庶兄弟者。追伏坂之御尾。亦追撥河之瀬而。意禮〈二字以音〉爲大國主神。

（2）橘豊日命。坐池邊宮。治天下參歳。此天皇。娶稲目宿禰大臣之女。意富藝多志比賣。生御子。多米王。〈一柱。〉又娶庶妹間人穴太部王。生御子。

（1）は黄泉比良坂から逃げ出した大穴牟遅神に須佐之男命が捧げた祝言。大穴牟遅神とその兄弟の八十神の嫡庶の関係は語られておらず、「庶兄弟」を新編全集が「腹違いの兄弟」と訳しているように、異母兄弟の意味と捉えられる。（2）は用明天皇記に見える記述である。欽明天皇の皇后は石比売命であって、間人穴太部王の生母は小兄比売で、用明天皇の生母岐多斯比売はその姨にあたる。(3) つまり用明天皇は嫡出ではなく、間人穴太部王は天皇の異母妹である。

『日本書紀』にも「継母」「継子」の用例がない。それに書紀では、「嫡后」「嫡妻」の表現は見えなくなり、「正妃」「庶妃」が使われるようになった。たとえば、「宣化紀」には「立前正妃億計天皇女橘仲皇女為皇后。……前庶妃大河内稚子媛生一男」とあり、「天武即位前紀」には「納天命開別天皇女菟野皇女、為正妃。天命開別天皇元年、立為東宮。」とある。そのかわり「嫡」は天皇の出自を語る用語として使われた。継体天皇元年三月甲子の日に、「立皇后手白香皇女、脩教于内。遂生一男。是為天国排開広庭尊。是嫡子而幼年。於二兄治後。有其天下。」とあり、皇后腹の後の欽明天皇である天国排開広庭尊を「嫡子」とし、幼少であるため、二人の兄の治世の後に天下を治めたと説明している。後の「欽明即位前紀」にも「天国排開広庭天皇。男大迹天皇嫡子也」と、その嫡子の身分が強調されている。

さらに、『古事記』でみたような「異母兄弟」を「庶兄弟」とするような例もみられる。用明天皇二年四月丙午の条は天皇崩御直前の情勢に関する記述であるが、「皇弟皇子」の注として「皇弟皇子者穴穂部皇子。即天皇庶弟」と付されている。すでに述べたように用明天皇は嫡出ではない。また『書紀』では用明天皇の生母と穴穂部皇子の生母は同母姉妹であるので、穴穂部皇子は天皇の異母弟にあたる。

以上のような用例がある一方、「異母弟」という用語も確実に使われるようになった。仲哀天皇元年閏十一月戊午条に、父王日本武尊を追慕する天皇が諸国に白鳥を献上させるが、その献上された白鳥に無礼を働いた蒲見別王を誅殺する事件が語られる。その終りに、「蒲見別王則天皇之異母弟也」と説明している。腹違いを「異母」と表現するもっとも早い例かと思われる。以降の史書には異腹の兄弟姉妹を「庶」で表現する例は見出せない。

要するに、記紀には「庶母」と「異母」はともに腹違いの意味で使われることがある。『令集解・喪葬』に以下のような服喪についての説明がある。

> 嫡母　古記云、妾之男女、謂父嫡妻為嫡母。々々為妾子、無報服也。俗云麻々母也。
>
> 継父　古記云、母之後夫為継父。々々為妻之前夫男女、無報服也。俗云麻々父也。
>
> 異父兄弟姉妹　古記云、異父同母、故曰異父、既異姓、故服降身之兄弟姉妹一等、俗云麻麻波良加良也。(4)

「嫡」「継」「異」と漢字表記こそ異なっているが、産みの親ではない、または腹違い兄弟である場合はともに「麻麻〜」と呼ばれていた。『新撰字鏡』にも、「継父　万々知々　庶兄　万々兄　嫡母　万々波々」（親族部十三）とある。(5) ということは、中国の「嫡」「庶」「継」「異」などの概念が輸入される前に、日本にはすでに「まま〜」という俗語が存在し、産みの親かどうかのみによって家族成員が関係付けられていたことが窺える。

二、『源氏物語』における「まま子」譚の種種相

中国の孝子説話にみられる「継子」苛め譚は、後妻になった継母が先妻の子を苛める話で、それも多くの場合、相続権のある嫡長子を苛める話である。しかし、平安の「まま子」譚は多くの場合、『落窪物語』に描かれているような嫡母が庶出の娘を苛める話である。『源氏物語』にはさまざまの「まま子」譚が語られているので、以下は作品に見える親子関係を中国的に分類し、「まま子」譚を分析してみる。

1．庶母と嫡子女

①花散里—夕霧
②玉鬘—真木柱
③玉鬘—太郎・次郎
④中将の君（浮舟の母）—大君・中君

①の花散里は中国の慈母のような役割を果たすが、ただ夕霧は嫡長子にあたる。②③の玉鬘は鬚黒の後妻のような存在ではあるが、真木柱たちの生母がまだ生きているし、離縁したことにもなっていないので、庶母であると考える。④中将の君は後に八宮に追い出されているが、八宮家に住んでいたころは大君・中君にとって庶母に似た存在であろう。庶母が嫡妻の子を苛めるような例は見られない。

2．庶母と他出の庶子

①藤壺—光源氏

藤壺は後に立后されるが、それまでは弘徽殿女御が桐壺帝の正妻と考えられる

ので、藤壺の役割は中国の慈母に相当する。光源氏と藤壺の恋は、あるいは拘挐羅伝説や舜子説話に見られる継母が継子を邪恋する話の逆応用と見ることもできる。

3. 継母と継子女

①紫の上―夕霧
②空蝉―軒端荻
③空蝉―紀守
④真木柱―紅梅大納言の娘たち
⑤中将君（浮舟母）―常陸守の先妻の娘たち

①について、紫の上は女三宮降嫁までは光源氏の後妻で正妻にあたる。五例はともに後妻と先妻の子供たちとの関係である。①③では前項のように継子の邪恋が語られ、②④のような睦まじい継母と継子関係が語られている。⑤では、常陸守が中将君と再婚したころに、先妻の娘たちがすでに結婚しているため、苛めることもなかったろう。これは「継子」虐めの典型的な関係であるが、苛めが発生していないのである。

4. 継父と継娘

①光源氏―玉鬘
②光源氏―秋好中宮
③紅梅大納言―真木柱の宮の御方
④按察大納言―雲居雁
⑤常陸守―浮舟

②と③の場合、継娘にあたるのは正妻の子で、実父が亡くなっている。①④⑤の継娘は庶出で実父も健在であるが、④は実父と同居しているため継父と具体的な関係をもっていなく、①⑤は実父に知られていないか認められていない存在である。そして、⑤を除いてともに継父と継娘の関係は睦まじい。かわりに、光源氏が継娘玉鬘・秋好中宮に、紅梅大納言が真木柱の宮の御方に恋心を抱くという発展ぶりを見せている。⑤についてはさらに次項で述べる。

5. 嫡母と庶出の子女

①弘徽殿大后―光源氏
②兵部卿（式部卿）の北の方―紫の上
③四君（頭中将の北の方）―玉鬘
④兵部大輔の妻―大輔命婦（末摘花の巻）
⑤蜻蛉式部卿宮の北の方―蜻蛉式部卿の御娘（蜻蛉の巻）
⑥紫の上―明石の姫君
⑦落葉宮―六君
⑧四君（頭中将の北の方）―雲居雁
⑨承香殿女御―女三宮

①②は生母が亡くなり、嫡母から直接または間接に虐待を受けた例である。③の場合、四君は玉鬘を苛めたわけではないが、その母親の夕顔がその苛めを受け、五条あたりに隠れ住むようになったから、間接的に苛めを受けたとも考えられるし、

玉鬘自身も自分は住吉の姫君のような「まま子」譚の代表だと考えていた。[6] ④と⑧は、継娘の生母がともに実父と離縁し、再婚している。夕顔のような立場にいた女性たちであろう。⑥と⑦であるが、紫の上と落葉宮はそれぞれ正妻格であり、明石姫君と六君の生母も健在で、それに作者は紫の上と落葉宮を実子のいない女性と設定し、①②の話とは逆の庶娘を愛しむ嫡母を造形している。⑤の場合であるが、作品では「まま母」の具体的な情報はなく、新編全集の頭注では、後妻が先妻の娘たちを虐待するように解釈しているが、この「まま母」が「まま娘」を自分の兄と結婚させようとしているところは、[7]明らかに『落窪物語』の影響を受けており、嫡妻と庶出の娘の関係と解したほうが適切かと思われる。⑨では、東宮の母親承香殿女御は中宮ではないが、東宮の母であり、皇太后になることは間違いないので、嫡母格と考えられる。朱雀院が出家の準備をするにあたり、女三宮の後見を東宮とその母親承香殿女御に依頼するが、女御は女三宮の生母との関係がよろしくなかったから、心を込めて面倒を見ることもしなかった。

三、平安時代「まま子」譚の特徴

以上の分析で分かるように、『源氏物語』に描かれている「まま子」譚では苛め行為が「嫡母と庶出の子女」の関係に集中しているのである。これで思い出されるのは若紫の失踪を聞き知ったときの兵部卿宮北の方の思惑である。

> 北の方も、母君を憎しと思ひきこえたまひける心もうせて、わが心にまかせつべう思しけるに違ひぬるは口惜しうおぼしける。
> （新編全集「若紫」①二六〇頁）

兵部卿宮北の方が若紫の「母君を憎しと思」う気持ちは、桐壺更衣を苛めた弘徽殿女御、夕顔に脅迫状を送った四君と共通しているに違いない。[8] 庶出の子女を虐めることは、まさにこのような正妻が庶妻に対する嫉妬の気持ちの延長線上にあるものである。それは『古事記』において「嫉妬」が「うはなりねたみ」と訓まれ、[9]記紀では嫉妬するのは皇后のみであることと関連していよう。[10]

そのかわり、後妻の場合、先妻との間に以上のような嫉妬関係がないため、苛めの動機が欠けてしまう。たとえば、空蝉のように、継子女がすでに成人していて、軒葉荻とはむしろよき遊び相手である。継母から実子が生まれたとしても、年齢差があるので、結婚相手をめぐっての苛めは生じがたい。グリムのシンデレラ物語にもっとも近い例は真木柱と紅梅大納言の娘の例であろう。真木柱は蛍兵部卿宮の御方を連れて紅梅大納言と再婚し、宮の御方は紅梅大納言の先妻の娘たちとともに結婚適齢期である。真木柱は実娘のために動くことなく、大納言の意向どおりに大君を東宮に入内させ、中君を匂宮と結婚させた。正反対の例は浮舟とその継父常陸守である。浮舟と結婚相手争いになるのは常陸守の先妻の娘ではなく、同母異父の妹であるが、継父の働きによって浮舟の縁談が破綻してしまう。この二例で娘の結婚における父親の役割が窺える。『落窪物語』のように嫡妻が嫡出の娘のためにではなく、後妻が父親と血縁関係のない娘のために動くのはやはり無理であろう。[11]中国の、また日本中世の継子譚に、虐めは父親の留守中に行われることが多いのもそのためであろう。

　さらに、この二例で気になるのは継娘たちの実父である。蛍兵部卿宮は亡くなり、八宮は浮舟の存在を認めなかった。つまり宮の御方と浮舟には頼れる実父がいなかったので、母の再婚相手と生活するようになったのである。現に大輔命婦と雲居雁の生母は彼女たちを残して再婚しているように、子供は母方で育てられていたとは言え、母親が再婚する場合、子供はむしろ父親に引き取られるのが普通であったと思われる。[12]

むすび

　『宇津保物語』を除く他の平安時代の物語に描かれているのは「嫡母の腹汚き」物語であるといえよう。産みの親ではないことを意味する和語「まま」に「継」を一律に当てることによって、今まで、平安時代の物語に見えるさまざまな「まま子」譚が「継子」譚として扱われてきたのである。嫡母と継母を区別しないのでは、『宇津保』の忠こその話がいかに漢文化的で、『夜の寝覚』の中の君についての描写がいかに平安的であるかは了解されないであろうし、中世の継子譚との相違も見えないであろう。

注

(1)　たとえば、『元典章』「礼部巻之三」に「三父八母服」という服喪についての規定がみえる。『元典章』②一〇五七頁（中華書局・天津古籍出版社、二〇一一年）。

(2)　「適」は「嫡」に通ずる。なお本論における『古事記』『日本書紀』の引用は新編日本古典文学全集による。

(3)　『日本書紀』では、前者を後者の同母妹とする（欽明紀）。

(4)　国史大系24『令集解』九七二―九七三頁。

(5)　京都大學文學部國語學國文學研究室編『新撰字鏡：天治本 附 享和本・群書類従本』増訂版（臨川書店、一九六七年）。

(6)　「蛍」巻に「住吉の姫君のさし当たりけむをりはさるものにて、今は世のおぼえもなほ心ことなめるに、主計頭がほとほとしかりけむなどぞ、かの監がゆゆしさを思しなずらへたまふ。」とある。新編全集『源氏物語』③二一〇頁。

(7)　「蜻蛉」巻に「この春亡せたまひぬる式部卿宮の御むすめを、継母の北の方ことにあひ思はで、兄の馬頭にて人柄もことなることなき心かけたるを」とある。『源氏物語』⑥二六三頁。

(8)　嫡母格の承香殿女御も女三宮の後見を依頼されるが、「母女御の、人よりはまさりて時めきたまひしに、みないどみかはしたまひしほど、御仲らひどもえうるはしからざりしかば、そのなごりにて、げに、今はわざと憎しなどはなくとも、まことに心とどめて思ひ後見むとまでは思さずもやとぞ推しはからるるかし」と推測されているように（「若菜上」④二〇頁）、親の愛憎が子供との関係にまで引きずっていることは明らかである。

（9）『古事記』上巻、大国主神の適后「須勢理毘売命甚為嫉妬」とある「嫉妬」は「うはなりねたみ」と訓まれる。

（10）拙稿「《源氏物語》中〝妒嫉〟的文学文化史内涵」《日本文学研究：历史足迹与学术现状》（译林出版社、二〇一〇年八月）。

（11）石川信夫は、真木柱の家庭生活は不幸の連続であったため、紅梅大納言との間に幸福な家庭生活を強く求めていたので、継子のために尽くしたと論じる。「源氏物語の継親と継子——三代、四代にわたる継母娘関係をめぐって」（『平安文学の風貌』武蔵野書院、二〇〇三年）。

（12）大輔命婦について、「継母のあたりは住みもつかず、姫君の御あたりを睦びて、ここには来るなりけり」（「末摘花」巻①二六八頁）とあることから、命婦は父親とともに嫡母の家に住むのが本来であろう。

【Ⅲ 東アジアの文学圏】

日本古代僧侶の祈雨と長安青龍寺
——円珍「青龍寺降雨説話」の成立背景を考える

高 兵兵

唐の都長安城内にあった青龍寺は、空海や円仁など数多くの日本僧侶が訪れたことで知られ、東密の成立をはじめ、日本仏教に多大な影響を与えていた。十世紀の初め、唐の滅亡と共に青龍寺も滅びたと見られ、以後、歴史の表舞台から姿を消した。ところが、日本の漢文文献や説話の世界では、青龍寺はそのあともしばしば登場する。結論から言うと、とりわけ日本僧侶の祈雨が長安青龍寺と深い関わりを持っている。本論では、円珍の青龍寺降雨説話から切り出し、平安時代の漢文文献を中心に、入唐・入宋僧の祈雨と長安青龍寺の関係を整理してみたい。

がお・びんびん——西北大学文学院教授、西北大学日本文化研究センター主任。専門は日本漢文学、和漢比較文学。主な著書・論文に『雪・月・花——由古典詩歌看中日審美之異』（三秦出版社、二〇〇六年）、「菅原道真の〈贈物詩〉をめぐって」（『中古文学』七八、二〇〇六年十二月。中古文学会創立四十周年記念中古文学会賞受賞論文）、「平安京周辺の「山水景勝」の場における文学活動をめぐって——『本朝文粋』の詩序を手がかりに」（王成・小峯和明編『東アジアにおける旅の表象』アジア遊学一八二、勉誠出版、二〇一五年）などがある。

一、円珍と青龍寺

（一）円珍帰朝後雨を降らせて長安青龍寺の火を消した話

『今昔物語集』巻十一「智証大師亘宋伝顕蜜法帰来語第十二」に、次の話が載っている。

其後、天皇重ク帰依セサセ給テ、比叡ノ千光院ニ住給ケル程ニ、俄ニ弟子ノ僧ヲ呼テ、「持仏堂ニ有ル香水取テ持来レ」ト宣ケレバ、弟子ノ僧香水持来レリ。和尚散杖ヲ取テ香水ニ湿テ、西ニ向テ空ニ二度灑キ給ケルニ、弟子ノ僧是ヲ見テ怪ムデ、「是ハ何事ニテ此ク灑カセ給フニカ」ト問ヒ申ケレバ、和尚ノ宣ハク、「宋ノ青竜寺ハ、物習ヒシ間、我ガ住シ寺也。只今、其寺ノ金堂ノ妻ニ火ノ付タリツレバ、消タムガ為ニ、香水ヲ灑キツル也」ト。弟子ノ僧是ヲ聞テ、何事ヲ宣フトモ不悟シテ、心不得シテ止ニケリ。

其次ノ年ノ秋比、宋ノ商人ノ渡リケルニ付テ、「去年ノ四月□日、青竜寺ノ金堂ノ妻戸ニ火付タリキ。而ルニ、丑寅ノ方ヨリ俄ニ大ナル雨降リ来テ、火ヲ消テ金堂ヲ不焼成ニキ」ト云フ消息ヲ、和尚ノ御許ニ彼青竜寺ヨリ奉レリ。其時ニナム、彼ノ香水取テ持来レリシ僧、「和尚ノ香水散シ給ヒシハ、然ニコソ有リケレ」ト思ヒ驚テ、他ノ僧共ニ語テ貴ビケル。「此ニ御シ乍ラ、宋ノ事ヲ空ニ知リ給フハ、実ニ是ハ仏ノ化シ給タルニコソ有リケレ」ト云テナム、皆悲ミ貴ビケル。是ニ非ズ奇異ノ事多カレバ、世挙テ貴ビケル事無限シ。(1)

引用はやや長いが、まとめると、円珍が宋（唐）から帰朝したのち、ある日西に向かって香水をそそいだが、それは長安に雨を降らせて青龍寺金堂妻戸の火を消したと、明くる年に宋朝からの商人によって証された、という話である。同じ説話は、『打聞集』や良忠（一一九九～一二八七）述『觀經疏傳通記』にも見られ、(2)円珍のこの霊験譚は、少なくとも平安末期から世に一般的に知られていたと考えられよう。

円珍は、入唐僧の一人として知られ、従来、日本仏教史や古代日中交流史の研究においてはよく提起される人物である。ところが、同じ「降雨」の話でも、空海の神泉苑祈雨の話（『今昔物語集』巻十四「弘法大師修請雨経降雨語」に見る）と比べれば、円珍のこの「青龍寺降雨説話」は、いままであまり論及されることがなかったようであり、また、唐王朝滅亡以後の長安青龍寺の消息なども、あまり注目されていないように思う。(3)本論では、漢詩文や仏教の文献を通して、この「降雨」説話の成立に関わることを考えてみたい。

（二）入唐八家と長安・青龍寺

唐の都長安は、当時中国の政治、文化の中心地であると同時に、仏教の聖地でもあった。長安城内外には寺院が林立し、各宗派の高僧が住んでいた。例えば、日本に律宗を伝えた鑑真和尚も七〇九年に長安実際寺で具足戒を受けていた。長安仏教の名が日本にも知られ、数多くの日本僧侶が遣唐使船に乗って入唐し、仏法を求めて都長安を目指していた。長安の仏寺の中で、空海、円仁、そして円珍ともに訪れた大興善寺、西明寺、青龍寺の三つが、入唐僧がもっとも数多く訪れた寺院であった。

表1は、この三寺院を訪れた主な入唐僧の名を列挙したものであるが、(4)中でも青龍寺は、円珍を含む「入唐八家」の中の六人もが訪れており、三寺の中で日本仏教ともっとも関係

表1　長安主要寺院と入唐僧関係一覧

長安の寺院（括弧内は所在の坊と広さを示すもの）	関係の僧侶（括弧内は宗派を示すもの）
大興善寺（靖善坊全域）	玄昉（律）、空海（密）、円仁、円珍（台）、宋叡
西明寺（延康坊西南隅）	永忠（律）、空海、円載（台）、円珍、円覚、真如、宗叡
青龍寺（新昌坊南門西）	空海、円仁、円載、円行、恵運、円珍、真如、宗叡

が深いと言えよう。

大興善寺は、都のほぼ中央に位置し、隋代に創立されて以来、国寺の地位を持っていた。それで、長安に入った高僧は、最初大興善寺に迎えられることが多い。中でも、密教祖「開元三大士」の一人である不空三蔵が二十年も住持を務めていたことは有名である。空海、円仁そして円珍も大興善寺を訪れ、不空の舎利塔を拝見している。

西明寺は、高宗皇帝が玄奘三蔵のために建てた寺院として知られるが、律宗の創立者道宣や『法苑珠林』の著者道世玄惲、そして密教祖の一人善無畏が皆この寺院に住んだことがある。西明寺は、西市の至近に位置し、その一帯が外国人の溜り場であるため、入唐僧が長安に入った最初は西明寺で一旦留まることが多かった。

一方、東の城壁沿い、延興門の内側の小高い丘「楽遊原」の上に位置する青龍寺が、多数の日本僧侶を惹きつけたのは、不空三蔵の弟子、空海の師である恵果が住んで以来、そこは密教の根本道場となったからであろう。空海が恵果から衣鉢を受けて帰国した後に創った真言宗がたちまち盛んとなったため、以来、青龍寺は入唐求法・巡礼僧の心中の聖地となった。

天台僧であった円珍も、八五五年に唐の都長安に至り、青龍寺で当時の法全和尚から潅頂を受けた[5]。「牒、円珍為巡礼天台山、五臺山、並長安青龍興善寺等、詢求聖教」（『平安遺文』一〇四「延暦僧円珍牒」）とあるように、円珍は青龍寺を長安行きの第一の目的地と考えていた。

二、入宋僧による青龍寺の動向

（一）成尋と円珍の間

円珍が結局五台山に行くことはなかったが、彼の牒文に書いたように、「天台山、五台山、並長安青龍興善寺等」は、入唐僧たちが計画した巡礼のモデルコースだったと言えよう。

円珍より先には、円仁が五台山と長安、円載が天台山と長安、そして円覚と恵運がこの三箇所を全部巡っている。

時代が下って二百年余り、入宋僧成尋が宋の朝廷に出した表の題に「大日本國延歴寺阿闍梨大雲寺主傳燈大法師位臣ム、欲乞天恩、巡禮五臺并大興善寺青龍寺等聖跡」(『参天台五臺山記』巻一「熙寧五年六月」)と、円珍の牒に酷似している語句が見られ、また文中には「その帰りに、天台山にも修行に行きたい」とある。[6] つまり、成尋は、円珍ら入唐僧の目指した「天台、五台、長安(青龍寺)」という三つの聖地をそのまま辿ろうと考えていたのである。

成尋は『参天台五臺山記』の中で、「成尋是天台宗智證大師門徒」(巻七)とはっきり言っている。そうであれば、円珍牒との語句の類似も偶然ではなく、それは成尋が祖師の跡を慕って行ったことの証と言えよう。

成尋は青龍寺に行く理由について、宋の朝廷への表に「至於真言經儀軌、持參青龍寺經藏、糺其訛謬。」(『参天台五臺山記』巻一「熙寧五年六月」)と書いている。青龍寺の経蔵で日本から持ってきた真言の経典や儀軌を校正したいという。それらの経典や儀軌は、きっと円珍が青龍寺から請来したものより伝わってきたと容易に想像がつく。

(二)成尋入宋時の青龍寺

青龍寺へ行って自分の持つ仏典経典の校正をやりたい、というのはかなり具体的なプランである。成尋はそれがきっと実現できると信じて、日本から経典を持ってきたと思われる。つまり、当時の日本においては、青龍寺の名声と地位が九世紀の時と変わりがないことを示している。

『参天台五臺山記』によれば、成尋入宋後、五台山と天台山は計画通りに行ったと分かるが、長安まで行った痕跡を残していない。[7] もはや、成尋が入宋した十一世紀後半期において、長安、そして青龍寺は、行ける状態ではなかったろう。

『舊唐書』巻十八下「宣宗本紀」に「宣宗会昌六年(八四六)五月、(中略)青龍寺改名為護国寺。」とあるが、これは中国の史料で確認できる青龍寺最後の記録となっている。現在の通説によると、唐宣宗大中九年(八五五)にまた「青龍寺」の名に回復して、二十年ほど続いたが、宋元裕元年(一〇八六)を以って完全に廃寺となったそうであるが、出典はさだかではない。逆に、「八五五に青龍寺の名に回復して、二十年ぐらい続いた」という説は、円珍や宗叡等の日本僧の資料に基づいたものと考えて妥当であろう。

次に引用する宋の李復の詩が、筆者が調べて確認できた、十一世紀前後の長安青龍寺の状況を伝えるものである。

登青龍寺

疏爽巖邊寺、秋登更晩晴。
連岡横野斷、遠水隔雲明。
廃井余荒甃、殘碑有舊名。

幾經兵火劫、禾黍徧新耕。

李復は一一五二年に生まれ、世に「潏水先生」と称される。開封出身であるが、後に京兆に移って長安人となった。一一二八年に金人が「秦州」を陥れた際に金国に連れ去られ、戻ることはなかったという。(8)

「潏水先生」の「潏水」は、長安城南郊外の川の名前である。右の「登青龍寺」のほかに、「過香積寺」や「曲江」など、荒れ果てた長安の姿を詠む詩が複数見られることから、李復が詠んだのは間違いなく長安の青龍寺だと分かる。

李復の詩によると、当時の青龍寺は、井戸が廃棄され、石碑が欠け、幾たび兵火の劫を経て、寺院がすでに田野と化していたという。長安は十世紀のはじめに唐の滅亡とともにだいぶ廃れたらしい。その後、五代の戦乱を経て、また十世紀の半ば宋王朝が汴京（今開封）に都を立てたことで、政治や文化の中心が東のほうに移り、長安がますます荒涼となっていったことは想像に難くない。

成尋が当時長安と青龍寺の状況を知らずに、青龍寺経蔵での具体的な作業まで計画して宋に入ったが、宋で情報を知り長安へ行くことを断念したと考えられよう。

(三) 奝然の入宋と長安・青龍寺

長安や青龍寺に関する情報が日本に伝わらなかったのはまず、日本朝廷が八九四年に菅原道真の諫言を受けて遣唐使派遣を廃止して以後、保守的な外交姿勢となり、日中の間が国交断絶状態であったこととは無関係ではなかろう。もう一つは、奝然の先例があるからであろう。実は、成尋より百年足らず昔に入宋した奝然も、五台山のついでに青龍寺へ行こうと考えていた。

平安時代の漢詩文集『朝野群載』巻二十「異国」の項に、天元五年（九八二）八月十五日付の次の牒が収められている。

日本國東大寺牒大唐青龍寺　　傳燈大法師位奝然

牒。往年祖師有空海大僧正入唐、受法恵果大和尚。聖教東流以降、殆垂二百載也。我朝入覲久絶、書信難通。滄海自隔、雖為一天之參商、白法是同、寧非八代之弟子。件奝然遙赴大方、慕禮聖跡。潢汗之間、顧鼇海而既孀、朝大之光、望烏景而不息。期於必遂、理不可奪。乞也察狀、將慰萬里泣跂之心、令得五臺指南之便。謹牒。(9)

これは、奝然入宋の際に持参した青龍寺宛ての牒文である。国交が断絶し、音信が不通だった状態を訴えたあと、師空海の第八代弟子として「聖跡」を礼拝したいと言っている。

しかし、入宋後の奝然と弟子等は、天台山と五台山巡礼のあと、洛陽までは足を伸ばしたものの、結局長安へ行かずに汴京に戻り、のちに「優填王所造栴檀釈迦瑞像」を模造して日本に持ち帰ったのである。[10]

奝然らが長安青龍寺へ行かなかった理由の一つは、牒文にもあるように、青龍寺をあくまでも「五臺指南之便」を得ようと考えていたもので、宋朝廷の庇護の下で無事五台山へ行けたからには長安まで行く必要がなくなったと考えられよう。もう一つは、当時の長安はまだ宋王朝の管轄下ではなかったので、[11]行こうとしても行き難かったのではなかろうか。

ところが、奝然在宋中、長安へ行かなかったものの、長安に関する情報を多少耳にしている。彼は洛陽で、五十年ぐらい前に寛建らと一緒に入唐した日本僧超会の口から、「澄覚等長興年中入京、詣五台山及遍礼諸方聖跡、到鳳翔・長安・洛陽城等」[12]と聞いている。結局、これは、日本人が知る長安最後の情報となった。成尋の入宋まで一五〇年ほどの隔たりがある。[13]

成尋は入宋の際、奝然の在宋行跡、そしてその在唐日記及びそこに記された超会の語ったことなども皆知っており、[14]奝然の在宋情報にだいぶ頼っていたとも考えられる。奝然も成尋も、長安青龍寺が空海や円珍等が行ったころと同じように存在していると認識していたのであろう。そして、それは当時の日本人の一般的な認識でもあったろう。つまり、**表2**を見て分かるように、十世紀以降の長安を、当時の日本僧侶がまったく目にしておらず、青龍寺は九世紀半ばに円珍らが伝えた様子のまま、日本人の観念の中に存在していたと言えよう。だからこそ、青龍寺は永遠の聖地となったのかもしれない。

三、成尋が語った祈雨の系譜と青龍寺

（一）成尋が宋で祈雨に成功した後宋人に語った事

論はしばらく本題から外れたように感じさせたかもしれないが、実は成尋が、円珍と雨の話に大いに関わりがある。『参天台五臺山記』巻七に、次の一段がある。

> 行事張大保來談話。問云：日本國亦有如阿闍梨祈雨得感應人否。答云：多多也。就中真言宗弘法大師、於唐朝從青龍寺惠果和尚受「請雨經」法、歸本朝後、依官家請、於神泉苑修「請雨經」。時修圓僧都成嫉妬心、驅諸龍納水瓶。而弘法大師祈雨壇上茅龍穿堂上、登天降大雨。後年又修祈雨法於神泉苑池邊上、金色龍乘黑龍背出現、弘法大師并弟子高僧惠實大僧都・真濟僧正・真雅僧正・真然僧正等十人、同見金色龍、餘人不見。大師云此金色龍是無熱池善如龍王之類也云云、其後大雨普下。從其以來、

表2　入唐・入宋僧主要行跡一覧（九〜十一世紀）

人名	入唐（宋）年代	長安（＊は青龍寺）	洛陽	五台山	天台山	汴京（開封）
霊仙	八〇三（延暦二十二）（在唐約二十年）	○		○		
空海	八〇四（延暦二十三）（在唐約二年）	○＊				
最澄	八〇四（延暦二十三）（在唐約一年）				○	
円仁	八三八（承和五）（在唐九年四ヶ月）	○＊	○	○		○
円載	八三八（承和五）（在唐約三十九年）	○＊	○		○	
仁好	八三八（承和五）（在唐約三十九年）				○	
常暁	八三八（承和五）（在唐約一年二ヶ月）					
円行	八三八（承和五）（在唐約一年半）	○＊				
恵蕚	八三九（承和六）、八四四（承和十一）?、八五四（斉衡初）?、八六二（貞観四）（在唐八年以上）			○		
円覚	八四〇（承和七）（在唐二十六年以上）	○	○	○	○	
恵運	八四二（承和九）（在唐約五年）	○＊		○	○	
円修	八四二（承和九）（在唐約二年？）				○	
円珍	八五三（仁寿三）（在唐約五年）	○＊	○		○	
智聡	八五三（仁寿三）（在唐二十四年）	○	○		○	
宗叡	八六二（貞観四）（在唐四年四ヶ月）	○＊	○	○	○	○
真如	八六二（貞観四）（在唐約四年）	○＊	○			○
寛建	九二七（延長五）					
澄覚	九二七（延長五）	○	○	○		○
寛輔	九二七（延長五）			○?		○
超会	九二七（延長五）					○
寛延	九四六以前（天慶年間）					
日延	九五三（天暦七年）				○	

奝然	九八三（永観一）（在宋三年）		○	○	○	○
成算	九八三（永観一）（在宋三年？）		○	○	○	○
祚壹	九八三（永観一）（在宋六年以上？）		○?	○?	○?	○?
嘉因	九八三（永観一）、九八八（永延二）（在宋三年以上）		○	○	○	○
寂照	一〇〇三（長保五）（在宋三十二年）			○	○	○
念救	一〇〇三（長保五）、一〇一五（長和四）（在宋十三年以上）					
元灯	一〇〇三（長保五）					
覚因	一〇〇三（長保五）					
明蓮	一〇〇三（長保五）					
紹良	一〇二八（長元初）				○	
慶盛	一〇四九（永承四）？					
成尋	一〇七二（延久四）（在宋九年）			○	○	○
頼縁	一〇七二（延久四）（在宋一年以上）			○	○	○
快宗	一〇七二（延久四）（在宋一年以上）			○	○	○
惟観	一〇七二（延久四）（在宋一年以上）			○	○	○
心賢	一〇七二（延久四）（在宋一年以上）			○	○	○
善久	一〇七二（延久四）（在宋一年以上）			○	○	○
聖秀	一〇七二（延久四）					
長明	一〇七二（延久四）					
仲回	一〇七八（承暦二）					
戒覚	一〇八二（永保二）（在宋一年以上）			○		○

＊斎藤圓真『天台入唐入宋僧の事跡研究』、木宮泰彦『日華文化交流史』、『対外関係史辞典』、『対外関係史総合年表』などによって作成した。「?」付きは、まだ定説となっていないもの。

真言宗修此秘法必感大雨。近五十年來、見仁海僧正修此法毎度感雨、世云雨僧正。其弟子現有成尊僧都修「請雨經」法、感大雨。
張大保重問云：闍梨何不修請雨法、修法華經云。答云：成尋非真言宗、非弘法大師門徒、不學「請雨經」法。真言宗中尚傳此法人兩三人、深秘口傳、況他宗哉。成尋是天台宗智證大師門徒、祖師從青龍寺法全和尚究學真言、秘奥有「水天祈雨」、秘法有「俱哩迦龍祈雨法」。智學傳受而修法花經所以者何、唐光宅寺雲法師講法華經祈雨、（中略）因之修此法感雨也。

やや長い漢文となっているが、重要な内容なので、引用しておく。これは、成尋が熙寧六年三月宋の朝廷の要請を受け、三日間にして祈雨に成功した後、官吏張大保との間の問答である。張大保の質問に答える形となっているが、非常に詳しく且つ明瞭に祈雨の系譜を語っている。内容を見ると、日本の祈雨はほぼ青龍寺に由来し、空海そして円珍とも大いに関わりがあるとされている。

（二）成尋が語った祈雨法の系譜

成尋が語った祈雨の系譜をまとめると、次の三種類になる。

・請雨経法：青龍寺恵果—空海—恵實・真濟・真雅・真然—仁海—成尊
・水天祈雨・俱哩迦龍祈雨法：青龍寺法全—円珍…成尋
・法花経祈雨：唐（実は「梁」）光宅寺雲法師…成尋

一つ目は、空海が青龍寺恵果から受けた真言宗の秘法で、近くは「雨僧正」と呼ばれる仁海やその弟子に受け継がれているという。しかし、成尋は天台僧としての自負を以ってしてか、敢えてそれを用いず、自分が別の祈雨法でやったと言い張っている。一つは、祖師円珍が青龍寺法全に学んだ真言の学にあるという「水天祈雨」と「俱哩迦龍祈雨法」[15]、もう一つは、「唐光宅寺雲法師」に由来したという法華経の祈雨法である。

空海の祈雨に関しては、帰国後の天長元年（八二四）に神泉苑で祈雨に成功したという言い伝えがあるし[16]、その弟子の真雅たち、そして仁海に受け継がれる真言宗の祈雨は、源流がはっきりとしたものになっている。少なくとも仁海（九五一～一〇四六）の祈雨をめぐっては、他の現存資料からでも証明できる。仁海の祈雨に関わるものとして「小野僧正請雨行法賀雨詩」と通称される詩集が現在に伝わっており、しかも近年に、仁海の師元杲と弟子の定賢の祈雨に関する資料も含むこの詩集の異本『早大本賀雨詩』が見つかっている[17]。「小野僧正請雨行法賀雨詩」は、長元六年（一〇三三）六月仁海が神泉苑で行った祈雨に対して、天台座主慶命と源師房などの官僚たちが唱和したものであり、[18]仁海自身の詩も入っている。ようするに、仁海の時代においては、祈雨活動が実際に行われたようであり、しかもそれが天台宗や貴族の間でも評判となっていたのである。

成尋が、自分の用いた祈雨法よりも延々と真言宗の祈雨の系譜を語ったのも、それが日本祈雨の主流であり、仁海等の名声が高かったからであろう。逆に、円珍が法全に習ったという二種類の祈雨法やもう一つの「法華経祈雨」に関して、成尋はそれほど語っていない。ただ張大保に問い詰められ、逃げ言葉として適当に答えたような、かなり自信がなさそうな言い方となっている。第一、成尋が宋で祈雨に成功した話は、彼自身の『参天台五臺山記』のこの記事にのみ見られるもので、真実性が疑われる。[19]

思うに、論の冒頭に挙げた円珍の「青龍寺降雨説話」も、成尋が語った円珍と天台宗独自の祈雨法も、皆真言宗と対抗意識を持っての、天台僧たちによる作り話だった可能性が高い。

(三) 仁海と元杲

さきほど言及した「小野僧正請雨行法賀雨詩」に見られる仁海の詩の末尾には、次のような長い自注が付いている。[20]

玄宗末年、亢旱連月、請金剛智令行祈雨法、霈然洪澍、一人珍敬、四海称歎、賜開府儀同位〈是正一品也〉。弘法大師為凡僧之時、始蒙宣旨、於神泉苑修祈雨法、任少僧都、並給東寺為一門庭。大僧都元杲蒙宣旨奉修同法三箇度、毎度有験、始任律師、次於神泉苑蒙少僧都宣命、後賜権大僧都職、贈私師元方。方今、仁海蒙宣旨三箇度祈雨、霊験毎度掲焉、初補律師、去今両年、未蒙其賞矣。

これには、金剛智、空海、元杲が祈雨によって出世した話が列挙されており、ちょうど後に成尋が語った系譜と補い合うように、真言宗祈雨の源流をよりはっきりと示してくれている。成尋が挙げた真言宗祈雨の系譜は、青龍寺恵果から始まっているが、仁海はさらに金剛智まで遡っている。金剛智や恵果の祈雨については、次の節に譲ることにして、ここでは、仁海の師元杲の祈雨に関する資料をとりあげよう。

一つは、さきほど少し触れた『早大本賀雨詩』所収のもので、菅原輔正が「醍醐元闍梨」すなわち元杲に贈った「賀雨詩」とそれに対する元杲の奉和詩の二首の七言絶句からなっている。[21]元杲の和詩の第三句は「神泉苑裏祖師跡」であり、そのあとに「弘法大師昔於此処始修此法」という注が付いていることから、これは元杲が祖師空海の方法を用いて神泉苑で祈雨を行ったことを詠む作だと分かる。

もう一つは、東寺観智院蔵反古に記され、『大日本仏教全書』に収められている「奝然元杲唱和詩集」というもので、(22)奝然と元杲の詩それぞれ二首ずつ並べてある。奝然の一首目の詩題が「奉感神泉苑祈雨御修法有霊験之什」とあることから、これらも元杲が神泉苑で祈雨を行った際の唱和詩だと分かる。

(四)元杲の祈雨と奝然の入宋

興味深いことに、この「奝然元杲唱和詩集」は、奝然の入宋と関わりがある。まず、奝然の二首目の詩を見よう。

神泉苑里奇何事、喜雨滂沱幾淺深。高野大師流布昔、醍醐法眼瀉瓶今。
欣龍滿底化含水、濕鴈雲中翥入霖。若此生臨唐竺境、應言請雨法甘心。

詩は神泉苑での祈雨が成功したことを賛美する内容であるが、「高野大師」は空海、「醍醐法眼」は元杲を指す。尾聯では「若しこの生涯において唐と天竺に行けたなら、請雨の法によって心が満たされていると言うべきだろう」とあり、元杲に対し入宋を勧めるような内容となっている。

これに対する元杲の答詩の尾聯は「適尋師跡雖弘道、愧変遠行随従心」とあり、そのあとに「相伴入唐之契、通事有憚稽留、故云」という注が付いている。これによると、元杲はもともと奝然と相伴って宋に渡る予定があったが、通事に憚りのことばを言われて留まることにしたと分かる。詩の末句は「一緒に遠行する意志を変えたことに愧じる」という詫びの意味であろう。

前節で触れたように、奝然は青龍寺宛ての牒文を持って入宋している。行く前に元杲とこの祈雨の詩を唱和したとしたら、そして祈雨に長じる元杲が同行の予定があったとしたら、これもまた真言宗の祈雨と青龍寺のつながりを示す手がかりの一つである。

(五)円珍と成尋――天台僧祈雨の虚構の可能性

奝然の跡を追って入宋した成尋が向こうで祈雨に成功し、宋人に語ったという日本の祈雨の系譜の中に、「雨僧正」の仁海が真言宗の祈雨秘法の後継者として挙げられているが、その仁海の師である元杲も実は祈雨に長じ、しかも奝然とともに入宋を望んでいた。ようするに、奝然と成尋の間には、青龍寺宛の文書を持って入宋した点で一致するほか、祈雨の事においてもつながりがあると考えられる。これはいったいどういうことであろうか。

奝然の入宋から成尋が入宋までの時代は、ちょうど元杲や仁海などが実際に神泉苑で祈雨を頻繁に行った時期にあたり、真言宗が祈雨によって朝廷の賞賛を浴び、非常に大きな誇りを持っていたことであろう。それで天台宗のほうは、真言宗の祈雨法と長安青龍寺に非常に興味があり、且つ羨むばかりに、慶命が仁海に「賀雨詩」を贈りつけたり、成尋が宋において天台宗独自の方法で祈雨に成功した話を作ったりしたと思われる。そして、偶然にも天台宗の円珍が青龍寺法全に習ったことがあるので、円珍が法全に祈雨法を受けたという話も作られたのであろう。冒頭に挙げた円珍の「青龍寺降雨説話」も、同じ時期に天台宗によって世に流されたと考えられる。

四、青龍寺と密教僧侶の祈雨

（一）「請雨経法」と恵果・不空

では、長安青龍寺に、空海が恵果に受けたという祈雨法は本当にあったのか。入唐僧円行が日本に持ち帰ったと言われる「大唐青龍寺三朝供奉大德行状」によれば、恵果と青龍寺の僧侶たちが貞元年間（八世紀末）に皇帝の勅命で何回も祈雨を行っていた[23]と分かるが、どんな方法で行ったのかについては描かれていない。

密教の経典に『大雲輪請雨経』二巻（『大正蔵』九八九・九九二）や『大雲経請雨品』（『大正蔵』九九〇）があることから、空海が用いたという「請雨経」の法は、この二つのどちらかであると考えられていた。[24]しかし、経は長大なもので、具体的にどんな作法で祈雨をするのか。恵果の師不空が訳した「大雲経祈雨壇法」（『大正蔵』九九〇）において非常に簡潔な作法を示している。それは、「昼夜虔誠読此大雲経、或二人三人乃至七人、更替読誦、経声不応間断。亢旱之時、如是依法読此大雲経、或経一日二日乃至七日、定降注甘雨。」とあるように、雨が降るまでひたすらに『大雲経』を誦読することであった。

しかし、不空の祈雨活動については、「大唐故大徳贈司空大辧正廣不空三蔵行状」（『大正蔵』二〇五六）で次のように書かれている。

是歲也（天寶五載）終夏愆陽、帝請大師入内祈雨。制日、時不得賒、雨不得暴。大師奏大孔雀明王經壇法、未盡三日、膏澤彌洽。皇帝大悦、……[24]

ここでは、『大雲経』ではなく、「大孔雀明王經壇法」を使ったという。『大孔雀明王経』も不空が訳したものであり、それによる「孔雀明王経法」は密教の重要な秘法の一つとして知られるが、それが真言宗の「請雨経法」なのではないか。例えば、前節でもすこし触れた『早大本降雨詩』に収められる「法橋御房祈雨孔雀経法霊験記」という資料であるが、それは仁海の弟子定賢が寛治三年（一〇八九）に「孔雀経法」を使って祈雨を行ったことの記録である。

ようするに、『大雲経祈雨壇法』も、『孔雀経』も、真言宗の「請雨経法」は、恵果の師である不空に由来するものであったことには間違いがなかろう。

(二)密教祖の祈雨

不空の功績は、祈雨に関する経典を訳し、作法を完備させ、密教の祈雨を定着させたことにあろうが、しかし、金剛智と善無畏のほかの密教祖にも、長安と洛陽で祈雨をして玄宗皇帝を喜ばせたという実績を持っている。(25) つまり、「開元三大士」と言われる密教三祖が唐の都を舞台に、競って祈雨の才能を見せ、一世風靡であったことが想像される。(26)

仁海の詩注に金剛智の祈雨に言及していることから、真言宗では当時「密教三祖」の祈雨事が知られていたことが推測できる。それは真言宗にとっては当たり前のことだったかもしれないが、世には、空海が学んだ恵果、そして青龍寺としかイメージを持っていなかったのであろう。

以上のことから考えれば、日本真言宗の「請雨経法」は、このように唐において密教祖金剛智、善無畏の祈雨活動があり、そして不空の功績によって密教の祈雨法として定着され、そのあと青龍寺恵果と空海によって受け継がれたというれっきとした系統が成り立つ。元杲や仁海の時代で、真言宗の祈雨活動が非常に盛んに行われたことによって、系統がより完備となり、空海の祈雨説が世に珍重されるようになったと考えられる。

結び

このように、空海や円珍など「降雨」と青龍寺に関わりをもつ日本古代僧侶がいた。十世紀以降、青龍寺は表舞台から姿を消しつつも、相変わらず聖地として奝然や成尋などの入宋僧に憧れられ、暗線として日本仏教の中で地位を保っていたのは、真言宗の祈雨活動が当時盛んだったことと無関係ではない。奝然も成尋も、当時盛んだった密教伝来の祈雨法に強い関心をもちながら宋へ渡り、そして長安青龍寺を目指そうとした。

本論は、現存の漢詩や漢文文献、中でも特に入宋僧に関するものを中心に、日本僧侶の祈雨と青龍寺の関係を辿ることに始終するものであり、文面に留まることが多く、祈雨の流派の内実や経典の伝承系統などのより専門的な領域まで展開させる遑がなかった。円珍の行跡、また青龍寺と祈雨の具体的な関連性なども、今後の課題として徹底的に追求するつもりである。

注

(1) 本文引用は、池上洵一校注『今昔物語集（三）』（新日本古典文学大系、岩波書店、一九九三年）による。

(2)『觀經疏傳通記』の原文は漢文で、「和國智證大師、有時取香水灑西云唐青龍寺燒失。明年商人來云、去年某月某日某時、唐青龍寺出火難消、時已從東一雲起、來降雨消火、云云。」となっている（『大正蔵』二二〇九）。

(3) 入宋僧成尋と日中の祈雨に関しては、水口幹記『渡航僧成尋、雨を祈る――『僧伝』が語る異文化の交錯』（勉誠出版、二〇一三年）という最近の力作があるが、円珍の説話や日本の祈雨と青龍寺の関わりについては立項されていない。

(4) この一覧表は小野勝年『中国隋唐長安寺院史料集成』（法藏館、一九八九年）、東大寺教学部編『新版シルクロード往来人物辞典』（昭和堂、二〇〇二年）、斎藤忠『求法僧の仏跡の研究――中国・インド・アフガニスタン等を訪れて』（第一書房、二〇〇六年）などによって作成した。

(5)『智証大師伝』『僧円珍求法目録』などによる。『今昔物語』巻十一の同話にも、円珍の入唐行暦が描かれているが、青龍寺「法詮」は「法全」の間違いである。また、円珍の入唐に関しては、小野勝年『入唐求法行暦の研究――智証大師円珍篇（上・下）』（法藏館、一九八二・一九八三年）が詳しい。

(6) 表の原文は漢文で、「右厶從少年時有巡禮志。傳聞江南天台定光垂跡於金地、河東五臺文殊現身於巖洞、將欲尋其本處巡禮聖跡。而為大雲寺主三十一年、護持左丞相二十年。如此之間、不遂本意。今齡滿六旬、余喘不幾。若不遂鄙懷、後悔何益。因之得謝商客船所參來也。就中天竺道猷、登石橋而禮五百羅漢、日域靈仙、入五臺而見一萬菩薩。厶性雖頑愚、見賢欲齊。先巡禮聖域、次還天臺修身、修行法華秘法。専求現證、更期極樂。」（『参天台五臺山記』巻一）とある。なお、論中における『参天台五臺山記』の本文引用は、すべて平林文雄『参天台五臺山記校本並に研究』（風間書房、一九七八年）による。

(7) 成尋は一〇七三年に、求めた経典や日記（『参天台五臺山記』）を帰国の弟子に託し、自分が宋に残った。そのあとの行跡が不明である。

(8) 李復の伝記は、銭端禮『書潏水集後』に見る（『中國古代文學家大辭典』による）。

(9) 本文の引用は、『新訂増補国史大系』による。また、『扶桑略記』や東寺金剛藏藏『杲寶雜雜見聞集』巻二（高楠順次郎編「入唐諸家傳考」『大日本佛教全書』第六十八巻、史伝部七）にもあるが、本文に多少文字の違いが見える。なお、東寺金剛藏藏『杲寶雜雜見聞集』巻二のほうは、題が「日本國教王護國寺牒大唐青龍寺」となっているし、文末の年号は「天元四年」となっている。

(10) 奝然には、「在宋日記」四巻があるとわかるが、現存せず、逸文のみが散見できる（『新訂増補国書逸文』にまとめられている）。また『宋史・日本伝』、「成算法師記」、「清涼寺本尊釈迦如来像胎内文書」などによっても、奝然の在宋行状が推測されている。

(11)『宋史』によると、宋は九九七年に陝西路を設けたという。それは、奝然入宋より十数年遅れている。

(12)『鵝珠抄』巻六「奝然法橋在唐所会本朝大徳教十人事」に見る。本文引用は『新訂増補国書逸文』（国書刊行会、一九五五年）による。

(13) 寛建一行の入唐年代に関しては、先学は「延長年中」としている。詳しくは、西岡虎之助「奝然の入宋について」（『西岡虎之助著作集　第三巻　文化史の研究Ⅰ』三一書房、一九八四年）や王勇「五代日僧寛建一行入華事跡考」（『中日関係史考』中央編訳出版社、一九九五年）などを参照した。

(14)『朝野群載』巻二十「異国」所収の成尋入宋前に日本朝廷に出した奏状に「加之天慶寛延、天暦日延、天元奝然、長保寂照、皆蒙 天朝之恩計、得禮唐家之聖跡。」（『新訂増補国史大系』第二十九巻上）とある。また『参天台五臺山記』巻六「熙寧六年二月十五日」の条に「寛輔是朱雀院御時与寛建・超会等十一人来唐国人也、（中略）奝然法橋日記依超会大師語所記也、超会云入唐五十年、生年八十五云々」とある。

(15)「水天祈雨」は密教の「水天供法」を指し、「倶哩迦龍祈雨法」は密教経典「仏説倶利伽羅大龍勝外道伏陀羅尼経」による秘法と思われる。「倶哩迦龍」は黒龍という意味であるが、「青龍寺」という名前の由来と関わりがあるかどうかについては、今のところ根拠が見付かっていない。青龍寺はただその位置に因んで名づけられたとも考えられる。その位置は、長安城の東城壁沿いの内側の中央より少し南のほうにあり、方位からみると、ちょうど四神の中の「青龍」にあたる。

(16) 空海の祈雨は『弘法大師御伝』そして『今昔物語集』や『打聞集』などに載っているが、事実かどうかはさだかではない。逵日出典「神泉苑における空海請雨祈祷説について」（『芸林』一二―三、一九六一年）、佐々木令信「空海神泉苑請雨祈祷説について――東密復興の一視点」（『仏教史学研究』一七―二、一九七五年）などの先行研究によっては、空海が神泉苑で祈雨を行ったのは史実ではないとされている。

(17)『続群書類従』巻三一八に所収され、世に流布している。異本の存在は、後藤昭雄「早稲田大学図書館蔵『小野僧正祈雨之間賀雨贈答詩』をめぐって」（『本朝漢詩文資料論』勉誠出版、二〇一二年）によって明かされている。早稲田大学中央図書館蔵の近世の写本で、「小野僧正祈雨之間賀雨贈答詩」のほか、菅原輔正と元杲の「祈雨贈答詩」と「法務御房（定賢）祈雨孔雀法霊験記」が収められているという。なお、『早大本賀雨詩』には、『続群書類従』巻七二五の『祈雨日記』に見られる序文が付いている。

(18) 前掲注17後藤論文による。

(19) 前掲注3水口書による。

(20) 詩題は「近曽天台和尚作賀雨詩、従和者多、其中有戸部尚書之草、文体奇麗、華実相兼、不耐情感、追献拙和之」である。「戸部尚書」は斉信を指す（前掲注17後藤論文による）。なお、本文引用は、前掲注17後藤論文による。

(21) 前掲注17後藤論文による。

(22) 本文引用は、前掲注13西岡書による。

(23)「大唐青龍寺三朝供奉大德行状」に「貞元五年、奉勅於當寺大佛殿□、令七僧祈雨。第七日夜、雨足、各賜絹一束茶十串表謝。（中略）貞元十四年五月大旱、五月上旬奉勅祈雨、七日在内道場、專精持念、祈雨日足、恩賜絹一束茶十串、謝臣僧等。素無功行、天降甘雨、皇帝感化、僧等謝絹及茶、不勝頂賀。」とある（『大正蔵』二〇五七）。

(24) 池上洵一校注『今昔物語集（三）』（新日本古典文学大系、岩波書店、一九九三年）巻十四「弘法大師修請雨経法降雨語第四十一」の脚注では、『大雲輪請雨経』としている。しかし、『大雲経』による祈雨は日本で六四二年に行われた例がある（『日本書紀』「皇極天皇元年条」）から、密教独自の請雨法とは言いがたい。

(25)『宋高僧伝・不空伝』にも類似の記述が見られる。

(26) 金剛智の祈雨について、『宋高僧伝・金剛智伝』（『大正蔵』二〇六一）にも書かれているが、ここでは、簡潔と書いた『佛

祖歴代通載』の記録を挙げよう。「帝大悦。館于大慈恩寺。未幾夏旱。詔智祈雨、智結壇圖七倶胝像。約開眸即雨。閲三日像果開眸。有物自壇布雲彌空。斯須而雨。帝特降詔褒美。」（『大正蔵』二〇三六）。善無畏の祈雨について、『宋高僧伝・善無畏伝』に「天亢旱。帝遣中官高力士。疾召畏祈雨。畏曰。今旱數當然也。若苦召龍致雨。必暴適足所損。不可爲也。帝強之曰。人苦暑病矣。雖風雷亦足快意。辭不獲已。有司爲陳請雨具。幡幢螺鈸備焉。畏笑曰。斯不足以致雨。急撤之。乃盛一鉢水以小刀攪之。梵言數百。呪之須臾有物如龍。其大如指。赤色矯首瞰水面復潜于鉢底。畏且攪且呪。頃之有白氣自鉢而興。逕上數尺。稍稍引去。畏謂力士曰。亟去雨至矣。力士馳去。迴顧見白氣疾旋自講堂而西。若一匹素翻空而上。既而昏霾大風震電。力士纔及天津橋。風雨隨馬而驟。街中大樹多拔焉。力士入奏。而衣盡霑濕矣。帝稽首迎畏。再三致謝。」（『大正蔵』二〇六一）と、かなりリアルに書かれている。

（27）唐代佛教僧の祈雨について、呂学良「唐朝佛教祈雨儀式的特点及其作用」（『長安学刊』一―四、二〇一〇年）という先行研究があるが、そこに挙げられた事例も主に不空、金剛智、善無畏のことであった。

参考文献

戴蕃豫「唐代青龍寺之教学與日本文化」（『現代佛学』一九五七年）
斎藤忠「青龍寺考」（『斎藤忠著作選集』続編・第一巻『アジア文化史の研究』雄山閣、二〇〇七年）
藤善真澄『参天台五臺山記の研究』（関西大学出版部、二〇〇六年）
王麗萍校点『新校参天台五臺山記』（上海古籍出版社、二〇〇九年）
藤善真澄訳注『参天台五臺山記』上、下（関西大学出版部、二〇〇七・二〇一一年）
森克己「参天台五臺山記について」（『駒沢史学』五、一九五六年）、「奝然在唐記について」（立正大学史学会創立五十周年記念『宗教社会史研究』雄山閣、一九七七年）、『日宋貿易の研究』（国書刊行会、一九七五年）、『日宋文化交流の諸問題』（国書刊行会、一九七五年）
石井正敏「入宋巡礼僧」（荒野泰典他編『アジアの中の日本史V 自意識と相互理解』東京大学出版会、一九九三年）
王麗萍『宋代の中日交流史研究』（勉誠出版、二〇〇二年）
郝祥満『奝然與宋初的中日佛法交流』（商務印書館、二〇一二年）
森公章『成尋と参天台五臺山記の研究』（吉川弘文館、二〇一三年）

長安・大興善寺という磁場

――日本僧と新羅僧たちの長安・異文化交流の文学史をめざして

小峯和明

東アジアの異文化交流の文学史の一齣として、大唐長安の仏教文化の様相をめぐって、大興善寺を中心に日本の円仁や新羅の慧超らの活動を通してさぐり、あわせて長安南郊の終南山の至相寺にいた新羅の義湘などにもふれ、円仁滞在とほぼ同時期に当たる段成式の著名な『酉陽雑俎』にみる寺誌にも言及した。

一、大興善寺という磁場

七世紀から十世紀初頭まで栄えた大唐の宮都長安は多くの寺院がひしめく仏都でもあり、様々な国や地域から求法僧が集まっていた。たとえば、九世紀前半の様相は著名な円仁の『入唐求法巡礼行記』にうかがえ、長安文化を知りうる貴重なテクストとなっている。ここでは現在も高い寺格を誇る大興善寺を主な舞台に、円仁を中心にしつつ時代は前後するが義湘や慧超らの新羅僧にも着目して、その一齣をとらえてみたい。一連の東アジアにおける異文化交流の文学圏史をめぐる考察の一環である。

大興善寺は長安城左街、明徳門から朱雀門に至る中心路に近い靖安坊にあり、隋の文帝が開皇二年（五八二）に捗岵寺を移建して大興善寺と改名。唐の玄宗の天宝十五年（七五六）に不空が入って密教の道場となり、翻訳経の拠点として青龍寺と並ぶ密教寺院の中心となった。今も西安に現存する大寺院の一つである（**図1**）。

この大興善寺を舞台に展開された大がかりな仏事が舎利の

図1　現在の大興善寺（筆者撮影）

分祀であった。その様相は高僧伝類や『法苑珠林』『広弘明集』に詳しい。隋の仁寿元年（六〇一）、文帝の舎利感得により、全国百寺に塔を建て、舎利を分祀。大興善寺から僧が派遣され、数々の奇蹟を起こす。二、三列挙しておこう。

・『続高僧伝』巻十二「隋西京大禅定道場釈童真伝六」

（『大正新修大蔵経』五十巻）

開皇十二年、勅召於大興善対翻梵本。（略）仁寿元年、下勅率土之内、普建霊塔。前後諸州一百一十一所、皆送舎利。（略）下勅令住雍州創置霊塔、遂送舎利於終南山仙遊寺。

即古伝云、秦穆公女名弄玉。習仙、昇雲之所也。初真以十月内従京至寺路逢雨雪、飛奔滂注掩漬人物。唯舎利輿上独不霑潤。

（開皇十二年・五九二年）

・『続高僧伝』巻二十六「隋京師大興善寺釈道世伝十六」

（略）開皇入京住興善寺。長遊講会必存論決。仁寿下勅召、送舎利于莱州之弘蔵寺。四年又勅送密州茂勝寺。行達青州停道蔵寺。夜放光。（略）後至寺塔復放大光、通照寺宇。行道初日打刹教化。舎利二粒見于瓶内、及造石函、忽変為金、如棗如豆。間錯函底、余処並変為青瑠璃。因具図表。帝大悦也。後還京不久尋卒。

・『法苑珠林』巻四十・舎利篇第三十七、感応縁

（『大蔵経』五十三巻）

隋文帝立仏舎利塔　二十八州起塔、五十三州感瑞

舎利感応記二十巻

慶舎利感応表

高麗百済新羅三国使者将還、各請一舎利於本国起塔供養。

詔於並許之。詔於京師大興善寺起塔。先置舎利於尚書都

堂。十二月二日、且発焉。是時天色澂明気和風静。宝輿幡幢香華音楽、種々供養弥遍街衢、道俗士庶不知幾千万億。（略）

仁寿二年正月二十三日、復分布五十三州建立霊塔。

これらによれば、各地の寺院に舎利が分祀され、それがことごとく奇蹟や霊験を起こし、舎利塔が建立される。仏法の力によって王権を護持し強固にしようとする政策であり、大興善寺がその拠点になっていた。その影響は三国時代の朝鮮半島やベトナムにも及び、各地域に大興善寺の僧が赴き、その都度、舎利の霊験が起きた。霊験や感応は、舎利が定着し王権が拡充するための不可欠の仕掛けだったともいえよう。

ちなみに段成式の著名な『酉陽雑俎』にも、大興善寺の髪塔に関して記述がみえる。

髪塔有隋朝舎利。塔下有記云、爰在宮中興居之所、舎利感応前後非一、時仁寿元年十二月八日。（続集巻五「寺塔記上」）

（架蔵・和刻本）

髪塔内に舎利があり、これも種々感応があったという。

一方、長安の市街でも、舎利供養が年中行事のイベントとして衆目を集めていたことを、円仁の『入唐求法巡礼行記』開成六年（会昌元年、八四一）二月八日条は伝えている。涅槃会にちなむ寺ごとの舎利供養の様子が描かれている。

二月八日より十五日に至るまで、薦福寺は仏牙を開して供養す。（略）百種の薬食、珍妙の菓花、衆香を厳備して仏牙を供養す。（略）仏牙は楼の中にあり。城中の大徳は尽く楼上に在りて随喜讃嘆す。城を挙げて赴き来たり、礼拝して供す。（略）

兼ねて翻経院に入り、義浄三蔵の影を見る。壁上に三蔵摩頂の松樹を書せり。（略）城中には都て四仏牙あり。一は崇聖寺の仏牙、是れ那吒太子、天上より将来して終南山の宣律師に与えたるものなり。一は荘厳寺の仏牙にして天竺より腿肉裏に入れて将来せり。護法迦毘羅神将は護り得て来たる。一は法界和尚が于填国より将来せるもの、一は土番より将来して古より相伝うるものなり。此の如く今、城中の四寺にありて供養す。

（平凡社・東洋文庫）

薦福寺における華やかな供養の様が活写され、長安にある四つの舎利ごとに将来のいわれが示される、一大行事であった。大薦福寺は西安に今もそびえる小雁塔で有名な寺である。翻経院は大興善寺の院であり、天竺に求法に赴き、『南海寄帰内法伝』『大唐西域求法高僧伝』を遺した有名な義浄の肖像を礼拝したことも記される。

図2　大興善寺にある円仁像（筆者撮影）

二、円仁の大興善寺
――『入唐求法巡礼行記』から

ここで円仁の筆録から大興善寺とのかかわりを追っておこう。

① 開成五年（八四〇）八月二十二日条

斎後、鎮国寺を出で春明門を入って大興善寺の西禅院に到って宿す。

② 同・九月六日条

大興善寺の文悟阿闍梨は金剛界を解して城中の好手なり。青龍寺の義真和尚は両部を兼ねたり。大興善寺に元政和尚あり。深く金剛界を解し事理相解す。彼の寺に西国の難陀三蔵ありと雖も、多く唐語を解せず。（十月十六日条も類似）

③ 同・十月二十九日条

大興善寺に往き、勅翻経院に入りて、元政和尚を参見す。始めて金剛界大法を受く。勅置潅頂道場に入り、諸大曼荼羅を礼す。供養を設けて潅頂を受く。又翻経堂の壁上に、金剛智和尚及び不空三蔵の影を画けり。翻経堂の南に於いて大弁正広智不空和尚の舎利塔あり。金剛智、不空二三蔵は曾て此の院に於いて経を翻せり。

開成五年十二月二十九日夜夢見る。金剛界曼陀羅を画いて本国に到る。大師、其の曼陀羅を抜きて極めて太だ歓喜す。大師を礼拝せんと擬す。大師云く、「我敢えて汝の礼拝を受けず。我をして汝を礼拝せしめよ云々」と。慇懃に曼陀羅を画き来たれるを歓べり。

④ 開成六年（会昌元年・八四一）四月一日条

大興善寺翻経院は国の為に潅頂道場を開く。直に二十三日に到って罷む。

⑤　同・七日条

大興善寺に往き、潅頂道場に入りて随喜す。及び大聖文殊閣に登る。

⑥　同・二十八日条

興善寺の新訳経、念誦法等は、四月二十二日写し了れり。其の法門等も尽く了れり。「更に足らざるものあらば別処に尋ねもとめよ」と。元政和尚に与えたる金は、前後都て計二十五両なり。自外は数の限りにあらず。

①は円仁が五台山から長安に赴き、初めて大興善寺に入った時の様子。円仁は主に資聖寺を拠点にするが、大興善寺にもしばしば赴き、密教の道場を体感している。②は大興善寺や青龍寺など密教の総本山にいる僧達の列挙で、天竺の難陀にふれるが、『酉陽雑俎』にみる「今有梵僧憍陳如難陀、以粉画壇。性狷急我慢、未甚通中華経」（続集巻五「寺塔記上」）と批評が共通している。円仁と段成式は同時代の長安にいて同じ僧の噂を書いていたのである。③は大興善寺翻経院の潅頂道場に入り、著名な金剛智や不空三蔵にまつわる曼荼羅や画像を拝礼。夢で金剛界曼荼羅を描いて日本に将来、師の伝教大師最澄から絶賛され、最澄こそが円仁を拝礼せねばと言われるのを見た、という。④⑤も同様。⑥になると、大興善寺の訳経や念誦法を書写している。それなりの費用もかかっていたことが分かる。

密教の総本山ともいうべき大興善寺の道場に入った円仁の感嘆が伝わってくるし、経典類を精力的に書写収集している様子がうかがえる。

三、円仁と新羅僧

ついで円仁の『巡礼記』にみる新羅僧とのかかわりをみておこう。

⑦　会昌三年（八四三）一月二十八日条

早朝、軍裏に入る。青龍寺は南天竺の三蔵宝月等五人、興善寺は北天竺の三蔵難陀一人、慈恩寺は獅子国の僧一人、資聖寺は日本国の僧三人、諸寺には新羅の僧等、更に亀茲国の僧有れども、其の名を得ざるなり。都計二十一人、同じく左神策軍の軍容衙院に集まる。茶を喫して後、軍容に見ゆ。軍容は親しく慰めて安存せしむ。当日、各本寺に帰る。

⑧　同・二十九日条

楚州の新羅人の客来たる。楚州の訳語劉慎言の書一通、順昌阿闍梨の書一通を得たり。

⑨　同・八月十三日条

帰国を求めんが為に、左神策軍押衙李元佐に投ず。是左軍中尉の親事の押衙なり。仏法を信敬し極めて道心あり。本是、新羅人、宅は永昌坊にあり。北門を入って西し、第一曲を廻り、墻南の壁に傍い、護国寺の後墻の西北角に当る。宅に到り相見て、計会することを許す。

⑩　会昌五年（八四五）四月―五月条

外国僧は未だ条流の例に入らず。功徳使は別に聞奏して裁を取れり。勅ありて、「外国の僧等、若し祠部の牒なきものは且勅して還俗せしめ、遞して本国に帰せ」と。西国北天竺の三蔵難陀は大興善寺に在り。南天竺の三蔵宝月兼び弟子四人は、中天竺に於いて成業せり。並びに持念大法を解し、律行は精細にして博く経論を解す。青龍寺に在りて並びに唐国祠部の牒なし。新羅国の僧も且祠部の牒なきもの多し。日本国の僧円仁、惟正も且唐国祠部の牒なし。

⑪　同・五月十六日条

早朝相別れて発し、唐僧十九人と同行す。晩際昭応県に到って宿す。同行中に一僧あり。生年二十。是長安城裏の人、父母兄弟姉妹は今見に在り。少年より仏法に入り、大薦福寺に在りて新羅僧に侍僧して師匠と為す。僧難に因り新羅僧の名字を承接して寺に在するを得たり。官家は其の公験に随って遞して、新羅国に向かって去かしむ。（略）其の僧は暗に走脱して去れり。同行は尽く覚らず。縣明に到り即ち知れり。家丁三人中、同人路を分ってもとめて去く。終日もとむれども見えず。早く城裏に到り、家中に隠蔵するを想知し、県司は府に申べて尋ね捉うるならん。

⑦は当時の長安の各寺院にどういう異域の僧達がいたかが記され、天竺をはじめ東アジアから集まっていたことが知られる貴重な例である。資聖寺の「日本国僧三人」とは円仁一行をさす。諸寺に新羅僧がいて名前も知らないというから、それだけ数も多く、円仁とはそれほど交流がなかったことを示す。⑧の「新羅訳語劉慎言」からの書状は、会昌二年四月二十五日条などにもみえ、円仁とのつながりの強さを思わせる。長安から退去の際、収集した聖教や曼荼羅を預けて隠してもらうのも彼である。⑨は帰国の手続きに新羅人のつてを頼ったらしく、もと新羅人の役人李元佐のもとに赴くもの。

⑩以降は、名高い会昌の法難、武帝による仏法弾圧の状況下、円仁も国外退去を命じられる一連の記述である。「祠部の牒」がない僧は還俗させられて退去となる。円仁達や新羅僧の多くもそうだった。とりわけ悲劇的なのは⑪で、円仁は

長安脱出の際、唐僧達と同行、その中に二十歳ほどの若い僧がいた。家族は長安にいたにもかかわらず、大薦福寺にいて新羅僧に師事して新羅僧の名字を名乗っていたため、新羅僧と認定されて国外退去の身となった者で、ひそかに一行から離脱して行方をくらます。しかし、結局家に戻るであろうから、いずれは役人に見つかるだろう、と円仁は記している。円仁もその行方が気がかりだったのであろう。法難による悲劇の一齣が円仁の筆致に刻み込まれている。

四、新羅僧義湘と終南山

ここで時代は円仁より百数十年もさかのぼるが、新羅僧の義湘、慧超たちについてみておきたい。義湘は新羅の華厳宗の祖として知られ、日本では高山寺蔵の『華厳宗祖師絵伝』でつとに名高い高僧である。義湘が長安でいかなる活動をしたかは不明だが、長安南郊の終南山の至相寺で華厳を学んだことはひろく知られているので、大興善寺からは離れるが少しく見ておきたい。

まず唐の科挙にも受かった新羅の文人として名高い崔致遠に「唐大薦福寺故寺主翻経大徳法蔵和尚伝」がある。

時智儼法師於雲華寺講華厳経。（略）長安四年冬、杪於内道場因対敭言及岐州舎利是阿育王霊跡、即魏冊所載扶風塔是。則天特命鳳閣侍郎博陵崔玄与蔵偕往法門寺迎之。時蔵為大崇福寺主、遂与応大徳綱律師等住人倶至塔所、行道七昼夜、（略）舎利於掌上騰光洞照遐邇随其福力、感見天殊。

（長安四年・七〇五年）（『韓国仏教全書　第三冊・新羅時代篇三』）

ちなみに崔致遠には、「海東新羅国侍講兼翰林学士承務郎前守兵部侍郎権知瑞書監事賜紫金魚袋」という長い官職名がついている。ここに出てくる智儼は唐の華厳第二祖、義湘の師である。後に終南山の至相寺に入り、義湘もここで華厳を習得した。『続高僧伝』巻二十五「唐雍州義善寺釈法順伝二九」にその伝記がある。また、「蔵」は智儼の弟子、華厳第三世の法蔵で、義湘とは兄弟弟子であった。『宋高僧伝』巻五「周洛京仏授記寺法蔵伝」にみえ、康蔵国師・賢首国師とも号される。『華厳経探玄記』『華厳経伝記』などで知られる。法門寺は長安西郊にある舎利で著名な寺院である。

また、秘書少監・閻朝隠による「大唐大薦福寺大徳康蔵法師之碑」があり、

（略）聞雲華寺儼法師講華厳経投為上足。（略）則天聖后広樹福田大開講座。（略）先天元年歳次壬子十一月十四日、終於西京大薦福寺、春秋七十。其年十一月二十四日、

葬於神和原華厳寺南。（七一二年）

とある。崔致遠が法蔵の伝記を書いたのも、すべて新羅華厳の始祖義湘にかかわることは明らかであろう。

時代は高麗に下がって、中国や日本など東アジアからひろく聖教を集めた義天編の文集『円宗文類』巻二十二に、いくつか義湘関連の資料がみえる（『韓国仏教全書　第四冊・高麗時代篇一』）。

図3　『華厳宗祖師絵伝』に描かれた至相寺（『日本絵巻大成』）

図4　現在の至相寺（筆者撮影）

・大唐中宗皇帝御製「華厳宗主賢首国師真讃」
・崔致遠「終南山至相寺智儼尊者真讃」
・「終南山草堂寺沙門宗密申明礼法師意」
・法蔵「賢首国師奇海東書」
・崔致遠「故修南山儼和尚報恩社会願文」
・同「海東華厳初祖忌晨願文」
・同「華厳社会願文」
・同「華厳経社会願文」

他に義湘とは直接かかわらないが、大唐文宗皇帝御製「勅写京大興唐寺華厳新旧両経并疏主翻経教授内殿談論三教首座清涼国師大和尚澄観真讃」などもあり、大興善寺の名がみえるのも目を引く。

また、賢首国師法蔵の「賢首国師奇海東書」には、

唐西京崇福寺僧法蔵、致書於海東新羅大華厳法師。（略）
＊侍者一従分別二十余年傾望之誠。豈離心首。加以煙雲万里海陸千里、限此一生、不復再面、抱恨懐恋。（略）昔在諸趣中、示以正道、人信之次、時訪存没、不具。法蔵和尚（略）已上、並因勝詮法師、抄写将帰今月二十三日、新羅僧孝忠師、遺金九分云、是上人所寄、雖不得書頂荷無尽。（略）

「海東新羅大華厳法師」すなわち義湘宛に託した文書である。これがそのまま高麗の『三国遺事』巻五「義湘伝教」に引用されている。

初止揚州、州将劉至仁請留衙内。供養豊瞻。尋往終南山至相寺謁智儼。儼前夕夢一大樹生海東、枝葉薄布、来蔭神州。上有鳳巣、登視之。有一摩尼宝珠、光明属遠。覚而驚異、洒掃而待。湘乃至、殊礼迎際。（略）曰、西京崇福寺僧法蔵、致書於海東新羅華厳法師。
＊侍者一従分別二十余年傾望之誠。豈離心首。加以煙雲万里海陸千里、限此一生、不復再面、抱恨懐恋。（略）昔在諸趣中、示以正道、人信之次、時訪存没、不具。文載大文類。

（『三国遺事考証』塙書房）

＊マーク以下が一致する通りで、末尾の「大文類」は義天編の『円宗文類』を指す。法蔵と義湘のつながりがいかに深かったかを示す例として知られる。

さらには、別の機会にふれたことがあるが、崔致遠の願文四篇がみられることも注目される。格調高い駢儷体の対句の修辞が駆使され、願文が東アジアに共有された文体であったことが確認できる点でも貴重な例である。最初の「故修南山儼和尚報恩社会願文」の「修南山儼和尚」とは、終南山の智儼であり、義湘の師を尊崇する報恩講に際しての願文である。一節のみ引用しておこう。

則昔、
鶴林示寂滅之期、金棺掩耀。
龍樹誦玄微之義、玉軸騰芳。（略）
金爐耀掌、遠伝薝蔔之香。
玉鏡澄心、尽暁芭蕉之喩者。
乃、巨唐故終南山至相寺、智儼和尚付大教於我先師想大徳之慧力也。

最初の対句は釈迦の涅槃と龍樹の龍宮相承をふまえる。芭蕉の喩は『維摩経』の十喩で無常を表わす。「我先師」が義湘である。

次の「海東華厳初祖忌晨願文」は、「海東華厳初祖」が義湘を指し、

於龍朔二載、詣終南山至相寺、以儼和尚為厳師、以蔵和尚為益友。

智儼からの法統が示され、「蔵和尚」即法蔵との交友にもふれる。長いので以下は省略せざるをえないが、華厳経社の結社が形成され、智儼と義湘を始祖と仰ぐ忌辰の会が継続していたことをうかがわせる。時の文人崔致遠が述作していたこともあらためて注目される。それとともに義天の『円宗文類』をはじめとする資料価値の高さも再認識され、義湘に関してはさらに『円宗文類』巻二十二にもみえる。たとえば、朴寅亮「海東華厳始祖浮石尊者讃并序」。

公諱義想、新羅人也。其遺芳余美、動満大宋史伝三韓諺記。予公隙乗閑、披玩図籍、歴代高僧皆有讃頌。惜哉、浮石一聖、未有人讃之。唯新羅翰林学士崔公致遠、有霊遊画像讃十六句。然此以挙仏山石体寺僧、能現夢中之事述之。似未尽浮石之余美、攬筆為文、輒讃其徳曰、（略）

入終南室　学了師亡　往虚帰実　善妙有色　愛恋求歓
見心匪石　反誓行檀　金鱗負艦　利渉海瀾　鉅石浮空
蓋護寺山

ここでは、「義想」即義湘は「浮石尊者」とされ、崔致遠による肖像画の「画像讃十六句」もあったらしいが、さらに着目されるのは、浮石にちなむ善妙との故事をめぐる讃がみえることである。詩句の後半の「金鱗」以下は明らかに義湘を慕った善妙が龍に変化して船を護送し、浮石となって義湘を守った話をふまえている。これを書いた朴寅亮は「同知中枢院事朝議大夫検校司空守礼部尚書翰林学士承旨知制誥充史館修撰官」という長い肩書きがついているが、高麗の覚訓編『海東高僧伝』巻一「釈阿道」に「朴寅亮殊異伝」とみえるその人で、『新羅殊異伝』の編者の一人に擬せられている。

ここでいう崔致遠の「画像讃十六句」に関しては不明だが、同じ義天編『新編諸宗教蔵総録』巻一に、

浮石尊者礼讃文　亡名
賢首伝一巻
浮石尊者伝一巻　已上　崔致遠述

とみえる。「賢首伝」は義湘の友法蔵の伝記である。また、「浮石尊者伝」も佚書だが、今ふれた『海東高僧伝』巻二の安含伝に「崔致遠所撰義相伝、相真平建福四十二年受生、是年東方聖人安弘法師、与西国三三蔵、漢僧二人至自唐」とあり、これをさすのであろう。

善妙と義湘の物語は、日本でも高山寺蔵『華厳宗祖師絵伝』で有名だが、原拠が中国の『宋高僧伝』巻四「唐新羅国義湘伝」にあることは周知に属する。ここでは詳細な検討は省略するが、長安に関する義湘については、

以総章二年、附商船達登州岸。（略）湘乃径趨長安終南山智儼三蔵所、綜習華厳経。時康蔵国師為同学也。（略）号海東華厳初祖也。
（総章二年・六六九年）

と終南山だけで、至相寺での活動を知りうる手がかりは少ない。『祖師絵伝』にも至相寺で義湘が智儼から講釈を受けている場面が描かれている（図3）。

終南山に関しては、同じ新羅僧で義湘より前の慈蔵の伝が『続高僧伝』巻二四「唐新羅国大僧統釈慈蔵伝」にみえ（『三国遺事』巻五もほぼ同）、「啓勅入山、於終南雲際寺東縣崿之上、架室居焉」とあり、終南山にいたようだが、これも詳細は不明である。

なお、中国の高僧伝に収録された新羅僧は、義湘や慈蔵以外に、『続高僧伝』巻十三「唐新羅国皇隆寺釈円光伝」、『宋高僧伝』巻四「唐新羅国順璟伝」、「唐新羅国黄龍寺元暁伝」等々である。また、義天編『釈苑詞林』巻一九四には、「唐慈恩寺大法師基公碣文　李乂」などもみえる。

五、新羅僧慧超をめぐる

右の義湘と大興善寺の接点は見いだせないが、新羅僧で大興善寺とかかわりのあったのは慧超である。新羅の出自ではあるが、長安に長く住し、天竺から帰還後、大興善寺の不空に師事する。主な資料は『大正新修大蔵経』や『韓国仏教全書　第三冊・新羅時代篇三』に収録される。とりわけ慧超の編述で有名なのは敦煌出土文献（ペリオ文書）のひとつでもある『往五天竺国伝』であるが、ここでは割愛する。慧超の長安での事績を示すものに二篇の作あり、ひとつは「大乗瑜伽金剛性海曼珠室利千臂千鉢大教王経序」で、

叙曰、大唐開元二十一年歳次癸酉正月一日辰時、於薦福寺道場内、金剛三蔵与僧慧超、授大乗瑜伽金剛五頂五智尊、千臂千手千鉢千仏釈迦、曼珠室利菩薩秘密菩提三摩地法経。（略）後於唐大暦九年十月、於大興善寺大師大広智三蔵和尚辺、更重諮啓。（略）至唐建中元年四月十五日、到五台山乾元菩提寺。至五月五日、沙門慧超、起首再録。
（『大蔵経』）（開元二十一年・七三三年）（大暦九年・七七四年）（建中元年・七八〇年）

とある。「大広智三蔵」が大興善寺の不空を示す。もう一つの作は「賀玉女潭祈雨表」、不空編の『代宗朝贈司空大弁正広智三蔵和上表制集』巻六に収載される（『大蔵経』）。

沙門慧超言、伏奉前月二十六日、中使李献誠、奉宣口勅令慧超往盩屋県玉女潭、修香火祈雨。慧超行闕精修謌揚、天旨山川霊応不昧祷祈。初建壇場谿声乍吼、及投舎利雨

足如絲。一夕而草樹増華、信宿而川原流潦、沢深枯涸、慶洽人神。伏惟、陛下聖徳動天天沢先降。豈慧超微物精誠感通、無任喜慶抃躍之至。謹因中使李憲誠、入奏奉表陳賀以聞。沙門慧超誠惶恐謹言。

大暦九年二月五日、内道場沙門慧超上表

（七七四年）

終南山の玉女潭で雨乞いの祈祷を行った際の上表文である。「玉女」は秦穆公女の弄玉で神仙女。本論の巻頭で引用した『続高僧伝』巻十二「隋西京大禅定道場釈童真伝六」にも、「古伝」としてみえ、舎利を終南山の仙遊寺に移送したという。玉女潭は黒潭ともいい、名高い白居易（楽天）が詩に詠んでいた。龍穴や龍神伝承で知られる地であり、その近くに仙遊寺があり、白居易がここに籠もって「長恨歌」を書き、友の王質夫を送る「送王十八帰山寄題仙遊寺」詩の「曾於太白峰前住　数到仙遊寺裏来　黒水澄時潭底出　白雲破処洞門開　林間暖酒焼紅葉　石上題詩掃緑苔」は特に有名で、最後の対句は日本の『和漢朗詠集』などで愛唱される。この「黒水澄時潭底出」がまさにそれであり、白居易は黒潭の雨乞いにかかわる詩も書いている。

黒潭水深色如墨、伝有神龍人不識。潭上架屋官立祠、龍不能神人神之。豊凶水旱与疾疫、郷里皆言龍所為。家家養豚漉清酒、朝祈暮賽依巫口。

神之来兮風飄々、紙銭動兮錦傘揺。神之去兮風亦静、香火滅兮杯盤冷。

肉堆潭岸石、酒潑廟前草。不知龍神饗幾多、林鼠山狐長酔飽。

狐何幸、豚何辜、年年殺豚将狐。狐仮龍神食豚尽、九重泉底龍知無。

（『白居易詩集』巻四・諷諭四「黒潭龍」）（中華書局）

というもので、雨乞いの神事をふまえ、その効用がないことを暗に非難する諷諭となっている。仙遊寺と黒潭のつながりに関しては、李華「仙遊寺有龍潭穴弄玉祠」の「曾於太白峰前住、数到仙遊寺裏来。黒水澄時潭底出、白雲破処洞門開」などにもうかがえる。

慧超の雨乞いから白居易の詩はほぼ三十年後になる。仙遊寺は残念ながらダムの建設によって水没し、現在は山上に移設されてしまい、往事をしのぶよすがはない。慧超がこの上表文を書いたのは師の不空の意向であろうが、大興善寺を拠点に活動していた証しとして特筆されるものである。

六、『三宝感応要略録』の説話から
――大興善寺と新羅を結ぶもの

ついで、この慧超とそう遠くない時期の話題になるが、説話世界で大興善寺と新羅との接点が見いだせる。遼・契丹の非濁（一〇六三年没）撰『三宝感応要略録』である。本書は中国では湮滅したが、日本に古写本が数点残存するいわゆる佚存書である。寿永三年（一一八四）比叡山東塔書写、高山寺旧蔵の尊経閣文庫本、仁平元年（一一五一）書写の金剛寺本（上巻のみ存）、鎌倉初期書写の東寺観智院本等々が知られ、慶安三年（一六五〇）の整版本も刊行されている。『今昔物語集』や『三国伝記』など、日本の院政期から中世の法会唱導や仏教説話集に大きな影響を与えたことはつとに知られ、近年は中国北方の仏教学の進展にかかわって注目を集めている。

この『三宝感応要略録』に大興善寺をめぐる話譚が二例みられる。

伝聞、大興善寺伝潅頂阿闍梨恵応有一人沙弥。従七歳師事和上至十七歳。有因縁、附船渡新羅。忽遇悪風船頓覆。五十余人没海、不知何処漂寄。沙弥一心念胎蔵聖衆曰、「諸海会衆起大悲心、普救船衆」。如夢見虚空聖衆如星散光明身。忽在岸上五十余人、不溺没、同在一処。其中二十余人謂見空聖衆。当知、救難之力、不思議矣。

（上巻「金胎蔵大曼荼羅感応第三六」新録）

唐興善寺釈含照、発願図千仏像。纔図七仏像、不知九百九十三仏威儀手印。精誠祈請流涙、悔過夢見、九百九十三仏現木葉。歓喜図写流布伝世矣。

（上巻「釈含照図千仏象感応第三一」出寺記）

後者は大興善寺の含照が千仏像を図絵する霊験譚で、出典が「寺記」とされるから大興善寺にかかわる資料だった可能性があるが、ここで注目したいのは前者の例で、大興善寺の阿闍梨恵応に師事した若い沙弥が縁あって新羅に渡るが船が遭難し、漂流する。一心に胎蔵界の聖衆を祈ると、虚空に聖衆が星のごとく光明を放って現れ、救出してくれた。一行の五十人中、二十人がその聖衆を目撃した、という。しかもこの説話は「新録」とあるように、『三宝感応要略録』があらたに筆録したもので、他に例が見られない。以下にみる恵応の存在から、先の慧超とも時代の近い九世紀初の話題と思われるから、作中で比較的年代的にも新しい、大興善寺で直接媒介された話譚の可能性が高い。

ここに名前の出てくる大興善寺の恵応は、李銘敬氏の示教によれば、『両部大法相承師資付法記』上に、青龍寺密教で有名な恵果からの付法を受けた一人であった。

則有大興善寺伝潅頂教同学恵応阿闍梨、恵則成都府惟尚、淋弁弘、新羅国僧恵日、日本国僧空海、青龍寺義満、（略）

（『大蔵経』五十一巻）

日本の空海や新羅の恵日とともに伝法潅頂を受け、大興善寺でも名を残す人物であった。この恵応に七歳から十七歳まで師事した沙弥が新羅に赴く途次に遭難、曼荼羅の聖衆の感応により助かったとの話題は、長安でこそ広まりやすいであろう。沙弥はそのまま新羅にたどりついたのか、その後どうなったのかは知られない。そもそも長安からの旅程はどうだったのか、船はどこから出航して、どういう航路だったのか、疑問は尽きないが、新川登亀男論によれば、義湘の長安入りを山東半島の登州（『高僧伝』）と南の揚州（『三国遺事』）との両面から検証しているように、双方のルートが考えられる。ここの話も長安と新羅をつなぐ面から注目されるであろう。ちなみに新川論では、龍に変身する善妙に関して、東シナ海の航海の女神・龍神信仰圏を指摘しており、着目される。

ついでに新羅の恵日に関しては、『大唐青龍寺三朝供奉大徳行状』に、

建中二年、新羅国僧恵日、将本国信物、奉上和上、求授胎蔵界金剛界蘇悉地等、并諸瑜伽三十本、已来授訖、精通後時、却帰本国。（略）

（建中二年・七八一年）

とあり、拠点は青龍寺であるが長安の新羅僧として名をとどめている。ただし、韓国側の伝記資料は『三国遺事』にもなく、あまり残っていないようで、充分確認できない。

『三宝感応要略録』に戻せば、この話は『今昔物語集』巻六「震旦沙弥、念胎蔵界遁難語第三十」に訳出され、「願クハ諸ノ海会ノ聖衆、大悲ノ心ヲ発シ給テ、普ク此ノ船ノ衆ノ難ヲ救ヒ給ヘ」という心中思惟を加えたり、「実ニ希有ノ事ノ中ノ希有也」と評される。『真言伝』巻二、『三国伝記』巻九第二十「大興善寺沙弥念胎蔵界曼陀羅感応事」などにも訓読体で継承される。『三国伝記』には、対句の文飾が多くみえるが、ここでは星のごとき光を「大円鏡智ノ相好ハ散シテ星ヲ照耀シ、妙観察智ノ尊容ハ、瑩テ玉ヲ赫奕タリ」とする。『三宝感応要略録』の独自説話は日本の説話集に引き継がれて再生し、大興善寺の名も刻まれているのである。

七、『酉陽雑俎』と大興善寺
――「寺塔記」から

先に円仁の『巡礼記』にかかわって『酉陽雑俎』に少しふれたが、ここであらためて『酉陽雑俎』をみると、大興善寺に浅からぬ縁があることが見いだせる。『酉陽雑俎』の続集巻五「寺塔記上」の一節は、まさに九世紀半ば頃の長安の寺

院を知りうる貴重な資料といえ、しかもかの武宗の法難前後の時代に当たり、円仁の滞在時とまさしくかさなっているのである。

以下、「寺塔記」から大興善寺に関するくだりをいくつか拾っておこう（架蔵・和刻本、中華書局本によって若干改訂）。

A　武宗癸亥三年夏、予与張君希復善継、同官秘書、鄭君符夢復、連職仙署。会暇日、遊大興善寺。因問両京新記及遊目記。多所遺略。乃約一旬尋両街寺。以街東興善為首。二記所不具、則別録之。（略）

B　不空三蔵塔前多老松、歳旱則官伐為龍骨以祈雨。蓋三蔵役龍、意其樹必有霊也。

C　梅檀像堂中有時非時経、界朱写之、盛以漆龕。僧云、隋朝旧物。寺後先有曲池。不空臨終時、忽時涸竭。至惟寛禅師止住。因潦通泉、白蓮藻自生。今復成陸矣。

D　東廊之南素和尚院、庭有青桐四株、素之手植。元和中、卿相多遊此院。桐至夏有汗、汚人衣如輠脂、不可浣。昭国東門鄭相、嘗与丞郎数人避暑、悪其汗、謂素曰、「弟子為和尚伐此樹、各植一松也」。及暮、素戯祝樹曰、「我種汝二十余年、汝以汗為人所悪、来歳若復有汗、我必薪之」。自是無汗。宝暦末、予見説已十五余年、無汗矣。（略）

E　左顧蛤像、旧伝云、隋帝嗜蛤、所食必兼蛤味、数逾数千万矣。忽有一蛤、椎撃如旧、帝異之、諸机上。一夜有光。及明肉自脱、中有一仏、二菩薩像。帝悲悔、誓不食蛤、非陳宣帝。（略）

F　二十字連句（略）有松堪繫馬、遇鉢更投針。記得湯師句、高禅助朗吟。柯古（略）

蛤像二十字連句　雖因雀変化、不遂月虧盈。縦有天中匠、神工詎可成。柯古

武帝の会昌三年（八四三）、段成式は同僚と大興善寺に遊山に出かける。すでに「両京新記」や「遊目記」があったが遺漏多く、少しく留まって情報を集め、この二書にないことを記したという。寺域にまつわる様々な口伝、伝説、由来、いわれ等々が記されている。不空臨終の時に池が涸れたとか、不空塔の前の老松の由緒など、不空にまつわる例が多い。青桐の樹液をめぐる素和尚の呪文、蛤好きの隋帝が蛤から仏菩薩が現れるのを見て改心する蛤像の由来等々、奇瑞も含めた奇談に満ちている。最後は寺で行われた連句が列挙される。「柯古」が段成式の号である。ほぼ同時期に大興善寺にかかわった円仁もまたこれらの話題に接したことであろう。

大興善寺は遊山の名所としてもにぎわい、詠詩の場としてもあったことを『全唐詩』は伝えている。

隔窓棲白鶴，似与鏡湖鄰。月照何年樹，花逢幾遍人。
岸莎青有路，苔径緑無塵。永願容依止，僧中老此身。
（盧綸「題興善寺後池」巻二七九―三十一）

青青伊澗松，移植在蓮宮。蘚色前朝雨，秋声半夜風。
長閑応未得，暫賞亦難同。不及禅棲者，相看老此中。
（崔塗「題興善寺隋松院与人期不至」巻六七九―五十一）

等々、季節に応じてその感慨が詠み込まれる。密教の道場かつ翻訳経の道場として権威化していた大興善寺は、同時に遊山に参拝する人々の恰好の聖地として殷賑を極める。まさに多文化が接触し交流し合う多面的な磁場としてあったことが浮き彫りされるであろう。

以上、いまだ不十分で意を尽くしがたいが、長安をめぐる異文化交流の一端として大興善寺や終南山を窓口に着目してみた。筆者の目論見としては、円仁の『入唐求法巡礼行記』を文学としてどう読みかえていくか、にある。今後もさらに検証を積み重ねていきたい。

参考文献

小野勝年『中国隋唐　長安・寺院史料集成』史料篇・解説篇（法藏館、一九八八年）
全　海住『義湘華厳思想史研究』（民族社、一九九三年）
陳　景富『中韓仏教関係一千年』（宗教文化出版社、一九九九年）
新川登亀男『日本古代の対外交渉と仏教――アジアの中の政治文化』（吉川弘文館、一九九九年）
卞　麟錫『唐長安の新羅史蹟』（亜細亜文化社、二〇〇六年）
李銘敬『日本仏教説話集の源流』（勉誠出版、二〇〇七年）
後藤昭雄監修『金剛寺本『三宝感応要略録』の研究』（勉誠出版、二〇〇七年）
『尊経閣善本影印集成　三宝感応要略録』（八木書店、二〇〇八年）
鈴木靖民編『円仁とその時代』（高志書院、二〇〇九年）
王　早娟『唐代長安仏教文学』（商務印書館、二〇一三年）
ファム・レ・フイ「新発見の仁寿元年の交州舎利塔銘について」（新川登亀男編『仏教文明と世俗秩序――国家・社会・聖地の形成』勉誠出版、二〇一五年）
小峯和明「東アジアの法会文芸――願文を中心に」（『仏教文学』三五、二〇一一年）
――「異文化交流の文学史をめざして――円仁の巡礼記を読む・東アジア文学圏の構想」（立教大学最終講義・私家版、二〇一三年）
――'The Ganmon as an Example of the Ritual Arts and Literature:The View from East Asia'（『ACTA ASIATICA』105、東方学会、二〇一三年）
――「東アジア文学圏の構想――長安学会の機縁」（『本郷』一一五、吉川弘文館、二〇一五年）
――「天竺をめざした人々――異文化交流の文学史・求法と巡礼」（『東アジアにおける旅の表象』アジア遊学、二〇一五年）

◇**略年表**

五八二　隋、文帝　大興善寺建立

六〇一　文帝　舎利感得　舎利分祀
六四五　玄奘　帰唐　『大唐西域記』、『大慈恩寺三蔵法師伝』
六六九　義湘　入唐
七一三　義浄没　『南海寄帰内法伝』、『大唐西域求法高僧伝』
七二七　慧超　帰唐　『往五天竺国伝』　後に不空の弟子に
七五五　不空　帰唐
　　　　杜環『経行記』
七七四　慧超「賀玉女潭祈雨表」
七八〇　慧超「大乗瑜伽金剛性海曼珠室利千臂千鉢大教王経序」
七八一　恵日　長安入り　恵果に師事
八〇四　空海　長安入り　恵果に師事
八〇六　白居易　仙遊寺　『白氏文集』
八四〇　円仁　長安入り　『入唐求法巡礼行記』
八四三　段成式　大興善寺に遊ぶ
八四五　武宗　廃仏
八五五　円珍、円載　青龍寺で潅頂　『行歴抄』
八六〇　段成式（八〇三～八六三）『酉陽雑俎』　金剛三昧？
八六四　真如親王　長安入り
八六八　崔致遠　渡唐

付記　小考は「古代長安と東アジア文化交流・国際学術シンポジウム」（二〇一四年八月、西安西北大学）における講演をもとにする。お世話になった高兵兵教授に御礼申し上げる。

また、科研活動の一環として調査に同行し、資料収集に関して協力された高陽、荊蓉、金英順各氏にも御礼申し上げる。

なお、講演の際は『酉陽雑俎』にみる日本僧の金剛三昧の語り（騙り）にもふれたが、すでに前稿でも述べたので、ここでは割愛する。

『大唐西域記』と金沢文庫保管の説草『西域記伝抄』

高　陽

玄奘三蔵の著名な『大唐西域記』をもとにした金沢文庫保管の説草『西域記伝抄』について初めて詳細に紹介した。『大唐西域記』をほぼ忠実に抄出しているが、内容が重複している帖があり、また各帖の書誌調査を踏まえ、別々の帖で内容がつながっているものも判明した。その結果、複数の写本をもとにしている可能性があることを指摘した。さらに数帖に見える書き込みについても検討した。

こう・よう――中国清華大学外文系専任講師、立教大学日本学研究所特別研究員。専門は日本説話文学。主な論文に「鳥としての源流考」（『東京学芸大学大学院連合教育学研究科論文集』十八号、二〇〇八年）、「須弥山と天上世界――ハーバード大学所蔵『日本須弥諸天図』と中国の『法界安立図』をめぐって」（小峯和明編『漢文文化圏の説話世界』竹林舎、二〇一〇年）、「『今昔物語集』と漢籍のかかわりについて」（『東アジア比較文化研究』東アジア比較文化国際会議日本支部、二〇一〇年）、「日本中世の孔子説話――『今昔物語集』を中心に」（『知性と創造――日中学者の思考』第五号、二〇一四年）などがある。

はじめに

七世紀に唐から天竺に赴き、仏教経典を持ち帰って漢訳した、名高い玄奘三蔵の旅の見聞録が『大唐西域記』である。西域や天竺諸国の当時の風土事情を記録した地誌の性格をも持ち、後続の天竺求法の指南書になるばかりでなく、土地の伝説や伝承をはじめ、仏伝やジャータカ（本生譚）などの説話、故事なども豊富に語られ、文学としても注目される作品である。

日本では鎌倉時代末期の『玄奘三蔵絵』が特に有名であるが、この絵巻とほぼ同じ時代に、金沢文庫に保管される称名寺所蔵の説草『西域記伝抄』がある。全部は残っていないが、『大唐西域記』の抄出本で唱導に利用されたことがうかがえる貴重な資料である。

二〇〇八年、金沢文庫の特別展『五寸四方の文学世界』で展観されたが、本格的な研究はまだなされていない。本稿は、二〇一三年七月に行った小峯和明・金英順氏との科研活動の一環としての金沢文庫での調査をもとに（科研・基盤B「十九世紀以前の日本と東アジアの〈仏伝文学〉の総合的比較研究」代表・小峯和明）、説草の『西域記伝抄』と『大唐西域記』との本文を比較することによって、『西域記伝抄』の実態を具体的にとらえてみたい。『大唐西域記』のどの部分を選び、省略したのか、など、『西域記伝抄』の特徴をめぐる基礎的な報告を行いたいと思う。

なお、二〇一三年、勉誠出版から翻刻が公刊された金沢文庫保管・東大寺の弁暁草にも『大唐西域記』が一話だけ引用されており、『西域記伝抄』とは対照的な生き生きとした会話の語り口になっていて興味深く、これについてはすでに『アジア遊学』の特集号「東アジアにおける旅の表象」で「悪龍伝説の旅――『大唐西域記』と『弁暁草』」と題して公表した（勉誠出版、二〇一五年）。

一、『大唐西域記』の中国における研究状況

はじめに参考までに中国における『大唐西域記』の研究状況について簡略にふれておきたい。先行研究を大まかに分けると、文献学的研究[1]、歴史的地理的研究[2]、民俗文化的研究[3]、文学的研究[4]（『大唐西域記』の文学的研究と、後代文学への影響研究）がある。後代文学への影響研究には、有名な杜子春の話など『大唐西域記』に源流があることは興味深い。『西域記伝抄』は注1の余論文でも触れられているが、具体的な研究が行われていない状況である。

二、『大唐西域記』と唱導世界

『大唐西域記』が日本の中世の唱導世界などにどのように利用されていたかをみておくと、『東大寺諷誦文稿』にみる菩提樹の金剛座をめぐる記事などが早い例であろうか[5]。また、東大寺の弁暁草をはじめ、日蓮宗の書籍目録に「西域記因縁」や「注好選」と一緒になった「西域因縁の抽要」などが紹介されていて注目される[6]。

さらには、絵巻の詞書らしいが、禿氏が指摘する[7]『大唐西域記』の断簡は説草ではなく、これも、中世の『大唐西域記』享受の一例としてあげておく。有名な『玄奘三蔵絵』以外にもいろいろ絵巻が作られていたことを示しており、背後に活発な唱導活動があったことが想像できるのである。

三、金沢文庫保管『西域記伝抄』の書誌

そこで、『西域記伝抄』の具体的な分析を進めていきたい。まず書誌についてだが、ここでは金沢文庫の特別展の図録『五寸四方の文学世界』（二〇〇八年）に詳細なデータの一覧

（図録の四五―四七頁に相当）が載っているので、それをひとまず引用させていただき、整理してみた。
数字は図録番号・マイクロ番号、○数字はマイクロ通し番号、外題、紙数・丁数、表紙の題目の順に記載した。

一・二七三―一―①　西記　一之二了　六紙十一丁
迦弐色迦王伏悪龍事／為超国王殺片親／如意輪師最後取弟子世親

二・〃⑭　西記　第五　（角書：四之四了）カ　五紙九丁
優填大日釈迦像事／伏毒龍留景事／護法破外道事

三・〃⑮　西域伝第六　三紙六丁
難為魔王被悩不請久住世事／阿難於林中夢於如来事

四・〃⑯　西記第七抄　十紙二十丁
毘沙利国弥勒菩薩受授記事／釈迦授記処事／昔提婆与仏成鹿王／昔仏修菩薩行時為兎投身施食事／月兎事／睹貨羅国僧捨坐禅拝聖跡事／接提所事／阿難所悩天魔不請仏経寿事／千子呑母乳留戦事／七百賢聖初制毘尼事／阿難分身於恒河炎事

五・〃⑰　西域記第九抄　九紙十八丁
竹杖外道事／勝軍事／仏舎利事／迦葉入定事／勝密為殺仏事／三蔵結集事／夫受戒僧依年歳坐事／目連事／舎利子事／肉開三帰事／如来化鳩済生事

六・〃⑱　西記第十抄　六紙十二丁
猛謁提婆入水出事／龍猛以提婆為付法事／龍猛以呪術述年限事／引生依龍猛力延事／龍猛為引生王太子捨命事／龍猛為檀越出金山事／引生王為伽藍興隆成金山事／龍猛構五層梵閣事

七・〃⑲　西域第十二抄　四紙八丁

八　（断簡）　二紙四丁

九　（断簡）　一紙二丁

一〇　（断簡）　三紙六丁

一一　（断簡）　一紙二丁

一二　（断簡）　二紙四丁

一三　（断簡）　一紙二丁

一四　（断簡）　一紙二丁

一五　（断簡）　四紙八丁

一六・〃②　記第二　内題：西域記巻第二
角書：五之一　三紙六丁
随智恵深淳免僧役僧事／敬信九等事

一七・〃⑥　西記二　角書：五之五了　八紙十五丁
世親菩薩造倶舎事／如意輪師切舌事／波尼爾仙子得生速忌事／迦爾色迦王与脇尊者／訳倶舎事

一八・〃④　西記第二　角書：五之三　五紙九丁

釈迦菩薩値然灯仏得記別事／如来瞿波龍窟崛留影像事／依
只真影真恨立止也
一九・〃⑤　西記第二　角書：五之四　三紙六丁
迦弐色伽王記別事／白兎誘迦弐色伽王事／脇尊者事／一身
両体像事／蟻噛僧形事／三尺塔神現事／盗賊改悔事／仏記
七焼七建塔候事
二〇・〃③　西記第二　内題：西域記巻第二
角書：五之二　四紙七丁
四種姓事／四兵事／四罪過四条事
二一・〃⑪　西域記第五　角書：四之一　五紙九丁
曲女城事／戒日継周信祈観音事／戒日大王事／唐大宗事／
於恒両岸戒日王行無遮会事／於行宮之台焼宮立誓滅火事／
諸外道欲死戒日王事
二二・〃⑬　西記第五　角書：四之三　五紙十丁
為邪鬼被謬捨命願福事／戒日王五年積福一口施之事／人間
外道修苦行捨命事
二三・〃⑫　西記第五　角書：四之二　六紙十一丁
世親菩薩造論事／無着世親等兄弟事／世親破小執帰大乗事
二四・〃⑦　記三　角書：二之一　二紙二丁
無憂王与大天退僧徒事／迦弐色伽王与脇尊者集造三蔵事
二五・〃⑨　西記第四　角書：二之一　三紙六丁
三学衆徒各供□□（祖師カ）基事／烏波鞠毱多幾事／獮獲
以密供仏事第四之一
二六・〃⑩　西記第四　角書：二之三了　七紙十三丁
世親幼稚事／聞衆賢来世親逃去事／衆賢捨今事世親遺事／
大五舌五六十年事／無垢友論師
二七・〃⑧　記三　角書：二之二了　六紙十一丁
雪山下退悪王助仏法事／病象布施進舎利事／龍被取舎利以
禁術責返事／断食祈観音事／依先身象身多大食事

これによると、全部で二十七点になり、そのうち、まとまった冊子が十九帖で、断簡が八点になる。冊子は縦一五センチ、横一一から一二センチ前後の、枡形の粘葉装で、最初や最後が欠けているものが少なくなく、虫損や破損が多い。

一面の行数は各帖によって異なり、五行から七行で、五行が最も多く、六行がこれにつぐ。同じ帖でも丁によって五行が六行になるケースもあって一定しない。

すべて鎌倉期の写本で、料紙は楮紙である。表記は漢字片仮名混じりで、片仮名が小書きされる、いわゆる片仮名宣命書きで、返り点など訓点がついている。筆跡は様々で複数の何人かで写しており、後に書き加えられた後筆のものもある。

表紙の外題は、これも各帖によって様々で、「西域記」「西域伝」「西域」「西記」、あるいは単に「記」というものもある。内題に「西域記」とある帖も二帖みられる。したがって、『西域記伝抄』という書名は、外題・内題ともに見られず、金沢文庫がつけた整理書名ということになる。さらに表紙には、内容にかかわる見出し項目が列挙されている。これは説教の際の索引、インデックスとしての役割を持ったであろう。冊子によってその見出しの書き込みの量は異なるが、多いものでは、有名な月に兎が籠められる話題もある四番で、全部で十二条もの見出しがびっしり書き込まれている。次の五番や六番なども同様である。

また、表紙には別筆で、「五之四」といった整理番号のような角書がある冊子もいくつかみえるが、これはある程度、『大唐西域記』の巻が同じ冊子では共通するものの、全体としては余り関係がなさそうである。

四、『大唐西域記』との本文関係

今、試みに展観図録のリストに従って、一覧表をあげてみたが、この順番が何を基準としているのかがよくわからないため、次にマイクロフィルムによる番号順に並べ替えると、ほぼ『大唐西域記』の巻順になっていることが確認できた。なお、ここでは、紙焼き写真の写真帖から複写させて頂いたものをもとにする。

以下は『大唐西域記』は上海古籍出版社版・二〇一一年刊による。説草は、マイクロ番号（①—）の方が図録番号（一—）より内容の順序にほぼ合致する。『大唐西域記』との本文関係に移るが、マイクロフィルムの番号は、二七三—一—一～二七という順番になる。この末尾の番号をマル数字で示した。参考までに（ ）のカッコで図録の番号もあわせて掲げておいた。

なお、『大唐西域記』のテキストは、日本の古写本をはじめ諸本の詳細な校異を載せる、上海古籍出版社本を用いる。底本は、京都大学所蔵の高麗蔵の刊本である。巻ごとの国名の後の小番号や見出しのタイトルはすべてこの上海古籍出版社版本によっている。中国では他に、簡略な訳注を施した中華書局版もあり、適宜参照した。

一覧には、説草ごとに、外題と内容に対応する『大唐西域記』各巻の該当する上海版の見出しのタイトル、ページ数を掲げた。これによって、説草『西域記伝抄』の全体像も俯瞰することができるであろう。

①（二）　西記　一之二了上海版

巻一・迦畢試国　四「大雪山龍池及其伝説」

P六八　↓弁暁草

②（一六）　記第二　内題：西域記巻第二　角書：五之一

巻二・印度総述　十「仏教」、十四「敬儀」　P九〇、九五

③（二〇）　西記第二　内題：西域記巻第二　角書：五之二

巻二・印度総述　十一「族姓」、十二「兵術」、十三「刑法」　P九一

④（一八）　西記第二　角書：五之三

巻二・那掲羅曷国　一「城附近諸遺跡」、二「小石嶺仏影窟」　P一〇四

⑤（一九）　西記第二　角書：五之四

巻二・健駄邏国　一「卑鉢羅樹及迦膩色迦王大卒堵婆」　P一一二

⑥（一七）　西記二　角書：五之五了

巻二・同　三「迦膩色迦王伽藍与脇尊者世親如意遺跡」　P一一九

八「婆羅覩邏邑及波你尼仙」　P一三〇

⑦（二四）　記三　角書：二之一　↓⑪につながる

巻三・迦湿弥羅国　二「五百羅漢僧伝説」　P一六八

⑧（二七）　記三　角書：二之二了

巻三・同　四「雪山下王討罪故事」　P一七三

五「仏牙伽藍及伝説」　P一七五

六「小伽藍及衆賢論師遺跡」　P一七六

七「索建地羅論師及象食羅漢遺跡」　P一七八

八「円満与覚取論師遺跡」　P一七九

⑨（二五）　西記第四　第四之一　角書：二之一

巻四・秣兎羅国　一「釈迦弟子等遺跡」　P二〇〇

二「鄔波毱多遺跡」　P二〇二

三「獮猴献蜜及釈迦等遺跡」　P二〇三

⑩（二六）　西記第四　角書：二之三了

巻四・秣底補羅国二「大伽藍及衆賢与世親故事」　P二一二

三「無垢友故事」　P二一四

⑪（二一）　西域記第五　角書：四之一

↓⑦の続き　表紙と内容が相違

巻三・迦湿弥羅国三「迦膩色迦王第四結集」　P一六九

⑫（二三）　西記第五　角書：四之二

巻五・阿踰陀国　一「世親勝受及仏遺跡」　P二四五

二「無著与世親故事」　P二四六

⑬（二二）　西記第五　角書：四之三

巻五・鉢邏耶伽国二「天祠及伝説」　P二五三

三「大施場及修苦行者」　P二五四

⑭（二）　西記　第五　（角書：四之四了）

巻五・憍賞弥国　一「刻檀仏像」　P二五七

二「具史羅世親無著及諸遺跡」　P二五八

三「迦奢布羅城及護法伏外道遺跡」

⑮（三）西域伝第六　P二六〇
巻七・吠舍釐国　四「菴没羅女園及仏預言涅槃処」　P三四一

⑯（四）西記第七抄
巻七・婆羅痆斯国
一「鹿野伽藍」（一）「慈氏及護明受記卒堵波」　P三一九
同　（三）「象鳥鹿王本生故事」　P三二二
同　（四）「憍陳如等五人迎仏卒堵波」
三「三獣卒堵波」　P三二五
・戦主国　二「不穿耳伽藍」　P三三一
・吠舍釐国　四「菴没羅女園及仏預言涅槃処」　P三三四
五「千仏本生故事」　P三四一
八「七百賢聖結集」　P三四二
十「阿難分身寂滅伝説」　P三四六
　P三四八

⑰（五）西域記第九抄
巻九・摩掲陀国下　説草・各表題
二十「雞足山及大迦葉故事」
＝「迦葉入定事」　P四二二
二一「仏陀伐那山及杖林」

＝（冒頭欠）　P四二六
同　（一）「勝軍故事」
二二「上茅宮城」（三）「勝密火坑故事」
＝「勝軍事」　P四二七
＝「勝密為殺仏事」
二五「迦蘭陀竹園」（三）「第一結集」　P四三四
＝「三蔵結集事」P四四五―四四八
二七「那蘭陀僧伽藍」
＝「受戒僧依年歳事」　P四五二
二八「拘理迦邑及目連故里」
＝「目連事」　P四五九
三十「迦羅臂拏迦邑及舎利子故里」
＝「舎利子事」　P四六一
三一「帝釈窟」（一）「雁卒堵波」
＝「聞開三浄事」　P四六五
（二）「鴿伽藍」
＝「如来化鴿済生事」　P四六六

⑱（六）西記第十抄
巻十・憍薩羅国　一「龍猛与提婆」　P四九六
二「龍猛自刎故事」　P四九八
三「跋邏末羅耆釐山」　P五〇〇

⑲（七）西域第十二抄
巻十二・瞿薩旦那国　九「龍鼓伝説」　P六二〇
十「古戦場」　P六二二
十一「媲摩城彫檀仏像」　P六二三
⑳—㉗（八—一五）　断簡

以下、ここでは詳細は省略して、本文比較で判明した結果を挙げておこう。

まず第1に、本文は『大唐西域記』のほぼ忠実な写しとみてよく、諸本の本文異同の範囲を越えるものはない。この点で、かなり自由に語り変えている弁暁草などと根本的に相違する。『大唐西域記』で全く出てこない巻は、巻六、八、十一の三巻分である。おそらくその部分の説草が残存していないものと思われる。

第2に、角書とは必ずしも全体が対応せず、巻ごとのまとまりには部分的に対応する。

第3が重要で、説草の⑦＋⑪＋⑧はひとつなぎで一結であることがわかった。筆跡も同じで、内容も連続する。⑦は巻三の「迦湿弥羅国」で、上海古籍版の項目の第二で、五百羅漢の伝説をめぐる条だが、本文が一丁分しかなく、「咸運神通凌」（ともに、じんつうをはこびて、しのぎ）と途中で文章も途切れている。これが⑪をみると、「虚履空来至此国」（きょ、そらをふみてこの国にきたり、いたる）となり、⑦の末尾とあわせれば、「咸運神通、凌虚履空、来至此国」（ともにじんつうをはこびて、きょをしのぎ、そらをふみて、この国にらいしす）となり、『大唐西域記』の本文に合致するのである。

そして、⑪は続いてカニシカ王の仏典第四の結集の条が記され、さらに⑧の説草に続いていく。上海古籍版の項目の四から八まで続く。従って、⑪の表紙の、巻五で、「曲女城事」や「戒日王事」などの見出し項目と内容は全く相違する。⑪に相当する中身は不明で、今後、断簡を詳しく調べれば出てくるかもしれない。

第4に⑮と⑯の一部の内容が重複することが注目される。巻七・吠舎釐国の項目四「菴没羅女園及仏預言涅槃処」（P三四二）に相当する部分で、筆跡は全く異なる。⑮は一面五行、⑯は一面六行で、⑮はこの条しかなく、『大唐西域記』の当該の冒頭文「伽藍北三四里有卒塔婆」（がらんのきた、さんよりばかりに、そとばあり）から引用しているのに対して、⑯は「仏昔在此告阿難曰」（ほとけ、むかし、ここにありて、あなんにつげていわく）と話の本題から引用している。一面の行数が異なるし、断定は出来ないが、送り仮名や返り点など訓読がほぼ合致するので、直接の関係があるとすれば、⑮をもとに⑯が写されたと思われる。全く別途の書写である可能性も否定できない。

この例から見ると、これら説草の『西域記伝抄』は同一のひとまとまりではなく、複数の取り合わせの可能性が高いといえる。

このことはさらに、次の第5でも確かめられる。⑰の説草のみが、本文の各条に「勝軍の事」、「迦葉入定の事」、「三蔵結集の事」、「目連の事」といった「〜の事」という見出しが九項目分ついている。この「〜の事」書きは、表紙の見出しの項目とも筆跡も合致するが、表紙の項目は、「付仏舎利事」(つけたり、ぶっしゃりのこと)という一条があらたに加わっている。また、各条の文章の末尾には引用を示す「文」という一字の記載がある。また、一面の行数は七行で一貫し、他の帖が五行か六行であることとも相違し、他の帖とかなり体裁を異にすることが明らかである。

以上からみて、現存分は同一の一結ではなく、『大唐西域記』に関する複数部の説草写本があったかと思われる。

第6としては、⑳〜㉗の断簡を精査すればさらに関連が分かるかもしれないが、今回は検討する余裕がなかったので、機会をあらためて検証したい。

五、抄出の方法

ここでは、説草が『大唐西域記』をどのように抜き出していったのかをみたいが、紙幅の都合で問題の箇所を一カ所だけ取り上げることにする。二番目にあげた例は今のまとめの第5で取り上げたので、省略する。

説草⑯は、『大唐西域記』巻七の「婆羅痆斯国」の一「鹿野伽藍」の(二)「慈氏及護明受記卒塔婆」から、(三)「象鳥鹿王本生故事」に至る部分で問題になる箇所がある。

慈氏菩薩が受記を受けた卒塔婆が釈迦が菩薩の時に受記された場所でもあった。人間の寿命が二万歳だった時に、迦葉仏が護明菩薩に受記して、衆生の寿命が百歳に縮まった時代に成仏して釈迦牟尼になるだろうと予言される。

この部分を抜き出して、龍のいる三池の話題、釈迦の袈裟の跡が刻まれた話や釈迦が菩薩時代に象王になったり、鳥の身になったりする部分などは省略され、次の鹿野園の由来である本生譚、鹿王が子を宿している雌鹿の身代わりになろうとする説話を引用する。『大唐西域記』では、「其側不遠、大林中有卒塔婆」(そのかたわらに、とおからずしてだいりんのなかにそとばあり)とあるが、説草では、「導俗側に遠からずして」となっていて、意味が通じにくくなっている。

　これは要するに、省略した前の文章の末尾とくっつけたために生じた錯誤である。つまり、『大唐西域記』で省略された本文の末尾は、「人、上下を知り、道俗、帰依す」という文章であり、この道俗が次の「側」とつなげられた錯誤である。上海古籍本の校異によれば、前段末尾の「道俗帰依」の「帰依」と次の初めの「其側」の「其」が、それぞれなく、また「道俗」の「道」という字が「みちびく」の「導」になっている伝本がある。個人蔵の中尊寺金銀泥経本、これは大正新修大蔵経の校異にも使われているが、この本と橘寺本とが合致し、石山寺本も「導」の字以外は共通する。

　したがって、説草もこれら日本に伝存する古写本の系統本によっていることが明らかで、その結果、「道俗側」という本文となったと思われる。説草『西域記伝抄』全体が『大唐西域記』のどのようなテキストによったのかは、今後の根本的な課題であるが、その一端がここの例からかいま見えるように思う。

六、書き込みに関して

　説草のいくつかには、表紙や見開き、末尾などに、本文と同筆や別筆の書き入れがみられる。これも本書の基礎的な問題として無視できない問題と思われるので、その概要を紹介しておきたい。およその具体例は翻字したのは以下のようである。七帖分が該当し、その内容は様々である。

①（一）西記　一之二了
表紙：党援之衆ニハ、無競コト大義ヲ。
　群迷之中ニハ、無弁コト正論ヲ。
見返し：句無〇云神ノマスナレト云事　神三リト云風俗也
　ル乙女云事
此歌ハ二段ノ歌也
　ヤオトメハ　ワカヤヲトメニ
　タツヤヲトメ　タツヤヲトメ
　二段
　カミノマツ　コノミヤシロニ
　タツヤマヲトメ　タツヤヤヲトメ
末尾：賭射還饗事（ノリユテカヘリキヤウ□）／清和天皇貞観二年正月十一日

②（一六）記第二　五之一
表紙：天竺記　食ハ以テ一器ヲ、衆味相調フ、手指ヲ以テ掬酌（クミクレテ）、略（ホボ）
　無匙箸（ヒキヨ）、至於病患ニ、乃用フ銅匙ヲ。
　＊「病患」＝宋本他「老病」

如来錫杖アリ、白鉄作鐶ト、構檀ヲ以テ為笴カラ
(エニズ)。
↓巻二・一七物産P一〇〇、同・那掲羅曷国P一〇八

③(二〇)　西記第二　五之五

見返し：匂兵部卿ノカノカフハシノコノ代ノ匂真仏之事
香ノ薫(カウバシキ)人ニハモロコシニハ黄帝燕姫
一行阿闍梨　吾朝ニハ聖徳太子
光明皇后也

義淵僧正ハ大和国高市郡ノ人ナリ。其父母
依無子、多年祈観音間、夜聞テ少児
啼音ヲ、奇テ出見之、柴垣之上ニ有裹白帖ニ
香気普ク満リ。歓以取養不日長大、天智天
皇伝聞相共皇子、令□岡本宮。

末尾：史記呉世家云
季札為リ使ト、向フ上国ニ路ニ逢フ徐君ニ。
季札之初メ使トシテ北ノ方過ヨギル徐君ニ。々々
好(コノム)季札ガ剣ヲ。口ニ弗敢テ言イハ。季札
心ヲ知テ之ヲ為使上国、未献還至ル
徐ニ、々君已死タリ。於是(ココニ)乃解トイテ其ノ宝
剣ヲ、繋カケテ之ヲ徐君ガ家樹ニ、而モ去ヌ。従
者ノ云ク、徐君已ニ死タリ、尚ホ誰カ早ミヤケセン。季
札ガ
云ク、至然始メ吾レ心ニ已ニ許ユルシヌ之。□ニ以
死ヲ信ソムカンヤ吾心哉。

⑤(一九)　西記第二　五之四

見返し：健駄邏国如来、昔為テ国王ト、修シテ菩薩行ヲ、
従テ衆生欲ニ、恵施不倦。喪(ウシナフコト)身ヲ、
若遺(ワスレタルコト)、於テ此国ニ、千生為王ト、
即斯勝地ニ、千生捨眼ヲ。文

又云尺迦如来於此ニ化鬼子母、令不害人ヲ。
故此国俗祭テ以テ求ト嗣ヲ。
↓『大唐西域記』巻二・四、P一二四、P一二五

又云昔独角(トカクノ)仙人為婬女、誘(アサムキ)乱
レテ退失シテ神通ヲ、婬女乃駕仙人肩ニ、而還城邑ニ。
↓同・巻二・六、P一二八

健駄邏国

⑥(一七)　西記二　五之五了

第四紙・表：□洲曰
衆楚一斉、不免其嘆ヲ。

⑨(二五)　西記第四　二之一

見返し：秣兎羅国　中印度境

⑭(二)　西記第五　四之四了

見返し：憍賞弥国　　旧拘睒弥国／中印度之境也

まず、第1に、書き入れの内容が『大唐西域記』に関係するもの（②、⑤、⑨、⑭帖）とそうでないものとに分かれる（①、③、⑥帖）。

第2にこれにもとづき、『大唐西域記』に関係するものをみると、②と⑤の二帖 は本文と同じ巻で、引用されなかった別の部分を抜き書きしている。特に⑤は、釈迦の前生の国王が衆生を救うために眼を与え、千の世も王になる本生譚や鬼子母神の話や有名な一角仙人の話などを引く。本文とは別筆である。巻二の引用内容を見て、足りないことに気づいて後の人が別途に書き足したのであろう。②の帖の説明は省略するがこれと似たような状態である。

一方、⑨、⑭の帖は、本文内容に対応する国の名前を明記しただけである。

第3に、『大唐西域記』に関係しないものでは、①は見返しに「や乙女は、わかや乙女に」という神歌が引用される。神楽に関連するものか、およそ『大唐西域記』とは無縁のものである。また、帖の末尾には、日本の清和天皇の貞観二年正月の賭弓についてのメモがある。これも関連を見いだしがたい。

③もまた、日本や中国の事例で、見返しに、『源氏物語』の匂兵部卿や中国の黄帝、燕姫、一行阿闍梨、日本の聖徳太子や光明皇后など、よい香りを放つ人物の名前が列挙され、さらには、奈良の義淵僧正の観音の申し子として生まれる誕生奇瑞譚がみられる。これはしいていえば、説草には抜き書きされていないが、『大唐西域記』本文の、巻二「健駄邏国」の二「大卒塔婆周近諸仏像」の条に、仏像の荘厳に関して、「殊香異音」という部分があり、あるいはこれと関わるかもしれない。

また、帖の末尾には、『蒙求』や『今昔物語集』などで知られる「季札掛剣」の故事が『史記』から引かれる。これも本文内容との関連は明らかではないが、しいていえば、巻二の「印度総述」の十二「兵術」と十三「刑法」に、それぞれ「あるいは刀剣を持ち」、「義においては余の譲あり」「盟誓、信をなす」といった表現があり、これらの一節は、説草にそのまま抜き書きされているので、そこから季札の故事が連想された可能性も考えられる。『大唐西域記』との関連性に関しては不明ではあるが、試みの見解として提起しておきたい。

ついで、⑥は第三紙裏と第四紙表が白紙で、第三紙表と第四紙裏とは本文がつながっており、たんに一紙分を飛ばした可能性が高く、その第四紙の白紙中央に書かれたメモで、その意味は不明である。

以上、『大唐西域記』と直接関係のない書き込みに関してはその理由を完全に明らかにすることができないが、一部には、『大唐西域記』本文との関連をうかがわせるものもあり、なぜそのような書き込みがなされたのか、それぞれの説教などの現場に関係するか、などの問題ともあわせて、今後も検討していきたいと思う。

注

（1）余欣、「『大唐西域記』古写本述略稿」（『文献』四期、二〇一〇年）、高田時雄著、高啓安訳「京都興聖寺現存最早的『大唐西域記』抄本」（『敦煌研究』二期、二〇〇八年）などがある。

（2）林承節「『大唐西域記』対印度歴史学的貢献」（『南亜研究』一九九四年）、孫暁崗「『大唐西域記』中漢質子与漢王寺詮釈」（『青海師範大学学報』哲学社会科学版、三五巻五期、二〇一三年）などがある。

（3）田峰「『大唐西域記』与西蔵文化」（『西蔵研究』三期、二〇〇六年）、張慧佳「『大唐西域記』中的異域形象及其鏡鑑作用」（『湖南科技学院学報』三二巻七期、二〇一一年）などがある。

（4）李銘敬「玄奘西行故事在日本説話文学中的征引与伝承」（『日語学習与研究』、二〇一三年五期）、田峰「『大唐西域記』中関于于闐的三則故事小考」（『西安文理学院学報』社会科学版、一三巻五期、二〇一〇年）、楊昊「『大唐西域記』的文学影響――以唐五代小説為例」（『晋城職業技術学院学報』六巻六期、二〇一三年）など。

（5）小峯和明『中世法会文芸論』（笠間書院、二〇〇九年）。

（6）小峯和明『今昔物語集の形成と構造』（笠間書院）では、日祐の日蓮宗蔵書目『本尊聖教録』（康永三年（一三四四））にみる十八説法「西域記因縁二帖」「西域並注好選因縁抽要一帖」、二十一箱「西域記一部二帖」などが紹介されている。

（7）禿氏祐祥「『大唐西域記』の和訳本」（『宗教研究』新八巻、一九三一年）では、鎌倉期書写の断簡（古筆切）で、薄墨の界線あり、雁皮よりさらに薄く柔らかい料紙で絵巻の詞書かとされている。

付記

＊『西域記伝抄』の調査に際し、金沢文庫の西岡芳文氏のお世話になりました。御礼申し上げます。

＊小稿は、二〇一四年十月に北京の中国人民大学で開催された「仏教と文学――日本金剛寺仏教典籍調査研究成果報告国際シンポジウム」における口頭発表をもとにしています。席上、種々ご教示頂いた先生方に御礼申し上げます。

＊本稿は北京市社会科学基金項目『今昔物語集』的東亜比較文学研究」（項目番14WYC058）、清華大学人文社科振興基金研究項目「故紙沈香『今昔物語集』与日本外来文化的受容研究」（項目番号2014WKHQ009）のプロジェクトによる成果の一部である。

『三国伝記』における『三宝感応要略録』の出典研究をめぐって

李　銘敬

り・めいけい――中国人民大学教授。文学博士。専門は日本中古中世説話文学・中日仏教文学。主な著書・論文に『日本仏教説話集の源流』（勉誠出版、二〇〇七年）、「日本古典文芸にみる玄奘三蔵の渡天説話」（『東アジアにおける旅の表象』アジア遊学一八二、二〇一五年）などがある。

『三宝感応要略録』は、中国の遼代に成立した、仏・法・僧という仏教の三宝への受持・読誦・書写・供養などによって生じた霊験譚を通して宣教した仏教説話集であり、『今昔物語集』や『三国伝記』など日本中古中世の説話集の成立に多大な影響を与えた作品である。本稿は、『三国伝記』における『三宝感応要略録』の出典説話に対する従来の研究を整理したうえで、新たな出典説話と関連説話を考察する。

はじめに

『三宝感応要略録』（以下は『要略録』と略称する）とは、遼の僧である非濁がその晩年に集録した仏、法、僧という三宝の霊験譚一六四話からなる上、中、下三巻の仏教説話集である。有名な契丹大蔵経には、同じく非濁の編纂した『随願往生集』二十巻が収録されていることが記録されているが、『要略録』に関する記録は、中国現存の文献には一切見えていないのである。しかし、それは早くも日本に伝来し、『今昔物語集』、『三国伝記』など多くの日本説話集に多大なる影響を与えており、現在、金剛寺本、前田家本、東寺観智院本など数種の古写本も残っている。

『今昔物語集』と『要略録』との比較研究は、すでに、出典、翻訳、構成などの各方面にわたって展開されているものの、それに比べて、中世説話集の大作としての『三国伝記』においての『要略録』受容研究は、まだ検討の余地が大いに残っているようである。それに対しての新しい研究の出発点として、ここで従来の出典研究を少し整理してみたい。

一

大正二年に刊行された『考証今昔物語集』(1)では、『今昔物語集』と『要略録』との出典関係あるいは関連関係のある説話を考証したと同時に、両書と『三国伝記』にも同話関係をもつ説話三十八話を指摘している。それを『今昔』・『要略録』・『三国伝記』という順で図示すると、**表**の通りである。

このうち、『今昔物語集』巻七第十六という説話は、『要略録』巻中第十九と巻下第十という二話を一話に纏めた話であるが、『考証今昔物語集』ではその巻下第十を出典資料として指摘していなかった。『三国伝記』巻十一第五は、まさにこの巻下第十を出典としたものである。従って、三書ともに関連関係をもつ説話は、実際には三十七話が指摘されているのである。

『三国伝記』と『要略録』との出典関係の研究としては、小林忠雄氏の研究に負うところが大であった。氏の「三国伝記と三宝感応要略録――三国伝記出典考の一部として」(2)では、両書に交渉のある説話八十四話、そして出典関係のある説話

『今昔』	『要略録』	『三国伝記』
巻二第二十一	巻上第四十五	巻六第四
巻四第十九	巻中第十三	巻十二第四
巻四第三十七	巻上第十八	巻六第二十二
巻四第三十八	巻上第二十三	巻十一第七
巻六第二	巻上第三	巻九第二
巻六第七	巻上第三十二	巻九第十七
巻六第八	巻上第三十三	巻九第十九
巻六第十一	巻上第九	巻十第二十六
巻六第十五	巻上第七	巻十第十四
巻六第十七	巻上第十三	巻六第二十三
巻六第十八	巻上第十四	巻十第二十
巻六第十九	巻上第十五	巻三第二
巻六第二十一	巻上第二十八	巻十第十一
巻六第二十二	巻上第二十四	巻二第二
巻六第二十五	巻上第二十一	巻十第二十三
巻六第二十八	巻上第三十一	巻六第二十
巻六第二十九	巻上第三十五	巻九第十四
巻六第三十	巻上第三十六	巻九第二十
巻六第三十四	巻中第七	巻二第十四
巻六第三十五	巻中第四	巻十第十七
巻六第三十六	巻中第九	巻十一第十一
巻六第三十七	巻中第十六	巻八第十一
巻六第四十	巻中第二十四	巻七第二十三
巻六第四十三	巻中第二十五	巻十二第二十六
巻六第四十四	巻中第二十六	巻九第五
巻六第四十七	巻中第三十三	巻五第二十三
巻六第四十八	巻中第三十七	巻九第二十六
巻七第二	巻中第四十三	巻六第五
巻七第三	巻中第四十八	巻三第十四
巻七第四	巻中第四十六	巻十一第十四
巻七第五	巻中第四十七	巻五第二十九
巻七第八	巻中第五十三	巻十二第十一
巻七第九	巻中第五十七	巻九第二十九
巻七第十二	巻中第六十	巻七第二
巻七第十三	巻中第六十一	巻十二第二
巻七第十六	巻中第十九	巻十一第五
巻七第二十二	巻中第六十四	巻八第二十三
巻七第二十四	巻中第六十六	巻八第八

八十三を指摘している。また、その八十三話には、上述した『考証今昔物語集』で指摘された三十七話の関連説話から、巻二第二十一・巻上第四十五・巻六第四と巻六第二・巻上第三・巻九第二との二話を除いた三十五話も含まれている。氏の論文に掲出される両書の間に交渉のある説話対照一覧表には、『考証今昔物語集』のことにも触れた文言が見えているし、この部分の出典説話の考証に関しては、『考証今昔物語集』が手掛かりとして使用、参照されたようである。だとすれば、『考証今昔物語集』は、『三国伝記』の出典考としての役割は再評価されるべきであろう。

『三国伝記』	『要略録』
巻一第七	巻下第四十
巻二第一	巻上第二十二
巻三第一	巻上第十九
巻三第二十二	巻中第五十
巻五第一	巻下第三十二
巻五第四	巻下第三十五
巻五第五	巻下第三十四
巻五第八	巻下第二
巻五第十	巻下第三十六
巻五第十六	巻上四十六
巻五第二十二	巻中第二十三
巻六第一	巻下第三
巻六第二	巻下六
巻六第八	巻下第五
巻六第二十五	巻上第十一
巻七第十	巻上第四十三
巻七第十三	巻中十
巻七第十四	巻中第七十
巻七第二十五	巻下第二十三
巻七第二十六	巻下第二十二
巻八第二	巻下第二十八
巻八第四	巻下第二十四
巻八第五	巻下第二十一
巻八第十六	巻中第二十八
巻九第十六	巻上第五十
巻九第十九	巻上第三十三と三十四
巻九第二十五	巻上第四十八
巻九第二十八	巻中第五十二
巻十第十六	巻中第二
巻十第十九	巻上第四十四
巻十第二十九	巻下第三十一
巻十一第二	巻下第九
巻十一第四	巻中第二十七
巻十一第五	巻下第十
巻十一第十	巻上第十
巻十一第二十	巻下第三十八
巻十一第二十二	巻中第十一
巻十一第二十三	巻下第三十九
巻十一第二十六	巻下第二十九
巻十一第二十八	巻中第七十一
巻十一第二十九	巻下第三十七
巻十二第一	巻上第二十九
巻十二第五	巻中第六十二
巻十二第八	巻上第二十
巻十二第十六	巻下第二十七
巻十二第二十三	巻下第十九
巻十二第二十八	巻上第三十
巻十二第二十九	巻下第十四

二

小林氏の指摘した八十三話（『要略録』からいえば八十四話となる）の出典説話に見られる、既述した三十五話を除いた四十八話は、『三国伝記』の出典研究史上、初めて考証・指摘されたものとなる。それらを、『三国伝記』・『要略録』という順で図示すると、上表のとおりである。

小林氏の論考したこの八十三話の中で、『三国伝記』巻十二第二十六話と『要略録』巻中第二十五話との間には出典関係を認めがたいと指摘したのが、池上洵一氏であった。池上氏はそのうえで、さらに両書間の新しい出典関係説話として、巻二第四「釈迦為母説法事」と巻上第一「優填王波斯匿王釈迦金木像感応」、巻六第四「掃除精舎庭生天事」と巻上第四十五「払精舎庭生天感応」との二話をも指摘した。(3) なお、後者は、第一節の一覧表に下線で示したとおり、『考証今昔物語集』で指摘された三書の関連説話にも含まれているのである。

池上氏が修正を行なった八十二話の出典説話と、新たに指摘した二話と合計八十四話の両書の出典関係説話は、後に「中世の文学」シリーズ所収の同氏校注『三国伝記』(4) において、あらためて確認されることになる。

ここで、筆者は両書間の出典関係説話として新たに一組を指摘したい。それは、巻五第二十五「阿維精舎之二比丘事」と巻中第十四「受持律蔵感応」というものである。短い話なので、ここに原文を掲示して確認してみよう。

『三国伝記』巻五第二十五　阿維精舎之二比丘事　明受持スル律蔵ヲ奇特也

梵曰、昔、罽賓国ノ阿維精舎ニ有二人ノ比丘。一人ハ受持シ律蔵ヲ鵝珠底ニ磨テ求仏身ヲ、一人ハ受持シテ論蔵ヲ教網高ク張テ重ンズ聖財ヲ。以上妙ノ食ヲ供ス両師ヲ。夜分ニ天人来至テ礼拝シテ持律ノ比丘ヲ不礼持論ノ比丘ヲ。如スル是事一月余也。依之ニ持論ノ比丘懐忿毒ヲ。爰ニ天呵シテ云ク、「戒律開人天道乃至菩薩道ニ。以是ノ因縁ヲ天人重ンズ持律ノ者ヲ。不可悔恨ス」云云。爾ノ時、持論ノ比丘兼持シテ律蔵ヲ精進修習シ、倶ニ得タリ初果ヲ。時ニ天人来テ礼拝ス二比丘ヲ矣。(5)

『要略録』巻中　受持律蔵感應第十四　同文

昔罽賓國阿維精舎有二比丘、一人受持律蔵、一人受持論蔵、人皆以上妙食供律師。夜分天人来至、礼拝持律蔵比丘、不礼持論比丘、如此一月余。持論比丘心懐忿恚、天呵云、「戒律開人天道、乃至涅槃道。以是因縁、天人重持誦者、不可悔恨。」尓時、持論比丘兼持律蔵、精勤修習、倶得初果。時天礼供二比丘矣。(6)

両者を見比べてみると、傍線部で示した部分に両者の異同が見えている以外、『三国伝記』の本文はほぼ原典による訓読文と見られよう。異同の部分についていえば、両比丘が各々律蔵と論蔵を受持する様子に関した描写が本話の唯一の添加文字となる。そのほかに、原典に微妙な改変を加えた箇所も幾つか見られる。例えば、

1. 人皆以上妙食供律師→上妙ノ食ヲ以両師ヲ供ス
2. 戒律開人天道、乃至涅槃道→戒律、人天道乃至菩薩道ニ開ク
3. 天人重持誦者→天人持律ノ者ヲ重ンズ

例1では、律師すなわち持律の比丘のみを供養するという

原典から両師、持律と持論の両比丘をともに供養するということになる。例2では原典での涅槃道から菩薩道へ、いわば小乗の解脱道から大乗の菩薩道への改変であった。例3では原典での持誦者とは、前後の文からすれば持律比丘のことを指すのが明らかであるが、ここで「誦」から「律」に改めたことによって原典より一層分かり易くなる。なお、忿恚↓忿毒、精勤↓精進など、漢語の訓読を行なう際に言葉の変換を求めようとして撰者が吟味した痕跡も見逃されるべきではないであろう。

本話はごく短いものであり、微細な変異はかなり多く見られるが、両書間の出典関係は右によって自明となったであろう。なお、ゴシックで示したところは、『三国伝記』が『要略録』の前田家本と一致しており、慶安三年版本と異なっている箇所である。それからしても『三国伝記』は『要略録』のテキスト整理にも重要な参考資料となることが分かる。

以上考察してきたように、両書の出典関係説話は、『三国伝記』全十二巻において、その八十五話が直接に『要略録』から採録されたことが確認できるのである。

三

また、出典説話とは言い難いが、内容上、両書の間に類話関係をもつ説話数話も、先学によって指摘されている。例えば、『三国伝記』巻五第二、巻九第二、巻十二第二十六などの話は、それぞれ『要略録』巻中第六、巻上第三、巻中第二十五にあたる三話と類話関係をなすものであることが挙げられる。さらに補足すれば、『三国伝記』巻二第十一、巻三第二十六、巻五第二十六とは、『要略録』巻中第十八、巻上第四十一、巻上第二十五とがそれぞれ類話関係をもつことを、ここで新たに指摘しておきたい。以下、それらを図示した上で、若干の考察を加えてみよう。

『三国伝記』巻二第十一話について、池上氏校注『三国伝記』当該話の頭注には、「出典未詳。天台大師の伝記は『続高僧伝』一七・智顗伝・『隋天台智者大師別伝』・『天台九祖伝』・『法華伝記』二・『弘賛法華伝』四その他に詳しいが、本話と同一内容の資料は未詳」と注釈してある。これについては、『要略録』巻中第十八話や、南宋釈宗暁撰『法華経顕応録』巻上にみる「天台智者大師」などの関連説話も上げられるが、本話の冒頭部にある「天台ノ智者大師ハ陳・隋二朝ノ国師、俗姓ハ陳、穎川ノ人也。生ズル時踊出一ノ山。号大賢。終ル時ノ山即チ随テ没テ為ル大賢湖ト也。」という傍線の文言は『別伝』や『続高僧伝』などには見えず、『要略録』にしか見えないので、『要略録』を参照資料として使用した

『三国伝記』		『要略録』	
巻二	第十一天台大師事	巻中	第十八隋朝智者大師講浄名経感応
巻三	第二十六瞋恚僧成大蛇事	巻上	第四十一廟神奉絹世高為起塔離蟒身感応
巻五	第二悪業罪人遇地蔵菩薩免苦事	巻中	第六王氏感地蔵菩薩感応
同	第二十六唐国王戒品功徳問事	巻上	第二十五破戒者称薬師名戒還得浄感応
巻九	第二漢朝仏法渡始事	同	第三漢土最初釈迦像感応
巻十二	第二十六曇鸞法師事	巻中	第二十五曇鸞法師得観経生浄土感応

可能性が高いと考えられる。(7)

巻三第二十六話については、池上氏校注本の頭注に「出典未詳」とされるのに止まり、関連説話も一切示されていないが、三田明弘氏は、『幽明録』、『高僧伝』、『出三蔵集記』などにみえる類話を取り上げて、本話との異同を見比べ、『高僧伝』のテキストが細部に至るまで『三国伝記』話との共通点が多く最も近いと指摘したうえで、『三国伝記』話が「安世高」という固有名詞を喪失していることが両者間の大きな相違となっているため、『高僧伝』話は、『三国伝記』話の遠祖として位置づけられるべき」だと結論している。(8) ただし、三田氏の論文では、『要略録』巻上・第四十一「廟神奉絹世高為起塔離蟒身感応」という類話には触れていない。『要略録』所収のこの話は、その題脚に「出晋塔記及宣験記」と記され、『晋塔記』及び『宣験記』によるものとされるが、実は、筆者の考察したところ、本話も含め、『要略録』に「出宣験記」と題脚注する説話はみな唐の法琳撰・東宮学士陳士良注の『弁証論』巻七所収の話からの引用であり、その題脚注もそのまま襲用したものであることが分かる。『要略録』巻上においてその前の第三十九・第四十と共に諸仏感応のうちの仏塔による感応説話群を成しているものだが、それは『三国伝記』での説示しようとした趣旨と大いに違っている。『三国伝記』が『要略録』に拠らずにそれ以外の資料から採話した理由もここにあるのではないか。『三国伝記』ではその題目の下に、「美同朋之恩也」というサブタイトルをつけて、説話の説示意図を示しているし、「我レハ是汝ガ同朋」「我ヲ助ケテ此ノ苦ヲ除キ」「此ノ僧見テ悲ミ泣ク。即近隣ノ衆僧ヲ請ジテ諸ロ共ニ念仏転経」「実ニ同朋ノ契モ貴ク追福ノ力ヲモ速ナリトナン」などの文言もその趣旨を表しているものである。『宣験記』、『幽明録』、『晋塔記』などの散逸書の外、『出三蔵記』、『高僧伝』、『弁証論』、『集神州三宝感通録』、『法苑珠林』、『古今訳経図記』、『釈門自鏡録』、『開元釈教録』など唐代の数多くの資料にもその類話が見られる。しかしながら、その何れにも『三国伝記』話の趣旨と一致した話は見えないところから、伝承上の幾多の変容を経た一話と言えよう。ただ、「身心毒熱シテ苦患難シ堪」（『集神州三宝感通録』巻下「安世高」[9]「物来相悩、誠難忍之」）、「此ノ僧見テ悲ミ泣ク」（同「高見已、涙出如泉」）など、『三宝感通録』だけと一致した箇所も見受けられる。

　巻五第二話に関しては、中国の類話文献には『要略録』のほか、『華厳経伝記』、『大方広仏華厳経随疏演義鈔』、『宗鏡録』、『地蔵菩薩像霊験記』、『大方広仏華厳経感応略記』などがあり、日本のほうでは『往生要集』、『今昔物語集』、『言泉集』、『私聚百因縁集』、名大本『百因縁集』、『雑談集』、古典文庫本または真福寺善本叢刊本『地蔵菩薩霊験記絵詞』、『説経才学抄』、十四巻本『地蔵菩薩霊験記』など沢山の関連説話が見える。小林氏の指摘したように、『三国伝記』の話は「百因縁集またはそれと同類の説話集に拠ったものと認められる」[10]。池上氏校注本の頭注にも「名大本『百因縁集』（二）は本話に酷似する」とされている。『百因縁集』[11]を辿れば、その第二話の冒頭に「同論云」という出典名が出ていて、それは第一話の前にみえる「大荘厳論云」を指すものだが、『大荘厳経論』には見当たらなかった。なお、『要略録』の話はその題脚に「出経伝別記等」とあるように、『華厳経伝記』などによるものである。ついでに言うが、『今昔物語集』巻六第三十三話「震旦王氏、誦華厳経偈得活語」という話の出典は、新旧大系本ともに『要略録』とされているが、筆者の考証では、その冒頭部は『要略録』が僅かに利用された程度で、主な出典が宋・常謹撰『地蔵菩薩像霊験記』巻第一「京師人僧俊地蔵感応第五」とすべきだという結論に至ったのである。[12]

　同巻五第二十六話は、従来、「出典未詳」とされ、その類話も未指摘のままであるが、実は『要略録』巻上第二十五話の内容とは一部重なっているのである。例えば、「末世ノ受戒者其戒品ノ功徳身中ニ熟スヤ否ヤ」との問題を究明するために、智法のある僧が天竺へ渡っていく。その途中で、阿羅漢に値してこの事を聞く、といった段落と、阿羅漢が都率天へ昇ってその問題を弥勒に伺うという箇所とには両者の一致したところが多く見られる。ただし、『要略録』の話はその題目で示すように、破戒の者であったとしても薬師の名を称すればまた浄戒に戻れるといった、薬師仏の称名による霊験譚を目指した一話となっている。それに対して、『三国伝記』の話は、唐の国王が仏法を「信楽（信じて愛楽）」することに着目している。『要略録』話の題脚に「出尚統法師伝」と記す通り、元々は『尚統法師伝』に出る説話であった。『尚統法師伝』とは如何なるものかというと、『法苑珠林』巻第八十九「受戒篇」第八十七「感応縁」・「斉沙門尚統」という話には「斉尚統法師伝云」とそれを引用している。魏文帝が無遮大会を設ける際、この国土の僧尼が戒を得ることの原由と霊験とは何かと勅問すると、諸々の大徳僧にはそれに答えられる人が一人もいなかった。その時に、西国へ行ってその難問を明らめようと請う比丘が出た。長安より天竺に到達し、ある羅漢に出会って、震旦の僧が戒を得られるかどうか、と比丘が聞いたところ、羅漢は都率天にのぼって弥勒菩薩から既に戒を得たとの返答及びそれを証明するために使った「金華入手」という霊験方法を教えられて帰り、比丘にその一部始終を伝える。後に比丘が迦毘羅神の護送で無事に帰国するが、その途中で魏文帝の殿前に金華が空中に現じたとの霊瑞が生じ、そのお陰で戒福が永遠にこの国土で伝えられていく、という話。(13)『三国伝記』の話では、魏文帝の名前を隠したものの、原話の粗筋がほぼ変わらずに伝えられている。一方、『要略録』においては大きな改変が見え、終に薬師仏念仏霊験譚と変貌したのである。なお、弥勒信仰の篤い東大寺の宗性上人の抄録した『弥勒如来感応抄』第三には、『要略録』と『法苑珠林』にみえるこの話が二話ともに抄録されており、『諸事表白』（建仁二年四月二十八日）・「薬師」には「尚縁（統）師ノ伝ニ」という引用も見える。(14)よって、「尚統法師伝」のこの話は日本において相当伝播されていた様子であり、『三国伝記』の話もそうした伝承の中にあった一話と理解されよう。

巻九第二話は、仏教の中国伝来説話として有名な話であり、『後漢書』・「西域伝」、『高僧伝』、『集神州三宝感通録』、『法苑珠林』、『広弘明集』、『仏祖統紀』など幾種もの文献に載っており、日本でも広く伝承され、『今昔物語集』や『打聞集』、『唐鏡』、『私聚百因縁集』、『壒嚢抄』などに見えている。『要略録』では、それは釈迦像初伝来の仏宝霊験説話として重きを置いており、その題脚に「南斉王琰冥祥記等文」とあるように『冥祥記』などによるものである。それに対して『三国伝記』では主に仏教伝来の初め、釈儒の力争いの話として記述されており、その出典は『太平記』だとされている。ただし、両書の冒頭部に共にみえる「漢明帝感夢」という部分が重なっており、『考証今昔物語集』は既に関連説話としてこれを指摘しているのである。

巻十二第二十六「曇鸞法師事」については、小林氏が出典説話として認めるが、池上氏はその校注本で「本話は『三宝感応要略録』中（二五）に似るが、別の資料に拠っているらしい」と頭注している。しかしながら、具体的な分析を伴わなければ、両者の実際的な関係は判断し難い。本話の関係説話をやや系統的に整理してみれば、曇鸞伝の初出文献である『続高僧伝』及びそれを出典とした『法苑珠林』が第一系統、『往生西方浄土瑞応删伝』とそれを出典とした『要略録』が第二系統、宋・戒珠撰『浄土往生伝』とそれを典拠とした『楽邦文類』・『仏祖統紀』・『往生集』（明・袾宏撰）などが第三系統となるが、まずは共に第二系統と第三系統の説話に見える「竜樹菩薩が偈を説く」という記事と「曇鸞臨終時の念仏」という記述が第一系統には見えない。また、第二系統説話の前半部での「曇鸞が仙方十巻を得た後で陶隠居を訪れる」という叙述と、後半部での「曇鸞が臨終時に自ら香炉を執って念仏、そしてその寂後、付近の尼寺の上空を西から東へ、または東から西へと音楽が聞こえる」という描写とは、他の系統の説話にも見当たらない。『三国伝記』においては、その前半部分は第一系統に沿って敷衍されたものらしい。例えば、冒頭部の『大集経』注釈に関した記事は『続高僧伝』に近い。そして、後半部分での「曇鸞の臨終念仏」と「音楽が聞こえる」といった描写は、『瑞応伝』にも見えるものの、『要略録』の文言に最も一致している。ならば、玄棟は『要略録』のこの話を読んだだけではなくて、実際にその一部を使用したのであろう。

おわりに

以上、『三国伝記』における『要略録』出典説話の研究史を見てきたが、『考証今昔物語集』に関連説話の指摘がされて以来、小林忠雄氏と池上洵一氏などの研究を通して、両書間の出典関係という受容の実態が大いに解明されたと言ってよい。しかしながら、本文で論考した巻五第二十五話（『要略録』巻中第十四話）のように、依然として検討の余地は残っている。特に、巻二第十一話と巻十二第二十六話（それぞれ『要略録』巻中の第十八と第二十五）のように、『要略録』の一話の全ての内容ではなくてそのごく一部分を利用したという受容の在り方に注目すべきであろう。

また、出典関係にある説話でなくても、その類話をできるだけ多く指摘することにも意味深いものがあるかと思われる。様々の類話の中で『三国伝記』と『要略録』との各々の説話形成の痕跡を辿ったうえで両者の関係を究明してこそ、より広い視野での研究が展開できるのではないか。例えば、『要略録』を出典とした説話が既に半分以上にも達した『三国伝記』だが、なぜ両者に類話関係を持つ説話を取らずにそれ以外の類話を採録したのであろうか、という問題も考えなければなるまい。同様なことは、『今昔物語集』にも見られるが、それも絡めて『要略録』という作品を通して、『今昔物語集』と『三国伝記』との受容の在り方を突詰めれば、日本古典説話集における伝承受容の特徴が一層明確となるであろう。

ここで、今後の研究の便を図るために、これまで究明された『三国伝記』全十二巻での八十四話の『要略録』出典説話に、今回新しく論考した巻五第二十五話と、全体ではなく僅かな一部分ではあるが出典関係があると認められる巻二第十一話と巻十二第二十六話との計三話を加えて、全部で八十七話の出典関係説話を、稿末の**一覧表**に作成しておくことにする。(15)

注

（1）（富山房、一九一三年発行、一九七〇年復刊）。

（2）『国語国文』（十六巻、五、一九四七年九月号）。

（3）「中世説話文学における『三宝感応要略録』の受容」（『神戸大学文学部）三十周年記念論集』一九七九年）。

（4）『三国伝記』上（三弥井書店、一九七六年）。『三国伝記』下（同書店、一九八三年）。

（5）前掲注4のテキスト使用。以下も同。

（6）小林保治・李銘敬『日本仏教説話集の源流』資料篇（勉誠出版、二〇〇七年）所収の前田家本『三宝感応要略録』の整理版使用。以下も同。

（7）池上洵一校注『三国伝記』当該話の頭注・四には「この逸話は『隋天台智者大師別伝句読』に見える」と指摘しているが、実は、それに「三宝感応録曰」と出典の名を出しているので、『要略録』からの引用に過ぎないものだと分かる。

（8）三田明弘「『三国伝記』における中国説話の変容と説話配列の問題」（『徳江元正退職記念　鎌倉室町文学論纂』三弥井書店、二〇〇二年）。

（9）大正新修大蔵経NO.2106（第五十二巻史伝部所収）。

（10）前掲注2論文参照。

（11）中根千絵『『今昔物語集』の表現と背景』（三弥井書店、二〇〇〇年）所収『百因縁集』影印参照。

（12）「日本説話文学と宋代説話集との交渉——宋・常謹撰『地蔵菩薩像霊験記』と『今昔』巻六第三十三話の出典を通じて」（二〇一二年二月中国人民大学に於いて開催の「日本文学における中国的題材の研究」国際学術会議での発表原稿による）。

（13）周叔迦・蘇晋仁校注『法苑珠林校注』（中華書局、二〇〇三年）使用。

（14）後藤昭雄監修『金剛寺本「三宝感応要略録」の研究』（勉誠出版、二〇〇七年）所収「『三宝感応要略録』類話・出典注記関連記事一覧」（山崎淳）参照。

（15）一覧表にみる各話の題目は、それぞれ池上洵一校注本『三国伝記』と『日本仏教説話集の源流』（資料篇）所収の前田家本『要略録』の整理版によっている。なお、後者の漢字は、日本語当用漢字に使用するものに直したのである。

付記　本論文は、「北京市社科基金項目（14WYB037）」と「国家社科基金項目（09BWW007）」の成果の一部である。なお、本論文の日本語的な表現について、恩師　小林保治先生に朱を入れて頂いた。

『三国伝記』における『三宝感応要略録』出典説話一覧表

『三国伝記』		『三宝感応要略録』		『今昔』
一	第七馬鳴龍樹兄弟昔事	下	第四十馬鳴龍樹師弟感応	
二	第一造薬師尊像延五十年寿事	上	第二二造薬師形像得五十年寿感応	
	第二得貧女富貴事		第二四貧人以一文銅銭供養薬師像得富貴感応	六・二二
	第四釈尊為母説法事		第一優填王波斯匿王釈迦金木像感応	二・二、六・五
	第一一天台大師事	中	第一八隋朝智者大師講浄名経感応	
	第一四定生沙弥事		第七空観寺沙弥定生見紅蓮花地獄謬謂実花蔵世界感応	六・三四
三	第一信婦言称阿弥陀仏名号破地獄蘇生事	上	第一九信婦言称阿弥陀仏名感応	
	第二釈道如造無量寿仏像救受苦衆生事		第一五釈道如為救三途衆生造阿弥陀像感応	六・一九
	第一四神母被牛牽到仏寺事	中	第四八唐豫州神母聞大般若経名感応	七・三
	第二二釈迦樹下般若得事		第五〇釈迦従鉢羅笈菩提山趣菩提樹下中路地神奉般若篋感応	
五	第一地蔵菩薩過去為女人尋其母生処救苦事	下	第三二地蔵菩薩過去為女人尋其母生處救苦感応	
	第四地蔵尊度喬提長者家中人事		第三五地蔵菩薩救喬提長者家悪鬼難感応	
	第五唐鄧侍良蘇生事		第三四唐簡州金水県劉侍良家杖頭地蔵感応	
	第八大聖文殊貧女変作事		第二文殊化身為貧女感応	
	第一〇弥提国王画五大力像免鬼病事		第二六弥提国画五大力像免鬼病感応	
	第一六昔尊者於父母故宅地造精舎事	上	第四六昔於父母故宅地造精舎感応	
	第二二貧女受持勝鬘経現身作皇后事	中	第二三貧女受持勝鬘経現作皇后感応	
	第二三唐張李返書写薬師経延寿事		第三三唐張李通書写薬師経延寿感応	六・四七
	第二五阿維精舎之二比丘事		第十四受持律蔵感應	
	第二九并州道俊写大般若事		第四七并州道俊写大般若経感応	七・五
六	第一阿育王破地獄造文殊像事	下	第三阿育王造文殊像感応	四・三、四・五
	第二張元通造文殊形像事		第六五台県張元通造文殊形像感応	

	第四掃除精舎庭生天事	上	第四五払精舎庭生天感応	二・二一
	第五依大般若書写功徳蘇生事	中	第四三唐乾封書生依高宗勅書大般若経一袟感応	七・二
	第八釈智猛事	下	第五釈智猛画文殊像精誠供養感応	
	第二〇釈含照図千仏像事	上	第三一釈含照図写千仏像感応	六・二八
	第二二阿弥陀仏作大魚引摂漁人事		第一八阿弥陀仏作大魚身引接捕魚人感応	四・三七
	第二三隋朝僧道喩自浄土帰事		第一三隋朝僧道喩三寸阿弥陀像感応	六・一七
	第二五五通菩薩往安楽国請阿弥陀仏事		第一一鶏頭摩寺五通菩薩請阿弥陀仏図写感応	
七	第二太山府君旧訳仁王経誉事	中	第六〇旧訳仁王経感応	七・一二
	第一〇建立精舎地感応事	上	第四三建立精舎地感応	
	第一三天人下而供養阿難塔事	中	第一〇書写阿含経生天感応	
	第一四揚州居士依常住二字生不動国事		第七〇聞常住二字感応	
	第二三道珍禅師読誦阿弥陀経往生事		第二四道珍禅師誦阿弥陀経往生浄土感応	六・四〇
	第二五憍薩羅国免疫難事	下	第二三憍薩羅国造十一面観音像免疾疫難感応	
	第二六魯郡孤女蘇事		第二二魯郡孤女供養観音朽像感応	
八	第二涼州徐曲為亡親画観自在像得利益事		第二八涼州姚徐曲為亡親画観自在像感応	
	第四昔長者子寿延事		第二四造千臂千眼観音像法延寿感応	
	第五釈道秦念観音増寿命事		第二一釈道泰念観世音菩薩増寿命感応	
	第八法華経分八軸事	中	第六六七巻分八座講法花経感応	七・二四
	第一一并州道如比丘往生極楽事		第一六并州比丘道如唯聞方等名字生浄土感応	六・三七
	第一六中印度内小国講金光明経払疫難事		第二八中印度有一中国講金光明最勝経感応	
	第二三沙門恵道造八部法華因縁事		第六四書写法花経満八部必有救苦感応	七・二二
九	第五比丘僧感夢飛極楽地事		第二六并州僧感受持観経阿弥陀経生浄土感応	六・四四
	第一四汴州女金剛界大曼陀羅感応事	上	第三五礼拝金剛界大曼荼羅感応	六・二九
	第一六金地国王修造古堂寿延事		第五〇昔金地国王治古寺延寿感応	

『三国伝記』			『三宝感応要略録』	『今昔』
	第一七善無畏三蔵図胎蔵界曼陀羅事		第三二胎蔵界曼荼羅相伝感応	六・七
	第一九金剛智三蔵和上事	上	第三三金剛界曼陀羅伝弘感応	六・八
			第三四建金剛界灌頂道場祈雨而得感応	
	第二〇大興善寺沙弥念胎蔵界曼陀羅感応事		第三六念胎蔵大曼荼羅感応	六・三〇
	第二五小児戯以木葉造寺寿延事		第四八昔貧児取木葉戯作寺延寿感応	
	第二六聞寿命経延命事	中	第三七童児聞寿命経延寿感応	六・四八
	第二八阿練若比丘読大品経感応事		第五二阿練若比丘読誦大品経感応	七・七
	第二九宝室寺僧法蔵事		第五七僧法蔵書誦金剛般若経滅罪感応	七・九
十	第一一温州司馬蘇生事	上	第二八温州司馬家室親属一日之中造薬師像七躯感応	六・二一
	第一四悟真寺沙門釈恵鏡事		第七悟真寺釈恵鏡造釈迦弥陀像見浄土相感応	六・一五
	第一六毘奴寺小乗師以花厳置阿含下在其上事	中	第二毘奴寺小乗師以花厳置阿含下然恒在其上感応	
	第一七唐朝散大夫孫宣徳事		第四唐朝散大夫孫宣徳発写花厳願感応	六・三五
	第一九精舎壁修営時加小木延五十年寿事	上	第四四沙弥以杖加精舎為壁木延寿感応	
	第二〇張元寿為亡親造阿弥陀像感応事		第一四并洲張元寿為亡親造阿弥陀像感応	六・一八
	第二三釈携恵往生歓喜国事		第二一釈僑恵図造阿閦仏像感応	六・二五
	第二六幽州虞安良蘇生事	上	第九唐幽州漁陽県虞安良助他人造釈迦像免苦感応	六・一一
	第二九雍州李趙待為亡父造勢至菩薩事	下	第三一雍州鄠県李趙待為亡父造大勢至像感応	
十一	第二為秦安義造普賢像事		第九高陸秦安義蒙普賢救療感応	
	第四西印度小国講金光明経和敵事	中	第二七西印度小国講金光明経敵国得和感応	
	第五釈普明見普賢身事	下	第一〇上定林寺釈普明見普賢身感応	七・一六
	第七乞門帰薬師得富事	上	第二三昔有一貴姓祈請薬師霊像得富貴感応	四・三八
	第一〇達摩流支造釈迦慈氏二像因縁事		第一〇北印度僧伽補羅国沙門達磨流支感釈迦像驚応	
	第一一新羅僧兪誦阿含生浄土事	中	第九新羅僧兪誦阿含生浄土感応	六・三六

	第一四京兆僧智諷誦大般若二百巻事		第四六京兆僧智諷誦大般若経感応	七・四
	第二〇代州惣因寺妙運事	下	第三八代州惣因寺釈妙運画薬王薬上像感応	
	第二二乾陀衛国富那舎事	中	第一一乾陀羅衛国阿羅漢昔聞中阿含感応	
	第二三真寂寺釈恵生事	下	第三九陀羅尼自在王菩薩於地獄鑊縁上説法救苦感応	
	第二六荊州趙文侍為亡親画六観音事		第二九荊州趙文侍為亡親画六観音感応	
	第二八西域婆羅門従手放光事	中	第七一手触涅槃経感応	
	第二九唐法聚寺法安画滅悪趣菩薩像事	下	第三七唐益州法聚寺釈法安画滅悪趣菩薩像感応	
十二	第一鞞索迦国毘盧遮那像事	上	第二十九造毘盧遮那仏像払障難感応	六・二七
	第二無量義経弘伝事	中	第六十一無量義経伝弘感応	七・一三
	第四鼠聞律蔵功徳事		第一三鼠聞律蔵感応	四・一九
	第五釈恵表事		第六二聞無量義経功徳感応	七・一三
	第七五百蝙蝠証果聖人生事		第一二五百蝙蝠聞阿毘達磨蔵感応	四・一一
	第八十念往生感応事	上	第二〇十念往生感応	
	第一一天水郡張志達写大品経三行延寿事	中	第五三天水郡張志達写大品経三行延寿感応	七・八
	第一六南印度小国造不空羂索像事	下	第二七南印度国造不空羂索像感応	
	第二三尸利密多観音像事		第一九南天竺尸利蜜多観音霊像感応	
	第二六曇鸞法師事	中	第二五曇鸞法師得観経生浄土感応	六・四三
	第二八聖無動尊自称無価駄婆事	上	第三〇聖无動尊自称无価駄婆感応	
	第二九詮明法師事	下	第一四釈詮明造慈氏菩薩三寸檀像感応	

虎関師錬の『済北詩話』について

胡 照汀

こ・しょうてい——中国人民大学外国語学院博士後期課程三年生。専門は日本中世五山文学・中日仏教文学。論文に『虎関師錬の十宗観』（『国際協力と日本学研究』所収、二〇一四年）などがある。

本稿は主に日本最初の詩話である虎関師錬の『済北詩話』をめぐって、その体例と内容、それに見える虎関師錬の詩学観、作詩観及び批判的立場をそれぞれ検討したうえで、『済北詩話』の特徴を明らかにしたものである。その体例と内容については、『済北詩話』と中国宋代の『六一詩話』との比較を通じて、考察を加えたが、虎関師錬の詩学観と作詩観、批判的立場については、『済北詩話』の内容を具体的に分析しながら、詳細に論じた。

はじめに

『済北詩話』は正和三年（一三一四）、五山禅僧の虎関師錬が京都白川済北庵に隠居した時に著したものであるが、虎関の没後、彼の門人によって、彼の詩文集『済北集』第十一巻に収録されている。従来、『済北詩話』は日本最初の本格的詩話と評され、中日両国の学者たちの注目を集めている。中国学界の[1]先行研究は中日の詩話作品の比較研究に集中しているが、日本学界に[2]おいては、虎関師錬の詩と詩話との関係を研究するものが多く見られる。拙稿では、先行研究を踏まえ、『済北詩話』の体例と内容を考察したうえで、虎関の詩学観、作詩観及び批判的立場から『済北詩話』の特徴を検討していきたい。

一、中国詩話の影響——体例と内容

『済北詩話』は合わせて二十七条からなる。それを逐条的に読んでいくと、その体例も内容も中国詩話の影響を受けていることは明らかである。

『済北詩話』の体例が欧陽修『六一詩話』をはじめとする中国の随筆体詩話に影響されていることは疑いない。周知のように、『六一詩話』はその序言「居士退居汝陰、而集以資閑談」(3)に見えるがごとく、「以資閑談」を主旨に、詩人や詩をめぐる逸事趣聞を記したものである。熙寧四年（一〇七一）、穎州汝陰に隠居した欧陽修が日頃綴った読詩筆記や見聞日記から二七条を選び出し、「詩話」と名付け一冊の作品集を編纂した。それは詩話の濫觴とされ、詩を論評するための新たな文学ジャンルとして、後世の文人に大きな影響を与えた。『済北詩話』も二七条の独立的な詩話から構成される。各条詩話の内容は相互の関連性を持たず、また、作者によって意図的に配列された形跡も見られない。文体からみると、『済北詩話』も『六一詩話』と似ているような自由平易な散文で書かれ、作者の読詩筆記のような随筆的な筆致で綴られる。

『済北詩話』の内容を概観してみると、中国の唐宋詩人及び詩作に対する論評がほとんどであるが、その他にも、中国の歴史を論じる内容も多く見える。論じられる詩人は孔子、陶淵明に始まり、唐の李白、杜甫、王維、孟浩然、岑参、元稹、白居易、韓愈、韋應物、李商隠、賈至、李端、盧綸、薛令之、そして、宋の蘇軾、王安石、林逋、梅堯臣、楊萬里、劉克莊、朱淑真に至る。それに引用される経典は内学の『梵網経』、『起世経』、『天聖広燈録』、『雲臥紀談』のみならず、『詩人玉屑』、『古今詩話』、『遁斎閑覧』、『誠斎詩話』、『苕渓漁隠叢話』、『詩式』などの中国典籍及び詩話にもわたる。これを説明するために、若干の例を挙げてみよう。たとえば、「古者言、周公惟作『鴟鴞』『七月』二詩。孔子不作詩、只删詩而已」(4)は、劉克庄『後村集』(5)巻一〇一の「昔者、周公惟作『鴟鴞』『七月』二詩。夫子不自為詩、合王朝列国千余年風人之作、刪取三百五篇」に基づいていると思われる。また、「大言詩者、昔楚王与宋玉輩戯為此体」(6)は、『芸文類聚』(7)巻十九人部三に収載される楚・宋玉の『大言賦』を踏まえて書かれたものである。さらに、「玉屑集。句豪畔理者」(8)云々は、明らかに『詩人玉屑』(9)巻三「句豪而不畔于理」から引用された文言である。『済北詩話』第十八条に見える「王梵志詩曰。城外土饅頭」(10)云々は『雲臥紀談』(11)上巻「圜悟禪師在雲居。嘗曰。隠士王梵志頌。城外土饅頭。螊草在城裏。毎人喫一箇。莫嫌沒滋味」から引用され、また、同条の「咸平間。林和靖臥孤山有梅花八詠。歐陽文忠公。稱賞其踈影横斜水清淺。暗香浮動月黄昏之句。山谷雲。雪後園林纔半樹。水邊籬落忽横枝。似勝前句。不知文忠公何縁棄此而賞彼」も『苕渓漁隠叢話』[12]巻二七から引用された文言である。「夫詩人删竊者常也。然有三竊。竊勢爲上。竊意爲中。竊詞爲下」[13]云々は皎然『詩式』[14]の「詩有三偸」をふまえて敷衍された文言である。「楊誠齋曰。大抵詩之作也。興上也。賦次也。賡和不得已也」[15]は『誠齋詩話』[16]巻七六『答建康府大軍監門徐世書』によると思われる。一々を枚挙しないが、上述した数多くの例に見えるように、『済北詩話』が著述される際、虎関師錬が多くの中国詩話の内容を抜粋したり、理論や典故を援用したりして、それから一方的な影響関係を受けたことは明白である。

二、詩学観と作詩観

1、正統な儒家詩学観

虎関は儒家正統な詩学理念を唱えている。『済北詩話』第一条に、虎関は中国文学の先駆的な存在とされる周公と孔子に言及し、次のように言う。

> 周公二詩者見于詩者耳。竟周公世豈唯二篇而已乎。孔子詩雖不見。我知其爲詩人矣。何者以其删手也。方今世人不能作詩者。焉能得删詩乎。若又不作詩之者。假有删其編寧足行世乎。今見三百篇。爲萬代詩法。是知仲尼爲詩人也。只其詩不傳世者恐秦火耶。[17]

孔子の詩が見えないと雖も、彼が『詩経』を編集しうるだけの素質を備えるが故に、「詩人」と称ずることもできる。また、「三百篇、爲萬代詩法」というように、『詩経』が詩学の最高経典と崇められる。儒家思想の開創者である孔子を「詩人」と見なし、儒学の伝統経典『詩経』を「萬代詩法」と推奨する虎関には中国詩学の儒家正統性を強調するのみならず、儒家的詩学の発展経緯と歴史系譜を明らかにしようとする意図も窺われる。即ち、周公・孔子は最初の詩人で、『詩経』は中国詩学伝統の濫觴である。『済北詩話』を逐条的に読んでいくと、晋の陶淵明、唐の李杜や宋の蘇黄などが漸次に論じられている。そこから、中国詩学の伝承の系譜を浮き彫りにしようとする虎関師錬の意図が読み取れよう。

また、同条に、

> 世實有浮矯而作詩者矣。然漢魏以來詩人何必例浮矯耶。學道憂世匡君救民之志。皆形于緒言矣。傳記又可考焉。浮矯之言吾不取矣。[18]

とある。詩作を「浮矯」と言えるかどうかは、詩人が「匡君救民」の志を持つかどうか、詩作が「學道憂世」の作であるかどうかによると論じられている。孔子の教えを尊び、詩文「貫道載道」という政治教化を重視するのは儒家詩学の根本理念であり、それは虎関のそれと一致しているのである。

『済北詩話』第二三条に、楊誠斎の「大抵詩之作也。興上也。賦次也。賡和不得已也」[19]という作詩論に対して、虎関は次のように論じる。

夫詩者志之所之也。性情也。雅正也。若其形言也。或性情也。或雅正也者雖賦和上也。或不性情也不雅正也。雖興次也。今夫有人。端居無事忽焉思念出焉。其思念有正焉。有邪焉。君子之者去其邪取其正。豈以其無事忽焉之思念爲天。而不分邪正隨之哉。物事之觸我也我之感也。又有邪正。豈以其觸感之者爲天。而不辨邪正而隨之哉。況詩人之者元有性情之權。雅正之衡。不質於此。只任觸感之興。恐陷僻邪之坑。昔者仲尼以風雅之權衡。刪三千首裁三百篇也。後人若無雅正之權衡不可言詩矣。[20]

と。冒頭の「夫詩者志之所之也」は『詩大序』の「詩者志之所之也、在心為志、発言為詩」から由来するものである。「詩は志なり」はまさに孔子の詩に対する最も本質的理解であるが、それが虎関に受け継がれていることも明らかである。詩作の優劣高下を品評する基準は「興」、「賦」、「和」などの作詩手法や形式にあらず、「性情」と「雅正」であるかどうかによるのである。孔子が三千首の詩作から僅か三百首を選び出したのも「風雅」を「權衡」としたからである。「詩人」たる者は「性情」を「權」とし、「雅正」を「衡」として、「邪」なる考えを切り捨て、「正」なる思いを取り、上質純正の詩作を作るべきだと論じられる。

『済北詩話』は厳正な儒家詩学思想を提唱し、孔子及び『詩経』を儒家詩学の正統と尊ぶ。「浮嬌」の詩風を切り捨て、「詩は志なり」という儒家詩学観を強調する。詩作の評論基準に関しては、興や賦などの形式にとらわれず、「雅正」という標準を持つべきだと説かれる。

2、「適理」という作詩観

作詩観については、宋代の詩話には詩格や詩法（和韻・用典など）に関する論評が多く為されている。そのような傾向は特に黄庭堅をはじめとする「江西詩派」に属される詩人たちの詩話に殊に顕著に見える。ところが、宋代詩話を熟読した虎関はそのような傾向に反対しているようである。

凡詩文拘聲韻複字不得佳句者皆庸流也。作者無之[21]

和韻・用典にとらわれ、優れた詩句が詠めない者は凡庸な詩人であり、優れた「作者」は和韻・用典などの作詩技巧への執着を避けるべきだという虎関の作詩観が窺われる。では、彼の作詩観が具体的にどのようなものかを考えるために、次の一節を見てみよう。

子有數童。狂游戲謔不好誦習。予鞭笞誨誘使其賦詩。童曰不知聲律。予曰不用聲律只排五七。童嗔愁怨懣。予不恕焉。童不得已而呈句。雖蹇澀卦拙而或不成文理。其中往往有自得醇全之趣。（中略）予又愛侘。則喟歎曰。世之學詩書者傷於工奇。而不至作者之域者皆是討較之過也。今夫童孩之者。愚騃無知而有醇全之氣者朴質之爲也。故曰學詩者不知童子之醇意不可言詩矣。學書者不知童子之醇畫不可言書矣。不特詩書焉。道豈異於斯乎。學者先立醇全之意。輔以修練之功爲易至耳[22]

幼童が「声律」に従わず書いた詩文は「文理」を通さないが、自ずと「醇全」たる趣を帯びてくる。華麗な詩語や練達な対句を求めるより、「学者」は「醇全之意」、即ち自らの最も自然な性情を適切な言葉に託して詩を詠じるべきだ。これはまさに「詩は志なり」という詩の本質を捉えた上で唱えられた作詩観である。そして、形式への拘泥を切り捨て、内心の省察と追求を重んじるという虎関の作詩観は更に「適理」という言葉で表現しうる。

> 夫詩之爲言也。不必古淡。不必奇工。適理而已。（中略）達人君子隨時諷諭使復性情。豈朴淡奇工之所拘乎。唯理之適而已[23]

詩を作るにあたり、詩語の「古淡」・「奇工」にとらわれず、己の性情を思うがままに詠じたらよい。ここでの「適理」とは、己の性情に適うと解されるべきであろう。虎関の唱えた「理」は諸氏[24]に指摘されたように程朱理学の「天下只一個理」に基づくものであるが、両者の意味内容は同一のものではない。天下万物を包含する哲学概念としての程朱理学の「理」とは異なり、虎関の「理」は禅僧としての立場に基づくものであると思われる。禅宗は「直指人心、見性成仏」を標榜し、修業によって一切の迷妄と執着を克服し、人間本来の仏性を悟ることを本旨とする。日課として禅を絶えず修行しながら詩文の練達にも励む虎関にとって、修禅の体得と詩文の作成とはある意味で共通しているのである。詩は「志」であるが、詩も人間の本性である。「適理」の「理」は実に作詩者の「真性情」と「本来面目」である。修禅のように、日々努力し、常に詩才や技巧を高めることによってこそ、自分の「真性情」に相応しい「天然渾成」「文従字順」[25]の詩作を作ることができるのである。

三、歴史と弁証――批判的立場

史的立場

詩の本質、詩の作法、そして、詩体や詩格を論じる他に、『済北詩話』にはその詩句の内容から中国詩人の軼聞逸事、中国の歴史上の人物や事件に論及する箇所も多く見られる。全篇二七条の詩話の中から、この類型に属するのは七条に及ぶ。虎関が史的立場で詩を考察しようとする場合、その態度は次の三つのタイプに分けられよう。

①以史正詩

「以史正詩」とは、史実を以て詩文の誤りを正すことである。『済北詩話』第八条に、

李白送賀賓客詩雲。山陰道士如相見。應寫黄庭換白鵝。又王右軍雲。掃素寫道經。筆精妙入神。書罷籠鵝去。何曾別主人。按右軍傳。寫道徳經換鵝。不寫黄庭經也。白雖能記事。先時偶忘邪。(26)

とある。『送賀賓客帰越』と『王右軍』はいずれも唐・李白の詩作である。二首共に晋・王羲之の「写経換鵝」という典故を踏まえて作られているが、それらの詩作の中で示される経の名前はそれぞれ「黄庭経」と「道徳経」である。虎関は、それらの経の名に関して、『晋書』「王羲之伝」(27)を調べたうえで、王羲之の書いた経が「黄庭経」ではなく、「道徳経」であると指摘し、その誤りを正している。詩話はかねてから、その自由な形式や評論的体裁によって、作者の主観的論議が載せられる文学ジャンルである。篤実な態度で史実を考証し、詩文の正否を正す虎関の態度は賞賛されるべきであろう。

②以詩証史

「以詩証史」とは、詩文を以て史実を論証することである。『済北詩話』第十四条に、

唐玄宗世稱賢主。予謂只是豪奢之君也。兼暗于知人矣。其所厚者婦女戯樂。其所薄者文才宮職也。開元之間。東宮官僚清冷。薛令之爲右庶子。題詩于壁曰。朝日上團團。照見先生盤。盤中何所有。苜蓿長闌干。飯澁匙難綰。羹稀筯易寛。無以謀朝夕。何由保歳寒。明皇行東宮見之書其傍曰。啄木觜距長。鳳凰毛羽短。若嫌松桂寒。任逐桑楡暖。依此令之謝病歸。唐史雲。開元時。米斗五錢。國家富贍。然東宮官僚何冷至此邪。有司不暇恤乎。明皇若或聞之。須大驚督譴儻。自見盍斥有司勵僚屬。而徒賦閑詩聽謝歸乎(28)

が見える。詩話全体は唐の玄宗が「豪奢之君」、且つ「暗于知人」であることを中心的論点として展開される。まず、東宮官僚の薛令之の詩が挙げられ、「無以謀朝夕、何由保歳寒」というふうに、彼の衣食が足らず、甚だしく窮屈な暮らしぶりを示す。それを見た玄宗は臣下の薛令之を労らないどころか、「若嫌松桂寒。任逐桑楡暖」を賦したまま、薛令之の辞官を無視してしまう。更に、虎関は『唐史』の記載「開元時。米斗五錢。國家富贍」(29)を引用し、五銭の斗米さえ買えない薛令之の貧しさに対する玄宗の「豪奢」ぶりを論じる。以上のように、虎関は詩文及び詩文に関する軼事を取り上げて、

歴史上の人物の品格を論評する。これは、虎関が史的立場で『済北詩話』を編纂する際の一手段である。そして、以上のような虎関の姿勢が江戸時代に中世期を迎える日本詩話に対して新たな示唆を与えたことも否めないのであろう。

③借史諷今

「借史諷今」とは、史実を借用して、当世の時弊を戒めることである。『済北詩話』第十七条に

唐宋代立邊功。多因嬖幸不才之臣也。蓋才者及第得官。不才者雖嬖幸無由官。故立邊功取封侯。唐曹松詩雲。凭君莫話對侯事。一將功成萬骨枯。宋劉貢父詩雲。自古邊功縁底事。多因嬖倖欲封候。不如直與黄金印。惜取沙場萬髑髏。今時禪家據大刹者。以邊鄙小院。柔屋三五間者申官爲定額。黨援假名之徒。差爲住持。或居一夏。或半歳急廻本山銜長老西堂之號位。賓主相欺。宗風墜地。不謂唐宋弊政移在我門中乎。彼假名練若徒。在邊刹掠虚説話。狂妄伎倆。勾引淨信陷沒邪途。此輩盈寰宇。吾未之如何。詩人所歎者身命而已。我所怕者性命而已。彼亡一世。此亡曠劫。嗚呼立邊功者非嬖幸之罪也。唐宋帝王之罪矣。立邊號者非唖羊之罪也。大刹住持之罪矣[30]

とある。唐・宋の時、戦功で朝廷に抜擢される大臣の多くは皇帝に寵愛される無才な人だという史実を提示した後で、唐の曹松及び宋の劉頒の詩句を引用し、それを論証した。そして、批判の矛先が日本禅林の弊害に向けられる。五山十刹に列せられる大寺院の住持が自分の贔屓する凡庸な「假名之徒」を地方の小寺の住持に任命し、「一夏」「半歳」の後、彼の伝教の功により本山に呼び戻し、「長老西堂」の名号を授けるという。「賓主相欺。宗風墜地」という虎関の叱責からは禅林頽廃に対する彼の痛切な危機感が、また「大刹住持之罪」という言葉からは当時の禅林の悪習への戒めも窺えよう。

彼の国の詩句に見える歴史から自国の時弊を連想し、また世俗政治の暗さから禅林修行の不公を反省する。歴史の興廃から現世の弊害を戒めるという「借史諷今」の手法は正に儒家の「入世精神」の反映である。では、なぜ禅僧としての虎関が儒家の「入世精神」を備えているのであろうか。それは、彼が長年漢籍に耽け、儒家典籍を広く渉猟したことにもよるが、中国の渡日禅僧一山一寧の指導を受けたことが深く関わっていると思われる。「公之辨博渉外方事、皆章章可悦、而至此本邦、頗似渋于応対[31]」という一山の刺激を受けたからこそ、虎関は中国の史書・僧伝を熟読し、日本の寺院記録・雑記小伝を収集した上で、日本初の僧伝『元亨釈書』を編纂し得たのである。『済北詩話』に見える史的批判は虎関の修史による「良史直書[32]」という史家の篤実精神に由来する

が、彼の「良史貶惡而警後世」[33]という史的立場にもよると思われる。

史的立場で詩話を著すというのは中国詩話の濫觴とされる宋・欧陽脩の『六一詩話』に始められる。[34]虎関師錬はそれに倣い『済北詩話』を著したのであろうが、それは日本詩話では初めて見られ、後の江戸詩話に大きな影響を与えたのである。

質疑弁証的学問精神

詩句の内容を正確に読み取ることは詩を品評する上での大前提である。虎関の極めて詩の注解を重んじる態度は、「凡註解之家雖便本書。至有違錯。不啻惑後學。却衋先賢。可不愼哉」[35]という『済北詩話』の一条から窺われる。中国の学者の注解に対して、虎関は往々にして弁証的立場で考証したうえで、その誤りを指摘し、自らの新しい見解を主張するが、そのような態度は『済北詩話』に多く見られる。

杜詩題巳上人茅齋者。註者曰。歐陽脩雲。僧齊巳也。古本系開元二十九年。新本系天寶十二載。皆非也。夫齊巳者唐末人。爲鄭谷詩友。謂禪月齊巳也。二人共參遊仰山石霜會下。禪書中往往而見焉。去老杜殆百歳。況諸家詩中不言齊巳長壽乎。[36]

『巳上人茅齋』は杜甫が開元二九年（七四一）、東都洛陽を遊歴した時に、ある隠遁の高士「巳上人」に出合い、彼の住居の高雅さや彼の品格と才学を賛美した詩作だとされる。従来、この「巳上人」とはだれかについて、定説はないが、虎関は注釈の「歐陽脩雲。僧齊巳也」に対して、「禅書」によく見られる「齊巳」は唐末の詩僧であり、よって杜甫と百年も隔たることから、「皆非也」と否定した。

また、『済北詩話』第九条に、「杜詩。呉楚東南坼。乾坤日夜浮。註者雲。洞庭在乾坤之内。其水日夜浮也。予謂此箋非也。蓋言洞庭之闊好浮乾坤也。如註意此句不活」とある。杜甫の『登岳陽楼』「呉楚東南坼。乾坤日夜浮」に対して、中国の注釈者は洞庭湖が乾坤の内にあるからこそ、その水が浮かぶと解しているが、虎関はそれを認めず、洞庭湖が乾坤を浮かべるほど広いと理解したほうが正しいと主張する。このように、杜甫の詩句に対する注解の間違いを指摘する条は他にも二条見える。[37]周知のように、杜甫は彼の「憂国憂民」の詩風で、宋代の文人に大いに推重されるが、彼の詩に関する注釈資料は量的に夥しく、それのみならず、質的にも相当高い水準に達している。虎関が異国の僧侶でありながらも、宋人の注解の誤りを正せるのは、彼の中国古典への造詣の深さの表れであると同時に、彼の弁証的学問態度にもよると思われる。

『済北詩話』第十三条に、

和韻者詩話曰。始于元白。方今元白之集和韻多焉。晩唐詩人多效之。至趙宋天下雷同。凡有贈寄無不和韻矣。予考古集。元白之前有和韻者。李端病中寄盧綸詩雲。（詩略）。綸和雲。（詩略）。是和之押韻者也。李盧先元白者遠矣。蓋端綸代宗朝有詩名。世號大暦十才子。所謂吉中孚。韓翃。銭起。司空曙。苗發。崔峒。耿湋。夏候審及端綸也。端落句才子者此之謂矣。元白詩名。在憲宗之元和。穆宗之長慶間。大暦去元和殆五十年。因此而言和韻不始元白。予熟思之。盛唐詩人已有和韻。至元白而益繁耳矣(38)

とある。『詩話』は、和韻詩が中唐の元稹・白居易に首唱されると説かれることに疑問を抱き、虎関は「古集」を考察し、「元白」の前に所謂「大歴十才子」と言われた李端と盧綸の和韻詩を見つけた。そして、それは「元白」より五十年も前の詩作であった。故に、和韻詩が「元白」より始まったわけではなく、「元白」の頃には既に世に盛行していたと結論付けた。虎関の結論と類似した内容は『滄浪詩話』にも見えるが、それを掲げてみると、

和韻最害人詩。古人酬唱不次韻、此風始盛于元白皮陸、本朝諸賢、乃以此而闘工、遂至往復有八九和者(39)

とある。虎関の言う「詩話」は『滄浪詩話』ではないようである。『滄浪詩話』に比べると、虎関の結論は新しい創見とは言えない。しかし、細かい考察を通して、元稹・白居易以前の和韻詩を見つけ出し、自分の結論を証拠づけようとする実証的学問態度は賞賛されるべきであろう。またそのことから、彼の結論は前人の結論よりも新たな一歩を踏み出したと認めなければならない。

『済北詩話』の評論対象はすべて中国の詩人及び彼らの詩作である。五山禅林の僧侶たちに日々推重され、熟読された中国詩人と詩作に対して、虎関の考察眼は冷徹で、批判的である。中国詩話に見える既成の理念や結論に対して、容易く盲従することなく、自分の精読慎思により、常に新たな論点を絞りだすという虎関の弁証的学問態度は『済北詩話』の最大の特徴である。

おわりに

以上、体例と内容、詩学観、作詩観及び批判的立場から『済北詩話』を考察してきた。それをまとめてみると、中国詩話は『済北詩話』の成立に多方面の影響を与え、両者の間に極めて緊密な伝承関係が存する。しかし、『済北詩話』は、中国詩話からの単純な模倣ではなく、また中国詩話の既成の結論に盲従するものでもない。むしろ、中国詩話を弁証的に

考察し、新たな論点を提出するという創造的側面も有しており、そのことは見逃されるべきではない。『済北詩話』は虎関師錬が中国詩学、特に宋代詩学理論への受容と習得を反省したうえでまとめた日本最初の詩話である。それは虎関自身及びその時代に生きた五山禅僧たちの詩学理論に対する思考を反映すると同時に、江戸時代の詩話作品の隆盛にも少なからぬ影響を与えたのである。それを今後の課題として、引き続き研究していきたい。

注

(1) 邱明豊《中日詩話的影響与比較》(《中外文化与文論》第一号、二〇〇九年)、黄威《論宋代思想対日本《済北詩話》之影響》(《船山学刊》第七二号、二〇〇九年)。
(2) 日比野純三「『済北集』巻十一「詩話」について」(『中世文学』第二三号、一九七九年三月)、佐々木朋子『虎関師錬の詩的基盤』(『日本文学』第二八号、一九七九年七月)。
(3) 宋・欧陽修著『六一詩話』(人民文学出版社、一九六二年)五頁参照。
(4) 引用文は上村観光編『五山文学全集』第一巻(思文閣、一九七三年)二二八頁によるが、句読点は私意で直したところがある。以下同。
(5) 王雲五等編『四部叢刊・集部』巻六二所収『後村先生大全集』(台湾商務印書館、一九七九年、二六二三頁による。
(6) 前掲注4書、二二九頁による。
(7) 宋・欧陽詢撰『芸文類聚』(中華書局、一九六五年、三四六頁による。
(8) 前掲注4書、二三〇頁による。
(9) 宋・魏慶之撰『詩人玉屑』上(古典文学出版社、一九五八年)四八頁による。
(10) 前掲注4書、二三五頁による。
(11) 朱易安等編『全宋筆記』第五編二(大象出版社、二〇一二年、三二頁による。
(12) 宋・胡仔撰『苕渓漁隠叢話』上(世界書局、一九六〇年巻二七、一八六頁による。
(13) 前掲注4書、二三七頁による。
(14) 唐・釈皎然著、李壮鷹校注『詩式校注』(斉魯書社、一九八六年)四五頁による。
(15) 前掲注4書、二三八頁による
(16) 王雲五等編『四部叢刊・集部』巻五七・『誠齋集』(台湾商務印書館、一九七九年)五五四頁による。
(17) 前掲注4書、二二八頁による。
(18) 前掲注4書、二二八頁による。
(19) 前掲注4書、二三九頁による。
(20) 前掲注4書、二三九頁による。
(21) 前掲注4書、二四一頁による。
(22) 前掲注4書、二四一頁による。
(23) 前掲注4書、二二八頁による
(24) 海村惟一「五山文論発微――以虎関師錬禅師『済北集』為例」(復旦大学『追求科学与創新――復旦大学第二回中国文論国際学術会議論文集』所収、中国文聯出版公司、二〇〇六年)四六二頁による。
(25) 前掲注4書、二五五頁による。
(26) 前掲注4書、二三〇頁による。

（27）唐・房玄齢等撰『晋書』第八〇巻・「王羲之伝」（中華書局、一九七四年、二一〇〇頁による。

（28）前掲注4書、二三三頁による。

（29）筆者の調査では、虎関の引用は『太平御覧』巻百十一「皇王部三十六・唐玄宗明皇帝」の「十二月庚寅朔，大赦天下，改為開元。（中略）時累歳豊稔，東都米門十錢，青、齊米門五錢」によると思われる。

（30）前掲注4書、二三四頁による

（31）『続群書類従』伝部第九輯下（続群書類従完成会、一九五七年、四六五頁によるが、句読点は私意で直したところがある。

（32）唐・劉知己『史通』「惑経」（中州古籍出版社、二〇一二年）二七三頁による。

（33）黒板勝美編輯『日本高僧伝要文抄・元亨釈書』国史大系第三十一巻（吉川広文館、一九四一年）四五二頁参照。

（34）祝良文「論『六一詩話』的詩学思想」（『斉斉哈爾大学学報』第三号、二〇〇四年）参照。

（35）前掲注4書、二三一頁による。

（36）前掲注4書、二三一頁による。

（37）前掲注4書、二三一頁による。

（38）前掲注4書、二三二頁による。

（39）宋・厳羽著、郭紹虞校釈『滄浪詩話校釈』（人民文学出版社、一九六一年）一九三頁参照。

付記　本論文は中国人民大学大学院生科学研究プログラム（14XNH108）の段階的成果です。

◎コラム◎

『源氏物語』古注釈書が引く漢籍由来の金言成句

河野貴美子

『源氏物語』は、日本の古典文学を代表する作品であり、そしてその文章が和文によって綴られていることは今改めていうまでもない。ところが、『源氏物語』を研究対象として作られた古注釈書類は、『源氏物語』の和文が実は漢語、漢文の世界ともさまざまに関わりをもつものであることをしばしば指摘する。とくに、『光源氏物語抄』『紫明抄』『河海抄』といった鎌倉から室町期に成立した古注釈書は、『源氏物語』の和語、和文表現に関連する漢語、漢文を参考資料として提示することに余念がない。ただ、実際、それらの注釈の中には、一見『源氏物語』の解説として的を射ているとはいえないものや、『源氏物語』を読解するためにも必ずしも有用とは思われないものも多く見受けられる。しかし、注釈の当否はともかくとして、そうした注釈の存在は、『源氏物語』の言説に対してかつてどのような問題意識が持たれ、どのような探究がなされたのかを今に伝える具体的な記録として貴重である。いったい、平安期から鎌倉、室町期にかけて、日本の言説に関するいかなる思考が展開されていたのか。小稿では、『源氏物語』古注釈書が注釈に漢籍由来の金言成句を引く箇所に注目し、古代の「源氏学者」が追究した和漢のことばの連なりや関係ということについて若干の考察を巡らしてみたい。

こうの・きみこ――早稲田大学文学学術院教授。専門は和漢古文献研究。主な著書に『日本霊異記と中国の伝承』（勉誠社、一九九六年）、『東アジアの漢籍遺産――奈良を中心として』（王勇氏との共編、勉誠出版、二〇一二年）、『日本における「文」と「ブンガク」』（Wiebke DENECKE氏との共編、勉誠出版、二〇一三年）、『日本「文」学史第一冊「文」の環境――「文学」以前』（Wiebke DENECKE氏、新川登亀男氏、陣野英則氏との共編、勉誠出版、二〇一五年）などがある。

一、「火あやうし」――「誰何」

鎌倉中期に成立した『源氏物語』の注釈書『光源氏物語抄』に次のような注釈がある。

> 火あやうしなんとと云事：
> 秦始皇本紀 誰何火行《ヒアヤウシ》 素寂
> （『光源氏物語抄』一・ゆふかほ）

「夕顔」巻で、光源氏と夕顔が共に一

夜を過ごす場面である。気がつくと灯も消え、あたりがなんとも怖ろしげな雰囲気なので、光源氏が随身に「弦打ちして絶えず声づくれ」と命ずると、滝口（宮中警護の武士）がそれに応じて弓弦を鳴らし「火あやうし」と言いながら去って行く。ところが直後、夕顔は息絶えて死んでしまう。

「火あやうし」とは、夜回りの者が歩きながら呼びかけることばで、「火の用心」のたぐいである。そして『光源氏物語抄』は、この「火あやうし」の語に対して、「誰何」「火行」という語句を引いて参考とする素寂の注釈を採用しているのである（この注釈は『紫明抄』『河海抄』にも継承される）。「火あやうし」という語に「火行」という漢字がなぜあてられるのかも不審であるが、いま注目したいのは、素寂説がここに「誰何」という漢語を引くことである。「誰何《すいか》」とは「だれ」「だれか」という意味であり、「火あやうし」「火の用心」の意ではない。また、平安京の滝口の武士が「誰何《すいか》」と、中国の漢字音でこのことばを呼びかけた、ということでもなかろう。

それではなぜ、「火あやうし」の語に対する参考資料として「誰何」の語が提示されねばならなかったのだろうか。そしてここに「誰何」の語を引く注釈は、それによって何を説こうとしたのだろうか。

その疑問を解くための手がかりとして、右にあげた注釈が「誰何」の語の典拠としてあげる『史記』秦始皇本紀の本文を確認してみよう。

> 良将勁弩守要害之処、信臣精卒陳利兵而誰何、天下以定。
> （『史記』秦始皇本紀）

良将と強い弓によって要害の地を守り、信頼できる臣下と精鋭の兵卒が鋭い武器をつらねて「誰何」し、こうして天下は定まった、という一文である。これに対して、『史記』の注釈である劉宋・裴駰の『史記集解』および唐・司馬貞の『史記索隠』はそれぞれ次のような注解を付している。

> 【集解】如淳曰、「何猶問也」。
> 【索隠】崔浩云、「何或為呵」。『漢旧儀』、「宿衛郎官分五夜誰呵、呵夜行者誰也」。何呵字同。

「何」とは「問」の意であり、「誰何」とは宮中の宿直の警護は夜歩きをする者を呼び止めて誰かを問うたということである、とある。となると、「誰何」の語と、宮中警護の武士の「火あやうし」の声とがつながりを持つものであることが理解できるわけであるが、しかし「誰何」は『史記』の他の数箇所にも用いられている語であり、また『史記』以外にも用例は多いはずである。それではなぜ素寂は、「秦始皇本紀」と出典を限定してこの語を掲げたのであろうか。

それは、古代中国における夜回りの警備は不審者がいれば呼び止め姓名を問いただす、それを「誰何」という、ということが、日本においてはこの『史記』秦始皇本紀所載の記述として知られ、学ばれていたからであろうと思われる。そのことを証する資料がある。『世俗諺文』である。

『世俗諺文』（寛弘四年（一〇〇七）序）は、源為憲が藤原道長の要請を受け、その子藤原頼通の学習のために編纂した諺集である。収集されたのは漢籍や仏典に由来する諺で、源為憲は、見出しとしてまず諺をかかげ、それに続いてその諺の出典である漢籍や仏典の原文を注記の形で記している。『源氏物語』とほぼ時を同じくして成立した『世俗諺文』は、日本の当時の言語環境において、漢語由来のことばがどれほど、どのように用いられていたのかを伝える興味深い資料なのであるが、実はそこに「誰何」の語も収められているのである。そしてその出典として掲げられているのは『史記』秦始皇本紀なのである。

誰何《カレハナソ》《オムタ□》：
史記《ニ》云《ク》、良将勁弩《ケイト》守《ス》要二害《ノ》処《ヲ》一、信臣精卒《ソツ》陳《テ》利兵《ヲ》二而 誰何《カレハナソ》。注《ニ》、如淳《シユンカ》曰《ク》、猶《ヲ》可問《ノ》一也。（『世俗諺文』巻上（写本の附訓は一部（声点等）省略した））

現在通行の本文とは若干の異同があるものの、「如淳」の注を伴うこの本文は『史記』秦始皇本紀に拠るものであることは疑いない。

「誰何」の語を「諺」あるいは「成句」としてとらえるということについては、違和感も感じられよう。しかし「誰何」の語は、「だれか」という字義そのものの意味に加えて、とくに宮中の夜の警護の任務をも指す語として用いられた表現だったのであり、そうしたプラスアルファの語彙が存することが『史記』秦始皇本紀の一文を通して知られ、学ばれていた、素寂の説はそうした平安期以来の日本における漢語学習、漢語理解を継承する一例とみなすことができるわけである。

そしてこのように、『源氏物語』の古注釈書は、『源氏物語』の和語和文に対して、関連する漢語漢文を提示することに強い関心を持ち、多くの労力を費やしているのであるが、それはやはり、日本語が漢語漢文との接触を通して育まれ、その中に多くの漢語漢文由来の語句表現が存すること（「誰何」の語は現代に至るまで「人を呼び止めて問いただすこと」として日本語の中に定着している）、そして古代の文人学者らにとっては、ことばの世界を追究していくならば、そのことを自覚し、学ぶことが避けては通れない課題であった、そうした状況が背景にあるものと思われる。『源氏物語』の和語和文を通しても、さまざまな漢語漢文表現との関連が浮かび上がってくる。古注釈書の指摘は、『源氏物語』の和語和文の持つ意義を、そうした複雑かつ豊かな広がりを有する日本語環境の中に位置付け示そうとするもの、とみることはできないだろうか。

二、「みだり心ち」
――「足寒時心乱」

『源氏物語』古注釈書が、漢籍由来の「成句」を引く例をもう一つみよう。左にあげるのは四辻善成撰『河海抄』(一三六二年頃成立)である。

みたり心ち：足寒時《アシサムキトキニハ》心乱 帝範
(『河海抄』桐壺　文禄五年写本)

桐壺の更衣の死後、悲しみに沈む更衣の母が、桐壺帝への返書の中でその思いを「みだり心ち」と記した、その語に対する注釈箇所である。『源氏物語』には、もう一箇所、「蛍」巻にも「みだり心ち」という語がみえるが(蛍兵部卿宮から送られた懸想文への返信を書くのをいやがる玉鬘の様子が「みだり心ちあしとて聞こえたまはず」と記される)、その箇所でも『河海抄』は右と同じ注釈を付している。

右にあげた『源氏物語』の桐壺更衣の母や、玉鬘の心情を述べる「みだり心ち」の語と、「足寒時心乱」という語句の「心乱」とは、含意するところは同じとは考えられず、『源氏物語』の当該部分に対する注釈として「正解」とは思えない。それではなぜ『河海抄』は、注釈に繰り返して「足寒時心乱」という語句を引くのか。

「足が寒いときには心が乱れるものだ」。この語は、中国における金言成句の類ではないかと推察される。『河海抄』が示す出典『帝範』は、唐・太宗が帝としての心得を述べた書物である。それではこの語句は、中世日本においてどれほど定着していたのだろうか。

ここで、平安末期から鎌倉初期にかけて編纂された金言集『玉函秘抄』(藤原良経(一一六九~一二〇六)撰)や『明文抄』(藤原孝範(一一五八~一二三三)撰)をみると、そのいずれにもこの「金言」と類同の語句が、『帝範』ではなく『臣軌』を出典として掲出されている。

足寒傷心、人労傷国。養心者不寒其足、為国者不労其人。
(『玉函秘抄』中)

夫、足寒傷心、人労傷国、自然之理也。養心者不寒其足、為国者不労其人。
(『明文抄』人事部下)

足が冷えると心が傷つく、人が働き疲れると国をそこなう、これは自然の理である。心を養う者は自らの足を冷やすことがないように、国を治める者は人びとをはたらき疲れさせてはならない、という「金言」である。

「心乱」と「傷心」という字句表現の異同はあるものの、言わんとすることは同様であろう。また、以下に述べるように、日本においては『帝範』と『臣軌』は一具のものとしてよく読まれ学ばれたものであった。『河海抄』の引用が「心乱」に作り、出典を『帝範』とするのが四辻善成の誤解なのか、あるいは何か根拠となる資料が存するものなのかは分からないが、ともかく、『河海抄』がここで引く「足寒時心乱」というのは、日本の金言集にも繰り返し収載された漢籍由来の金言に基づくものであることに間違いはなかろう。

「足が寒いときは心が……」という語句は、平安期以来よく知られた『臣軌』所載の金言であった。それを四辻善成は、「足寒き時は心乱る」という語として認識していた。そして「みだり心ち」という『源氏物語』の表現に行き当たった時、四辻善成の脳裏には自然とこの「足寒時心乱」の金言が思い浮かんだ、ということではないだろうか。

なお、『臣軌』は武則天の撰と伝えられる書物で（『旧唐書』経籍志丙部子録儒家類等）、君臣関係や国家のあり方についての諸説が、主としてさまざまな書物からの引文を用いて綴られたものである。日本では、九世紀末に編纂された『日本国見在書目録』雑家に『帝範』と並んで著録されており、以降、『帝範』と『臣軌』は帝王と臣下のための必読書としてさかんに学ばれるテキストとなった。その結果、日本には複数の写本や刊本が生み出され、今に至るまで伝えられることとなったわけであるが、一方、中国においては『帝範』は宋代以降その存在が途絶え、再発見された元・李元鎮（李粛元）の附注本も清・乾隆期以前はさほど普及しなかったとされ、『臣軌』にいたっては夙に失われ散佚書となってしまったものである（阿部一九六八参照）。中国では顧みられることのなくなった書物を、なにゆえ日本では尊重し学び続けたのか。『帝範』と『臣軌』の伝来状況をめぐって日中間にこれほど大きな差異があることは、漢籍という存在が、中国のみならず、東アジアの文化史全体に果たした役割や意義を考えるうえで、一つの好例となるものであろう。

その『帝範』『臣軌』が日本でさかんに学ばれ、人びとによく知られた存在であったことを具体的に示すのが、先にあげた『玉函秘抄』や『明文抄』といった金言集である。『玉函秘抄』には『帝範』から二十二条、『臣軌』から二十四条、『明文抄』には『帝範』から三十四条、『臣軌』から五十九条もの「金言」が引用されている（山内二〇一二参照）。例えば、中国において編纂された金言集として、敦煌出土の『新集文詞九経抄』（八世紀半ば〜九世紀後半成立、撰者未詳）なる書物があることが知られているが、そこには『帝範』や『臣軌』は一条も引用されていない。このことも、『帝範』『臣軌』が日本において独自に特別の人気を博したことを象徴するものといえる。

さて、こうした中世日本の言語環境を考えれば、『河海抄』が『帝範』あるいは『臣軌』を典拠とする語句を注釈に引くのは、至極当然のことがらともいえる。実際『河海抄』には右にあげた箇所以外にも二箇所（「帚木」巻と「若菜下」巻）に『帝範』からの引用がある。そしてそれらはいずれもまた、『玉函秘抄』や『明文抄』にも収載されており、よく知られた「金言」であったと考えられるものである。しかしまた、それらはともに、『源氏物語』の本文の趣旨に必ずしも合致するとはいえない「金言」なのである。こうした『河海抄』の注釈態度を、いかにとらえるべきか。

『源氏物語』古注釈書が説くのは、漢語漢文との関係ばかりではもちろんなく、物語のプロット、あるいは物語内の和歌や有職故実などについてもしばしば詳細な説明を施している。一方、『源氏物語』の和語和文に漢語漢文をあてる注釈をみると、必ずしも物語の読解に必要とは思われないものが多い。しかし古注釈書は、先にも述べたように、こうした注解を通して、『源氏物語』の和語和文世界が、さまざまな漢語漢文世界と関連することを述べ、また、日本の言語が和語と漢語、和文と漢文の複雑な絡み合い、重なり合いの中から形成されてきたことを考えれば決して看過することのできない和漢の語文の関係を、『源氏物語』の本文からも見出し、示し伝えようとしているのではないか。語句に対する注釈は、集約されれば辞書のように利用することも可能となる。『源氏物語』には実際、『仙源抄』といった「『源氏物語』語辞典」ともいえる注釈書も作成される。『源氏物語』が紡ぐ豊かなことばの中から、学び伝えるべきことばの知識や背景、用例を示していくこと、いわば『源氏物語』を起点とする和漢の語文の紙上データベースを構築すること、『源氏物語』古注釈書を撰述した源氏学者の意図の一端は、こうしたところにもあったとは考えられないだろうか。

参考文献

阿部秋生他校注・訳、新編日本古典文学全集『源氏物語』一・三（小学館、一九九四、一九九六年）
中野幸一・栗山元子編『源氏釈　奥入　光源氏物語抄』（武蔵野書院、二〇〇九年）
玉上琢彌編、山本利達・石田穣二校訂『紫明抄・河海抄』（角川書店、一九七八年再版）
『史記』中華書局標点本（一九五九年）
観智院本『世俗諺文』（古典保存会影印、一九三一年）
阿部隆一「帝範臣軌源流考附校勘記」（『斯道文庫論集』七、一九六八年）
山内洋一郎『本邦類書玉函秘抄・明文抄・管蠡抄の研究』（汲古書院、二〇一二年）
鄭阿財『敦煌写巻新集文詞九経抄研究』（文史哲出版社、一九八九年）

東アジアの入唐説話にみる対中国意識

——吉備真備・阿倍仲麻呂と崔致遠を中心に

金 英順

きむ・よんすん——立教大学文学部兼任講師。専門は日本中世文学、説話文学、現在は、東アジア孝子説話の比較研究を中心に研究している。論文に「東アジア孝子説話にみる生贄譚——お伽草子『法妙童子』を中心に」(『説話文学研究』四五、二〇一〇年)、「東アジア孝子説話にみる我が子の犠牲と孝——「郭巨」説話の変移をめぐって」(『東アジアの今昔物語集——翻訳・変成・予言』勉誠出版、二〇一二年)、「近世初期の『父母恩重経』注釈書について——玄貞著作『仏説父母恩重経鼓吹』を中心に」(立教大学『日本文学』一一一、二〇一四年)などがある。

歴代入唐留学生の中でも特に学才に優れ、その名が唐土においても高かった奈良朝の吉備真備と阿倍仲麻呂、新羅の崔致遠は、史実とは別に入唐中に起こった試練や悲劇などを話題とする奇怪な物語が伝承される。本稿では、吉備真備・阿倍仲麻呂、崔致遠の説話における対中国認識の変移に焦点を絞り、日本と韓国の内外情勢を踏まえながら東アジアの入唐説話に中国がどう捉えられていくのかについて具体的な考察を試みる。

はじめに

中国の文物を学ぶために唐に渡った奈良朝の吉備真備と阿倍仲麻呂、新羅の崔致遠は、歴代入唐留学生の中でも、特に学才に優れ、その名が唐土においても高かった人物として知られる。(1)日本の真備と仲麻呂は七一七年に遣唐使多治比県守に従って入唐、真備は夥しい典籍と唐の文化を携えて日本に戻り、七五二年に遣唐副使として再び唐に渡って二年後に帰国した。しかし、仲麻呂は唐の官僚となって名を朝衡と改め、李白や王維、儲光儀等々唐の文人達と交際し、七五三年に帰国の途についたが、海上風波のために漂流し、唐に戻って余生を終えている。新羅の崔致遠は、真備と仲麻呂の入唐から百五十余年後の八六八年、十二歳の若年で入唐、科挙に合格して官僚となり、黄巣の乱の時には、「檄黄巣書」を書いて文名を上げ、八八五年新羅に帰国した。

ところが、この三人は日本と韓国では史実とは別に入唐中に起こった試練や悲劇などを話題とする奇怪な物語が伝承される。日本では、平安末期『江談抄』巻三・一「吉備入唐の間の事」にみえる遣唐使として唐に渡った真備が唐土で餓死して鬼となった元遣唐使の仲麻呂と日本の神仏に助けられ、唐国側からの難題をことごとく解決して唐の文化を日本に持ち帰ったという話が有名である。この話は、『吉備大臣入唐絵巻』に絵画化され、『吉備大臣物語』『長谷寺験記』などに語られ、中世以降は未来記や陰陽書の注釈書に再生し続け、近世時代には仮名草子『安倍晴明物語』、勧化本『安部仲麿入唐記』等々に広く語られる。一方、新羅の崔致遠は、十一世紀『新羅殊異伝』に入唐中に出会った中国の姉妹霊魂との交感を描いた説話が伝えられ、十六世紀ごろには伝記『崔孤雲伝』が作られる。『崔孤雲伝』では、中国の皇帝が新羅に送った難題を解決して中国に渡った崔致遠が天女たちに助けられながら様々な試練を乗り越え、中国皇帝と対等に渡りあい、最後は新羅に戻って姿を消したと語られる。

真備と仲麻呂の入唐説話は、日本において遣唐使の外交神話として位置づけられ、唐文化の伝来物語や始祖譚としての意義についても詳細かつ多角的な考察が行われている。(2) また、『崔孤雲伝』に関する韓国での研究では、仙界を背景とする神仙降臨小説、英雄小説として捉えられ、物語における朝鮮中期の民族意識の反映や中国との関係において主体性を失っていた支配層に対する批判などをめぐる考察が行われている。(3)

本稿では、真備・仲麻呂、崔致遠の説話における対中国認識の変移に焦点を絞り、日本と韓国の内外情勢を踏まえながら東アジアの入唐説話に中国がどう捉えられていくのかについて具体的に考察したいと思う。

一、『江談抄』から『野馬台縁起』『簠簋抄』へ

まず、真備と仲麻呂の入唐説話に中国がどう捉えられているのかをみていこう。『江談抄』では、真備が入唐した時期は記されていないが、唐に渡った真備が諸芸道に通じ、優れていたので中国側は、「唐土の人すこぶる恥づる気有り。密かに相議りて云はく、我ら安からぬ事なり。まづ普通の事に劣るべからず。日本国使到来せば、楼に登らしめて居しめむ」と述べて真備を楼閣に幽閉させて、『文選』解読、囲碁の対局、『野馬台詩』の解読などを課して恥をかかせて殺そうとする。しかし、真備は元遣唐使として唐に渡って楼閣で餓死して鬼となった仲麻呂と日本の仏神に助けられ、次々と難題を克服するのである。同話は平安末期『吉備大臣入唐絵巻』『吉備大臣物語』、鎌倉中期『長谷寺験記』などにみえる。

これら『江談抄』系統にみえる遣唐使真備が優れた才芸で中国側に恥じと不安を抱かせたという日本優位の意識は、遣唐使廃止以降、中国に対する認識が変わり、諸方面において中国と匹敵ないしは優っていると考えるようになった日本中心主義的立場による対中国観として理解されている。(4) このような日本優位の対中国観は、平安末期『今昔物語集』にみえる日本の入唐僧が共に学んだ唐僧より優秀とされる話や、日本の仏法を嘲弄しようと渡来した大国中国の天狗が日本の高僧達に打ちのめされる話などにも示されている。(5) しかし、中国に優位であろうとすればするほど、中国の先進文化との落差は認識せざるを得なくなり、『江談抄』にみえる諸芸道に優れた真備であっても、中国側が難題として課した先進文化に挑むためには鬼の仲麻呂と仏神の助力を得なければならなかったのである。

鎌倉中期以降、説話集に姿をみせなかった真備と仲麻呂の入唐説話は、室町末期から江戸初期にかけて非常に流行した未来記『野馬台詩』、陰陽書『簠簋内伝』などの注釈書によって再び注目を集めるようになる。しかし、これらの注釈書には、『江談抄』とは異なる観点から中国との関係が記述される。『野馬台詩』の注釈書の中で現存最古写本とされる大永二年（一五二二）東大寺蔵『野馬台縁起』(6) では、仲麻呂の入唐を真備より先に記述し、聖武朝の遣唐使仲麻呂は中国に官物を納める朝貢のために入唐したとする。

　聖武天王ノ御宇、遣唐使ハ宰相姓名ハ阿倍中丸ニ官物ヲ遣ル。少シ持テ来レリトテ、梁武帝腹立シテ宰相ヲ責ケル。「我ハ今ハ旅也。力及ズ。後年ニ日本ノ帝ニ申シテ多ク持テ来ン」トテ、チンジケレ共、否トモイハセズ責問、終ニセメコロサルル。尓時、宰相恨ヲ含ミ、赤鬼トナテ、荒野ニ任ス。

中国側の主体を「梁武帝」と設定し、仲麻呂が迫害を受けて殺された理由を明白に示している。また、仲麻呂に次いで入唐した遣唐使真備の場合も梁武帝に官物微少で責め立てられ、『文選』、囲碁、『野馬台詩』などの難題を突きつけられたと語られ、『江談抄』のような真備の才芸に恥と不安を抱いた中国側の様子と異なっている。そして、『野馬台縁起』のように中国への朝貢外交に赴く遣唐使仲麻呂が梁武帝に殺される物語の展開は、享禄四年（一五三一）写の三重大学蔵『歌行詩』『野馬台之起』にもみられる。『野馬台之起』では、仲麻呂の入唐をめぐって、『野馬台縁起』とほぼ同文で語られるが、末尾に鬼となった仲麻呂の怨みについて、「中丸霊魂、悲恨甚深。而登㆓青天㆒成㆓鬱陶赤鬼㆒、屍留㆓荒原㆒、憶綿々、憤連々、而動㆓近帝上㆒為㆓慨恨㆒矣」と記しているように対句の修辞で文飾した切々な文言を加えている。また、元亀二年（一五七一）以前成立とされる[7]一色直朝の『月庵酔醒記』上巻「囲碁事」では、『歌行詩』「野馬台之起」の本文を引用して囲碁の伝来談として語っている。

『野馬台縁起』や『歌行詩』が作られた室町時代は幕府が外交の主導権を握って中国に朝貢する形で勘合交易を行い、足利義満が中国皇帝に「日本国王」の号に冊封された応永九年（一四〇二）から天文十六年（一五四七）まで、中国に二十一回に及ぶ遣明使節を派遣したことはよく知られている。[8] このような室町時代の対中国認識から昔の聖武朝を振り返って仲麻呂と真備も貢物を納める朝貢外交のために入唐したと語ったのであろう。しかし、仲麻呂と真備が入唐した中国を六世紀の「梁武帝」とするのは、年代が合わない矛盾をみせる。これについて、寛文五年（一六六五）林鵞峰は『本朝一人一首』「野馬台詩」の詩評に、仲麻呂の入唐は玄宗の時で、武帝とするのは「謬説」で、とりとめのない「孟浪の言」だと批判する。さらに、貞享元年（一六八四）刊『歌行詩諺解』では、仲麻呂に対する唐帝の処遇について、「怒二官物微少一唐帝殺害二遣唐使一此何言也。非レ礼非レ義」と述べて糾弾するのである。日本の国家的な威信を背負い外交に赴いた遣唐使が中国の皇帝に殺されることは、説話であっても受け入れがたい屈辱、不義理として捉えていたのである。

一方、陰陽書『簠簋内伝』の注釈書である『簠簋袖裡伝』や『簠簋抄』には、仲麻呂と真備の入唐について『野馬台縁起』や『歌行詩』とは異なる物語の展開をみせる。室町末期の成立と推定される[9]『簠簋袖裡伝』「懐中伝暦」では、『簠簋内伝』「清明序」の冒頭にみえる安倍晴明の祖先吉備真備に関する注解として仲麻呂と真備の入唐説話が語られる。この話では、日本は天智天皇の頃まで大唐に遣唐使を送って年貢を納めていたが、仲麻呂は「才覚無双」の人であったので遣唐使に選ばれたという。

又大国ノ習ニテ、和国ノ人行則ハ、先知恵ヲタメシ、負レバ害レ之ヲ。而ニ漢王思クワ、「日本ハ知恵第一ノ国ナレバ、文字言句ノ分チ難レ詰」。其比天竺ヨリ碁初来也。是ハ日本エ未レ渡間、定テ不レ可レ知レ碁ヲ、打セスル也。中麿余ノ才覚ハ広博ナレドモ、碁ヲバ未レ知。故ニ打負テ害セラレ、魂ハ作テ二赤鬼ト一、遊二野外一。

日本が年貢を納めた中国は遣唐使の知恵を試して負ければ殺すという脅威の大国として捉えられている。しかし、日本は最も知恵が高く、詞や文章では追い詰めることが出来ないので、遣唐使の仲麻呂には日本に伝わっていない囲碁を打たせて試し、負けた仲麻呂は殺されて赤鬼となる。知恵第一の日本の遣唐使でも中国が示した囲碁の先進文化には適わなかったのである。また、仲麻呂に次いで入唐した真備は、春日明神の霊験によって『野馬台詩』を解読する際に、「我此詩ヲ読ナラバ、和国ノ年貢末代止ﾚ之給ヘト云也」と述べて朝貢中止を望み、中国側がこれに応じたので、日本の朝貢はこの時から長い間行われなかったとする。中国から課された難題の解決を朝貢中止の交渉に取り込む真備の外交技量が見せつけられている。この真備の外交による朝貢廃止の記述は、室町末期に朝貢による勘合貿易が中国の海禁政策によって天文十六年（一五四七）の遣明使節を最後に廃止された外交問題を真備の遣唐使としての外交技量を讃えるために取り入れた『簠簋袖裡伝』独自の記述である。

『簠簋抄』には、文殊菩薩から伯道上人に伝わった『簠簋内伝』が、梁武帝から真備を経由して安倍晴明に伝授されたと語られ、『簠簋袖裡伝』には見えない梁武帝が仲麻呂と真備の入唐に深く関わって語られる。寛永六年（一六二九）刊の彦根城博物館蔵『簠簋抄』「三国相伝簠簋金烏玉兎集の由来」によると、日本は天智天皇の頃から大唐へ官銭を納めたが、元正朝の時には年若い仲麻呂が遣唐使に選ばれ入唐したと語られる。

梁の武帝の仰せに、「日本は小国にして、人の心短うして、必ず後は随ふべからず」と思ひ、「官銭、微少なり」と仰せられ、遣唐使を責め殺させ給ふなり。

小国日本は気が短くて最後には必ず大国に随わないので日本人を容易に受け入れず、官銭微少とかこつけて仲麻呂を殺させたとする。梁武帝の発言にみえる大国に随わない小国日本の表し方に、日本が中国侵攻を構想して文禄・慶長の役を起こした室町末期の中国との関係が背景に連想される。また、梁武帝は仲麻呂の次ぎの遣唐使真備も「彼をも失命」と言って殺そうとしたが、次々難題を見事に解決する真備に「天下無双の智人なり」と感服し、真備を師匠に立てて三年間出仕させたとする。この梁武帝の師匠真備の記述は、これまでの真備の説話にはみえない『簠簋抄』だけの記述で、真備を日本の陰陽道の始祖として祭るために中国ですでに梁武帝の師匠を務めたとしたのではないだろうか。

二、『安倍晴明物語』と『安部仲麿入唐記』にみる中国

『簠簋抄』の仲麻呂と真備の入唐説話は、浅井了意作とされる寛文二年（一六六二）刊の仮名草子『安倍晴明物語』に利用される。安倍晴明の一代記の体裁をとる『安倍晴明物語』では、晴明を仲麻呂の再誕とし、家に伝来する『簠簋内

伝』が、嘗て真備が入唐中に鬼の仲麻呂に助けられた恩に報いるために仲麻呂の後孫を尋ねて譲ったものであるとする。そして、この『簠簋内伝』が唐土から日本に渡った由来として仲麻呂と真備の入唐説話が晴明誕生以前のこととして巻頭に語られる。『安倍晴明物語』では、孝元天皇の皇子太彦命の末裔である仲麻呂は「博学・才智」の人であったため、元正天皇の霊亀二年の時に遣唐使となって唐に渡ったとする。

しかるに、仲麿は熒惑星といふ星の分身なり。いにしへ漢の武帝の時、熒惑星あまくだつて、東方朔となり、帝のまつりごとをたすけて、世もゆたかなり。今、仲麿も、日本のまつりごとをたすけて、世をおさめ、太唐国に、したがはずは、あしかるべしとて、日本に帰へさず。たかき楼閣に、あげをきたり。

仲麻呂は漢の武帝を補佐して国を繁栄させた東方朔と同じく熒惑星の分身で、日本の王政を助けていたが、大唐国に随わなかったので高楼に幽閉されたという。その後、仲麻呂はひたすら古郷を思い、「あまの原ふりさけみれば春日なるみかさの山にいでし月かも」と歌った望郷の歌を残し、断食して死んで鬼となる。この話のように仲麻呂を熒惑星の分身とする記述は、後水尾院が寛文元年（一六六〇）に後西天皇に対して行った百人一首講釈を近衛基熙が天和二年（一六八二）に書写した『百人一首抄』御抄・第七「安倍仲丸」にみえる。ここでは、東方朔に関する記述はなく、「或記曰、仲丸者、熒惑星ノ分身也。降㆓和国㆒、輔㆓王道㆒。到㆓異国㆒、能㆓天文陰陽㆒、異朝ノ人怖悪之。令禁固而遂殺」と記しているように「或記」からの引用とする。この「或記」については未詳だが、後水尾天皇が百人一首を講釈した一六六〇年以前の室町時代に仲麻呂を熒惑星の分身とする説があったことが推測される。

しかし、『安倍晴明物語』では、仲麻呂は中国で最も著名な政治家東方朔に比肩する日本の賢臣として、東方朔とともに熒惑星の分身と記されているのである。火星の異名である熒惑星は、中国や日本の諸記録に歴史事件の前触れとして記されることが多く、その予言性が強く意識されるようになり、現実の政治を批判しその刷新を説くための手段として用いられたとされる。干寶の『捜神記』巻八「熒惑星」にみえる呉国の子供達の前に熒惑星が童子の姿に化して現れ、呉・魏・蜀の三国は滅ぼされ、司馬炎の晋の世が到来すると告げたのも、滅び行く呉の現実を批判するためであったのである。[10] このような政治批判の機能としての熒惑星を、『安倍晴明物語』では王政を正して諫言する臣下の有るべき姿に結びつけ、漢の武帝の諫臣東方朔と日本の賢臣仲麻呂を熒惑星の分身としたのではないだろうか。

『安倍晴明物語』は、仲麻呂については大唐国に随わなかったので唐帝に迫害を受けたとするが、真備の入唐に対しては貢物の少ないことを理由に真備を殺そうとしたとする。

唐帝は日本からの貢物が少ないのは、「御貢物のすくなき事を、大に逆鱗あり。これ日本の王、朕をかろしむる也。此吉備公をもころすべし」と述べているように日本の王が自分を軽く見ているからだと逆鱗する姿に、中国を恐れない日本に対する唐帝の苛立ちが見える。このような中国を軽く見る日本への意識は、朝貢をモチーフに真備や仲麻呂の入唐を語った『野馬台縁起』や『簠簋抄』などにはみえない対中国観によるものと考えられる。また、真備が『野馬台詩』解読のために日本の仏神に助力を祈願する場面では、「本国大日本」「東方大日本国」「大日本和国長谷の観音」等々の記述が散見し、中国に対する神国大日本への強い自負がうかがえる。

『安倍晴明物語』以降、仲麻呂と真備の説話は、歌舞伎で上演されたことが確認され、元禄十年（一六九七）十一月江戸中村座で「阿倍仲麿」、元文三年（一七三九）四月大阪あやめ座で「阿倍仲麿養老瀧」などが上演され広く知られるようになり、(11) 宝暦七年（一七五七）には、武州川崎在住の唱導僧誓誉による勧化本『安部仲麿入唐記』が刊行される。『安部仲麿入唐記』では、万国の中でも天竺、震旦、日本は日月星に準える君子国で昔から親交を結んでおり、元正天皇の時は遣唐使仲麻呂が、唐の暦書『簠簋内伝金烏玉兎集』を請来するために入唐するも高楼に幽閉され死んで鬼となる。一方、仲麻呂入唐の間、兄の好根が家を横領せんと仲麻呂の妻に言い寄るが、妻は夫への貞操を守って自害、子の満月丸が母の遺書を遣唐使真備に託す。唐に渡った真備は鬼の仲麻呂に対面して遺書を渡し、鬼の仲麻呂の助力で唐の囲碁名手玄東との囲碁対局に勝ち、玄東の妻の危機を助け、長谷観音の霊験によって『野馬台詩』を解読、終に唐帝より『簠簋内伝金烏玉兎集』を賜る。帰国の際、真備を殺そうとする安禄山を玄東の妻が死をもって止め、真備は玄東の妻と仲麻呂の魂魄とともに帰国、二人の魂魄は時を待って泉州信田の白狐と安倍晴明に転生したという。『安倍晴明物語』を典拠としつつ、仲麻呂入唐中に起きた妻子の悲劇、玄東の妻の真備への報恩、安禄山の謀略など新たな人物の物語を書き加え、従来の仲麻呂と真備の入唐説話とは異なる趣向を見せている。

『安部仲麿入唐記』では、仲麻呂と真備に迫害を加える中国側の主体に安禄山・楊国忠などが設定され、注目される。仲麻呂については、唐の秘書『簠簋内伝金烏玉兎集』を請う仲麻呂の処遇をめぐって、「善悪二ツノ忠臣佞臣」と記す諸臣たちの対立が語られる。歌舒観や長九岑等の忠臣は、仲麻呂は周の武王を助けて紂王を滅ぼした太公望や、漢の武帝を補佐して国を治めた東方朔などと同じく神に守られる日本の賢臣だと称える。これに対し、安禄山は、「左様ノ不思議ノ人、日本ヲ補佐セバ彼ノ国、大ニ治リ、其ノ徳、四海ニ溢テ終ニ我国ノ難トモナルベキ哉」と言って仲麻呂を高楼に幽閉させるのである。また、安禄山は入唐した真備も殺そうと計り、日本に伝わっていない囲碁を打たせ、『文選』『漢書』『史記』などの無点の物を差し出し、『野馬台詩』を解読させるなど次々難題を果たすが、真備は悉く見事に解決する。さらに、安禄山は真備が帰国を許され、玄宗から『簠簋内伝金烏玉兎集』まで伝授されたことに憤慨し、玄宗に対して逆心を抱き、楊国忠とともに真備を殺そうと謀略する。

安禄山・楊国忠議シテ曰ク、「今年ノ遣唐使ヲモ、難題ヲ申掛ケ、害シ可レ申ト奏スルニ付テ、能キニハカラヘト、勅定下リ乍ラ、吉備公ニ、誉有レバトテ、故無ク助ケ、帰シ玉フノミカ、大切ノ書マデ、他国へ渡シ玉フ事、尻ヲ結バヌ糸ニ似タリ。所詮、遣唐使ヲ殺シ、書ヲバ、両人ガ物トスベシ」ト計ヒケル。

安禄山と楊国忠は史実では宿敵同士であるが、ここでは二人手を組んで謀反を企てる賊臣として描かれている。安禄山が真備に難題を果たし、皇帝のような振る舞いをみせているのは、安史の乱において安禄山が自ら大燕皇帝と称したことを意識した描かれ方である。安禄山の皇帝のような描出に対し、玄宗は影の薄い存在として描かれ、安史の乱で失堕した玄宗の姿が反映されていることがわかる。このように『安部仲麿入唐記』では、衰退して行く唐の玄宗朝を意識して描いているため、『江談抄』や『安倍晴明物語』にみえるような脅威の大国ではなく、佞臣や賊臣が国政を恣にする中国となっているのである。

三、『新羅殊異伝』から『崔孤雲伝』へ

次いで新羅の崔致遠の入唐については韓国ではどう伝えられているのかをみてみよう。高麗中期の十一世紀末の成立と推定さる『新羅殊異伝』「崔致遠」では、十二才の若年で唐に渡って科挙に合格し、溧水県尉となった崔致遠が県にある双女墳という塚を訪れ、霊魂を慰める詩を詠い、墓から現れた二人の姉妹の霊魂と詩を交わし、宴会を開いて一晩をともに過ごす。その後、新羅に帰国した崔致遠は、官職を退いて山林江海を遊歴し、最後は伽耶山の海印寺に隠棲して晩年を送ったという。この話は、亡女との邂逅を語りながら、「仙女」「仙姿」等と姉妹を仙女に見立てる表現を練り込んで、

仙界と崔致遠を結びつけて描いた伝奇譚で六朝志怪小説・唐代伝奇などの影響が指摘されている。(12)

高麗末期(一二六〇)の説話集『破閑集』巻中には、崔致遠が伽耶山で隠居中に姿を消したのは天に登ったからだといい、崔致遠は常に雲に覆われている神仙のような風貌であったと語られる。また、朝鮮初期(一四八七)の随筆集『筆苑雑記』巻一には、八〇〇才を越えた神仙崔致遠が詠んだ詩が世間に伝わっていると記されている。このように仙界の人物として説話化されて伝えられた崔致遠は、朝鮮中期の十六世紀ごろ、出生から仙去までの生涯を語った新たな趣向の伝記物語に再創造される。この崔致遠の伝記物語は、作者については未詳だが、高尚顔という文人が著書の中に、宣祖十二年(一五七九)の時、忠清道保寧郡守の金滉に『崔文昌伝』(13)という崔致遠の物語を紹介されて読んだと記していることから、一五七九年以前の十六世紀に成立したと推定される。『崔文昌伝』は崔致遠の号である文昌を表題に付けたもので、他に『崔孤雲伝』『崔文献伝』『崔忠伝』などと称する漢文本の写本が多数伝わっている。また、十八世紀初には漢文本をもとにハングル本が作られ広く流布し、日本ではハングル本に漢字を当てたものや、十八世紀に対馬の朝鮮語通詞である渡嶋親保が翻訳した『新羅崔郎物語』が知られる。(14)

漢文本の国立中央図書館蔵『崔孤雲伝』を対象に物語の概要を示す。新羅時代、役人の崔忠が地方に赴任、妻が金猪にさらわれ、崔致遠を出産するが、金猪の子と疑った父に捨てられる。崔致遠が仙女らに育てられていることを知った父が呼び戻そうとするが、崔致遠は自分を捨てた父を非難し、一人で海辺の月影台で暮らす。崔致遠が七才の時、読書の声が中国皇帝の耳に達し、早速文士が新羅に派遣され、崔致遠と詩作を競うが完敗して中国に戻り、怒った皇帝は石の箱に卵を包んで入れ、中味を当てて詩を作れという難題を新羅に送りつける。十二才になった崔致遠は新羅の宰相の娘と婚姻を条件に難題を解決、皇帝は中国に来るよう命じ、途中で龍王の子李牧との交流もあり、皇帝は関門ごとに難題を仕掛けるが、崔致遠は天女の援助でことごとく難をのがれ、最後は毒入り食べ物を見ぬいて毒殺を免れる。黄巣の乱の時に文章を書いて撃退し、皇帝から爵位を授けられるが、讒言によって無人島に流される。三年後、皇帝に呼び戻された致遠は、皇帝を非難し雲に乗って新羅に帰り、妻と共に伽耶山に入って姿を消したという。仙界との交流を背景に奇異な出生をはじめ、文才に秀でて中国からの難題を解決して新羅の危機を救い、様々な試練を乗り越え、中国皇帝と対等に渡りあい、最後は新羅に戻って姿を消したという崔致遠の一代記である。

『崔孤雲伝』が形成された十六世紀は、朝鮮第十代王の燕山君の暴政に堪えかねた群臣達がクーデターを起こして燕山君を廃位し、弟の中宗を王位に就けた一五〇六年の「中宗反政」をはじめ、改革急進派といわれた地方出身の士林派の文臣達が、功臣勢力の勳旧派によって弾圧された「士禍」[15]の事件が続く混沌とした時代であった。一方、中国との関係においては、朝鮮の太祖李成桂の系譜が中国の『大明会典』に間違って記録された「宗系弁誣」の問題をめぐって中国への不満や反感が高まっていた。[16]これは、明の洪武帝が一三九三年に制定した『大明会典』に、太祖李成桂が親元勢力の首長で李成桂の宿敵であった李仁任の子として記されたため、朝鮮では一四〇三年に奏請使を派遣して改訂を要請した。その後、「宗系弁誣」は改訂されたと思っていたが、中宗十三年(一五一八)四月十六日、明から帰国した使臣が持参した『大明会典』に李成桂の宗系が改訂されていないことを見つけ、早速、改訂を要請する奏請使を派遣した。この「宗系弁誣」の問題は、朝鮮王朝の正統性を回復する意味もあったが、明が親元勢力であった李仁任の子が建てた国は認めないという形で、いつでも朝鮮を圧迫することができる名分となるため、朝鮮にとって「宗系弁誣」は至急に解決しなければならない切実な問題であった。[17]しかし、朝鮮の要請に対し中国は『大明会典』の修撰の際に改めるという形式的な答えだけであった。その後、一五八七年『大明会典』が改編重修されるまでの約七十年間、朝鮮は「宗系弁誣」の改訂のために絶えず外交交渉を続けなければならなかったのである。

『崔孤雲伝』は、このような外交問題を抱え、政治的に混沌とした時代の中で形成されたため、当代の社会現実に対する批判意識が色濃くあらわれる。その現実に対する批判は、崔致遠の父への批難や中国皇帝との対立などの形で示される。

母が金猪に浚われ、崔致遠を出産したので父は金猪の子と疑って捨てたが、後に仙女達が養育していることを知り、世間の耳目を気にして崔致遠を呼び戻そうとする。しかし、崔致遠は父に中国の秦始皇の出生に関する故事を引き合いにして密通の子である秦始皇さえ、父に捨てられなかったのに、母が密通したのでもないのに自分を捨てた父の行為は、「残忍薄行」と言って強く非難する。これは、父に強く抵抗する崔致遠の姿を通して、才能ある新進勢力を抑圧する既存の勳旧・士林派などの権力による横暴を批判しようとしたと考える。

四、『崔孤雲伝』にみる中国

『崔孤雲伝』では、崔致遠と中国皇帝との対立は、皇帝が次々と突きつける難題を中心に展開され、崔致遠が解決した最初の難題は新羅を危機から救い、中国に渡る契機となる。新羅に派遣された中国の文士達が崔致遠との詩作競いに完敗し、腹を立てた皇帝が新羅を攻めようと企み、卵を綿に包んで入れた石函を新羅に送って中味を当てなければ新羅を攻めると脅す。新羅の宰相の婿となった崔致遠は、新羅王に石函の中味を当てるよう命じられた宰相に代わって、石函の中に卵から孵化した雛鳥が鳴いているという詩を作って石函とともに中国に送り返す。卵が孵化したことまで当てられ、驚いた皇帝は新羅への対応を学士達に相議する。

　而況新羅絶域藩籬之国、其人能知二中原細微之事一、而作二如レ此之詩一、其為二才能何如一哉。且以中夏之大、如レ此之才難レ得、而以褊小之国、有二如レ此之人一、意者従レ此、小国将レ有下無二大国一之心上乎。伏願陛下、須喚二此儒一、以詰下能知二難事一之由上。

小国新羅に中国でも求めがたい優れた才能の人がいれば、必ず、大国中国を無視するようになるはずなので、石函の中味を当てた新羅人を中国に呼んで問い詰めるべきだと語っている。辺境の小国新羅人の才能が大国の人に優ることに不安をいだく中国側の様子を描いて対中国の新羅優越を示している。このような小国の才能に不安を感じる大国の様子は、『江談抄』に語られている唐土の人が真備の才能に恥と不安を抱き真備の処遇を相議する場面にも描かれている。また、『崔孤雲伝』のように新羅が小国であることを強調しながら、大国の中国側を驚かせる新羅人の才能を称える表現は、『安倍晴明物語』にみえる次々と難題を見事に解決した真備に対して唐の玄宗が、「日本ことに小国なりといへどもかかる奇特才智のものあり」と述べた発言にもみえる。このように新羅や日本は中国の周辺国として現実では大国を越えることのできない小国であっても物語の中では、優れた学芸の才能で大国を驚かせ、不安を抱かせる自国を描いて現実の劣等感を克服しようとしたのである。

大国の中国と周辺国の小国との関係において、『崔孤雲伝』では、特に力の関係による事大主義の外交を強く否定し、中国との対等な関係を力説する。新羅の大国中国との関係については、中国皇帝の命によって中国へ渡ることになった崔致遠が新羅王の前で皇帝との対面における覚悟を述べる場面に詳述される。

　大凡長者之於少者、長者以二長者之道一遇二少者一、則少者亦以二少者之道一事二長者一、故今大国以二長者之道一遇二小国一、小国豈敢不レ以二少者之道一事二大国一。此之不レ為、而顧欲レ侵レ之、以二鶏卵一盛二於石函一、送二于我国一、使二

之作レ詩一、其後反疾二作詩之人一而徴レ之者、何也。大国果如レ是反覆、而欲レ令下小国以二少者之道一事レ之上、是猶縁レ木而求レ魚也。臣以レ此欲レ白二于皇帝一。

儒教の倫理規範である長幼の関係を例えにして大国が大人としての道義で小国に対応すれば、当然、小国は小人としての道義で大国に従うはずである。しかし、中国は新羅を攻めるために難題を送りつけ、新羅人の才能を嫉んで中国に呼びつけるなど大国としての道義に反している。それなのに新羅を小国の道義で中国に従わせようとするのは間違っていると追及するつもりだという。大国と小国とがそれぞれの道義に適った対等な関係を理想として説いて、力による圧力で新羅に事大関係を強いる中国は大国としてあるべき姿ではないと批判する。このような大国失格の中国観には、現実の社会において朝鮮が抱えていた『大明会典』の「宗系弁誣」の問題をめぐる中国の消極的な対応に対する不満が反映されていたと推測される。しかし、現実の中国との外交問題を背景にしつつ、力による事大外交を新羅に強要する中国に対して、新羅がどう対応すべきかについては具体的な記述がなく、中国の批判に止まっているのである。

中国に渡った崔致遠は、皇帝が内裏の九つの関門ごとに仕掛けた難題を天女の助力で解決し、最後には皇帝が差し出した食べ物に毒が入っていることまで見事に当てて、皇帝を感服させる。崔致遠の中国での難題の克服にも、『江談抄』にみえる真備が鬼の仲麻呂や日本の仏神に助けられて難題を解決したのと同じく、天女という超人的な存在が関わっている。その後、崔致遠は科挙に合格し、黄巣の乱の時は討黄巣檄文を書いて敵を降伏させるなど大活躍し、皇帝から恩賞を賜ったとする。しかし、崔致遠の活躍を嫉む中国の大臣達は皇帝に、「致遠以為中国雖レ大、不レ如二小国一也」と讒言し、怒った皇帝は大臣達の讒言を確かめることなく、崔致遠を南海の無人島に幽閉して餓死させようとする。この迫害によって崔致遠は皇帝の横暴を恨み、真っ向から皇帝を批難し、遂に皇帝が謝罪するようになる。崔致遠を無人島に送って餓死させようとした記述は、『江談抄』にみえる仲麻呂が高楼に幽閉されて餓死するモチーフと類似し、強い恨みをあたえる迫害として描かれる。

ところが、崔致遠は無人島で天女に助けられ、三ヶ月間を醤油漬けの綿で延命し、朝貢のために無人島を経由して中国に渡ったベトナムの使節に生存が確認される。驚いた皇帝は崔致遠を呼び戻すために使を遣わしたが、崔致遠は皇帝の命を拒み、大声で使を怒鳴り、追い返した。怒った皇帝は再び使を送って崔致遠を連れ戻し、皇帝の命に逆らって使を追い返した崔致遠を責める。

帝又問曰、「語云、普天之下、莫レ非二王土一、率土之浜、莫レ非二王臣一。以レ此言レ之、「汝雖二新羅之人一、新羅亦我之地也。汝君亦我之臣也。汝叱二我使者一、何也」。致遠書二一字空中一、而躍居二其上一曰、「是亦陛下之地乎」。帝大驚、下レ床頓レ首謝レ之。

皇帝は天の下のすべては王土、王臣であるという『詩経』「小雅」に説かれる有名な句を述べて、中国と新羅との主従関係を強調し、主君である皇帝の命を拒んだ崔致遠を強く叱りつける。これに対し、崔致遠は空に一の字を書いて飛び乗る術を見せて、虚空まで皇帝の王土ではないと反撃し、服従を強いる皇帝を謝罪させたとする。皇帝の権力に屈することなく、真っ向から対抗する崔致遠の姿は、事大主義による朝鮮の中国との不平等な関係を正して、中国に対等かつ優越しなければならないという民族精神による描出として捉えられている。(18) このような中国への対抗意識は、『安部仲麿入唐記』にみえる真備の囲碁対局の場面にも表れている。ここでは、先手の唐側が基盤の真中に石を置いたことに対し、真備が基盤は世界一体で差別がないので、中央の玄宗の石の上に重ねて日本の元正天皇の石を置いたと述べて唐の玄宗を驚かせたと語られ、基盤の世界を借りてではあるが、中国に対等かつ優越であろうとする思いが示されているのである。

崔致遠が皇帝に道術を見せて対抗する記述は、『太平広記』巻十・神仙十「河上公」にみえる河上公という人が上京を命じる漢文帝の命を拒み、文帝に責められたため、空に浮かび上がる道術を使って遂に文帝を謝罪させたという話と酷似し、『太平広記』に拠って語られたと考えられる。また、『太平広記』巻五十三・神仙五十三「金可記」には、崔致遠と同じく新羅出身で中国に渡って科挙に合格し、文才に優れた金可記という人が皇帝と対立し、遂に終南山に隠居して仙去したと語られ、崔致遠の中国での活躍や皇帝との対立などのモチーフと類似している。さらに、崔致遠の母が金猪に浚われる話は既に指摘されているように、『太平広記』巻四四四・畜獣十一「欧陽紇」にみえる白猿退治譚に拠って語られているなど『崔孤雲伝』は、『太平広記』の影響を大きく受けているのである。『太平広記』は、高麗時代の十二世紀にすでに多くの知識人に読まれ、朝鮮時代には一四六二年に『太平広記詳節』が作られ、十六世紀中頃には『太平広記諺解』の刊行によって広く流布される。(19)

崔致遠は大国の力で服従を強いる皇帝を虚空に飛び乗る術を見せて屈服させた後、皇帝に、「陛下信レ聴二小人之讒一、荐令二臣至レ死一、故今欲レ還二我国一」と述べて大臣らの讒言に唆され、皇帝が自分を無人島に幽閉して殺そうとしたことを批難し、新羅に帰るのである。これは、皇帝が讒言を信じて崔致遠を幽閉する間違った判断をしたのは、皇帝を諫める賢臣がいないことを表している。崔致遠が入唐した九世紀後半も唐末の乱世とされるが、『崔孤雲伝』が形成された十六世紀の明朝も政治的に混乱が続いた時代であった。十六世紀初の正徳帝の時は宦官政治によって反乱が起こり、その後、嘉靖帝が即位してからは先代王の礼遇問題をめぐって廷臣たちが対立して党争を起こし、大学士の奸臣達が政権を握っていたのである。(20) このような混沌とした中国の現実を物語に反映して讒臣たちに唆される無能な皇帝を批判しようとしたのではないだろうか。

おわりに

以上、真備と仲麻呂、崔致遠の説話における対中国認識について、日本と韓国の内外情勢を踏まえながら東アジアの入唐説話に中国がどう捉えられていくのかを具体的に考察してみた。日本の真備と仲麻呂の入唐説話は、時代ごとに対中国意識が変わり、中国側の主体もそれぞれ異なり、一貫性をもたない特徴をみせている。『江談抄』では真備の才芸に恥と不安を抱く中国側の様子を描いて日本優位の対中国観を示しているが、遣明使節の朝貢外交が行われた室町時代には、『野馬台縁起』『歌行詩』のように官物微少を理由に仲麻呂を殺し、真備を責め立てる脅威の中国が描かれる。室町末期に中国への朝貢が廃止されるが、『簠簋袖裡伝』では真備の外交交渉によって朝貢が中止されたと語られ、時代の変化にともない説話の内容も大きく変容していたことが確認できた。江戸時代の『安倍晴明物語』では、中国との対等意識が強く、仲麻呂が中国の東方朔に比肩する日本の賢臣として叙述される。『安部仲麿入唐記』では、衰退して行く唐の玄宗朝を意識して安禄山・楊国忠などが仲麻呂と真備の入唐に関わる人物として描かれている。

崔致遠の説話においては、崔致遠は仙界の人物として伝承され、十六世紀に崔致遠の奇異な出生から仙去までの生涯を語った伝記『崔孤雲伝』が作られる。『崔孤雲伝』が形成された十六世紀の朝鮮は、群臣のクーデターによる王位交替、権臣たちの権力争いや士林派の弾圧など混沌とした国内情勢の上に、中国との関係では、「宗系弁誣」の改訂をめぐる外交問題を抱えていたため、『崔孤雲伝』には現実の社会に対する批判が強く表れている。『崔孤雲伝』では、事大主義の外交を強く否定し、大国と小国とがそれぞれの道義に適った対等な関係を理想として説いて、力による圧力で新羅に事大関係を強いる中国は大国としてあるべき姿ではないと批判する。しかし、事大外交を強要する皇帝に対する新羅王の対応については触れず、皇帝への一方的な批判が中心となっているのである。

注

(1)『続日本紀』宝亀六年十月二日条、『太平御覧』巻七八二・四夷部三・東夷三「日本国」、『桂苑筆耕集』序、『三国史記』巻四十六・列伝第六「崔致遠」。

(2) 小峯和明「東アジアの漢文文化圏と日本文学史」(小峯和明編『日本文学史』第一章、吉川弘文館、二〇一四年)、「東アジアの説話世界」(小峯和明編『漢文文化圏の説話世界』竹林舎、二〇一〇年)、『『野馬台詩』の謎――歴史著述としての未来記』(岩波書店、二〇〇三年)。

(3) **Cho sangu**「『崔孤雲伝』に表出された対中華意識の形成背景と意味」(民族文学史学会『民族文学史研究』二五、二〇〇四年)、**Jeongchuihoen**「『崔孤雲伝』を通じて読む古典小説史の一局面」(韓国古小説学会『古小説研究』一四、二〇〇二年)、**Park iIyong**「『崔孤雲伝』の作家意識と小説史的位相」(韓国古典文学会『古典文学研究』一六、一九九九年)、**Seonghyenkyong**『『崔孤雲伝』研究』(『韓国小説の構造と実像』嶺南大学出版部、一九八九年)。

(4) 森公章『古代日本の対外認識と通交』(吉川弘文館、一九九八年)。

(5) 前田雅之『今昔物語集の世界構想』(笠間書院、一九九九年)。

(6) 小峯和明「吉備真備入唐譚の生成と展開」に翻刻あり(大隅和雄編『文学史の諸相』吉川弘文館、二〇〇三年)。

(7) 服部幸造「『月庵酔醒記』の世界――中世から近世へ」(『中世〈知〉の再生――『月庵酔醒記』論考と索引』三弥井書店、二〇一二年)。

(8)『善隣国宝記』中、佐久間重男『日明関係史の研究』(吉川弘文館、一九九二年)。

(9) 真下美弥子・山下克明「『簠簋抄』収載「由来記」の解題」(深沢徹編『日本古典偽書叢刊』第三巻、現代思潮新社、二〇〇四年)、渡辺守邦「『簠簋抄』以前・補注」(『説話論集――近世説話』第四集、清文堂出版、一九九五年)。

(10) 増尾伸一郎「讖緯・童謡・熒惑――古代東アジアの予言的歌謡とその思惟」(『アジア遊学』一五九、二〇一二年)、串田久治『中国古代の「謡」と「予言」』(創文社、一九九九年)。

(11) 山下琢巳「阿倍仲麿入唐説話――その近世的変容をめぐって」(『国語と国文学』七三―五、一九九六年)。

(12) 趙ウネ・河野貴美子「「仙女紅袋」「崔致遠」解説」(小峯和明・増尾伸一郎編『新羅殊異伝』平凡社、二〇一一年)。

(13) 高尚顔著『效顰雑記』上・「崔文昌伝」。

(14) 石川八朗「近世対馬の文学資料・続」(『九州工業大学研究報告(人文社会学)』三八、一九九〇年)、新徳美穂「朝鮮伝奇物語『新羅崔郎物語』翻刻」(『厳原町資料館所蔵古典席目録』厳原町教育委員会、一九九五年)、田坂正則「ハングル写本『崔忠伝』と『新羅崔郎物語』」(『日語日文学研究』六六―二、二〇〇八年)。

(15) 一五〇四年「甲子士禍」、一五一九年「己卯士禍」、一五四五年「乙巳士禍」。

(16) 金鉉龍「『崔孤雲伝』の形成時期と出生談攷」(『古小説研

究』四、一九九八年)。

(17) 桑野栄治「朝鮮中宗代における宗系弁誣問題の再燃」(『久留米大学文学部紀要国際文化学科』二五、二〇〇八年)、権仁溶「明中期朝鮮の宗系弁誣と対明外交――権襏の『朝天録』を中心に」(明清史学会『明清史研究』二四、二〇〇五年)。

(18) 前掲注3 Cho論文。

(19) 拙稿「東アジアの孝不孝説話考――『注好選』を起点に」(『立教大学日本文学』九六、二〇〇六年)。

(20) Koo doyoung「中宗代の対明外交の推移と政治的意図」(『朝鮮時代史学報』五四、二〇一〇年)。

『伽婢子』における時代的背景と舞台の設定に関して
――『剪灯新話』の受容という視点から

蒋　雲斗

しょう・うんと――中国人民大学博士後期課程、東北財経大学（中国・大連）講師。専門は日本近世文学。主な論文に「『伽婢子』的原典利用問題」、「『伽婢子』中仏教主題的深化」、「『伽婢子』における漢詩摂取の方法」などがある。

現在、『伽婢子』の典拠についてはかなり解明されたものの、その翻案の方法や特色などについての検討は、なお十分ではない。本稿では、『伽婢子』における時代的背景と舞台の設定の面に着目し、『伽婢子』における翻案方法と特色について考察したいと思う。

はじめに

『伽婢子』（寛文六年〈一六六六〉三月刊）は十三巻から成り、各作品の典拠は『剪灯新話』をはじめとする中国・朝鮮の怪異小説にあることが大きな特色である。そのため、日本近世初期翻案小説の祖と言われ、近世怪異小説のスタイルを確立した画期的な作品である。『伽婢子』における中国古典小説受容に関する研究は、従来、典拠となった作品を明らかにすることが中心であり、ことに明・瞿佑の『剪灯新話』を中心とする剪灯新話系の作品や『太平広記』所収作品との比較検討に力が注がれてきた。近年、典拠の問題に関して、中国の六朝・唐宋などの短編小説を集めた『五朝小説』所収の作品を新たな典拠として指摘する論文が、あいついで発表され、『伽婢子』と『五朝小説』との関連は、順次解明されつつある[1]。それゆえ、今日『伽婢子』の研究においては、原話との関係を確定した上で、両者の表現内容上の比較を行うことが新たな課題となる。特に、『伽婢子』における翻案方法と特色についてはなお不明な点が多く、今後の解明が必要であると考えられる。本稿では、『伽婢子』における時代的背景と舞台の設定に関する比較の面に着目し、『剪灯新話』の作者瞿佑の生きた時期を『伽婢子』の作者浅井了意の生きた時期と比べ、その異同について検討し、これによって『伽婢子』の創作上の特色をより明らかにしたいと考える。

一、時代的背景の設定について

『剪灯新話』の作者瞿佑の生まれた時代（一三四一～一四二七）には、各地に一揆的な反乱が頻発している。元末明初の動乱の状況は、瞿佑の印象に強く焼け付きつけられていたに違いない。『剪灯新話』の中には、当時の混乱した社会情勢を背景としたり、これを織りこんだりした作品が多く見られる。作者は元（一二七一～一三六八）から明（一三六八～一六四四）までの政権の交替を経験し、政権の交替によって庶民が安心して生活することができない現実が引き起こされる様子を目の当たりにした。そのためであろうか、『剪灯新話』には、戦争が招いた悲劇的物語が数多い。そして、その戦乱の残酷性を訴えるため、それらの物語に対して、フィクションに依るのではなく、多くの史実を集めて作品に取り込むという方法によって、物語の真実性を強める工夫が試みられた。ことに注目すべきは、瞿佑の自伝といわれる「秋香亭記」が『剪灯新話』の最後に付録されていることである。「秋香亭記」の中で主人公の楊采は「好姻縁是悪姻縁、只怨干戈不怨天」と述べているが、ここに言う、世の中は「好き姻縁こそは悪しき姻縁」であり、そこからさまざまな愛情の悲劇が生まれるという考え方、および、怨むべきは「干戈」すなわち戦乱であって「天」ではないという考え方は、『伽婢子』における物語展開の中にもより色濃く反映していると思われる。

さて、浅井了意もまた全面的にはフィクションの手法を使わずに、多くの史実を採用することによって、物語の真実性を強めたと思われる。しかしながら、その創作手法において は、『伽婢子』は『剪灯新話』と相違している。まず作者の資質という点から見るならば、瞿佑とかなり異なっている。花田富士夫氏は浅井了意について、「古典注釈家であり、地誌家であり、教訓小説を書き、歴史、軍書に造詣が深く、とりわけ真宗大谷派の僧侶として多くの仏書をものした多彩な作家」と述べている。(2) 了意は江戸初期に集成された『甲陽軍鑑』などの軍学書の註解を作っており、『甲陽軍鑑評判奥儀抄』を著した。また自分自身も『将軍記』（寛文四年〈一六六四〉刊）などの将軍伝記を著した。これらのことから、了意が歴史について豊かな知識を有し、これを自在に取り出して物語の創作に応用する能力を十分にもっていたことが窺える。

表1　時代的設定の比較

	時代的設定		
		上　限	下　限
『五朝小説』	千余年間	晋の武帝威寧二年十二月〈二七六年十二月〉（「唐入百家小説」「集異志」）	南宋の紹興初年〈約一一三一年〉（「宋人百家小説」「睽車志」）
『伽婢子』	約二百年間	明徳年中（一三九〇〜一三九四年）（巻八ノ2の「邪神を責殺」）	天正年間（一五七三〜一五九二年）（巻七ノ6の「菅谷九右衛門」）

このように歴史に詳しい物語作家であったからこそ、『甲陽軍艦』、『源平盛衰記』、『将軍記』などの史書や軍書を参考にしながら、『伽婢子』の時代的背景や舞台を自在に設定することが可能であったと考えられる。市古夏生氏は、「『伽婢子』における場の設定」においては、著名な武将が起こす戦乱を時代的背景として、話を展開させていくのであるから、読者によっては実際にあった事件と受け取りかねない程の迫真性を持っていると指摘する。それと同時に、『伽婢子』の背景を描くにあたって参考とされた軍書文献を考察した以上、『将軍記』などの軍書も『伽婢子』の典拠になりうると論じている。(3)

ところで、『剪灯新話』と『剪灯余話』に含まれる剪灯新話系作品の時代はほぼ元末明初に集中しているが、『五朝小説』に収められる作品の時代はきわめて長期に及ぶ。なぜなら、『五朝小説』は魏晋唐宋明五つの王朝の小説を収めているからであり、その範囲は魏晋から明に至るまでおよそ千年以上にわたる。ただし、『伽婢子』が使用した『五朝小説』のうち「唐人百家小説」と「宋人百家小説」の二種類である。時代的背景がはっきり判明できない作品を除き、この両者に含まれる物語の時代を検討するならば、もっとも古い時代に設定されているのは、「唐人百家小説」に含まれる巻六の「集異志・晋武帝咸寧二年二月云云」であり、その時代は晋の武帝咸寧二年（二七六）十二月である。この話は、『伽婢子』では巻四ノ4の「入棺之尸甦怪」の「天文二十年」（一五五一）に翻案されている。一方、最も近い時代は「宋人百家小説」巻の十七「睽車志・紹興初福建云云」であり、その時代は南宋の紹興初年（約一一三一）である。『伽婢子』では巻十二ノ3の「厚狭応報」の「天文二十三年」（一五五四）に翻案されている。晋咸寧二年から南宋紹興初年の間には、前後数百年間の差がある。一方、**表1**に挙げたように浅井了意は原拠となった作品が相当に幅広い時代であるのに対して、これをすべて自身の生きた時代に近い、過去二百年間以内に移しかえている。しかも、読者にはそのことによって生じるかもしれない違和感をまったく感じさせない叙述となっている。このことについては、了意自身が『伽婢子』の序文において、「此伽婢子は遠く古へをとるにあらず、近く聞つたへしことを載あつめてしるしあらはすもの也」と述べていることが参考となる。一方、これも『剪灯新話』の序文の「好事者毎以近事相聞、遠不出百年、近止在数載」及び『剪灯余話』の序文の「取近代之事得於見聞者、滙為一帙」からの受容と言えよう。そして、原話の時代設定を翻案においては作者の身近な時代に置きかえることは、明らかに了意自身の明確な方法であったこととよく符合するといえる。

それでは、浅井了意はなぜこのように、原話の時代設定を離れて、近二〇〇年間という特定の時代にすべての物語を設定したのであろうか。また、『伽婢子』は、このように原話と比べて、より特定の時代に限って物語を設定することによって、どのような特色を持つ作品となったといえるのであろうか。そもそも『伽婢子』の時代設定となった二〇〇年間は浅井了意にとってどのような時代であったのであろうか。『伽婢子』の物語の時代は、一三九〇年から一五九二年までのおよそ二〇〇年間に設定されている。このおよそ二〇〇年間は足利幕府の衰退の時代であり、戦乱や一揆が頻発し、戦国時代の幕開けとなる応仁の乱、天文法華の乱、本能寺の変などの戦乱があり、秀吉が日本全国を統一した時代でもある。これ以外、国人一揆、山城の国一揆、加賀の一向一揆、正長の徳政一揆、法華一揆などの一揆もこの時代のことである。一方、了意が生きた時代は既に江戸の幕開けであり、社会秩序が安定しつつあった時代であったが、このような江戸初期では、平和が続くなかで重要な政治課題となったのは戦乱を待望する牢人に対する対策であった。(4) 以上の時代的特徴は『伽婢子』に以下の特色を持たせた。『伽婢子』では、戦乱に関する描写が原話より増えている。

ところで、『伽婢子』における戦乱に関する描写ご多いとよく指摘しているが、(5) 浅井了意の翻案意図や、『伽婢子』が設定した各作品の時代設定と舞台設定が原典とどのような関係にあるかについては十分な解明がなされてはいない。『伽婢子』には戦乱がもたらした悲劇を描いている作品が数多くあり、これらの作品は殆ど、原話にはない戦乱に関する要素を増加したものである。特に、主人公の悲惨な運命を戦乱に由来すると書き改める箇所が目につく。たとえば、『伽婢子』における最も著名な作品「牡丹灯籠」を例にとってみよう。**表2**は両作品の女主人公の身の上に関する描写である。Aのように、原話においては女主人公が孤児になった理由は

表2　「牡丹灯記」と「牡丹灯籠」における女主人公の身の上に関する描写

	原話「牡丹灯記」（『剪灯新話』巻二ノ4）	「牡丹灯籠」（『伽婢子』三ノ3）
女主人公の身の上に関する描写	女曰く「姓符、麗卿其字、漱芳其名、故奉化州判女也。**A先人既歿**、家事零替。既無兄弟、仍鮮族窯、止妾一身、遂與金蓮僑居湖西耳」（「女曰く、姓は符、麗卿は其の字、漱芳は其の名にして、故の奉化州判の女なり。**A先人既に没し**、家事零替す。既に兄弟無く、仍ぬるに族党鮮し。止だ妾一身のみは、遂に金蓮と湖の西に僑居す。）	女聞て、「みづからは藤氏のすうゑ、二階堂政行の後也。そのころは時めきし世もありて家さかえ侍べりしに、時世うつりてあるかなきかのふぜいにて、かすかに住侍べり。父は政宣、**B京都の乱**に打死し、兄弟みな絶て家をとろへ、わが身ひとり女のわらはと万寿寺のほとりに住侍べり。名のるにつけてははづかしくも悲しくも侍べる也」

「先人が既に亡くなった」という簡単なものである。しかし、『伽婢子』ではBのように、女主人公が孤児になった理由を「京都の乱」と書き改めている。岩波新古典大系の注(6)には、「特定はできないが、本話の二十年前の大永七年には、京都桂川で細川高国が柳本賢治方に敗北し、足利義晴将軍を奉じて近江に逃がれるという大きな戦乱があった。以後、京都周辺では細川方と三好方の戦いが続き、これらを背景にしたか。」とある。たしかに、「京都の乱」という記載から特定の戦乱を決定するのは困難であるが、岩波大系の注に指摘するような長年にわたる戦乱を暗示していることは確かであろう。『伽婢子』の他の作品における例から推しても、ある歴史上の戦乱を背景にした記載ととらえて誤りないと考えられる。原話の「牡丹灯記」が戦乱のような社会的理由を取り上げず、単に「先人既に没し」とのみ記すのとでは、ささいな改変のようではあるが、根本的な相違があると言える。結果的に『伽婢子』における主人公の悲惨な運命を戦乱に由来すると結びつけた一例である。そして、この例だけではなく、**表3**の例もこれに相当している。**表3**は「黄金百両」及びその原話である「三山福地志」の梗概、及び両作品に登場する主人公が貧乏になった理由についての描写である。原話においては、主人公の自実はもともと山東の金持ちであったが、その後貧乏になった理由については、「群盗の劫ふる所と為り」とのみ説明する。「群盗」はもとより社会的事象と言えようが、これを「黄金百両」と比べるならば、大きな相違がある。即ち、了意は「細川、三好の両家不和にして、河内・津の国わたり騒動す」と言い、当時最も大きな社会的動乱であった細川・三好両家の争いを理由にあげる。岩波大系の注(7)には、「執権細川晴元とその被官であった三好長慶との間の、将軍職を巻き込み幕府を二分した争い

は天文十七年摂津・河内の各地で戦火を交えたのち、永禄五年に三好方の勝利に終わる」とある。本文に言う「乱妨」とは暴力を用いて無法に掠め取ることであり、他人の物を理不尽に強奪することである。このように、浅井了意は普通の庶民が貧しくなり、暮らせなくなった理由が戦乱にあることを強調するのである。

これと類似する例をいま一つあげよう。**表4**は「狐の妖怪」及びその原話にあたる「胡媚娘伝」の女主人公の身の上に関する描写である。原話の主人公胡媚娘は、一家が盗賊に襲われたせいで孤児になる。これに対して「狐の妖怪」では「かゝる所へ軍兵打入て、家にありける財宝はひとつものこさずうばひ取たり。母声をあげてうらみしかば、切ころしぬ。」と戦乱によることを理由にあげるわけであるが、そのことをいう前に木下藤吉郎が山本山の城を攻めとらんとしたことから説明する。『伽婢子』では主人公の身の上を一旦、具体的歴史事実の中に置き、社会の大きな変動の中に組みこまれた、悲惨な運命として描きだしているのである。浅井了意は歴史上の戦乱による庶民の生活の困窮を通じて、主人公の悲惨な運命を戦乱に由来するものと強調していると言えよう。

以上の例は、主人公の運命が『伽婢子』において、歴史上の戦乱を背景とする設定に改変された例である。このほかにも同様の例として「真紅撃帯」などが挙げられる。「真紅撃帯」は「金鳳釵記」のストーリーをほ

表3　「三山福地志」と「黄金百両」における梗概及び主人公が貧乏になった理由

	原話「三山福地志」（『剪灯新話』巻一ノ2）	「黄金百両」（『伽婢子』一ノ2）
梗概	山東人の金持ちの元自実は閩中に赴任する繆君に銀二百両を貸した。**A元は盗賊に襲われ**、閩中へ繆君を訪ねて、金をもらいにいった。だが、繆君は証文なきを以って返さなかった。そこで、元は繆君を殺そうとしたが、結局殺さなかった。井戸に投身して、三山の仙境に至った。そこの老翁から自分の前世のことを教えてもらい、因果応報の道理が分かって、多くの黄金をもらって、家に帰った。	河内国平野の文兵次は赴任する由利に銀二百両を貸し出した。文兵次は**B兵乱に遭い**、大和国へ由利を訪ねて、金をもらいにいった。だが、由利は証文なきを以って返さなかった。そこで、文兵次は由利を殺そうとしたが、結局殺さなかった。翌朝観音詣での帰りに池に落ち、清性館に至った。そこの老翁から自分の前世のことを教えてもらい、因果応報の道理が分かって、多くの黄金をもらって、家に帰った
主人公が貧乏になった理由	**A自賽為群盗所劫**、家計一空。（書き下し文：**A自実は群盗のために劫せられ**、家計一に空し。）	細川・三好の両家不和にして、河内・津の国わたり騒動す。**B兵次は一跡のこらず乱妨せられ**、一日を送る力もなし。

表4　「胡媚娘伝」と「狐の妖怪」における女主人公の身の上に関する描写

	女主人公の身の上に関する描写
原話「胡媚娘伝」（『剪灯余話』巻三ノ5）	奴杭州人、姓胡、名媚娘。父調官陝西、**A適被盗于前村**、父母兄弟、倶死寇手、財物為之一空。獨奴伏深草得殘存喘至此。（奴は杭州の人、姓は胡、名は媚娘、父は官に陝西に調せらる。適、**A盗を前村に被り**、父母兄弟倶に寇の手に死し、財物之が為に一空し、独り奴深草に伏して存するを得、残喘して此に至る。）
「狐の妖怪」（『伽婢子』二ノ3）	みづからは、是より北の郡余五といふ所のものにて侍り。このほど山本山の城を攻めとらんとて木下藤吉郎とかやきこえて大将、はせむかひ、その引足に余五・木下のあたり、みなやきはらひ給へば、みづからが親兄弟は山本山にして打死せられ、母はおそれて病出たり。**Bかゝる所へ軍兵打入て**、家にありける財宝はひとつものこさずうばひ取たり。母声をあげてうらみしかば、切ころしぬ。みづからおそろしさに、草むらの中にかくれてやう〳〵に命を次ぎけれども、親もなく兄弟もなし。

ぼ忠実に襲っている。越前敦賀の津にある有徳人、浜田長八は二人の娘を持ち、その隣人檜垣平太は武門を離れ、金持ちの商人となり、一人息子の平次を持っている。平次は長八の姉娘と婚約しており、その約束のしるしが題名となっている真紅の撃帯である。その後、信長の越前攻略のために、平太は平次とともに京都にのぼり、音信不通となった。五年後、平次が故郷に帰ってみると、姉娘は既に亡くなっており、二人の恋物語は悲劇となる。両作品の内容は極めて類似しているが、恋人が別離に至る理由は異なっている。原話では「崔君遠方に遊宦し、凡十五載、并て一字の相聞する無し。」とあるのみであるが、「真紅撃帯」の方は、

天正三年の秋、朝倉が余党おこり出て、虎杖・木芽峠・鉢伏・今条・火爆・吸津竜門寺諸方の要害に楯どもる。その中に若林長門守は河野の新城にこもりしかば、信長・信忠父子八万余騎を率して、敦賀に着ぢんあり。木下藤吉部におほせて、河野の城をとりかこませらる。檎垣平太は若林が二門なれば、敦賀にありて尤られむ事をおそれ、一家を開のきて、所縁につきて京都にのぼり、五年までとゞまりつゝ、その間に敦賀のかたへは、風のたよりもなし。(8)

と、きわめて詳細にその経緯が語られる。即ち、浅井了意は歴史上の戦乱を借り、これを相愛の男女の運命を変える要因にしたと言えよう。

このように、了意は主人公の不幸を歴史上の戦乱の中に置こうとする設定を好んで行っていることが知られる。これは、主人公の悲惨な運命を戦乱に由来すると強調しているものと思う。このような強調が行われたのは、やはり了意が軍学と歴史に通じていたことと関わっていると考えられる。だが、これをさらに了意の人間観に関わる問題として捉えた場合、

それだけには止まらないものがそこにあると思われる。了意は宗門から追放され、僧侶として極めて貧乏な生活をしていた。このような苦しい経験がある了意は、困窮した生活をおくる庶民に関心を持ったと思われる。了意自身にせよ、「黄金百両」における文兵次のような庶民たちにせよ、「真紅撃帯」における平次のような金持ちたちにせよ、すべて人間として避けられない運命に遭遇している。その理由には、僧侶としての了意が仏教思想によっているからと考えられないだろうか。すなわち、了意は抗えない運命に翻弄される登場人物を、「輪廻転生」、「因果応報」、「念仏」、などの仏教思想に託して描いた。『牡丹灯籠』の結末における『法華経』を読むことによって幽霊を退治すること、「黄金百両」の結末における観音の使者が文兵次に前世と後世の輪廻転生や因果関係を教えること、「真紅撃帯」における平次が恋人の位牌の前に念仏すること、すべて了意の仏教思想が込められたものであり、これによって唱導僧である了意は読者に運命に対する自分なりの仏教の考え方を伝えており、『伽婢子』を説教の話材として生かしているといえよう。

二、舞台の設定について

『剪灯新話』の作者瞿佑（一三四一～一四二七）の生まれた時代には、各地に一揆的な反乱が頻発している。特に、至正十三年（一三五三）に起きた江南辺りに拠点を占めて挙兵した張士誠の乱は有名であった。張士誠が挙兵したのは、ちょうど瞿佑の少年時代にあたり、この時瞿佑は十二歳であった。しかも彼の故郷は元政権に反対する拠点であった。そのために、『剪灯新話』の物語は中国の江南辺り、即ち瞿佑の故郷の周辺を舞台とした作が少なくない。たとえば、永嘉（現浙江省）、金陵（現江蘇省）、両浙（現浙江省）、明州（現浙江省）、揚州（現江蘇省）などがその舞台である。しかも、『剪灯新話』には、その特定の元末明初の動乱という時代的背景のもとに、江南という特定の地域を舞台として設定した物語が多く見られる。このような舞台の設定をした理由には、作者にも読者にも身近な時代と場所を設定することによって、物語の輪郭とイメージを明確にし、読者の共感を誘う意図があると考えられる。

ところで、江戸初期に生きた浅井了意も、また政権の混乱で庶民が安心して生活することができない現実を目の当たりにしている。さかのぼっては、室町の応仁の乱をはじめとする幾度もの乱、戦国時代の幾多の乱に強い関心を寄せ、先に述べたように自ら書物をも著している。そのような了意自身の体験と関心の深さの故に、『伽婢子』において、戦国乱世を時代的背景とした作品が数多く生み出されたものと考えられる。その結果、『伽婢子』の大半の物語は、まず特定の時代と特定の場所を選び、その場所で起こった著名な歴史事件を物語の時代的背景として設定することになる。『伽婢子』が物語の舞台とした時代は、その多くが歴史上の事実に基づいているのである。しかも、登場人物もまた歴史上に実在する人物である場合が多くを占める。でも、時代設定、舞台の設定及び登場人物の関係が現在のところでは十分には明らかにされてはいない作品も少なくないが、何らかの歴史事実に基づくものと推察される。

さて次に、『伽婢子』のすべての物語の舞台を時代により分けてみると、次のような事実が指摘できる。たとえば、応仁の乱前後に時代設定される二十話の物語の舞台は、巻八ノ2、巻十一ノ6、巻一ノ1、巻六ノ4四話以外はすべて京である。京を舞台とした理由は応仁の乱の場が京であるほかに、浅井了意が京で暮らした経験を持ち、『京雀』のような地誌を著し、京の地理と歴史に詳しかったという理由も指摘できる。また、主に中国の江南辺りを舞台とした『剪灯新話』から翻案した十余話のうち、巻二ノ1、巻三ノ2、巻三ノ3、巻四ノ2、巻七ノ6、巻九ノ3、巻十一ノ1、巻十二ノ2の八話の舞台も関西地域に属している京、紀伊、近江、伊賀、大和などに集中している。このような舞台や時代的背景の設定の方法は、瞿佑の『剪灯新話』における舞台や時代的背景の設定方法から大きなヒントを受けたかと考えられる。

京以外については、応仁の乱前後から天文年間を時代的背景とした物語の舞台は、周防山口と長門及び相模に集中している。また、甲斐、近江、駿河を舞台とする作品も少なくない。以上のように、『伽婢子』では、特定の地が物語の舞台となることがあるのであるが、これを原話との関係においてみてみるならば、時代設定がそうであったように、舞台の設定においてもまた、両者の各々の作品間の継承関係が殆どないことが知られる。

たとえば、『伽婢子』における巻三ノ3、巻五ノ3、巻十三ノ4、巻六ノ6、巻十三ノ1、巻五ノ1、巻八ノ五などの物語の舞台はいずれも京であるが、原話の舞台はそれぞれ、明州、洛、河南、汝州傍県、地名不明、河朔、長安などさまざまな地に及ぶ。同様に、巻一ノ1、巻二ノ3、巻三ノ2、巻四ノ5、巻七ノ7、巻十二ノ2、巻十三ノ5、巻十三ノ8の八話の舞台はともに近江であるが、原話はそれぞれ、潮州、揚州、楚・呉、北京、淮安、河陽、地名不明に分かれている。さらにまた、巻三ノ1、巻三ノ4、巻四ノ4の三話の舞台は周防山口であるが、原話の舞台はそれぞれ、卞州中牟県・河朔、真州・温州、琅琊と異なっている。巻四ノ1、巻七ノ2、巻十ノ6、巻十二ノ4の四話の舞台はいずれも相模であるが、原話の舞台はそれぞれ、地名不明、平安、辰沢（太湖）、平江許浦である。以上から分かるように、『伽婢子』において設定されている地名は、原話において設定されている地名と個々に対応しているわけではない。つまり、原話のAという地名は、『伽婢子』では必ずaという地名となるという翻案の方法ではないのである。

これとは逆に、原話において同一地が舞台となっている場合、『伽婢子』においてはどのような地に舞台が設定されているかを検討してみよう。たとえば、『伽婢子』における巻八ノ5、巻十ノ4、巻七ノ5、巻九ノ1の四話の原話の舞台はいずれも長安であるが、了意の翻案では、それぞれ巻八ノ5の京、巻九ノ1の山城神楽岡、巻十ノ4の甲斐甲府、巻七ノ5の大和奈良郡山というように、まったく異なった場所に舞台が設定されている。同様に、『伽婢子』における巻三ノ1、巻六ノ5の二話の原話の舞台はともに河朔であるが、了意の翻案では、それぞれ京と周防山口という別の場所に設定されている。了意は原話の地名に対して、日本の特定の地名に結びつけて翻案してはいない。

このように、『伽婢子』の舞台とその原話の舞台との関係には、意味のある関連性を見出すことは困難である。ただし、わずかな例外はある。『伽婢子』における巻八ノ5の舞台は京であるが、その原話となる『五朝小説』「唐人百家小説」巻五「諾皐記・元和初一士人云云…」という物語の舞台は長安である。すなわち、この場合は原話とその翻案がともに都に設定されていることになる。原話の設定を継承した例と言えよう。しかしながら、このような例はこの一例のみである。

以上のように、『伽婢子』の舞台と原話の舞台との間には一定の対応関係がないと考えられる。このことは、前に論じた『伽婢子』の時代設定と原話の時代設定との間には一定の対応関係が認められないという結果と呼応するものと言える。すなわち、ともに了意の意図的な翻案方法であったと考えられるのである。

おわりに

では、作品の舞台と時代における原話からの自由な改変は『伽婢子』にとってどのような意味をもっていると言えるのか。筆者はこれを、『伽婢子』の舞台設定と時代設定はともに、その身近性と真実性の二つの特性を発揮するためのものだと考える。了意は時代と舞台の二本の軸を通じて、読者の目の前に身近で実感をともなった作品の輪郭を創作しようと試みた。これに加えて、もとの小説の虚構のストーリーと日本側の軍書・史書に記される史実とを巧みに融合させ、『伽婢子』に取り入れた。だが、了意は以上のような翻案方法で創作するだけでは満足せず、さらに『伽婢子』に仏教思想を引き入れた。その結果、『伽婢子』は虚構と史実とが織り交ぜられ、恋愛と仏教思想が共生する幻妙な作品となったのである。思うに、このような作品には小説としての娯楽性と仏教説話としての教訓性との二つの特性がある。この点が了意の文学創作における優れたところであり、『伽婢子』における翻案上の大きな特色であると考えられる。

注

（1）宇佐美三八「『伽婢子』に於ける翻案について」（『仮名草子研究叢書』第二巻、クレス出版、二〇〇六年）二―三〇頁、黄昭淵「『伽婢子』と叢書――『五朝小説』を中心に」（『近世文芸』第六七号、日本近世文学会、一九九八年）一―一一頁、王建康「『太平広記』と近世怪異小説――『伽婢子』の出典関係及び道教的要素」（『芸文研究』第六四号、慶応義塾大学芸文学会、一九九四年）一―一九頁。

（2）花田富士夫「伽婢子の意義」（新日本古典文学大系75『伽婢子』岩波書店、二〇〇一年）四九三頁。

（3）市古夏生「『伽婢子』における場の設定」（『国文白百合』第一四号、白百合女子大学、一九八三年）。

（4）石井進等著『詳説日本史』（第六章・第七章参照）（山川出版社、二〇〇六年）。

（5）江本裕「了意怪異談の素材と方法」（『近世前期小説の研究』若草書房、二〇〇〇年）九一―一一九頁、市古夏生「『伽婢子』における場の設定」（『国文白百合』第一四号、白百合女子大学、一九八三年）三一―三九頁、木越治「怪談の倫理――鏡像としての『伽婢子』・『雨月物語』」（『文学』一五（四）、二〇一四年）。

（6）『伽婢子』（新日本古典文学大系75、岩波書店、二〇〇一年）八一頁注九。

（7）『伽婢子』（新日本古典文学大系75、岩波書店、二〇〇一年）二五頁注三十。

（8）『伽婢子』（新日本古典文学大系75、岩波書店、二〇〇一年）四四頁。

参考文献

浅井了意著、江本裕校訂『伽婢子1』（平凡社、一九八八年）
浅井了意著、江本裕校訂『伽婢子2』（平凡社、一九八八年）
麻生磯次「怪異小説の支那文学翻案の態度及び技巧」（麻生磯次『江戸文学と中国文学』三省堂、一九七六年）
『五朝小説』内閣文庫林羅山旧蔵本（国立公文書館蔵）
桃源居士編「存唐人百家小説」（二十四冊）明刊
桃源溪父編「存宋人百家小説」（二十四冊）明刊
花田富士夫「『伽婢子』考――五朝小説の諸版と構想の一端に関して」（『芸能文化史』第二三号、芸能文化史研究会、二〇〇五年）一七―三三頁
浜田義一郎監修『江戸文学地名辞典』（東京堂出版、一九九七年）
前田一郎「浅井了意の仏教思想」（『仏教史学研究』三四(二)、一九九一年）一六三―一八〇頁

明・瞿佑、周楞伽校注『剪灯新話』（外二種）（上海古籍出版社、一九八一年）

吉田茂樹『日本地名語源事典』（新人物往来社、一九八一年）

付記 本稿は、二〇一四年八月「古代長安与東亜文化学術交流研討会」の口頭発表に基づくものである。当日、小峯和明先生・高兵兵先生・李銘敬先生から御教示を賜った。諸先生方にお礼を申し上げる。supported by the Fundamental Research Funds for the Central Universities,and the Research Funds of Renmin University of China(16XNH106).

「樊噲」という形象

周　以量

「樊噲」は『春雨物語』にある話のタイトルで、主人公のあだ名でもある。このあだ名は中国の歴史人物からきていることは明白である。本文はこの話に何度も出ている「鬼」という表現に注目して、作者の秋成は「樊噲」という形象を作り上げた文化的背景を究明する。また、本文は文学的テキストを解析する補助として、浮世絵に使われた同じテーマのものにも言及している。

一、『春雨物語』における「樊噲」

上田秋成の『春雨物語』に掉尾を飾る一篇がある。それはこの短編小説集の中で一番長い話で、「樊噲」というタイトルをもつものである。「樊噲」はこの話の主人公の名前でもあり、もちろんその本名ではなく、あだ名である。本当の名は大蔵という。「樊噲」というあだ名をつけられた経緯は次のようである。

大蔵は古里で悪事を重ね、逃亡生活をしている。長崎に行き着いたとき、ある寡婦と暮らすことになる。しかし、この寡婦は大蔵の鬼のような勢いにおびえて（「鬼おにしさに恐れて」[1]）丸山の遊郭に逃げて、身を隠す。大蔵はそれを聞き知って、遊郭まで駆け込み、暴れだす。時に遊郭には唐人の客が居て、大蔵の暴れる行動を目の当たりにして、びっくり仰天し、「樊噲殿よ、命ばかりはお助けを」（「樊噲へ、命たまへ」[2]）と言う。その唐人の口からわめき出された「樊噲」という名をよほど気に入ったらしく、大蔵はその後「樊噲」を

しゅう・いりょう――首都師範大学准教授、北京外国語大学日本学研究センター客員教授。専門は日本近世文学。主な著書・論文に『日本古典文学史』（共著、北京語言大学出版社、二〇一三年）、「比較文学の視野における『雨』と『月』のイメージ」（二〇一三年）、「元服考：日本古代における儀礼の風俗について」（二〇一三年）、「中国人の妖鬼信仰」（二〇一三年）などがある。

自分の名として、世を渡すことにする。

「樊噲」という話に出てくる「樊噲（大蔵）」[3]の形象は『水滸伝』の魯智深（あだなは花和尚という）に由来することはつとに先学によって指摘されて、[4]定説となっている。新しく日本に渡来した白話小説として、『水滸伝』の受容は注目されることはしごく当然である。[5]しかし、ここで作者は「樊噲」という名を使用するということは魯智深のイメージに樊噲のイメージを重ね合わせているのだということも推測できよう。いってみれば、魯智深と樊噲との間に共通するところがあるということである。乱暴で、無鉄砲で、奔放不羈な性格の持ち主というのはその共通項であろうが、魯智深は剃髪した僧（和尚）であることもまた「樊噲（大蔵）」と同じである。ここでは「樊噲（大蔵）」の形象に魯智深の趣があることはさておき、樊噲という中国の歴史人物の関連に焦点をあててみたいと思う。

二、中国の歴史人物としての樊噲

樊噲という人物はもともと中国前漢時代の豪傑で、司馬遷の『史記』にその伝記がある。[6]しかし、彼が有名になったのはやはり『史記』によるのであるが、その伝記ではなく、かの名高い鴻門宴に出てくる人間だからである。[7]鴻門宴という話の主人公は劉邦と項羽であるが、樊噲が乱暴を働くことにより劉邦は殺される危機からのがれたのである。この意味において、樊噲も鴻門宴の主人公の一人と見てよかろう。特に樊噲という人物の描写に印象深いものがあり、人々は魅了されたのである。

さて、鴻門宴の話に樊噲はどのように描かれているかを見てみよう。

鴻門宴で範増が項荘に剣の舞を舞うようと命じて、劉邦の命を狙おうとする。そこで、張良は樊噲に「大変緊急な状態になった。今項荘が剣を抜いて踊っている。それは沛公（劉邦）を殺害しようとするのだ」（「甚急。今者項荘抜剣舞。其意常在沛公也」）[8]という。樊噲はそれを聞いて、「直ちに剣と盾をもって、宴会場に入ろうとする。矛を持った守衛たちは樊噲を止めようとしたが、樊噲は盾を持って抵抗する。守衛たちは地に倒れて、樊噲はついに会場に入った。帳を押し開け、西に向かって立ち、目を怒らせて項羽を見つめる。その髪の毛は立つようになり、目じりは裂くようである。」（「即帯剣擁盾入軍門。交戟之衛士欲止不内。樊噲側其盾以撞。衛士僕地。噲遂入。披帷西向立。嗔目視項王。頭髪上指。目眦尽裂。」）[9]主君のために、勇みよく行動する樊噲の様子である。その怒る様態は目に見えて、生き生きと描かれている。

突然乱入してきた樊噲に、項羽はイノシシの生の肉を与える。樊噲はその肉を肩にのせて、剣で肉を切って食べる(「樊噲覆其盾於地。加彘肩上。抜剣切而啖之。」)。(10) 生の肉を食べる様子は樊噲のあらくれた姿を強調し、並たいていの人間ではないことを伝える。読者はそこから樊噲のイメージが印象付けられ、樊噲の人間像に魅了されたのであろう。

鴻門宴の話はあまりにも有名で、その流布に従い、樊噲の形象も広く知られるようになった。(11)

三、日本における樊噲という形象の受容

中国だけでなく、樊噲の形象は日本でも古くから伝えられていた。たとえば、『今昔物語集』巻十に「高祖《かうそ》、罰項羽《かううをうちて》始漢代為帝王語第三《はじめてかんのよにていわうとなりしこと》」という一話があり、鴻門宴の話を叙述している。(12)

項荘は剣の舞を舞うとき、劉邦を守るため、項伯も剣を持って項荘と共に舞う。そこで、劉邦は隙を見て、席を離れる。続いて、『今昔物語集』は次のように書かれている。

> 而《しか》ルニ、暇《いとま》ヲ請《こは》ムガ為ニ還ラムト為《す》ルヲ、高祖ノ眷属《くゑんぞく》、樊会、強《あながち》ニ制止シテ不令還《かへらしめ》ズシテ具シテ逃ヌ。而ルニ、張良ヲ還シテ、「此レ、君ノ曳出物《ひきでもの》也」トテ、白璧一朱《はくへきいちしゅを》項羽ニ奉ル。玉斗《ぎやくとを》范増ニ与フ。范増、此レヲ不取《そらず》シテ打破《うちやぶり》テ棄《す》ツ。亦、彼《か》ノ樊会ハ人也ト云ヘドモ、鬼ノ如シ。一度ニ猪ノ片股ヲ食《じき》シ、酒一斗ヲ一口ニ呑ム。(13)

この一話の出典は定かではない。(14) しかし、中国で流布する『史記』や『漢書』(15) にある鴻門宴の話とは一致していないことは明らかである。特に右の引用で、最後の「亦、彼ノ樊会ハ人也ト云ヘドモ、鬼ノ如シ。一度ニ猪ノ片股ヲ食シ、酒一斗ヲ一口ニ呑ム」という文は樊噲という人物の注釈で、本文としてはいささか不自然のように思われる。この点については、山田孝雄は「この一文は、前後の文と続かない。恐らくは竄入であろう」と指摘した。(16) にもかかわらず、この竄入と思しき描写は日本人に樊噲の形象作りを大きく働かせたのではないかと思う。つまり、後に樊噲の形象に鬼のイメージを重ねるきっかけを作ったのだと思われる。

それから、原典にある樊噲の荒っぽい肉の食べっ振りや酒の飲み方なども日本人の樊噲形象作りに大きく作用したのだろう。たとえば『太平記』に次のような描写が見える。

> 項羽その時にゐなほつて、「これ天下の勇士なり。かれに酒を賜はん」とて、一斗を盛る盃を召し出だして、樊噲が前に置き、七つ尾ばかりなる豕《ゐのこ》の肩を肴《さかな》にとつて出だされたり。樊噲楯を地に覆《ふ》せ剣を抜きて豕の肩を切つて、少しも残さず噛み食うて、盃に酒をたぶたぶと受け

て三度傾《かたぶ》け、……[17]

ここで樊噲の肉の食べっ振りなどはこの人物造形の要点となっていることは明確である。

ところが、原典と同様、『太平記』の描写からも樊噲の容姿をうかがうことはできない。その以前の『今昔物語集』もそうであるが、ただ生の肉を食い、ラフな酒の飲み方を描いただけで、鬼のようであるというのはこじつけのように思われてならない。つまり、樊噲の形象に付け加えられた鬼のイメージは非常に曖昧である。現に『今昔物語集』にきわめて印象付ける鬼のイメージを描いた話[18]を見出すことを考えれば、なおさら樊噲と鬼に結びつけるのは安易のようである。しかし、そのやや安易で曖昧な樊噲の形象に人々に想像の余地を与えるのも事実であろう。もう一度『太平記』の本文を引用する。

樊噲大きに怒《いか》つて、その楯を身に横たへ門の関《かん》の木七、八本押し折つて、内へつと走り入れば、倒るる扉《とびら》に打ち倒され、鉄の楯につき倒されて、交戟の衛士五百人地に臥《ふ》して皆起きあがらず。樊噲つひに軍門に入りて、その帷幕《ゐばく》を掲げて目を怒らかし、項王をはたとにらんで立ちけるに、頭《かしら》の髪《かみ》上にあがりて、冑《かぶと》の鉢《はち》を生《お》ひ貫き、獅子の怒り毛のごとく巻きて、百千万の星となる。まなじり逆さまに裂けて、光百練《ひやくれん》の鏡に血をそそきたるがごとく、そのたけ九尺七寸ありて、怒れる鬼髭《おにひげ》左右に分かれたるが、鎧《よろひ》づきして立つたる体、いかなる悪鬼《あくき》・羅刹《らせつ》もこれには過ぎじとぞ見えたりける。[19]

樊噲の容姿をかなり具体的に書かれている。特に「怒れる鬼髭左右に分かれたる」「いかなる悪鬼・羅刹もこれには過ぎじとぞ見えたりける」などの描写は原典や『今昔物語集』より具体的で、迫力が感じられる。

「鬼の如く」という叙述に注目するとき、『今昔物語集』と『太平記』とに詳細の違いが見られるものの、樊噲に鬼のイメージが付会されたことはたしかである。

四、「樊噲」に付会された鬼のイメージ

話を『春雨物語』に戻す。

前述したように、唐人は大蔵が遊郭に入るなり、ふすまや戸を引き破るのを見たとき、「樊噲へ、命たまへ」と言って騒ぎ立てる。その乱暴な行動は原典や『太平記』に書かれている樊噲に通じるところがある。また、大蔵の酒の飲み振りも樊噲に似通っている。大蔵自身も唐人の「樊噲」という呼び名を気に入っているし、読者から見ても、「樊噲」という呼び名も大蔵にふさわしいと思い、納得できるだろう。

しかし、唐人の口を通して大蔵に「樊噲」というあだ名をつけられたのは大蔵の荒々しい振る舞いに基づくにとどまらなかったのだと思われ、その理由はさらにほかにあるのではないかと推測できる。

「樊噲」という話では、主人公の大蔵の振る舞いにも尋常でないものがある。彼は賭博を好み、盗みを働くだけでなく、家財を奪い取り、母や兄嫁を殴り、父や兄まで殺してしまう。まさに「あぶれ者」[20]である。作者はこの悪党に鬼のイメージを付与したことは次のいくつかの描写からうかがい知れる。

（1）春の季節がやってきて、大蔵はまたばくちに熱中する。たくさんの借金を背負い込み、「さすがの鬼おにしき心にもまけられて」[21]数日間の間、ばくちへ行かなくなる。

（2）大蔵は父と兄を殺したあと、逃亡の日々を送り始める。村中の人々は大騒ぎで、大蔵を捕まえようとする。しかし、大蔵は「力強く足早く、ことにただ今鬼になりて」[22]走っているので、誰も恐れるものはいない。

（3）大蔵は長崎へやってくる。ある寡婦と同居生活を始めた。最初は寡婦は我慢していたが、しかし大蔵の「鬼おにしさに恐れて」[23]、丸山の遊郭に逃げ込む（大蔵は遊郭に乱入して、乱暴を振るったあと、唐人に「樊噲」と呼ばれてから、「樊噲」というあだ名で世を生きる）。

（4）「樊噲（大蔵）」は筑紫に着いてから、重い病気を患った。岩の陰に倒れこんで、何日間も食事を断たれてしまった。熱がやや引いたと覚えて、「物を食わせて」と大声で叫ぶ。その叫び声は恐ろしい。ちょうどそのときある大男（村雲）が岩のほとりを通りかかって、「鬼の泣くを見しよ」[24]と言って、大蔵に飯を与えてやる。

（5）「樊噲（大蔵）」は村雲に救われ、山の麓にある茶店に連れられて行き、酒や飯をご馳走される。まもなく元気が戻って、何事も村雲の言うとおりにすると言う。そこで、村雲は「樊噲（大蔵）」に強盗の真似をやらせる。「鬼喜びて」[25]引き受ける。

（6）「樊噲（大蔵）」は加賀の国に来て、ある温泉で冬を過ごす。そこで匏簫《ほうしょう》を吹く僧に出会い、匏簫を教えてもらう。生まれながら音楽の節に通じ、声も大きいので、匏簫の音は高い。僧は喜んで「修行者は、妙音天の鬼にて顕れ給ふや」[26]と褒める。「樊噲（大蔵）」は笑いながら「天女の遣はしめに、わがごとき鬼ありし」[27]と言う。その笑い声は普通ではない（「うち笑ふありさまただならず」[28]）。

以上の描写に少し説明を加えると、（1）は、作者は「鬼おにし」[29]という言葉で、「樊噲（大蔵）」の荒々しい性質を形容する。（2）は、ただでさえ力強くて、足が速い「樊噲

（大蔵）」は、今は鬼になって走るので、なおさら恐ろしい、と作者は言う。（3）の描写では、大蔵の具体的な行動は描かれていない。ただ寡婦の目から見てその行動は鬼の勢いのようである、という。（4）は「樊噲（大蔵）」は四日間ほど病気にかかったうえ、空腹を覚えたので、その叫び声の恐ろしいことを鬼が泣くようだと譬えて言う。（5）は直接「鬼」ということばを使って「樊噲（大蔵）」のことを指す。（6）は「鬼」のことばを二回使用している。僧は「樊噲（大蔵）」の音楽的な才能を認め、美しい音楽を奏でる弁財天が下界に降りてきたようだとその才を褒める。ただ、その容貌は鬼にそっくりなので、弁財天が鬼の姿を借りてこの世に現れたのだという。「樊噲（大蔵）」自身も僧の褒め言葉をそのまま受け取り、確かに天女の召使にわしのような鬼がいたな、と素直に自分は鬼のようだと認める。「樊噲（大蔵）」の笑い声は普通ではないというのは、まさしく鬼のありさまだという指摘のとおりである。[30]

上田秋成はこれほどまでに「樊噲（大蔵）」のことを「鬼」という言葉で描写する。「大蔵」＝「鬼」という考えは作者に強く秘められているように思われる。大蔵と樊噲と結びつけられる要素としては乱暴を振舞う人間、無鉄砲な男というようなイメージが挙げられようが、いまひとつ強調したいのは「鬼」のイメージである。

樊噲は中国の歴史上の人物であるが、日本に伝えられ、受容された過程で、その形象に新たな要素が付け加えられた。樊噲に鬼のイメージが付会されたのもその好例であろう。上田秋成は「樊噲」という形象を用いるとき、もちろん中国的素材を理解する力を発揮している。一方では、日本で変容された伝統的な「樊噲」の形象をもじゅうぶん把握している。

五、秋成における中国的素材の利用

言うまでもなく、上田秋成は中国的素材を利用するとき、日本で古くから伝えられた「樊噲」の形象ばかりでなく、新しく入ってきた形象も創作に取り入れている。その新しい形象とはつまり『水滸伝』に出てくる魯智深という人間像である。

上田秋成と『水滸伝』との関連性について、『雨月物語』の「序」に「羅子撰水滸而三世生唖子」という表現からうかがい知れるし、[31]『雨月物語』に『水滸伝』の素材の利用が認められるので、よく知られている。[32]『春雨物語』と『雨月物語』の相違性といえば、『春雨物語』における中国的素材の利用はそれほど目立たないというのがいちおう挙げられよう。その中の一篇である「樊噲」はやや特殊と言えるなら、その特殊性の一つは中国的素材の利用にあるのではないかと思う。

図1　『原色浮世絵大百科事典』（第四巻）に拠る

「樊噲」における『水滸伝』（魯智深の人物像）の受容については先行研究によってすでに明らかにされている。(33) 私は特に補うところはない。ここでただ強調したいのは『雨月物語』の「青頭巾」における『水滸伝』の利用は『春雨物語』の「樊噲」とかなり重なっていることである。いってみれば、両話の人物描写はともに魯智深の形象によるところが少なくない、ということである。

にもかかわらず、前述したように「樊噲」において「大蔵＝樊噲」という人物像に日本人が受容し、変容された「樊噲」の形象を再構築された要素が含まれている。

六、浮世絵における樊噲の形象

最後に、日本近世における「樊噲」という形象の用例として、浮世絵を二、三点取り上げて、その受容のしかたをみることにする。

まず最初に見てみるのは鴻門宴を題材に描かれた一枚である（**図1**）。春朗こと葛飾北斎（一七六〇～一八四九）の作で、「新板浮絵　樊噲鴻門之宴ノ図」（横大判、大英博物館蔵）というものである。題名から見ても分かるように、鴻門宴を題材にしているものの、樊噲という人物に重点は置かれている。まさに樊噲を鴻門宴の主人公と見なして描いた一枚の絵であ

図2　『原色浮世絵大百科事典』（第四巻）に拠る

る。それは当然といえば当然であろうが、樊噲が宴会に乱入してきた情景は鴻門宴のクライマックスになっているし、一番劇的な場面だといえよう。画家はその場面を再現しようとして、樊噲が門を破って闖入し、暴れる行動を絵の中心にすえる。主人公であるはずの劉邦や項羽などは建物の中で樊噲の乱暴を振舞うのを見届けており、ちょっと驚いているように見えるが、絵の端っこにおさめられている。それらの主人公よりも絵の中心にあるのは樊噲に突き落とされ、地に倒れた守衛たちである。樊噲の強力を強調する効果があげられている。樊噲の容貌はそれほど明確に描かれていないが、凶暴な行動で、荒々しい姿はたしかである。

次にもう一枚の絵は「漢国の樊噲勇力門を破る」（大判）というものである（図2）。やはり鴻門宴の題材であるが、春朗（北斎）とは違い、勝川春英（一七六二～一八一九）は明らかに武者絵の形式をとっている。それだけに樊噲の姿はより精細に描かれている。絵の真ん中に樊噲が立ちはだかり、やぶれた門をかかえている。武人の装いにぼさぼさした頭、目を大きく見張るようにしている。これは原典の「頭髪上指。目眦尽裂」を再現しただろうと思われるが、絵を観るものをにらみつける形となっている。よくよく見ると、その恐ろしい顔かたちは鬼にも似つかないとはいえない。これはやはり『今昔物語集』以来、日本人が創り出されたイメージであろう。

　最後に、勝川春英の「漢国の樊噲勇力門を破る」と全く同じ構図をもつ一枚の浮世絵があり、「漢楚軍談　漢樊噲」（縦大判錦絵揃物、ベルギー王立美術歴史博物館蔵）という（図3）。初代歌川国貞（一七八六～一八六四）の作で、描かれた樊噲の猛者の姿は春英の絵に劣らないばかりか、顔かたちはさらに大きく明確に描かれている。また、画面に突き出された右手はふつうの人間の手とは到底思えなく、鬼の手とも思わせる描き方である。国貞の絵柄は春英のよりもっと複雑になり、たとえば樊噲のやぶれた門には鬼（門の神）のような顔が描

図3　『原色浮世絵大百科事典』（第八巻）に拠る

かれ、樊噲という人物の対照にもなっている。逆とはいえ、ほぼ同じ大きさで描かれた樊噲と門の神（鬼）の顔かたちにはかなり共通しているところが見られるといえよう。ましてや絵図の中心あたりにその門の神（鬼）をすえて、画家はこの門（の絵柄）を強調しているのではないかと思われる。このように国貞も人々に鬼を連想させるような手法によって樊噲という乱暴で、奔放不羈な人物を表したのである。

以上見てきたように、樊噲と鬼と関連付ける発想は文学的テキストに限らず、絵画にも見出されるのである。

『今昔物語集』から日本近世まで数百年の時間がたち、「樊噲」の形象は広く伝えられ、すでに定着してきたように思われる。[34] その定着した形象に中国的要素もあれば、日本人によって新しく付け加えられた要素も含まれている。上田秋成はその諸要素を含んで定着した形象を自家薬籠中の物として「樊噲」という一篇を作り上げたのである。

注

（1）美山靖『春雨物語』（『新潮日本古典集成』新潮社、一九八〇年）一二一頁。本論で使用した「樊噲」の本文はすべてこの集成本に拠る。ちなみに、この集成本は西荘文庫旧蔵本を使っている。西荘文庫本は秋成の自筆本から写した漆山文庫本の転写本で、完本である。『春雨物語』のテキストの問題については木越治『秋成論』（ぺりかん社、一九九五年）や長島弘明『秋成研究』（東京大学出版会、二〇〇〇年）を参照されたい。

（2）前掲注1集成本、一二二頁。

（3）本論では「樊噲（大蔵）」という形で「樊噲」という話の主人公を示す。

（4）中村幸彦「樊噲」（『国語国文』一〇、一九五三年）や堺光一「『春雨物語』〝樊噲〟と水滸伝との関係」（『国語国文』一二、一九五六年）を参照。また、中村幸彦『上田秋成集』（『日本古典文学大系』岩波書店、一九五九年）や中村博保『春雨物語』（『新編日本古典文学全集』小学館、一九九五年）や美山靖『春雨物語』などの校注本を参照。

（5）『水滸伝』は十七世紀の始めごろに日本に伝わったそうである。高島俊男『水滸伝と日本人』（大修館書店、一九九一年）を参照。

（6）司馬遷『史記』巻九十五・樊酈滕灌列伝第三十五。
（7）前掲注6司馬遷書、巻七・項羽本紀。
（8）前掲注6司馬遷書（中華書局、二〇一三年）三九五頁。
（9）前掲注8。
（10）前掲注8、三九六頁。
（11）中国では「鴻門宴」の話は高校の『語文』（『国文』）の教科書にも取り入れられている。
（12）前掲注1集成本の頭注にも指摘されている。
（13）小峯和明『今昔物語集　二』（『新日本古典文学大系』岩波書店、一九九九年）二九六頁。
（14）この話と同類の話は『唐鏡』（十三世紀）や『太平記』（十四世紀）にも見られるという指摘がある。山田孝雄等『今昔物語集　一』（『日本古典文学大系』）や前掲注13小峯書などを参照。
（15）『漢書』巻第一「本紀」および「列伝」十一。
（16）前掲注14山田等書（『日本古典文学大系』岩波書店、一九六〇年）二七七頁。ちなみに、この大系本を底本に金偉等が訳した中国語版の『今昔物語集（一）』（万巻出版公司、二〇〇六年）は底本のこの注釈を全く無視し、誤訳が生じてしまう。
（17）山下宏明『太平記　四』（『新潮日本古典集成』新潮社、一九八五年）三〇〇―三〇一頁。
（18）たとえば、『今昔物語集』巻第三に「波斯匿王娘、金剛醜女語第十四」という話があり、「……一人ノ女子ヲ生メリ。其ノ女子ノ有様、膚ハ毒蛇ノ如シ、其ノ臭キ香、人不可近付ズ。太キ髪左ニ巻テ鬼ノ如也。惣テ形・有様、皆人ニ不似デ、……」といって、生まれたばかりの女の子の容姿を詳細に描かれている。
（19）前掲注17、三〇〇頁。
（20）『春雨物語』「樊噲」に「この大蔵といふあぶれ者」という表現がある。前掲注1集成本一一三頁。
（21）前掲注1集成本、一一七―一一八頁。
（22）前掲注1集成本、一二〇頁。
（23）前掲注1集成本、一二一頁。
（24）前掲注1集成本、一二三頁。
（25）前掲注1集成本、一二四頁。
（26）前掲注1集成本、一三四頁。
（27）前掲注26。
（28）前掲注26。
（29）「鬼おにし」という言葉は近世語のようで、「鬼」を重なる形で、鬼のような荒々しい様子を強める。
（30）前掲注1集成本頭注、一三四頁。
（31）高田衛『雨月物語』（『新編日本古典文学全集』小学館、一九九五年）二七六頁。
（32）たとえば鵜月洋『雨月物語評釈』（角川書店、一九七八年五版）や井上泰至「『雨月物語』典拠一覧」（飯倉洋一・木越治編『秋成文学の生成』森話社、二〇〇八年）を参照。
（33）前掲注4。
（34）中村幸彦はかつて次のように指摘している。「〔樊噲（大蔵）〕という名について〕思うにこれは当時上方の花街などで流行した語に思いついたものであろう。よく上演された浄瑠璃、「容競出入湊」（寛延元年初演）、「新町橋出入の段」に、（ハア、それはかたじけない。サアサアおにしやはんくはいじやとみなみないさみ悦ぶにぞ）と。強い男を意味するこの流行語によつて、後世、谷崎潤一郎をよろこばす如き場面をえがきだしたのである」（『春雨物語』解説、積善館、一九五二年）という。『中村幸彦著述集　第十四巻』（中央公論社、一九八三年）二一五頁。高田衛『春雨物語論』（岩波書店、二〇〇九年）にもこの一文を引用されている。

「国亡びて生活あり」——長谷川如是閑の中国観察

銭　昕怡

せん・きんい——中国人民大学外国語学院准教授。政治学博士。専門は近代日本政治思想史、中日関係史。主な著書・論文に『近代日本の知識人と中国ナショナリズムの展開』（中国人民大学出版社、二〇〇七年）、「中国における大正協調主義の研究に対する一考察」（『吉野作造研究』一一、二〇一五年）などがある。

大正末年昭和初期の「中国旅行ブーム」のなかで、大正デモクラシーのオピニオン・リーダーであり、作家でもある長谷川如是閑も中国旅行記『支那を観て来た男の言葉』を発表している。そこには、現実中国の貧困や混乱より、政治組織の交代と没交渉に強靭に営まれている中国民衆の生活事実に対する発見と感銘が記されていた。

はじめに

近代ツーリズムと水陸交通網の発達に伴って、大正末年から昭和初期にかけて、日本で空前の「中国旅行ブーム」がわき起こっていた。谷崎潤一郎、芥川龍之介らの文学者を先導に、当時多くの文化人は個人旅行あるいは新聞社や満鉄などの機関に招待された形で大陸を訪れ、各種の旅行記や紀行文を次々と発表した。東アジアにおける文化交流や近代日本人の中国観を考察するには貴重な第一次文献として、近年来、中国でもそれらをめぐる研究が益々盛んになっている。とくに張明傑・王成共編『近代日本人の中国遊記』（中華書局、二〇〇〇～二〇一〇年）全十巻が公刊されてから、中国の学術誌で、日本の文化人の中国旅行をめぐる研究が数多く発表されている。

この時期の日本の文化人の中国体験の共通な特徴として、いままで書物などを通して抽象的に獲得した、「想像の中国」が半植民地化された「現実の中国」を目の前に幻滅したことがあげられる。そして、「だらしのない」中国の現実にむける彼らの嫌悪感は現実の中国に対する偏見や蔑視によるものだと、よく指摘されている。[1] 本論では、このような蔑視観とは対照的に、この「中国旅行ブーム」のなかで、政治組織の交代と没交渉に強靭に営まれている中国民衆の生活事実を身近で観察することができ、「国亡びて生活あり」という中国人の生活能力に近代の国家体制を乗り越える現代的意義を発見した、大正デモクラシーのオピニオン・リーダーであり、作家でもある長谷川如是閑（一八八五～一九六九）の中国旅行記『支那を観てきた男の言葉』を取り上げて考察し、近代日本の文化人における中国認識のより多元的かつ複雑な様相を示したい。

一、「中国旅行ブーム」を背景とする如是閑の旅行記『支那を観て来た男の言葉』

一九一九年二月、「白虹事件」で『大阪朝日新聞』を退社した長谷川如是閑は、当時、大山郁夫らとともに、啓蒙雑誌『我等』を創刊し、「個性の尊厳」と「社会的平等」、「政治上の自由」の実現のために、きわめて精力的に「現実暴露」と「国家批判」の論陣を展開していた。一九二一年八月下旬から十月にかけて、上海キリスト教青年会、漢口日本人会有志などの招聘を受け、雑誌『我等』の主筆、フリーライターとして、如是閑は中国を訪問し、はじめて中国の土地を踏んだ。興味深いことに、如是閑の中国旅行は芥川龍之介とほぼ同時期に、同じような行程をたどっている。彼は八月十七日に神戸から汽車で旅立った。翌日門司で講演を行った後、十九日に長崎港から上海に向けて出航し、二十一日に上海に到着している。上海を訪れてから、彼はまた滬寧線で南京に行って、南京から揚子江を北上し、武漢（漢口）に入った後、京漢鉄道で北京に行き、天津、瀋陽、ハルビン、大連などの北方都市を経て、九月中旬に朝鮮に行った。平壌、京城、仁川を半月ほどまわってから、十月初めに帰国している。[2]

今回の中国行きについて、『我等』一九二一年九月号の編集後記では、「氏（如是閑――筆者注）は『我等』に頻々と書き送ることは、確実です。そして例の態度での観察を、例の筆法で書くこともまた、確実です」というように、旅行記の掲載を予告している。そして、この旅行記は『我等』一九二一年十一月号から一九二三年三月号にかけて、『支那を見て来た男の言葉』というタイトルで断続的に掲載された。『我等』一九二三年六月号の編集後記で如是閑自らが将来のある時期で旅行記を完成し、本にまとめて出版したいとも述べているが、残念ながらこの願いは結局、かなわなかった。如是閑の紀行文は北京の旅行記で終わっている。これも如是閑のこの中国旅行記の知名度と影響力を大いに制限したと考えられよう。

情報の豊富さ、文章表現の精緻さやその影響の深遠さからみれば、如是閑の中国旅行記は芥川をはじめとする同時代の日本作家の中国旅行記とは比べ物にならないかもしれない。しかし、国民の生活を重視する視角から、如是閑のテキストはいたる所で「中国社会」を他者として日本の国家至上主義を捉えかえし、当時の文壇においては貴重な文化相対主義の視点と社会的現実に対する批判力を示した。

如是閑の旅行記はA＝「支那へ行ったことのある男」とB＝「此頃支那へ行って帰って来た男」という二人の対話から構成されている。BがAの質疑に答える形で、上海から南京、漢口を経由して北京にいたる道中の見聞や感想を語っている。全十三回、計七万字余りある。

旅行記の中で、「中国通」と自他ともに認められているAとの違いについて、Bは次のように述べている。「君等は支那に就て余り多くを知り過ぎてゐる。だから支那を伺う感じて好いかわかるまい。ちつとも支那を知らない僕等は、素直に、支那人の僕等に与へる感じを受け容れることができる。」(3)そこには、先入観にとらわれることなく、中国と中国の民衆を率直に観察しようとする旅行者如是閑の態度が示されている。対話体という設定は、表現上の趣向だけではなく、当時日本の論壇で活躍された一部のいわゆる「中国通」の中国認識に対する批判的立場をも明らかにしている。旅行記のなかで、その批判的立場は次の二つの視角に具体化され、一貫している。一は非自己中心主義の視角であり、もう一つは民衆の生活を重視する視角である。このような中国を観察する視角があったからこそ、如是閑の目に映った現実の中国は一部のいわゆる「中国通」の中国認識とはまったく異なる様相を呈していた。以下、主にこの二つの視角から如是閑の中国旅行記に描かれた中国像を解読してみたい。

二、非自己中心主義の視角

中国旅行の印象について、Bは浩瀚な東シナ海と揚子江から受けた衝撃から語り始めている。それによって、日本人が自分の国土の広さについての知識と「錯覚」から他国を理解する自国中心主義を反省しようとした。

A　君はあの長江を汽船で遡つた時にはどんな感じがしたい。

B　僕は、少年時代に、利根川をアノ外車のガタ〳〵蒸気で通つた時のことを思ひ出したよ。長江を通る時には、僕は全くその時の子供になつてしまつたよ。始めて利根川の洋々たる流れをガタ〳〵蒸気の上から眺めて、驚異の眼を見張つた心持は今に忘れないが、此歳になつて、長江で、再びその子供らしい心持を繰返さうとは思はなかつた。僕は南京まで汽車で行つて、あすこから船に乗つたのだが、汽船が河の真中に乗り出した時には、僕は全く自分が子供であることを感じたのだよ。さうして沢山の子供のウヨ〳〵してゐる日本といふ国を想つて、小さい可愛らしい国だと思つたね。

A 西洋人の云ふやうなことをいふね。支那やアメリカを通つて日本へ来たものが、日本の小さい事を感ずるのを、君は逆に行つて支那の大きいことを痛切に感じたのだね。

B 格別支那を大きいと思つたぢやない。あれが当り前のやうにも思つたのだが、それにしても日本が格別に小さいのに驚いたのだ。が少し考へてゐるうちに、自分はさういふ風に日本の小さいことに驚いたのだと思つたのは間違ひで、実は、小さい日本を、日本人だけが馬鹿に大きいやうに思つてゐるその錯覚に驚いたといふ方が当つてゐることを発見したのだ。

A 利根川で通運丸に乗つて、大得意になつてゐる子供らしさに驚いたのだね。

B その錯覚に驚いたといふよりも、その錯覚に元づいて、自分や自分の国だけでなく、他人や他国のことを考へてゐる無鉄砲に驚いたのだ。お互人間同士の間には感覚の問題が一番大切で、こいつが懸け離れてゐては話にならないのだが、支那人の感覚と日本人の感覚との隔りは、『上古に大椿といふものあり。八千歳を以て春となし、八千歳を以て秋となす』といふ奴と、五十歳一期の人間との隔りだね。『白髪三千丈』と支那人がいつたのは、日本人には何しても嘘としか思へない。そんなことでは、到底日支親善は六かしいよ。

A 白髪三千丈を真個にしろといふのかい。それは支那人だつて嘘と思つてゐるだらうぢやないか。

B 所が無限に廓大された自然をそのまゝ享楽してゐる支那人には、髪の毛だつて三千丈位に伸びるやうに感じられるのだよ。その感じに同情出来ないのは、鼻の下の髭さへ、少し長くなると毛虫のやうな格好に苅つてしまう日本人心理なのだ。感覚の不一致といふことは、理屈や哲学で協調が出来ないから始末に困る。日本人は利根川を大なりとし、支那人は長江を小なりとする。此両国民は何かの間違ひで、夫婦になつたところで、夫婦喧嘩の絶え間はあるまい。

A　成る程支那は大きいさ。然し大きいだけで好いといふのは、飛行場きりぢやないか。

B　大きいことが価値でないのは、小さい事が価値でないのと変わりはないさ。然し、支那人の大きい感覚をそのまま受け入れることの出来ない日本人は、僕の眼にも、小さいと見る外はない。（中略）いつぞや孫文が二十何億元といふ鉄道計画を発表した時に、日本の支那通という人が、孫逸仙は気が狂つたと触れ回してゐたのを聞いたが、支那人の小商人でさへ、そんな孫文の計画などをたいして大きいとも思つてはゐないのに、日本の豪傑が、それに魂消るやうでは、とても相撲にならないぢやないか。(4)

第一次世界大戦後、日本は「五大国」の一つとなり、日本の国民も「大国意識」を持ち始めた。上記のBのことばはその夜郎自大な「大国意識」に対する批判であるが、中日両国の相互認識と理解においていまだに解決できていない難題、即ち「他者感覚」の不在という問題を鋭く捉えている。このような非自己中心の立場から、如是閑はまたBの口を借りて、日本の自国至上主義を旨とする対中国政策を厳しく批判している。

上海の日本人街で日本人の婦人が和服でヨチヨチ歩いているのを見て、Bは「日本の文明が遅れてゐることがわか」ったという。「女の日本魂」で中国女性の服装をまるで「封装」のように改良して「すつかり変なものになつて」しまって、「あの位肉体美を馬鹿にしてゐる服装はないよ」。「あれは日本人の智慧が衣服の形で現はれたもので、衣服ですらあの程度なのだから、帝国主義なんて形で現はれたらものにならないのは知れたことなのだよ」。(5) このような日本帝国主義の統治手段の拙劣さに対する揶揄は「中国通」のAの共鳴をも引き起こした。日本の大陸経営の先陣をとっていた、いわゆる「国士」や「豪傑」たちはいまや中国人にでも「邪魔者扱い」されていることにAは憤慨する。しかし、その一方で、その根本的な原因は「日本のこれまでの教育は、外国人のものなら、何でも奪り上げてしまうのが、日本の国益だと教えてゐる」ことにあると、Aも認めている。

A　同じ侵略でも白人のと日本人のとは流儀が違うのだよ。白人は、自分の生活を、その侵略地で安定せしめる気組みでかゝる、それが白人の世界中にその根を据えてゐる所以なんだよ。これに反して日本人は、侵略地から何かしらカッ攫つて、それを抱へて本国へ帰つて行かなければ承知しないのだからね。満州の日本人でさへそれなんだからね。もう満州を経営してから二十年近くなるが、まだあすこに骨を埋めた日本人は殆んど一人もないと云つていゝ位だといふのだから呆れるぢやないか。[6]

当時の論壇において、従来の武装的侵略的帝国主義に対する一つの批判の回路として、経済貿易関係を中心とし、民主主義、自由主義とも両立しうるイギリス流の自由貿易帝国主義が一部の論者によって唱えられていた。しかし、その議論の出発点は列強との競争を勝ち抜くことにあり、侵略される対象国の社会や民衆に対する理解や同情によるものではなく、国益を追求する帝国主義侵略そのものを否定していない。[7] 非自己中心主義の視角から、「第一印象」で中国を認識しようとした如是閑は、漢口で日本租界の居留民の生活状態を自分の目で見て、在中国の日本居留民は、「よそゆき」――「生活といふものを自分の本性から湧いた自分自身のものとせずに、他人との競争上、仮りに装つてゐる他人の為の生活に限定する」という「日本人の因習的弱点」がそのまま暴露されていることを鋭く突いている。[8] 生活様式は欧米人と大きく異なるにもかかわらず、漢口の日本専管居留地は外観上、隣のイギリスやフランスとそっくりであることに驚いて、Bは次のように皮肉っている。「彼等は外観だけお隣とおつき合ひして、内に入れば、例のストーブを半分埋没させた畳の座敷に、尻をまくつて大胡座の体たらくぢやないか。一体『外観』といふものも、自分の審美的感情から出たものなら生活とぴったり合つて決して無意義なものぢやないが、隣への義理の『外観』は全く無意義だよ。外観はルネサンス、内容は六尺褌では助からないぢやないか。そのうへ、そんな不自然の体裁を装ふのは、経済上にも大影響があるし、精神上には神経衰弱、ホームシックの源となるし、まるで自分の経済で燕尾服を着るべく余儀なくされた猩々のやうなものだよ。」[9]

「よそゆき」本位の日本居留民の生活状態に対する以上のような辛辣な批判は、「外発的開化」という夏目漱石の近代化批判(『現代日本の開化』一九一一年)に通じている。如是閑からみれば、そのような状況をもたらした根本的な原因は個人の生活よりも国家利益を絶対視する国家主義的風潮にある。「日本人にとつては、海外の生活といふものは、自分達の具体的の『生活』ではなくて、『日本国の発展』といふ抽象的の理想なんだから、その理想を何かの形で現はすものさへあれば、自分達の『生活』なんどはどんなでも構はないといふんだよ。日の丸の旗でも、無線電信の柱でも、兵営でも、条約でも、何んでもいゝから、それが日本の国威を示して居てくれゝば満足してゐる、といふ顔をするのを日本臣民の義務と心得てゐるのだよ」[10]と、Bは嘆いていた。

一部の「中国通」による「帝国の改造論」と比べて、日本帝国の臣民としての海外居留民の生活に見られる虚偽意識に対する如是閑の暴露と批判はいっそう徹底している。これは、一貫して「生活事実」を重視し、「国家」よりも「生活」、「社会」（生活を組織化した集団）に価値をおくその思想的立場の反映だけではなく、実際彼が中国で見てきた民衆生活から受けた感銘によるものでもある。次は如是閑が民衆の生活を重視する視角から観察した中国像についてみよう。

三、民衆の生活を重視する視角

旅行記のはじめに、Bは「これが支那が溶けたのだな」という表現で、長江口の海域に入ったばかりの時の気持ちを表している。混沌とした「泥の海」はすべてを受け入れる中国の巨大な文化的包容力の象徴とされた。「支那は澱粉が水に溶解しないやうに、海水に溶解してしまはないで、たゞ混和してゐるのだね。そんな国は他にないやうだ。大抵な国は大海嘯で海に洗はれたつて、すぐと溶けてしまつて、海水は奇麗なものだが、支那に限つて、何うしても溶けないで、海の水をあんな泥田のやうにしてしまうんだね」[11]と、Bは述べている。ここの「海嘯」を日本を含む西洋列強による侵略だと解釈すれば、中国の地に降り立つ当初から、列強に半植民地化された中国の状況について、如是閑ははっきりと認識していたと思われる。しかし、侵略と圧迫よりも、民族国家の危機的状況に立たされても、「日常生活」を汲汲として営んでいる中国民衆の強い生命力と脈々と継承される中国文化の強靭さに、如是閑は強い関心をもっていた。

旅行記のなかでのBの解釈によると、いわゆる「生活」とは、「具体的には、家、道路、衛生、保安、娯楽等だ」が、「第一には衣食住」なのである。[12]したがって、「衣食住」はBが語る中国見聞の主な内容になっている。

A　あの支那街の狭い汚い食物屋が列んで油臭い煙が朦々と立ちこめてゐるところを通つても汚たないと思はなかつたかい。

B　別に奇麗だとも思はなかつたが、格別汚いとも感じなかつたね。それはその筈なのだよ。如何に汚たないものでも、それが何かしら此方の生活の感じに触れてゐると、此方では、その感じだけを捉えて汚たないこと忘れてしまうものだからね。百姓が糞尿を見てもちつとも汚たないと思はないのは、それが彼等の生活に触れた点だけを感じて、即ち肥料になるといふことだけを感じて、その外のことを忘れてしまつてゐるからだ。

A　あの汚ない支那街が、何か君の肥料にでもなるのかい。

B　別に肥料にはならないがならないとも限らないね――私は一種の生活の興味をそこに認めたので、外のことは忘れたのかもしれない。第一に、如何にも食糧の豊富な国だといふことを感じたね。

A　つまらないことに感服したね。田舎者が浅草公園の横町に入つて、すし屋の前で蹴つまづくと、そばやと牛肉屋としやもやと汁粉屋と洋食屋の前をのめてころんだことになるといつて魂消げたやうな話だね。

B　さうして、話をきいて見ると、それが皆非常に安くて、乞食でも空腹でゐる必要がちつともない位だといふのは、実に面白い国だね。

A　それはさうだ。拳こぶし《ママ》程の餛飩が十銭もするといふやうな国から行つたのだから羨ましいと思つたらう。

B　さうしてあの汚たない横町に入つて見ると、その物の安い理由がすぐわかるよ。

A　人間の食へるやうなものではないとでもいふのかね。

B　さうぢやない。あの汚ない家に入つて、さうして単純な生活をして、而かも皆何かしら一生懸命で働いてゐるのだよ。そんな人間ばかりならば、食糧も豊富に出来るだらうし、安くもあるだらうよ。

A　何んだつまらない。

B　つまらないと云つたつて、人間が皆十分に働いて、さうして豊富に食つてゐれば、それほどつまることはありやしない。（中略）支那で羨ましいのは、さういふ働かないで食ふ生活の人間が沢山ゐても、食料に事缺かないことだ。つまり遊んでゐる人を十分に喰はせるだけ、働く人は余計に働いてゐるといふ訳だね。孟嘗君が食客を三千人も置いたといふが、そんな生活の出来たのは、働き手が勤勉だつたからだね。支那国民見たいに、遊食階級を十分に喰はしてゐながら、自分達も相応に喰つてゐるといふ国民は、今の世界では一寸珍らしいね。

横町に入つて、私はそれが羨しかつた。(13)

如是閑は中国民衆の勤勉さと積極的な生活態度に深い感銘を受けた。それも彼が中国の民衆と民衆生活に対する主な印象であった。以下の南京をめぐるAとBの会話も中国を観察する時に、民衆の生活に注目する如是閑の視点をよく反映している。

A　何うだい、あすこは如何にも国亡びて山河あるの感があつたらう。

B　『国亡びて山河あり』という言葉は、生活即ち国家といふ考方しか教へられて来なかつた連中の言ひ草だよ。さういふ人達は、国が亡びると山河しか残つてゐないと思ふのだよ。

A　山河しか残つてゐないぢやないか。

B　馬鹿を云ひ給ひ、山には畠があり、河には舟が浮んでゐるんだよ。

A　だから何うだといふのだい?

B　だから、国が亡びたつて山河ばかりが残つてゐるのぢやないのだよ。人間も残つてゐるのだよ。

A　では何といへば好いのだい?

B　『国亡びて生活あり』といふのが正しいのだよ。

(中略)

B　支那は真実に僕は気に入つたよ。国が亡びやうが興らうが、生活がそんなものと没交渉に繁昌して行くといふのは心強いよ。今日の北京政府なんか影も形もなく亡びてしまつても、支那の至所『国亡びて生活あり』で繁昌してゐるだらうよ。上海だつて、その見本にすぎないのだからね。(14)

「国亡びて生活あり」という発見は如是閑の思想のよりどころを端的に表しており、現実の中国にみられる貧困や混乱、汚さばかりに注目して、中国を蔑んでいた同時期のいわゆる「中国通」たちの中国認識の浅はかさに対する深刻な批判であった。旅行記の中で、Bは過去の栄光を「悲歌慷慨する連中は、暴君や忠臣と一緒に亡びて行く連中で、山河と共に永久に残る支那人ではない」と述べ、Aに「君の見て来た支那人は、国と一緒に亡びて行く支那人で、支那の山河と共に残る支那人ぢゃなかつたらしいよ」と率直に釘をさしている。(15)

要するに、中国の政治家、軍人や知識人などを通じて中国をみるという、当時日本国内の「中国通」たちの立場に如是閑は反対している。彼からみれば、中国を「数千年間持ち堪へたのは、有名にならない百姓達」(16)なのである。それ故、下層の民衆を通じてはじめて本当の中国をみることができ、民衆の生活こそが中国文化の主体である。孝陵、北京の城壁、天壇、万寿山といった有名な史跡について、Bの口を借りて、如是閑も、それらは「征服者は、被征服者の生産能力を浪費させて、それを弱らせる」ために造られた「軍国文化」で、「人間力の浪費」に他ならない、という見解を示している。(17)「平の人間の生活から文化が産れるのは、これからのことで、過去数十年来の文化は、乾隆帝式生活の形身なんだ」(18)という。

如是閑からみれば、軍閥混戦の時代においても、「ちゃんと運命的に達観して」いて、生産や生活を頑なに営み続ける中国人は、「衰亡民族」にはけっしてない、ミミズのような「恐るべき生活力」をもっている。中国人の「勤勉」も「道徳でも何でもありやしない、その生活力の発露」なのである。(19)

中国民衆の強靭な生活力を身近で観察して、中国を侵略しようとする日本の帝国主義はきっと失敗に終わるだろうと如是閑は早くから認識していた。一九二六年五月から八月にかけて、如是閑は南満州鉄道株式会社の招きで、瀋陽、撫順、吉林、ハルビン、大連など主として東北地方を中心にまわり、天津、北京を経由して帰国している。この第二回目の中国旅行後に書かれた紀行文『北京再遊問答』(『我等』一九二六年八~九月号、十一~十二月号)と『蒙古から帰って』(『中央公論』一九二六年十月号)は引き続き、A=「支那へ行ったことのある男」とB=「此頃支那へ行って帰って来た男」という二人の対話形式をとっている。『蒙古から帰って』の冒頭に、Aに「今度の満蒙旅行の感想は何うだね」と聞かれて、Bは率直に「驚くべきものよ、汝の名は支那人だね」と答え、中国民衆の生命力・生活力に対する敬服の意を隠さなかった。中国人は武器も国旗も使わずに、「軍国的征服者を生活的に征服してゐる」から、日本は中国の土地を侵略しても「侵略した目的はまったく達せられない」と、如是閑は見通していた。(20)

四、「社会としての中国」という新しい価値の表象

『支那を見てきた男の言葉』の連載が終わってから、如是閑は『我等』で中国論を本格的に展開しはじめ、日本政府と軍部の対中国政策に対する批判の論陣を張った。中国旅行によって獲得した「国亡びて生活あり」という中国認識は、彼の軍国主義的政策批判の思想的根拠になっていることは確かであろう。(21)

一枚のコインの両面のように、中国民衆の「生活力」への高い評価に反して、如是閑は中国における近代国家形成の問題についてかなり悲観的である。同時代の多くの文人と同じよう、如是閑は学生時代から『老子』と『論語』を「座右の

書」として熟読し、老荘思想に傾倒していた。老荘思想の影響から、如是閑はそもそも中国における国家形成の可能性に懐疑的であった。「支那人には古来から、政治よりも生活そのものを尊重する一種の社会意識が潜在している」というように、旅行中に見た「政治と没交渉」に繁昌している中国民衆の生活のありかたは、中国人は「政治」を否定しているどころか、「蔑視」しているとも確信させた。[22] そして、領域の広さや文化の多様性、「中世紀的軍国主義」のような軍閥割拠の政治状況などからも、如是閑はBを「支那といふ国は、何うしても、統一国家にはなり切れない」[23]と悲観的に語らせている。

上述のように、「生活」と「政治」を対立的に捉え、中国ナショナリズムの政治的側面をあまりにも軽視した如是閑の中国認識も、むろん「中国停滞論」であると認めざるをえない。如是閑は中国を観察する時、「第一印象」を大事にしなければならないと主張しているが、同時代の多くの文人と同じように、老荘などの古典から得た中国に対する「第一印象」＝「想像の中国」は現実中国に対する認識を強く規定しているとも考えられよう。しかし、如是閑の場合、中国旅行によって具体化された中国像は、失望と蔑視に満ちたものとなり、「想像の中国」を「支那趣味」として消費するのではなく、自分の政治理念と結びついて、一つの価値の表象として、日本の社会現実や近代化を批判する視座を提供していくところに特徴がある。

一九二〇年、はじめての中国旅行をする一年前に、如是閑は現代中国について本格的に論じた最初の論文「ラッセルの社会思想と支那」を発表している。そのなかで、かれは、老荘など中国の固有思想が持つ「非国家主義」の傾向に注目し、外国による侵略や国内の軍閥政府の存在といった「外囲の事情」を除き去ったのちには、ラッセルらが唱えるギルド社会主義に近い小国主義――領土や伝統を基底とした国家ではなく、生活を中心とする機能的国家――の新しい国家形態が近代主権国家を超えるものとして、中国に率先して成立されることを一つの理想論として語っている。[24] 如是閑における現代中国への問題関心はまさにここにあるだろう。酒井哲哉によって指摘されているように、大正期の多元主義的思潮のなかで、中国社会の自律性、相互扶助性のなかに近代主権国家を超克する可能性が読み込まれていく傾向がみられる。[25] それは頑迷固陋であり、「近隣の悪友として謝絶す」（福沢諭吉べきだった中国が、一九二〇年代に改めて「社会としての中国」という新しい価値の表象として登場したことを意味する。こうしてみれば、「国亡びて生活あり」という中国旅行から獲得した如是閑の中国認識は依然として「想像」の域を出ないものだが、その時代を先取りするものだったと改めて評価できよう。

注

（1）藤田梨耶「日本現代文学中的中国」（『社会科学輯刊』二〇一二年）、李雁南「試論大正日本文学中的東方主義」（『華南師範大学学報（社会科学版）』二〇〇九年三期）を参照。
（2）如是閑の中国旅行とその中国認識について、平井一臣「長谷川如是閑の中国観――『支那を観て来た男の言葉』をめぐって」（鹿児島大学教養学部『社会科学雑誌』一四、一九九三年）、田中浩「長谷川如是閑の中国論――『国亡びて生活あり』上」（『大東法学』一九、一九九二年）を参照。
（3）長谷川如是閑「支那を見て来た男の言葉」（『我等』一九二一年十一月）三五頁。
（4）前掲注3論文、三八―四〇頁。
（5）前掲注3書、一九二三年一月、五〇―五一頁。
（6）前掲注3書、一九二三年二月、四七頁。
（7）銭昕怡「大正期知識人と中国ナショナリズムの展開」（西田毅編『概説日本政治思想史』ミネルヴァ書房、二〇〇九年）一八三―一八四頁。
（8）前掲注3書、一九二三年十月、一一頁。
（9）前掲注8、一二頁。
（10）前掲注8、一六頁。
（11）前掲注3、三一―三二頁。
（12）前掲注10。
（13）前掲注5論文、四四―四六頁。
（14）前掲注3書、一九二二年四月、一―二頁。
（15）前掲注14論文、六頁。
（16）前掲注3書、一九二三年七月、二六頁。
（17）前掲注3書、一九二三年二月、二頁。
（18）前掲注3書、一九二三年三月、八頁。
（19）前掲注4。
（20）長谷川如是閑「蒙古から帰って」（『中央公論』一九二六年十月）一〇三―一〇九頁。
（21）田中浩の統計によると、如是閑は『我等』創刊以降、約百二十篇以上に及ぶ中国論（エッセイ）を執筆している（前掲注2田中論文、二頁）。
（22）前掲注16論文、二五頁。
（23）前掲注3書、一九二三年一月、七二頁。
（24）長谷川如是閑「ラッセルの社会思想と支那」（『長谷川如是閑集』七、岩波書店、一九九〇年）二二四―二二七頁。最初は一九二〇年十一月十日から十六日にかけて『読売新聞』に連載されたもので、のちに『現代社会批判』（弘文堂書房、一九二二年）の「附録」の一篇として収録されている（中国語訳「羅素的社会思想與中国」（劉淑琴訳『東方雑誌』二三、十三、一九二六年）も発表されている）。
（25）たとえば、橘樸、清水安三などの中国論である。酒井哲哉『国際関係論』の成立――近代日本研究の立場から考える」（『創文』四三一、二〇〇一年）、「国際関係論と『忘れられた社会主義』――大正期日本における社会概念の析出状況とその遺産」（『思想』九四五、二〇〇三年）を参照。

付記1　本文における「支那」「満州」などの固有名詞は便宜上日本歴史学界の通説に従い、筆者の観点を示すものではない。

付記2　本稿の大枠は中国語の拙稿「国亡生活在——長谷川如是閑的中国遊記及其中国観」(『日本問題研究』二〇一三年六月)を基にしたものである。

越境する「大衆文学」の力
——中国における松本清張文学の受容について

王 成

わん・ちぇん——清華大学教授。専門は日本近代文学・文化。主な著書・論文に「修養書における大衆啓蒙をめぐって」（『文学』岩波書店、二〇〇六年三・四月号）、『〈修養時代〉と文学読書』（北京大学出版社、二〇一三年）などがある。

はじめに

二〇一四年十一月、俳優の高倉健さんが亡くなられた際、中国のマスコミでも一斉に報道がなされた。国営テレビCCTVでは追悼特集が組まれ、外務省の報道官が国を代表して追悼のメッセージを述べた。私の世代では高倉健さんはアイドル的な存在である。それは高倉健主演「追捕」（邦題「君よ憤怒の河を渉れ」、一九七六年製作、佐藤純弥監督、西村寿行の原作小説）が中国で大ヒットしたからである。「追捕」はサスペンスアクション映画で、中国の「改革開放」が始まった一九七八年に上映された外国映画の第一号である。五十歳以上の中国人は例外なく、ほぼ全員が「追捕」を見ていた。その震撼力は今では想像できないほどである。それまで閉鎖された中国人は、その映画の画面にくぎづけだった。映画の芸術性というより映画を通じて同じ東アジアにある日本という国の文化を見たのである。

清張作品が映画化された『砂の器』もその流れの中で大ヒットした。松本清張の小説もその勢いに乗り中国で広く読まれた。『点と線』は中国で出版された「推理小説」の第一号である。当時、翻訳された外国文学は、旧ソ連をはじめとした東ヨーロッパのもの以外なかった。実は、『点と線』は、最初に警察官の参考書として出版されたのである。一九七九年一月に出版されたこの本は「内部出版」という形だった。その前に「改革開放」の政策が決まった間もない時なので、資本主義の文学と見なされた探偵小説はまだ解禁されていなかった。しかし、「内部発行」という形でも公開出版だったので、警察だけではなく、一般読者まで広まったのである。

さて、今回の報告は中国の「改革開放」の時代と「社会主義市場経済」の時代という時代背景に合わせて、中国における松本清張文学の受容の歴史を辿りながら、中国における松本清張文学の受容を考えてみたいと思う。

一、映画『砂の器』をめぐる論争

一九八〇年代、日本映画が中国にもたらしたカルチャーショックは非常に大きかったのである。一九八〇年五月に中国で公開された『砂の器』は、その超大作として、人物の描写、画面、カメラワークというすぐれた芸術性や、深いテーマ性など、それまで見たことのない映画表現によって、中国の観客に強い衝撃をもたらした。一般の映画評論を超えた大衆読者が参加した映画『砂の器』をめぐる論争にまで発展した。

中国の大新聞『光明日報』には「日本の映画『砂の器』について」[1]という紹介文を掲載され、外国映画の情報がまだ少なかった時代における、読者への衝撃の大きさがうかがえる。とくに、一九七九年に復刊された発行部数九六五万部の映画専門誌『大衆電影』[2]では『砂の器』の中国上映に合わせ、連続的に関連記事が掲載された（一九八〇年五月号グラビア広告掲載、七月号映画紹介の文章と主演者である加藤剛を紹介する文章を掲載）。『大衆電影』では読者投書欄が設けられ、『砂の器』というタイトルや映画のテーマを如何に理解するか、などをめぐって、読者の声が掲載された。十月号では「砂の器」のテーマや登場人物をめぐって、「いかに『砂の器』を見るべきか」という読者の投書特集が掲載された。

「文化大革命」のトラウマを引きずっている当時の中国人の人間関係は、イデオロギー、あるいは階級、社会、いろいろな原因で裂かれている。親と子の関係も、裏切ったり裏切られたりするなど、深刻なものだった。「和賀英良がなぜ恩人を殺すか」というテーマは当時の中国の観客にとって、文化大革命中、「恩人を殺す」というようなことが多発したので、この映画を通して追体験ができたのではないかと思われる。

また、『大衆電影』の投書欄に寄せられた文章には、『砂の器』が「血統論」（血統によって人格や身分を評価する理論）を批判しているという指摘もあった。それは、和賀英良はハンセン病の父親を認めたくないために、殺人の罪を犯した。けれど、人生がどんなに変わっても、親子の血筋は変わること

なく、日本の資本主義が「封建制を引き摺った資本主義」であるため、血統論が根強く残っているという議論である。(3)

当時、血統論という「宿命」のようなものが若者たちを苦しめ続けていた。『砂の器』が「文化大革命」直後の中国の観客を引き付けたのは、ハンセン病の父親をもつ和賀英良の「宿命」によって、「文革時代」の悲痛な記憶を想起させられたということが大きい。生まれる家庭によって本人の階級が決定され、社会的地位が決められるということが、「文革期」には支配的な考え方だった。親とともに吊し上げられ、激しい迫害を受けることもしばしばあった。親子の間で、絶縁や密告といった、さまざまな葛藤が生じていた。また、紅衛兵世代の若者たちはその後、「下放」によって辺鄙な農村での貧困生活を強制されるようになった。故郷を離れて流浪の身となった彼らは、「父親殺し」というトラウマを抱えつづけていたのである。

社会主義的に「一斉平等」と言いながら、「生まれがどうか」によって、運命が大きく違っていたため、「血筋により人生が変わる」ということがよく議論されていた。プロレタリア・労働者階級の家庭に生まれた人は将来が明るい。しかし、元々ブルジョワ・有産階級だった家に生まれれば、将来は真っ暗である。「文化大革命」で失脚した幹部の子弟などは、差別と排除の対象になった。若者のあいだでは、身分論や、「宿命」は自分と親との関係によって変わるという議論がよく交わされていた。そういう意味で、和賀英良の持っているハンセン病の親を消さなくてはならないという気持ちは、当時の若者の心の奥にもあったと思われる。

また、映画の上演とほぼ同じ時期に、つまり、一九八〇年五月に、『中国青年』という雑誌に、「潘暁」という読者の投書が掲載されている。その投書のタイトルは、「人生の道はなぜ歩めば歩むほど狭くなる一方なのか」というものである。投書者は人生に困惑し、どんなに頑張ってもあがいても現状への打開策が見つからず、苦しい状況だった。それまで受けた教育は人間が社会のために、人民のために生きるというものだが、自分の人生経験では必ずしもそうではなく、むしろ、人間は主観的に自分のために、客観的に他人のためだと書かれていた。つまり、この投書によって、当時の中国人を苦しめているエゴイズムと共産主義の葛藤は、思想の開放によって、議論できるようになった。これは、すぐさま、大きな反響を呼び、議論は翌年三月まで続き、中国全土で数百万人の若者たちがいわゆる「人生観討論」に参加していた。雑誌『中国青年』の月間発行部数が三六九万部に上り、読者投書が六万通にのぼるという、大きな社会現象になった。そのような時代背景の中で、「宿命とは生まれること、生きていること」という映画『砂の器』のせりふが人生問題で悩んでいる青年の心に響いたのは当然だろう。多くの人は、和賀英良という複雑な人物に、自分の姿を重ねて「砂の器」を観たのではないか、と思われる。つまり、和賀英良は「不幸」や「成功」や「破滅」の人生を背負った若者の代表なのだ。和賀英良という人物は「立身出世」の観念が効かなくなった時代の若者にとって、単純に批判する対象ではなく、その人生から教訓も得るところがある。「人生観討論」の時期に中国全土で公開された映画『砂の器』はその受容の風土によく浸透したと思われる。

二、中国映画への影響

「砂の器」は善悪の二項対立的な描写ではなく、人間の複雑性をよく表現した映画である。登場人物の内面もよく表現されたことから、和賀英良に同情を寄せた観客も、少なくなかった。それはこの映画の物語性、表現手法のユニークさ、ピアノ協奏曲「宿命」の挿入など、豊かな芸術性が高く評価されたのである。その映画芸術の技法は中国の映画界に大きな影響を与えた。たとえば、陳凱歌監督の『黄色い大地』（一九八四年）や『子供たちの王様』（原題『孩子王』、一九八七年）に頻繁に登場する、橙色を背景に登場人物のシルエットを写したショットは、『砂の器』の冒頭の、海岸で砂の器を作る子供のシルエット姿を強く想起させる。それ以降、監督は苦労を重ねながら子供をヴァイオリニストに育て上げていく父親の姿を描いた『北京ヴァイオリン』（二〇〇〇年）という映画において、まさにこの『砂の器』のコンサートのシーンにオマージュを捧げているような技法を取り入れた。ヴァイオリンを演奏するシーンと親子二人の回想シーンが交互に映し出される演出は紛れもなく『砂の器』からきている。[4]

また、『風狂な歌姫』（中国語「瘋狂歌女」、劉国権監督、一九八八年）という映画も『砂の器』との類似点が多い。それは当時の毛阿敏（モーアーミン）という人気歌手を起用して作った映画である。

一人の有名な歌手がいて、表むきは輝いているが、実は非常にみじめな子ども時代の過去をもっている。孤児になったヒロインは養父母に育てられて、その息子と婚約した。しかし、やくざにレイプされたヒロインはそのやくざを殺して、行方を眩ませた。それから、苦労を重ねて歌手として有名になったが、長年夢見た個人コンサートの開催が実現した時、田舎から婚約者が訪ねてくる。自分の過去を隠すために、歌手は訪ねてきたその婚約者を殺してしまう。まさに『砂の器』の和賀英良と似たような物語である。

三、清張作品の大量翻訳・出版

一九八〇年代、映画『砂の器』のヒットの余波として、中国全土において清張ミステリーの出版がラッシュ状態であった。出版事業が復興する時期で、中国各地の出版社は度重ねて清張ミステリーを出版したので、北京や上海などの大都会に集中はしなかった。当時、推理小説を出す出版社は、単行本の初版の部数が、三万部から四万部であるのが普通であった。一九八〇年代、中国各地の出版社の四十社以上が清張ミステリーを出版した。大量出版による推理小説ブームは読者の読書ブームを牽引したといえる。

しかし、大量出版は言葉を変えて言えば、一種の無秩序も見せていた。出版社は著作権の許可なしに好き勝手に清張の著作を出したのである。大衆読者の趣味に合わせるように、たとえば、霧の旗＝復讐女（復讐する女）（訳者：呂立人　一九八七年二月）、球形の荒野＝重重迷霧（深い霧　一九八七年十月）、涂られた本＝女人的代価（女の代価）（訳者：柯森耀　一九八七年）、夜光の階段＝女性階梯（女性階段）（訳者：朱書民　一九八八年三月）、翳った旋舞（かげったせんぶ）＝迷茫的女郎（迷った女）（訳者：王翠　一九八九年五月）など、文学的表現を無視して、女性のイメージを赤裸々に出して、通俗的な表現に変えた。装丁も通俗的というより、「低俗化」傾向が顕著である。

その時代、中国は「ベルヌ条約」に加入しておらず、著作権意識も薄かったのである。皮肉なことに、このような海賊版が横行した結果、清張ミステリーは大衆向けの文学というイメージが定着したのである。というのは、推理小説を大衆の娯楽に対応する「低俗的」な読み物と見なす出版社や翻訳者は多かったからである。

いわゆる中国を代表する歴史のある大手出版社はいまだに推理小説をあまり出さないのである。その中で唯一清張の許可を取ったのは文潔若訳の『深層海流』である。文氏によれば、一九八六年六月清張を訪問する際に、清張に中国版への序文を書いてもらったという。(5) 中国語版の『深層海流』に清張直筆の序文が写真で載っている。それによればこの小説は実録小説と言うべきである。それは日本の内閣調査室誕生の裏側を日米講和条約成立前後の日米関係を通して描いたノンフィクション小説である。清張は、それは『日本の黒い霧』を書くときに取材した材料を使って書いたノンフィクション小説だという。

文潔若氏は中国において最初に松本清張の作品を翻訳した

翻訳家である。文氏が翻訳した『日本の黒い霧』は一九八〇年代三回にわたって異なる出版社から出版された。一九八〇年四月の外国文学出版社版、一九八三年五月の福建人民出版社版、一九八七年一月の国際文化出版公司版と、たびたび出版社を変えて出版されるのは読者の期待があったといえる。一九六五年の作家出版社の文氏翻訳の『日本の黒い霧』や台湾志文出版社版（徐沛東、一九八七年）の『日本の黒い霧』を加えて、中国において五種類の『日本の黒い霧』を読むことができたのである。『日本の黒い霧』は一九六〇年一月から十二月まで『文藝春秋』で連載したノンフィクションである。「黒い霧」が流行語となったほど日本で流行ったこの作品によって、清張は一九四五年から一九五二年まで、米軍占領下の日本に起きた重大事件を調査して独自の推理によって追求した。『日本の黒い霧』は帝国主義や資本主義を批判した作品として、イデオロギーが先行する当時の中国の読者にも愛読されていた。それから、歴史の真相を解明する清張の姿勢は作品を通じて読み取れるので、中国の読者にとって、遠い歴史の謎にもちろん興味を持っているが、第二次世界大戦後の中国では共産党と国民党の間に繰り広げられた内戦、一九四九年後の政治運動、一九六六年から一九七六年までの文化大革命などなどの歴史の中に、謎めく事件や人物が多い。それに挑む書物もあるが、長い間、政治的に抑圧された一般の読者は目に触れることができなかった。だから、推理小説という文体で書かれたノンフィクションである『日本の黒い霧』は、中国の読者に新鮮な読書感覚を与えたと考えられる。

四、清張の中国訪問とその影響

一九八〇年代、中国の読者が松本清張に注目したもう一つの出来事は一九八三年五月二十五日から六月十三日までの中国訪問である。清張は朝日放送制作の特別報道番組「清張、密教に挑む」の取材班に同行して、はじめて中国を訪問した。中国の無錫、福州、西安や蘭州を歩かれた。中国を訪問した際に、北京で周揚・中国文学芸術連合会主席と文学について会談した。清張は「文学は面白いことが第一。説教調のものでは読者に倦きられる」[6]と主張した。その主張は歴史小説作家の姚雪垠氏との対談中でさらに強調された。[7]それは清張文学の根本理念である。彼の推理小説理論とも読める「推理小説の読者」の中ではすでに「小説は面白さが本体である。この面白さを喪失した小説から読者が去ってゆくのを誰も非難することはできない」[8]と文学界の病理を見抜いた指摘をしている。

大衆文学研究家の尾崎秀樹は「松本清張は現代の大衆が何

を望んでいるかを本能的に知っていた。それは彼自身が大衆の中で育ち、大衆の苦しみや喜びを体験をとおして理解してきたからでもある」(9)と指摘している。それは清張文学の大衆性の根底にあるものを見抜いている。作家は社会大衆の中へ、「広い読者をもつことを目的として」(10)いるべきだ、という松本清張の文学観は、小林多喜二が提唱していたプロレタリア文学大衆化の道と一致しているように思われる。

清張の文学が広い読者の支持を受けている原因は、何といっても面白いからである。清張の小説は、文章が気取りなくて、分かりやすく、リアリズムの精神を貫いている。また、彼の小説は娯楽性があるが、思想性もふかい。清張は大衆読者に親しみやすい文体を作り出した。その成功は「小説は面白さが本体なのだ」(11)という清張の文学観から生まれたのである。「広い読者を持つことを目的とした」清張の文学は、広い読者に読まれるために、小説を面白く書かなければならないので、従来の純文学としての私小説へのアンチテーゼを唱えた。清張は日本近代文学の行き詰まりの原因を見出した。彼は日本の純文学が「一は思想がありそうにみえるがいかにも晦渋であり、一は身につまされる話がいかにも単調で随筆と変わらないものがある」(12)から、読者の支持を得られないと指摘した。そして、「小説が面白いと批評家の軽蔑を買う」(13)という日本文壇の歪みを厳しく批判した。

自然主義以来、面白さをけいべつする迷信のようなものがまだ文壇の底流にあるようである。面白い物語を書くと、「大衆の愚かしい要請に対する作家の妥協」ときめつけられそうである。(中略)私は興味性が知性ある作家の障害とは思わない。それは、根の無い、手先だけで作られた低俗な「面白い」小説とは当然区別されるであろう。(14)

この自然主義以来の日本文壇の迷信を破るために、松本清張は絶え間なく模索してきた。彼は小説の方法の一つとして、「プロットに富んだ小説」を求めてきた。彼は「小説は、やはり読んでおもしろくなければならないと思うから、私はプロットにできるだけ物語性をもたそうとしている。(15)」という小説作法を持ち続けていたのである。

いわゆる「文学の大衆性」というマルクス文芸論のスローガンはこの時代の中国においてもよく唱えられていたが、「文化大革命」を通して、紋きり型の作品が横行していたので、中国の読者がイデオロギー優先の文学に飽きたのである。その時、清張の通訳をつとめた作家協会の陳喜儒氏は清張の文学論の新しさを感じたことを、清張の印象記である「砂漠の棗の樹」というエッセーの中で書いた。(16)清張の中国訪問が中国の文学界にも新風を吹き込んだと思われる。

五、中国の高度成長と清張文学の受容

次は一九八〇年代、推理小説のブームを起こした清張ミステリーの翻訳が、一九九〇年代以降から今日まで、どのように変遷しているかについて考えてみたい。一九八〇年代から一九九〇年代にかけて、日本の推理小説が大量出版によってブームを引き起こした反面、質の悪い翻訳が氾濫して、翻訳推理小説の読者を裏切ったり、通俗化を求める大衆読者にこびる装丁や印刷が翻訳推理小説を低俗化させ、日本の探偵・推理小説の持っている思想性や芸術を損ない、読者が離れるようになった。更に、一九九二年に中国はベルヌ条約に加盟したため、著作権による出版の制限ができたので、中国では探偵・推理小説を出す出版社の数がかなり減り、かつて、何十社もの出版社が争って日本の探偵・推理小説を出版していた現象も見られなくなっていた。しかし、群衆出版社や珠海出版社が専門的に日本の探偵・推理小説を出版するようになると、より健全に読者の読書志向をリードすることになった。

日本の探偵・推理小説が二十数年間にわたって、中国の読書界に与えた影響は無視できない。中国の読者にとって、その受容を通じて日本文学の享受だけではなく、日本社会を理解するのにも役に立ったのである。清張ミステリーの数々の名作が一九五〇年代後半から一九六〇年代に書かれ、日本の「高度成長の時代」を背景にしている。一九九〇年代以降の中国は日本の高度成長期と良くも悪くも重なっている。そうした社会背景を持つ中国の読者は清張ミステリーにより大きな共鳴を感じたのである。

一方、一九九〇年代以降、社会主義市場経済へ転向する中国社会は大きな変革の時代を経て、かつて共産主義を目指して歩んできた社会主義の道はソ連・東欧の社会主義制度の瓦解に伴って疑われるようになった。経済システムの変化による社会システムの変化も目立っている。それによって、人間の価値観も大きな変化を見せた。プラス面から見れば、自由、民主、効率、競争などの意識が強化され、個人の努力によって経済的に成功できる社会環境ができて、活力のある社会ができつつあった。しかしもう一方において、経済優先の社会意識は社会システムや人間の精神世界に数々の混乱をもたらしもしたのである。既成の社会体制は経済の高度成長に釣り合わない綻びとして現れる。その典型的な例は権力の乱用である。また、共産主義の集団精神が個人主義に転じ、利他主義から利己主義に変換された。物的欲望がますます膨らんで、道徳教化も効かなくなった。その結果は金と点数が社会

生活の中心となりつつあり、個人主義、拝金主義が横行している。制度の不備と価値観の失墜による価値観の混乱は「公平」「公正」「正義」などの価値観と背離した「腐敗」をもたらした。官僚の横領や贈収賄などの汚職＝「腐敗」は一九九〇年代以降、中国社会の焦点となる問題となっている。たとえば、二〇〇七年中国経済体制改革研究会の大衆意識研究センターが北京や上海など二十三の都市で行ったアンケート調査によれば、市民大衆が官僚による「腐敗」に一番注目しているという。(17) 新聞の社会面を開いてみれば、毎日のように「腐敗」に関連する記事が載っている。汚職事件や犯罪は途絶えることはなく、中央政府のトップレベルの官僚から政治末端にいる国家公務員まで蔓延する様相を呈している。

こうしてみれば、一九九〇年以降、一連の汚職事件のなかで、国民に衝撃を与えた重大事件は枚挙に遑がない。そうした社会背景をもった中国の読者は、なぜ高度成長期に「腐敗」（汚職）が蔓延しているのかなど、思いをめぐらせるのであろう。清張ミステリーの受容は一九八〇年代よりリアリティをもつようになった。

松本清張を研究する日本近現代文学研究者の藤井淑禎が指摘したように、高度成長期の日本は「かつては道義心なり正義感なりの精神性が歯止めとなっていたのに、物質的価値万能の風潮下では、富さえ手に入れればいいということになり、制御され飼い慣らされていた情念はいともたやすく事件＝犯罪へと転化してしまう。（中略）この時期の清張ミステリーの定番である汚職や贈収賄事件の背後にあるのも、そうした根本的な価値観の転倒という出来事にほかならなった」。(18) 同じ価値観が「高度成長」に入った中国社会に蔓延するようになった。中国の読者が清張小説から時代の落差を感じないのは、一九九〇年代以来の中国社会にその時代の日本と似たようなところが多く見られるようになったからであろう。

この時代、一九八〇年代に翻訳・紹介された清張作品が続けて読まれる一方、新たに翻訳された作品もある。その中で、注目されるべきものは『点と線』や『ゼロの焦点』や『砂の器』などの作品が異なる翻訳者によって新たに翻訳出版されたことと「世界ミステリー名作文庫」（群衆出版社）に収録されたことである。そして、新たに翻訳された「黒い」シリーズといわれる『黒影地帯』（『影の地帯』葉栄鼎訳、四川文芸出版社、二〇〇五年）、『黒色福音』（『黒い福音』同前）、『黒点旋渦』（『黒の線刻画』同前）、『黒色的天空』（『黒い空』侯為訳、北嶽出版社、二〇〇五年）が中国の読者の興味にあわせて企画されたことである。(19) また、二〇〇七年六月から南海出版公司が、『砂の器』や『点と線』を新たに翻訳し、出版する企画も実施している。このように、一九九〇年代以降、『点と線』は二回（一九九八年中国社会科学出版社、二〇〇三年同前、二〇〇七年南海出版公司）、『砂の器』は二回（一九九八年群衆出版社、二〇〇七年南海出版公司）、『ゼロの焦点』も二回（一九九一年中国青年出版社、一九九九年群衆出版社）異なる出版社から出版されている。一九八〇年代よりも清張ミステリーは深く浸透している。そうした状況から『点と線』や『ゼロの焦点』や『砂の器』は、清張ミステリーの名作として中国においても定着していたと考えられる。

日本の高度成長期の汚職や贈収賄事件を描いた代表作といえばもちろん社会派推理小説の第一作の『点と線』である。この小説は世界推理小説のトップテンに数えられていると中国では言われている。政府某省の汚職事件を摘発中の課長補佐佐山憲一が料亭の女中お時と九州の香椎海岸で心中したという事件の解決をめぐって、ベテラン刑事鳥飼重太郎と警視庁の三原紀一警部補の緻密な調査と推理によって、機械工具商人安田辰郎が列車ダイヤを利用したアリバイを崩した。四分間トリック、交通機関を利用したアリバイづくり、粘り強いベテラン刑事の仕事振り、九州から北海道まで鉄道の駅を連想させる場面、などはこの作品の読者を引き付けるところである。高度成長期の中国の読者はこの小説から読み取れるものは、やはり、官僚と商人が結託し、汚職の摘発を防ぐために、部下を犠牲にする残虐な陰謀であろう。官僚と商人が結託して経済利益にとどまらずに殺人までも及んだ犯罪は、もはや日本社会の固有のものでなくなり、経済社会の持病と認識されるようになった。また、それまで、清張の小人物への同情を表していると読まれていたお時という人物のイメージも中国の現実と結びついていた。辺鄙な田舎から東京に出て料亭のホステスをしていたお時は東京という大都会では匿名性の高い存在である。彼女のプライバシーについて同僚もほとんど知らない。つらい過去を一人で抱えて、生き延びるために、体を売った果てに、孤独のままに殺される人物として、当然同情を引くのである。お時のような人物は一九八〇年代はあまりいなかったのに対して、一九九〇年代以降の中国では増えてきた。田舎から北京や上海などの大都会に出て水商売をやっている女性が犯罪に巻き込まれる事件も頻発している。また、日常生活から事件を解決するヒントを見出す描写もリアリティを感じるようになったのであろう。たとえば、高度成長期の日本では鉄道を利用して、出張や旅行をするのが日常化されたのに対して、一九九〇年代以前の中国は限られた人々しか列車を利用できなかった。しかし、一九九〇年代以降、経済成長に伴って、列車や飛行機に乗って移動するひとはかなり増えている。更に、旅行もレジャーの一つとなった今日では、鉄道旅行の気持ちを読者は作中人物から感じ取りやすくなった。

こうしてみれば、『点と線』に描かれている物語を通して、清張は高度経済成長期に起きた汚職事件の背後にある政治構造や社会のシステムや人間性を透視しようとしていたのだろう。それは平野謙が指摘した「彼らの作品には従来の小説に見られぬ新しい社会性があった。読者は推理小説の枠組みにもられた社会機構上の虚偽や犯罪の暴露を大いに歓迎したのである。[20]」という言葉からも読みとれる。また、藤井淑禎も指摘したように「それ以前の推理・探偵小説がもっぱらトリック一辺倒であったのに対して、清張のミステリーは犯罪動機重視への転換を図り、ひいてはその動機の担い手である人間と彼を取り巻く時代と社会とに鋭く迫っていったことから、「社会派」と称されたことはよく知られている。[21]」ということも理解できる。つまり、清張ミステリーが中国の読者に与えたのは、高度成長期に起きた社会の諸問題を社会機構や人間性からその動機を読み取る方法である。

以上、見てきたように、高度成長期の中国の読者にとって、高度成長期の日本の社会に近づけるようになったので、その時代を描いた清張ミステリーにリアリティを感じたと見える。それは清張ミステリーに含まれているリアリズムの力に動かされたのでる。読者に鮮明なイメージと深い感動を与えたのはその力である。新訳の『砂の器』に寄せた書評にはつぎのような文句がある。「二十世紀八〇年代の読者にとって、日本の映画『砂の器』は記憶に残っている。人々は小説の文章が一言一句急所を突いていることに感心する一方、天才音楽家和賀英良の運命に嘆き涙をしていた。」「人を引き付ける推理小説は不公平の社会への批判と下層エリートへの同情を見せている。[22]」。今日の読者はいち早く感じたのもこの社会批判の力である。松本清張の推理小説が求めるものはリアリズムである。社会派とよばれる作風もアクチュアルな現実世界の尊重の異名にほかならない。

ところで、清張の作品の中で読者の心を掴むものは多い。『球形の荒野』は日本人の読者によく知られる作品である。一九六一年一月〜一九六二年十二月『オール讀物』に連載、一九六二年一月文藝春秋新社から刊行された。一九七五年新竹で映画化、一九六二年から二〇一四年まで八回テレビドラマ化されている。

終戦工作に携わる一人の外交官が「第二次世界大戦の亡霊」として日本に現れる。それに伴なって、殺人事件が起こり、家族が動揺する。敗戦前の年、中立国にいた野上一等書記官が自分のすべてを捨てて、敵国機関に身をゆだね、終戦工作を進める。終戦後、死亡したはずの野上書記官が日本に現れる。実にミステリーに富んだ物語である。

実は国際文化会館がこの作品の中に登場している。

> 高台の静かな一角に、世界文化会館は建っていた。付近は外国の公使館や領事館が多いから、閑静な場所である。緩やかな丘の起伏がそのまま道の勾配になっていた。坂道は甃《いしだたみ》を刻んでいる。
> 蔦かずらの生えている長い塀が続き、茂った植え込みがどの邸からも覗いていた。事実、その界隈は、林の間に洋館が見え、其処から異国の国旗がはためいているといったエキゾチックな地域である。(23)

これはリアルに描写した文章である。『松本清張全集6』の解説を書いた加瀬俊一《かせとしかず》は外交官で「自身が終戦工作に深い関連を持っている」(24)方である。彼はこの小説はフィクションとして成功していると評価している。「これは面白い着想であって、いかにもありそうなことに思われる。その限りにおいて、この構想は成功したようだ。」(25)とも述べている。『球形の荒野』は奈良、京都、東京などの名勝旧跡を物語の舞台にして、読者をひきつける小説である。

この作品は最近中国でよく売れて、話題を呼んでいる。一九八〇年代『重重迷霧』に翻訳され、出版されたが、まったく知られておらず、最近は新たに翻訳して、書名を『日本を裏切った日本人』と訳して、清張の名作として売れている。ベストセラーになった原因について、インターネット新聞の記事によると、出版社の関係者は、次のように説明している。「名作が売れない理由はさまざまだが、最大の原因は読者がイメージしにくい難解な書名。『球形の荒野』を再出版する際、当社は書名を『日本を裏切った日本人』と改めた。この書名は物語の内容を正確に要約しており、シンプルで読者も一目で理解することができる。装幀のデザインにもこだわり、表紙では純白をバックとした真っ赤な日の丸が刀に切り裂かれている。第二次世界大戦の敗戦前夜、ある日本人外交官の生死を賭けた闘いに関する物語の魅力が読者に十分伝わってくる。」(26)。これは大衆読者に媚びる販売戦略が功を奏したのかもしれないが、書名に騙されて愛読した読者は「やはり『球形の荒野』という書名が好きだ」（離歌笑「一个背叛日本的日本人」豆弁評論）というのである。その書名による要約は分かりやすいが、必ずしも原作のテーマが伝わっていない。原作を読めば、「野上さんにとっては、パリも砂漠も同じことさ。地球上のどこへ行っても、彼には荒野しかない。結局、国籍を失った男だからね。いや、国籍だけじゃない。自分の生命を十七年前に喪失した男だ。彼にとっては、地球そのものが荒野さ。[27]」という滝の言葉は訴える力があるのではないか。

結局、清張作品は翻訳や出版戦略によって、人間が時代や歴史に翻弄される人間のドラマは単純に日本の戦争認識や日本を理解するような読み方にシフトされるようになった。中国の読者は松本清張の作品を通して、日本を理解する傾向がつよいのである。最近の中日間がギクシャクしている現状が、大衆読者の日本理解を促したので、「読松本，懂日本」（「松本清張を読んで、日本がわかる」）というキャッチーフレーズも納得できる。

六、中国における清張ミステリ風の推理小説の登場

中国における清張ミステリの受容は中国の文学界にも大きな影響を与えた。一九八〇年代、革命リアリズムに束縛されてきた作家は清張文学に新しさを感じた。多くの作家が清張文学を愛読し、自分の内に取り込もうとした。たとえば、中国現代文学の代表者の一人である王蒙は「生活の息吹を傾いて」という文章において、「時には、私は、松本清張の推理小説を面白く読んでいる[28]」と、自分の読書経験を語った。とりわけ、この時期、頭角を現した「前衛派」といわれる作家たちは清張ミステリを愛読した。この時期、いわゆる大衆読者だけではなく、清張ミステリの読者が幅広い層を成していた。言うまでもなく、清張ミステリの手法も中国現代作家の学ぶ対象だった。その実りとして生じた、中国初の社会推理小説『火の杏』（中国名『杏焼紅』）を、ここで取り上げようと思う。

二〇〇七年六月刊行された『火の杏』は、「中国初の社会推理小説」と銘打された。物語は、次のように展開されている。中国の南地方で不動産を経営している有力者二人が相次いで死亡した。報復殺人であるかどうかをめぐって、雑誌記者が刑事に協力して、事件に挑んでいた。事件の解決に伴い、二十八年前、都会の若者たちが農村部へ「下放」された歴史を背景としたその暗黒面が暴かれた。文学性を損なわないトリックの布置や殺人事件の裏に隠された社会性を、小説の両翼として求める姿勢は、清張ミステリの特徴に似ている。作者である松鷹氏は、この作品が松本清張の推理小説の真似で書かれたと言及している。[29]ちなみに、本の帯には、はっきりと「日本の推理小説家松本清張の『砂の器』や『霧の旗』や『点と線』に匹敵する中国初の社会推理小説」というキャッチコピーも印刷されている。この小説は清張文学受容の実りといえる一方、清張ミステリの中国における影響力の大きさ

とも言えるのである。

まとめ

一九七八年に始まった中国の「改革開放」は、その歴史が三十年を越えているが、一九七二年に高度経済成長期が終わった日本と比較すると、時間的には、三十年間のずれが見られる。中国における松本清張文学の受容はその歴史と伴って今日になっている。

一九八〇年代「改革開放」の中国では、外国の先進文化を取り入れるのに夢中になっていた。一方、プロレタリア文学大衆化の理念を掲げた中国の文学には清張の書いたような文学作品が生まれなかったのだ。伊藤整の指摘したように、清張は日本のプロレタリア文学の理念を実作において実現した継承者である。その文脈で見れば、清張の文学は大衆化の理念を掲げて、大衆に愛読された。方法的には、清張の社会派推理小説は資本主義の悪い所を抉り出して、人間のエゴイズムを批判し、社会の公平と正義を訴えるメッセージを、犯罪の原因を追究する形で、読者に送り届けることができた。何より清張の小説はおもしろい。中国の読者は清張文学を通して、世界を認識するし、社会批判や自己批判をする機会を得たと思われる。たとえば、映画『砂の器』の討論によって、自己を和賀英良のような人物に投影して、人間のエゴイズムを反省する機会が得られた。

一九九〇年代以降「高度成長」の中国では、輸出主導型の経済、外国技術や経営理念の導入など、経済成長を遂げたが、環境問題、腐敗問題など、も抱えている。「経済優先」によってもたらされた社会問題が後を絶たない。都市化の進みに伴って、消費型の市民大衆社会が形成している。拝金主義が蔓延し、人間の欲望が膨張している。中国社会には前近代、モダン、ポストモダンが同時併存している。日本の高度成長に似たような現象も起きつつある。比較して見れば、三十年間がかかって、日本の一〇〇年にあたる近代化の道を歩んできた。中国の作家が書けないもの、批判しきれないものが清張の文学からみられるのである。まさに高度成長の時代に生まれた清張の文学は、人間の欲望、社会の構造、文化の伝統、歴史認識などをめぐって、さまざまな物語で、批判的に表現した。中国では、清張文学の受容によって、社会派推理小説を書くような作家がようやく生まれるようになるが、清張文学のような批判精神を持つすぐれた小説にはまだほど遠い。中国の読者は清張の文学を通して、異なる時代や環境を越えて、普遍的な批判精神や教訓を得ている。越境する文学の力がそこに感じられるのではないだろうか。

注

（1）「日本の映画『砂の器』について」（『光明日報』一九八〇年六月二日）。
（2）「『大衆電影』元副編集長唐家仁回想録」（「www.zhebeijingnews.com」二〇〇四年九月十四日）。
（3）金鐘国「『砂器』主題小議」（『大衆電影』、一九八〇年）。
（4）劉文兵『中国一〇億人の日本映画熱愛史』（集英社新書、二〇〇六年）九六—九七頁。
（5）文潔若「松本清張と社会派推理小説」（『文芸報』一九九一年六月一日）。
（6）藤井康栄編「作品と完全年譜」（『松本清張の世界』文藝春秋十月臨時増刊号、一九九二年）。
（7）「姚雪垠と松本清張の対談：歴史小説の創作について」（『当代文芸思潮』一九八四年）。
（8）『清張全集』三十四（文芸春秋、一九七四年）。
（9）尾崎秀樹「解説」（『新潮現代文学35』新潮社、一九七八年）三八一頁。
（10）松本清張「推理小説の読者」（前掲注8書、一九七四年第一刷、一九八五年第四刷）三七七頁。
（11）前掲注10松本論文。
（12）前掲注10松本論文。
（13）松本清張「小説に『中間』はない」（『朝日新聞』一九五八年一月十二日）、前掲注8書、四四八頁。
（14）前掲注13松本論文。
（15）松本清張「私の小説作法」（『毎日新聞』一九六四年九月十三日）、前掲注8書、四四六頁。
（16）『日本文学』（一九八五年、第四期）。
（17）「中国経済体制改革研究会は、市民意識アンケート調査の結果を発表」（『新京報』二〇〇七年三月二十四日）。
（18）藤井淑禎『清張ミステリーと昭和三十年代』（文藝春秋、一九九九年）。
（19）葉栄鼎「あとがき」（『黒い福音』四川文芸出版社、二〇〇五年）。
（20）森信勝編『平野謙松　本清張探求』（同時代社、二〇〇三年）。
（21）前掲注18藤井書。
（22）「暁嶽『砂の器』また現れる」（『北京晩報』二〇〇七年六月七日）。
（23）『松本清張全集6』（文藝春秋、一九七一年）三五頁。
（24）前掲注23書、四五〇頁。
（25）前掲注23書、四五五頁。
（26）「松本清張作品、中国語名変更でベストセラーに」（http://www.recordchina.co.jp/a60222.html、二〇一二年四月七日）。
（27）前掲注23書、二九二頁。
（28）『文芸研究』（一九八二年）。
（29）松鷹「あとがき」（『火の杏』花城文芸出版社、二〇〇七年）二四五頁。

付記　本稿は二〇一四年十二月十一日文研・アイハウス連携フォーラム2の講演をもとにして書き直したものである。

◎コラム◎

遭遇と対話――境界で／境界から

竹村信治

たけむら・しんじ――広島大学大学院教授。専門は中古中世説話文学。主な著書に『言述論for説話集論』（笠間書院、二〇〇三年）、「〈他者のことば〉と『今昔物語集』――漂う預言者の未来記」（小峯和明編『東アジアの今昔物語集――翻訳・変成・予言』勉誠出版、二〇一二年）などがある。

はじめに

（一）「文化史的」読解へ

西欧中世史の研究者である岡崎敦氏は、論考「西欧中世研究の「文化史的」読解――テクスト、言説、主体」(1)のなかで、「現代歴史学における「文化史」研究の位相」を以下のようにとりまとめている。

a言語論的転回以後の歴史学状況
＝そこでは、基本的に、テクスト・言説の自律性、語る主体や言辞の立場性、そして叙述のスタイルの選択が問われた。

b「社会史」から「文化史」へとも言われる動き
＝ここでは、欧米での動きを受けて、日本でも二十世紀の最後の十年に定着した認識として、「実体」から「表象」へ、「制度」から「実践」へ、「構造」から「主体」へ、という三つの重要論点がある。

c人類学、あるいは社会学の影響の拡大
＝単に研究対象として、言語やリテラシー、宗教現象、儀礼等が好んで選択されるようになっただけではなく、これらの諸要素が、政治、経済、法制等の研究の方法論的刷新に寄与している。

a「言語論的転回」、b「文化史的」読解(2)は歴史学ばかりでなく、文学研究にも及んだ潮流である。また、本誌特集の主題たる「中国・日本文学研究」の現在は、すでにcに挙げられた研究対象を含んでいる。こうして、「現代歴史学における「文化史」研究の位相」は文学研究における位相でもあるわけだが、となれば、「中国・日本文学研究」、広くは東アジア文学研究は、言語文化研究として、ここで確認されている「状況」、「動き」を視野に収めて個々の事象を批評するとともに、「政治、経済、法制等」ならぬ「文学」研究の「方法論的刷新」にも寄与するものであることが求められる。

（二）「テクスト、言説、主体」

岡崎氏は、上の確認を踏まえて、「研究の現場における最大の問題」を「テクスト、言説、そして、諸構造のなかでの主体の位置と実践」に見透している。(3) これを、「中国・日本文学研究」、特にその古典研究の「現場」に即していえば、中国言語文化（テクスト、言説）と日本言語文化（テクスト、言説）との出会いの舞台での、後者にかかわる「主体」の「位置と実践」、そこでのパフォーマンス、それを通じて経験されたアイデンティティの再構築をめぐる課題が(4)「最大の問題」ということになる。

P・バークはこの「主体の位置と実践」の課題を、「遭遇、対話、異なる観点、対立、そして（誤訳を含む）翻訳」への着眼によって応えようとしている。(5) すなわち、「文化の遭遇」、「異なった文化をもつ人々の間の遭遇」、「出会い」の場面に注目し、そこでの「対話、異なる観点、対立、そして（誤訳を含む）翻訳」といった「実践」、その間の「主体」の経験についての考察が、新しい文化史研究における「文化的アプローチ」だというのである。(6) そこからは「文化変動」（＝「文化的構築」「連続的な創造」）モデルとして、意識的「翻訳」（「ブリコラージュ」（レヴィ・ストロース）、「再利用」（ミシェル・ド・セルトー））、主体的「クレオール化」、無意識的「混淆」、などが取り出されている。(7)

一、境界で——日本

（一）仏教伝来

こうしたアプローチの妥当性は、文化間の「邂逅の場」「接触圏 contact zone」(8)＝「境界」での出来事、そこで生成する発話やテキストのいくつかを想起すれば、容易に確かめられることである。

たとえば周知の『日本書紀』欽明天皇十三年（五五二）十月の〝仏教公伝〟記事。(9) 聖明王が仏法「流通・礼拝功徳」を讃える上表文に説く「微妙之法」に「歓喜踊躍」した帝は【遭遇】、しかし専断をよしとせず、群臣への「西蕃の献れる仏の相貌、端厳にして全く未だ曾て看ず。礼《ゐやま》ふべきや以不《いな》や。」との歴問に及ぶ【対話】。これに対する蘇我大臣稲目宿禰の上奏は、

西蕃の諸国、一に皆礼ふ。豊秋日本《とよあきつやまと》、豈独り背かむや。

一方、物部大連尾輿・中臣連鎌子のそれは、

我が国家の、天下に王とましますは、恒に天地社稷《あめつちくにいへ》の百八十神《ものあまりやそ》を以ちて、春夏秋冬、祭拝《まつ》りたまふことを事とす。方今《いま》し、改めて蕃神《あだしくにのかみ》を拝みたまはば、恐るらくは国神《くにつかみ》の怒を致したまはむ。

だった【異なる観点、対立】。

欽明帝は釈迦を「仏」の名で呼ぶ。それは、聖明王の上表に「仏の、『我が法は東流せむ』と記《のたま》へるを果すなり。」とあるからだが、欽明紀六年九月に百済が丈六仏を造った折の願文に「天皇」への言及があるから、欽明帝にとっては既知の外国語であったかもしれない【翻訳（外来語移入）】。これに対して祭祀氏族の構成員たちは、自らの発話共同体のコトバたる「国神」に準拠して釈迦を「蕃神」と名づける（『元興寺伽藍縁起幷流記資財帳』は「他国神」の表記）。末木文美士氏はこれを日本古来の「客人神」（「厄災神」）信仰に基づく受容だったとする(10)【（誤訳を含む）翻訳】。

　他方、蘇我稲目の発話には釈迦に対応する名が語られていない。これは、百済を指す勅の「西蕃」に「諸国」を添えて中華をも加えた流伝を言挙げしているところから見て、百済聖明王上表文の「周公・孔子も、尚し知りたまふこと能はず。」「且夫れ、遠くは天竺より、爰に三韓に洎《いた》るまでに、教に依《したが》ひ奉《う》け持《たも》ちて、尊び敬はずといふこと無し。」に反応したもので、名よりも、既知の「周公・孔子」を凌ぐという釈尊の「法」への関心を、「主体」の経験として表明したものであろう。

　こうして、仏教伝来は文化間の「邂逅の場」「接触圏contact zone」「境界」での「対話、異なる観点、対立、そして（誤訳を含む）翻訳」といった実践、その間の主体たちの経験を今に伝える出来事としてある。

（二）『日本書紀』の仏教公伝

　ただし、この一件は『上宮聖徳法王帝説』、『元興寺伽藍縁起幷流記資財帳』、同書所引「塔露盤銘」「丈六光背」にも見えていて、公伝年次をはじめ記事内容はそれぞれに異なる【テクスト・言説の自律性】。その中にあって、欽明紀の所伝は、出来事の時間から遠く隔たる長安三年（七〇三）唐・義浄漢訳『金光明最勝王経』の文言をもって聖明王上表文を作文するなど(11)、事実を再構成したものとなっている【テクスト・言説の構築性】。さらに、天皇、稲目、物部連・中臣連それぞれ発話に観点の対立を際立たせ、しかも、天皇の描写、発話には「歓喜踊躍」「微妙之法」「端厳」などの仏教経典語彙、稲目のそれには「豊秋日本」の和語、物部連・中臣連には「百八十神」「春夏秋冬祭拝」などの祭祀言語が選び取られているようにも見える【叙述のスタイルの選択】。つまり、仏教公伝を、その編纂の今において「表象」として構築しているのが『日本書紀』なのであって、その「実践」は、「文化の遭遇」の間の「異なる観点、対立」を構造化して祖述する「立場性」において遂行されているのである【語る主体や言辞の立場性】。

　この「語る主体」の「立場性」の有り様は、仏教言説共同体に内属する上記他テキストの「主体」のそれとは異なり、むしろそうした先行する（儒教を含む）

他テキストの言説「構造」とは一定の距離を措くものであろう。それは、神代紀の「一書」に諸氏族伝承を列ね、あるいは欽明紀二年春三月条皇統譜の「一書」細注末尾に「一往に識り難きは、且く一に依りて撰びて、其の異を注詳す。他も皆此に効《なら》へ。」（細注記事が倣ったという顔師古『漢書』叙例は(12)、この部分「一往難識者、皆従而釋之。」とする）と記す「主体」にもおそらくは通じている。そこには、『日本書紀』編成期の（政治的）コミュニケーション空間(13)＝言説空間の権力構造も作用したはずである。

ポスト言語論的転回状況下の言語文化事象の「文化史的」読解——、それはたとえばこのようなこと。文化間の「邂逅の場」「接触圏 contact zone」＝「境界」に生成した発話やテキストには、「現報善悪霊異」の異文化言説を「日本国」の霊異言説に「翻訳」しようとした『日本霊異記』の上巻冒頭三縁などもある。

二、境界で——中国

（一）Buddha／仏陀

仏は上古の日本で「他国神」「蕃神」と「翻訳」されたが、中国でも当初、「胡神」（『魏書』釋老志）「戎神」（『晋書』芸術志）などと名付けられた。また、『岩波仏教辞典』によれば、古代中国においては『荘子』内篇・逍遙遊篇の「神人」に類するものと理解されていたというから、そこでも日本と同じような内なるコトバによる受容があったことになろう【（誤訳を含む）翻訳】。

ところで、中国における「邂逅の場」「接触圏 contact zone」「境界」での出来事、そこでの実践、主体たちの姿は、「改梵為秦」、すなわち梵語経典の秦（漢）語への訳出の場にも見ることができる。

サンスクリット語Buddhaは、当初「浮図」（『広弘明集』巻二、『後漢書』西域伝）「浮屠」（『後漢紀』孝明皇帝紀、『後漢書』楚王英伝）などと音写された【翻訳（外来語移入）】。他方、「妙體梵文」を中華文字「鳥迹」によって「音字詁訓」＝音写しようとしても「相符」を得ることはまれ（「罕」）だとして、秦（漢）語への「翻訳」も試みられる（『続高僧伝』巻二 隋東都上林園翻經館沙門釋彦琮傳四）。「覚（者）」がそれ【（誤訳を含む）翻訳】。しかし、異論も出て、玄奘三蔵はこれを非としたという【異なる観点、対立】。理由は、「梵名」（「仏陀」）の方が「生善」の効果が期待できるから（唐末、景霄『四分律行事鈔簡正記』巻二）。そして「仏陀」「仏」が定着する。

「仏陀」との音写文字について、船山徹氏は次のように述べている(14)。

> 「仏」は元来、ぼんやりとした様、髣髴とした様を示し、「陀」は険しい様、崩れた様を示す。こうした漢字の使用に、戎狄の教えとして仏教を蔑むニュアンスが込められている

とみることは不可能ではないが、一方、漢人仏教徒自身がわが開祖を仏陀の二字で表すことに何らの抵抗を示さない事実に鑑みれば、「仏」や「陀」は元来の文字の意味とは無関係に、単に記号として使われたとみなすのが適切だろう。

「漢字の中から音訳部分と意訳部分を容易に識別するため、音訳には意味のとれない文字のならびを意図的に選択した」【翻訳（外来語移入）】とも説かれる。Buddhaは中国言語文化への遡及、関連づけを阻む「仏」「陀」による音写をもって、秦（漢／唐）土に「妙體梵文」を響かせ、信仰者を自づからなる善業へと導いた、というわけだ。同様の例には「nirvanaニルヴァーナ」―「泥曰」「泥洹」―「無為」（『老子』）―「涅槃」もある。

(二) 五失本・五種不翻

「浮図」「浮屠」→「覚（者）」→（梵名）「仏陀」、それは外来語Buddhaが信仰共同体の形成過程で聖性を構築していく、その「表象」実践の折々の形だった。また、それぞれはそれぞれの実践主体の言説経験を伝えているごとくでもある。

同様のことは三宝の「法」たる経典についてもいえる。「改梵為秦、失其藻蔚。雖得大意、殊隔文體。」、鳩摩羅什は中華翻訳文が梵文の文藻を台無しにし、文体も別物になるという（『高僧伝』巻二・訳経篇中二）。「まるでご飯をかんで人に与えると、味が失われるだけではなしに嘔吐を催させるようなものだ(15)（「有似嚼飯與人。非徒失味。乃令嘔噦也。」）。」その具体は同期の釋道安が「訳胡為秦、有五失本也」として列挙している（僧祐撰『出三蔵記集』巻八(1)「摩訶鉢羅若波羅蜜經抄序第一 道安法師」）。「胡語」（語順）、「胡經尚質」（質朴）、「胡經委悉」（詳述）「胡有義記」（釈義）、「反騰前辭已、乃後説」（反復／展開）。これらこそが梵文の「藻蔚」「文體」。秦人「翻訳」はそのすべてを「盡倒」「好文（雅）」「裁斥」「刈而不存」「悉除」をもって失している、と釋道安はいう。それは四世紀後半の「翻訳」実態を背景とした発言であろう。

「失本」の語は「本」への志向を窺わせる。もって、(16)鳩摩羅什は西晋・竺法護『正法華経』の陀羅尼「翻訳」を非として音訳に改めるなど、「原語を音訳にとどめる」「原文の語順を反映した訳を行う」（古くは「聞如是」とあった経典冒頭句を梵文語順の「如是我聞」としたのはその例）などし、隋代の彦琮は「梵語原典を直接学ぶこと」を主張、「翻訳」に際しては「誠心愛法、志願益人」「不染譏惡」などの「八備」（八種の心がけ）を求め（『続高僧伝』巻二 隋東都上林園翻經館沙門釋彦琮傳四）、唐代の玄奘三蔵は旧来の音訳をより梵音に近づけることに意を注ぐほか、「五種不翻」（「生善故不翻」「秘密不翻」「含多義故不翻」「順古不翻」「無（中華）故不翻」）説を唱えることになる（唐末・景霄『四分律行事鈔簡正記』巻二）。

梵／秦漢の「境界」での「対話、異な

る観点、対立、そして（誤訳を含む）翻訳」。そこにもこうして「表象」（仏教の「聖」性）構築の「実践」、実践「主体」の言説をめぐる経験は出来している。船山氏がいう「文化対応型訳語」[17]（「tathatā」と「本無」（老荘思想）、「五戒」と「五常」（儒教）など）も、そうした出来事を「文化の遭遇」、「異なった文化をもつ人々の間の遭遇」、「出会い」の間の事件として体験しているはずである。

三、境界から

（一）「照見五蘊皆空　度一切苦厄」（般若心経）

秦漢土訳経の場では釋道安「五失本」に「裁斥」「刈而不存」「悉除」というように梵文を省略する場合が多い。竺法護は晋武帝の時、「超日明三昧經」梵文を訳してあまりに「辭義煩重」、優婆塞には分かりにくかろうと文偈を整理して「超日明經」二巻に刪訳したという（僧祐『出三蔵記集』巻二）。玄奘三蔵も『金剛般若経』旧訳（鳩摩羅什、菩提留支）に脱落が見られることを指弾している[18]（『大慈恩寺三蔵法師伝』巻七。大正蔵五五・九c）。しかし、加筆もまた試みられ、釋道安がいう「好文（雅）」の文飾ばかりでなく釈義にかかわる例も見受けられる。船山氏は『仏祖統記』の記述にしたがって訳文創出の過程を詳述するが、それによれば、「般若心経」の要句「照見五蘊皆空　度一切苦厄」の「度一切苦厄」は梵文になく「潤文」（「潤色」）だった。「照見五蘊皆空」だけでは「まだ漢語表現としてすわりがよくないので、「潤文官」が締めの言葉として「度一切苦厄（一切の苦しみから〔衆生を〕救済した）」という一句を補足」したというのだが、船山氏の指摘するように「原文になかった意味を付加するのだから、大胆でかなり思い切った脚色」ではある。[18]

同様のことは日本でも行われた。末木文美士氏の取り上げた親鸞の『無量寿経』引用がそれで、[19]『無量寿経』阿弥陀仏第十八願の「諸有衆生、聞其名号、信心歓喜、乃至一念、至心廻向、願生彼国、即得往生、住不退転。唯除五逆誹謗正法。」を、親鸞は「あらゆる衆生、其の名号を聞きて、信心歡喜せむこと、乃至一念せむ。至心に廻向したまへり。」（「大經言。諸有衆生聞其名號。信心歡喜乃至一念。至心廻向シ玉ヘリ。願生彼國即得往生。住不退轉」）[20]（『教行信証』信巻）と訓釈する。衆生自身の行為としての「廻向」から阿弥陀仏による衆生の「廻向」への「翻訳」。『教行信証』同巻には「經言。（中略）至心回向セシメ玉ヘリ。」[21]「讃阿彌陀佛偈曰〈曇鸞和尚造也〉（中略）至心ノ者回向シ玉ヘリ。」[22]「經言。至心廻向シ玉ヘリ。（中略）又言。愛樂所有善根廻向シ玉ヘルヲ。」[23]ともあるから、まさに第十八願は親鸞にとって「可名至心回向之願」[24]であり、それが阿弥陀仏の本願だったのである。

（二）「聖」「悉有仏性」

「度一切苦厄」「シ玉ヘリ／セシメ玉へ

リ」の付加は「翻訳」の間の出来事だが、そのいずれもが異文化の移入、母語・母文化による異文化の所有ではなく、いわば〝（慈悲による）救済〟を希求する「主体」が他者の言葉との対話のなかで新たな言葉を生み出す、そのような出来事として言葉を加える「翻訳」だった。[25]

船山徹氏は「聖」について次のように述べている。[26]

> 仏教漢語「聖」には三つの顔がある。梵語アーリアの訳語という顔、儒教的伝統に立つ漢語としての顔、後のキリスト教聖者ともつながりうる新しい顔である。
>
> 梵語の原意と漢訳の意味が対応するわけではない。意味のズレは不可避であり、原語のニュアンスを百パーセント漢訳語に移しかえることはできない。それゆえ文化対応型訳語は、常にインド的意味と中国的意味のはざまで揺らぎや歪みを生じつつ使用されることになる。

「聖」の「三つの顔」、それはそれぞれの地域が「聖」なる観念を世界認識にかかわる関心事としてそれぞれの形で育んできたことを示す。そしてそれらが出会うとき、「境界」で「聖」は「揺らぎや歪みを生じつつ使用される」。「揺らぎや歪み」とは、それぞれの母語・母文化を越えた「聖」観念が、その「境界」で／から生成される際の事態をいうのであろう。

末木文美士氏は、道元『正法眼蔵』の『涅槃経』「一切衆生悉有仏性」解釈、すなわち「一切衆生に悉く仏性あり」ではなく「悉有は仏性なり」と訓読して、「悉有」つまり一切存在が仏性にほかならないとの思索に達したことについて、次のように述べている。[27]

> 「いま仏性に悉有せらるゝ有は、有無の有にあらず。悉有は仏語なり、仏舌なり」などといわれるように、「悉有」「有」「仏性」などの語が、言語の意味表示機能の極限で自由自在に展開されていきます。漢文を和文という異なる言語の文脈に意図的に投げ入れることによって、通常の言語の指示機能では覆われてしまうその本質をむき出しにしているのです。漢文だけ、和文だけではこのようなことは不可能だったに違いありません。訓読とは違いますが、異なる言語の接点にはじめて成り立ちえた思想だといわなければなりません。

「漢文で展開されてきた仏教思想を日本語の文脈に受け止めつつ、同時に言語の意味指示機能そのものを崩壊寸前にまで追いつめている」道元。そのことを末木氏は「和・漢の接点で独創性を生み出した道元」という。「異なる言語の接点にはじめて成り立ちえた思想」。それは、

「度一切苦厄」「シ玉ヘリ／セシメ玉ヘリ」の付加、「揺らぎや歪み」を生じさせつつの「聖」語使用にも指摘できることであろう。

おわりに

柿木伸之氏は、W・ベンヤミンの「翻訳」論を、「「翻訳」とは、受動性と能動性が一体となるなかで一つの言語が新たに語り出されてくる運動であり、かつ他の言語に呼応するもう一つの言語が誕生する出来事なのである。」と概括したのち、それをJ・デリダの「絶対的翻訳」（『他者の単一的言語使用』）と関係づけながら次のように述べている。[28]

> みずからの言語を内部崩壊させてでも他者の言葉の異質さに向き合おうとするときにこそ、他者の言語を一つの言語として発見しながら、それに呼応するみずからの言語、すなわち一つの「特有言語」を発明することが問題になるはずである。

「揺らぎや歪み」の中での「聖」観念の生成、道元の「悉有は仏性なり」は、ここにいわれる「特有言語」の「発明」の類だろう。「文化の遭遇」場面での「対話、異なる観点、対立、そして（誤訳を含む）翻訳」についての「文化史的」読解、それはこうしたエクリチュールの零度における「特有言語」の「発明」の如何を問い、批評することを「最大の問題」とする。[29]「異なった文化をもつ人々の間の遭遇」、「出会い」の場面は、P・バークの繰り返し述べるように、「ある文化内部」にもある。[30]「地域と地域、都市と農村、男と女、老人と青年、支配階層と従属階層」。その「遭遇」での「対話」を通じていかなる「特有言語」が生成しているのか、これも文学研究がその「文化史的」読解において引き受けるべき課題だろう。異文化間の「遭遇」と「対話」の考察はそうした課題の一斑としてある。

ひるがえって見れば、「文化の遭遇」は中国・日本の文学研究者の出会いの局面での出来事でもある。「境界」で、「境界」から——、私たちの「遭遇」が「対話」を通じて「特有言語」を生み出す出来事であることを願いつつ、最後にW・ベンヤミンの次の言葉を引いておこう。

> 異質な言語の内部に呪縛されているあの純粋言語をみずからの言語のなかで救済すること、作品のなかに囚われているものを言語置換（改作）のなかで解放することが、翻訳者の使命にほかならない。

注

（1）岡崎敦「西欧中世研究の「文化史的」読解——テクスト、言説、主体」（『思想』一〇七四、二〇一三年）。
（2）P・バーク『文化史とは何か』（増補改訂版、長谷川貴彦訳、法政大学出版局、二〇一〇年）。
（3）小著『言述論for説話集論』（笠間書

院、二〇〇三年）参照。
（4）前掲注2バーク著書、第五章。
（5）P・バーク「文化史の強みと弱み」（『思想』一〇七四、二〇一三年）。
（6）小論「〈他者のことば〉と『今昔物語集』——漂う預言者の未来記」（小峯和明編『東アジアの今昔物語集——翻訳・変成・予言』勉誠出版、二〇一二年）参照。
（7）前掲注2バーク著書、第六章。
（8）前掲注2バーク著書、第六章。
（9）以下、『日本書紀』の引用は新編日本古典文学全集による。
（10）末木文美士『日本仏教史——思想史としてのアプローチ』（新潮社、一九九二年）第一章。
（11）日本古典文学大系『日本書紀』下、新編日本古典文学全集『日本書紀』二、当該記事頭注。
（12）前掲注11。
（13）前掲注1岡崎論文は、ジャン＝フィリップ・ジュネの政治社会論を検討するなかで次のように述べている。「多様なテクストが織りなされながら、さまざまな意味が発生、受容される場としてのコミュニケーション空間を、一方では、リテラシー環境として構造的に把握するとともに、具体的な場で、読解に働きかける権力の問題として動態的に考察することが重要となる。」。
（14）船山徹『仏典はどう翻訳されたのか』（岩波書店、二〇一三年）第七章。
（15）慧皎『高僧伝』一（吉川忠夫・船山徹訳、岩波文庫、二〇〇九年）。
（16）以下、前掲注14船山著書、第四章に詳述されている。
（17）前掲注14船山著書、第四章に詳しい。
（18）前掲注14船山著書、第三章。
（19）前掲注10末木著書、終章。
（20）『教行信証（顯淨土眞實教行證文類）』（大正新修大蔵経八三、六〇七、七ａｂ）。
（21）前掲注20同、六〇一ａ。
（22）前掲注20同、六〇一ｃ。
（23）前掲注20同、六〇六ａ。
（24）前掲注20同、六三〇ｃ。
（25）小論「「内証」の「こと加へ」——中世の言述」（『国語と国文学』八八—一一、二〇一一年）参照。
（26）前掲注14船山著書、第八章。
（27）前掲注10末木著書、終章。
（28）柿木伸之『ベンヤミンの言語哲学——翻訳としての言語、想起からの歴史』（平凡社、二〇一四年）。
（29）小論「文学という経験——教室で」（『文学』一五—五、二〇一四年）参照。
（30）P・バーク「文化史を探究する」（『思想』一〇七四、二〇一三年）前掲注2著書など。
（31）W・ベンヤミン「翻訳者の使命（課題）」（内村博信訳『ベンヤミン・コレクション2　エッセイの思想』ちくま学芸文庫、一九九六年）。

編者
李　銘敬　中国人民大学教授
小峯和明　中国人民大学講座教授

執筆者一覧（掲載順）

荒木　浩	李　宇玲	丁　莉
陸　晩霞	馬　駿	尤　海燕
何　衛紅	於　国瑛	唐　暁可
趙　力偉	張　龍妹	高　兵兵
高　陽	胡　照汀	河野貴美子
金　英順	蒋　雲斗	周　以量
銭　昕怡	王　成	竹村信治

【アジア遊学197】
日本《に》本《ほん》文《ぶん》学《がく》のなかの〈中国《ちゅうごく》〉

2016年6月10日　初版発行

編　者　李銘敬・小峯和明
発行者　池嶋洋次
発行所　勉誠出版株式会社
〒101-0051　東京都千代田区神田神保町 3-10-2
TEL：(03)5215-9021(代)　FAX：(03)5215-9025
〈出版詳細情報〉http://bensei.jp/

編　集　吉田祐輔・武内可夏子・大橋裕和
営　業　山田智久・堀郁夫・原洋輔

印刷・製本　㈱太平印刷社
装丁　水橋真奈美（ヒロ工房）
組版　デザインオフィスアイメディア（服部隆広）

ISBN978-4-585-22663-5　C1395

196 仏教をめぐる日本と東南アジア地域

193 中国リベラリズムの政治空間

194 世界から読む漱石『こころ』

195 もう一つの日本文学史 ―室町・性愛・時間

【コラム】重豪の時代と「鹿児島の三大行事」　内倉昭文

Ⅳ　薩摩と琉球・江戸・東アジア

島津重豪の時代と琉球・琉球人　木村淳也

和歌における琉球と薩摩の交流　鋳武彦

【コラム】島津重豪と久米村人—琉球の「中国」　渡辺美季

島津重豪・薩摩藩と江戸の情報網—松浦静山『甲子夜話』を窓として　鈴木彰

あとがき　林匡

191 ジェンダーの中国史

はじめに—ジェンダーの中国史　小浜正子

Ⅰ　中国的家族の変遷

むすめの墓・母の墓—墓から見た伝統中国の家族　佐々木愛

異父同母という関係—中国父系社会史研究序説　下倉渉

孝と貞節—中国近世における女性の規範　仙石知子

現代中国の家族の変容—少子化と母系ネットワークの顕現　小浜正子

Ⅱ　「悪女」の作られ方

呂后—〝悪女〟にされた前漢初代の皇后　角谷常子

南朝の公主—貴族社会のなかの皇帝の娘たち　川合安

則天武后—女帝と祭祀　金子修一

江青—女優から毛沢東夫人、文革の旗手へ　秋山洋子

Ⅲ　「武」の表象とエスニシティの表象

木蘭故事とジェンダー「越境」—五胡北朝期の社会からみる　板橋暁子

辮髪と軍服—清末の軍人と男性性の再構築　高嶋航

「鉄の娘」と女性民兵—文化大革命における性別役割への挑戦　江上幸子

中国大陸の国民統合の表象とポリティクス—エスニシティとジェンダーからみた近代　松本ますみ

【コラム】纏足　小川快之

Ⅳ　規範の内外、変容する規範

貞節と淫蕩のあいだ—清代中国の寡婦をめぐって　五味知子

ジェンダーの越劇史—中国の女性演劇　中山文

中国における代理出産と「母性」—現代の「借り腹」　姚毅

セクシャリティのディスコース—同性愛をめぐる言説を中心に　白水紀子

【コラム】宦官　猪原達生

Ⅴ　「周縁」への伝播—儒教的家族秩序の虚実

日本古代・中世における家族秩序—婚姻形態と妻の役割などから　伴瀬明美

彝族「女土官」考—明王朝の公認を受けた西南少数民族の女性首長たち　武内房司

『黙斎日記』にみる十六世紀朝鮮士大夫家の祖先祭祀と信仰　豊島悠果

十九世紀前半ベトナムにおける家族形態に関する一考察—花板張功族の嘱書の分析から　上田新也

【書評】スーザン・マン著『性からよむ中国史　男女隔離・纏足・同性愛』　張瑋容

192 シルクロードの来世観

総論　シルクロードの来世観　白須淨眞

Ⅰ　来世観への敦煌学からのスケール

シルクロードの敦煌資料が語る中国の来世観　荒見泰史

Ⅱ　昇天という来世観

シルクロード古墓壁画の大シンフォニー—四世紀後半期、トゥルファン地域の「来迎・昇天」壁画　白須淨眞

シルクロードの古墓の副葬品に見える「天に昇るための糸」—五～六世紀のトゥルファン古墓の副葬品リストにみえる「攀天糸万万九千丈」　門司尚之

シルクロードの古墓から出土した不思議な木函—四世紀後半期、トゥルファン地域の「昇天アイテム」とその容れ物　白須淨眞

Ⅲ　現世の延長という来世観

シルクロード・河西の古墓から出土した木板が語るあの世での結婚—魏晋期、甘粛省高台県古墓出土の「冥婚鎮墓文」　許飛

Ⅳ　来世へのステイタス

シルクロードの古墓から出土した偽物の「玉」—五～六世紀のトゥルファン古墓の副葬品リス

アジア遊学既刊紹介

183 上海租界の劇場文化 混淆・雑居する多言語空間

184 日韓の書誌学と古典籍